HEIKE KOSCHYK

DAS GLÜCK UNSERER ZEIT.

DER WEG DER FAMILIE LAGERFELD.

GOLDMANN
Lesen erleben

HEIKE KOSCHYK

DAS GLÜCK UNSERER ZEIT

DER WEG DER FAMILIE LAGERFELD

ROMAN

GOLDMANN

Originalausgabe

FSC
www.fsc.org
MIX
Papier | Fördert
gute Waldnutzung
FSC® C083411

Penguin Random House Verlagsgruppe FSC® N001967

1. Auflage

Umschlaggestaltung: UNO Werbeagentur GmbH
Umschlagmotiv: Hamburg: mauritius images / Michelle Bridges / Alamy;
Papierstruktur / Himmel: FinePic®, München; Tintenklecks: shutterstock /
Vlada Art; Paar Lagerfeld: Originalfoto © Gordian Tork,
Collage © Christian Brinkmann
Redaktion: Angela Troni
AG · Herstellung: ik
Satz: Uhl + Massopust, Aalen
Druck und Bindung: CPI books GmbH, Leck
Printed in Germany
ISBN: 978-3-442-20632-2
www.goldmann-verlag.de

Besuchen Sie den Goldmann Verlag im Netz

Hamburg, den 25. Juni 1942

Nationalsozialistische Deutsche Arbeiterpartei
Gauleitung Hamburg
Der Gauwirtschaftsberater

An das
Hanseatische Oberlandesgericht
z. Hd. v. Herrn Oberlandesgerichtsrat Dr. Fr. Prieß

Betrifft: Einsetzung eines Verwalters für die Glücksklee Milchgesellschaft

Gegen die Einsetzung des Otto Lagerfeld werden von hier aus Bedenken erhoben. Nach der mir zugegangenen politischen Beurteilung ist Lagerfeld weder Mitglied der NSDAP noch einer ihrer Gliederungen. Er hat sich bisher auch an keiner Stelle am Aufbauwerk des Führers beteiligt. Nachteiliges ist sonst über ihn nichts bekannt geworden. Es muss jedoch besonders hervorgehoben werden, dass er als kaufmännischer Direktor nicht einmal der NSV als Mitglied angehört.

Heil Hitler!
Der Gauwirtschaftsberater
Dr. Otto Wolff.[1]

---

1 Gekürzter und angepasster (Prieß statt ursprünglich Pries; die Unterschrift lautete ursprünglich i. A., zum besseren Leseverständnis direkt dem kommissarischen Gauwirtschaftsberater zugeordnet) Auszug aus: Enthalten in: Staatsarchiv Hamburg, 5 VU 223/42 Glücksklee Milchgesellschaft mbH..-Glücksklee Import und Export GmbH., Hamburg, 1942 – 1945

1

HAMBURG

Freitag, 10. Juli 1942

Im Innocentiapark schob eine Frau mit weißem Häubchen einen Kinderwagen über die Wege. Gebannt blickte Otto Lagerfeld ihr nach und erinnerte sich an die Zeit, in der sein Sohn in eben diesem Alter war und von einem Kindermädchen mit ähnlich weißem Häubchen durch den Baurs Park auf und ab geschoben wurde.

Er fragte sich, ob der schreiende Säugling, dessen Gesicht ein Schirmchen vor der Sonne schützen sollte, wohl ahnte, in was für eine grausame Zeit er geboren worden war. Dann setzte er seinen Weg in die Firmenzentrale am Mittelweg fort. So, wie er es jeden Tag tat, seit er vor vier Jahren das Haus in der Innocentiastraße gekauft hatte, weil die Strecke zu seinem Landgut Bissenmoor bei Bad Bramstedt zum Pendeln zu weit war. Und weil seine Frau Ebbe es auf dem »Bauernhof«, wie sie es abschätzig nannte, nicht länger aushielt.

Die Spaziergänge taten ihm gut. Früher hatte er selbst kurze Strecken mit dem Auto zurückgelegt. Doch seit ihn im vergangenen Jahr ein Schlaganfall niedergestreckt hatte, hatte er sich dazu gezwungen, in Bewegung zu bleiben, bis er allmählich wieder die Kontrolle über seinen Körper gewann.

Gedankenverloren schritt er voran, das rechte Bein immer ein wenig nachziehend. Er passierte die herrschaftlichen Häuser der

Parkallee mit Vorgärten, in denen vom Wind zerzauste Rosenbüsche standen, deren Blüten sich auf Rasen und Pflastersteine verteilten. Dann bog er in die Hansastraße ein, wo aus Richtung der Tennisplätze, auf denen das Publikum noch vor wenigen Jahren frenetisch die Turniersieger beklatscht hatte, ein einsames *Klack-Plopp-Klack* zu hören war.

Als Otto zwanzig Minuten später sein Büro betrat, blieb sein Blick an den Schriftstücken hängen, die auf seinem Platz lagen und dringend auf Erledigung warteten.

Er nahm hinter dem glänzend lackierten Schreibtisch aus Nussbaum Platz und widmete sich als Erstes dem Direktionsbericht für den Monat Juni, den ihm der Fabrikleiter Alfons van Acken übersandt hatte. Betrachtete die eingetragenen Zahlen, ohne sie wahrzunehmen.

Die Glücksklee Milchwerke, die er vor gut zwanzig Jahren als Geschäftsführer ins Leben gerufen hatte und in die er seither seine ganze Kraft investierte, waren in Gefahr. Eine Firma mit amerikanischer Inhaberschaft, die seit dem Kriegseintritt Amerikas im vergangenen Dezember offiziell unter feindlichem Einfluss stand.

»Möchten Sie einen … Kaffee, Herr Generaldirektor?«

Otto hob den Blick. In der Tür stand seine Sekretärin und sah ihn mit besorgtem Ausdruck an. Fräulein Schumacher wirkte adrett in dem Kleid mit dem hellen Kragen. Den gewellten Pony hatte sie mit einer Spange hinter das Ohr gesteckt.

»Danke, Fräulein Schumacher«, sagte er und räusperte sich, weil seine Stimme belegt klang, »aber ich kann diese Gerstenbrühe einfach nicht mehr sehen.«

Er vermisste das fruchtige Bouquet der Bohnen, das er einst in Kolumbien schätzen gelernt hatte, den schokoladig-karamelligen Geschmack des Kaffees. Seit jener Zeit war er wählerisch, nichts konnte das Aroma eines guten Kaffees ersetzen. Nicht die zuckersüße Feige, nicht die bitteren Wurzeln der Zichorie und am wenigsten gedämpftes Getreide, bei dessen Säure er seit Kurzem eine heftige Übelkeit verspürte. Am ehesten schmeckte ihm noch der Ersatzkaffee aus gerösteten Eicheln, aber den gab es erst wieder im September.

»Vielleicht einen Cognac?«, fragte die Sekretärin, der offenbar daran gelegen war, dass es dem Direktor gut ging.

»Es ist noch früh am Morgen!«

Sie nickte verständig, ohne sich von der Stelle zu rühren. Dann öffnete sie den Mund, um ihn nach einem Seufzen wieder zu schließen.

Otto hob die Brauen. »Haben Sie noch etwas auf dem Herzen?«

Fräulein Schumacher zögerte, trat schließlich näher und reichte ihm einen Umschlag. »Dieser Brief lag auf dem Ablagestapel. Ich habe ihn aus alter Gewohnheit geöffnet, ohne auf den Adressaten zu achten. Ich konnte ja nicht ahnen, dass es Ihre Privatpost …«

Otto nahm das sorgfältig aufgeschlitzte Kuvert entgegen und runzelte die Stirn, als er das Schreiben der Friedhofskommission Nienstedten erkannte, dass er – entgegen seinen Gewohnheiten – ungeöffnet beiseitegelegt hatte, weil er den Inhalt bereits kannte.

Der besorgte Ausdruck im Gesicht seiner Sekretärin verstärkte sich.

»Danke, Fräulein Schumacher «, sagte er energisch, »das ist alles.«

Otto wartete, bis sie den Raum verlassen hatte, ehe er das Schreiben hervorzog und das Papier entfaltete. Die Kirchenkasse bestätigte ihm den Eingang des geforderten Betrages. Für siebenhundertfünfzig Reichsmark hatte man ihm das Grab mit der Nummer 16 D 354 für dreißig Jahre reserviert. Was auch immer in den nächsten Wochen auf ihn zukommen mochte: Seine Familie würde alles geregelt vorfinden. Er hatte dafür gesorgt, dass sich, sollte ihm etwas zustoßen, niemand über Gebühr mit unangenehmen Behördengängen würde herumschlagen müssen. Und wenn die Familie ihm eines Tages nachfolgte, würde sie neben ihm genügend Platz finden.

Den Grabbrief hatte er bereits Anfang Mai bestellt, als es noch ganz danach aussah, dass das Reichskommissariat für die Behandlung feindlichen Vermögens dem Vorschlag der Genossenschaftskasse folgen und den Kreisbauernführer Wilhelm Mannitz an seiner Stelle als Verwalter der Glücksklee Milchwerke einsetzen würde. Doch er hatte sich mithilfe seines Anwaltes gegen den heftigen Widerstand der Milch- und Fettwirtschaftsverbände und des Reichsministers für Ernährung und Landwirtschaft durchgesetzt. Und das, obwohl die Tendenz dahin ging, keine früheren Vertrauensleute der Amerikaner zu bestellen.

Alles schien in bester Ordnung – und nun hatte sich ausgerechnet die nationalsozialistische Gauleitung eingeschaltet und meldete Bedenken an seiner Eignung an!

Otto stand auf, ruckartig, um das emporsteigende Gefühl der Hilflosigkeit zu vertreiben. Da es nichts nutzte, strich er sich mit beiden Händen über das lichter werdende Haar. Öffnete das Fenster und atmete tief durch, während die laue Sommerluft ins Innere strömte.

Er war im Werk in Neustadt gewesen, als die Nachricht eintraf. Gerade hatte er die neue Abfüllanlage begutachtet, die nun Glasflaschen statt der Weißblechdosen auf das Band setzte.

Anerkennend hatte er seinem Neffen Kurt, der Tag und Nacht daran gearbeitet hatte, die Produktion umzustellen, auf die Schulter geklopft. »Gut gemacht, mein Junge. Glas kann das Weißblech zwar nicht ersetzen, aber es wird seinen Zweck erfüllen.«

Kurt wiegte den Kopf. »Das Volumen ist ein anderes und die Flaschen lassen sich nicht so gut stapeln. Wir werden einen neuen Lagerschuppen errichten müssen.«

»Sei's drum. Zurzeit geht sowieso alles drunter und drüber. Man kann froh sein, wenn der Betrieb überhaupt weiterläuft.«

Die Tür schwang auf und der Fabrikleiter Alfons van Acken erschien im Produktionsraum.

»Herr Lagerfeld? Doktor Naumann hat eben für Sie angerufen. Er klang sehr nervös.«

»Doktor Naumann?« Otto runzelte verwundert die Stirn. »Hat er gesagt, was er will?«

»Nein. Er bittet dringend um Rückruf.«

Otto folgte ihm ins Freie. Mit raschen Schritten überquerten sie den Hof und betraten das Bürogebäude. Er konnte sich nicht vorstellen, was seinen Rechtsanwalt so sehr beunruhigte. Vor wenigen Tagen erst war in einer Sitzung des Oberlandesgerichts die Verwalterschaft endgültig besiegelt worden. Warum Naumann ihn hier in Neustadt zu erreichen versuchte, war ihm schleierhaft.

Kaum, dass er das Büro betreten hatte, ließ er sich mit Hamburg verbinden.

Der Rechtsanwalt keuchte, als die Leitung endlich stand. »Oberlandesgerichtsrat Prieß hat sich gerade telefonisch bei mir gemeldet und mich gebeten, Sie bei ihm vorbeizuschicken. Er hat mir im Vertrauen erzählt, dass es einen ernsthaften Einspruch gegen Ihre Tätigkeit als Verwalter gibt.«

Otto, der das Gespräch im Stehen angenommen hatte, schnalzte mit der Zunge. »Was kann das schon sein! Wir haben doch alles offengelegt und die erforderlichen Bewilligungen von den verschiedenen Stellen erhalten.«

»Der Einspruch stammt von der Nationalsozialistischen Deutschen Arbeiterpartei. Der Hamburger Gauwirtschaftsberater Doktor Wolff hat ernste Bedenken gegen Ihre Einstellung vorgebracht und Herrn Doktor Prieß in einem persönlichen Gespräch aufgefordert, Sie für den Fall, dass sich diese bestätigen sollten, umgehend abzusetzen und einen geeigneteren Kandidaten zu suchen.«

»Bedenken?« Nun musste Otto sich doch setzen. In seinen Ohren begann es zu rauschen. »Warum denn?«

»Er schreibt, dass Sie kein Parteimitglied seien und sich nicht politisch engagierten. Auch hätten Sie sich an keiner Stelle am Aufbauwerk des Führers beteiligt.«

»Aber ich bin Parteimitglied, nur eben in Bad Bramstedt. Was glauben Sie, was man mit der Firma gemacht hätte, einer amerikanischen wohlgemerkt, wenn die Geschäftsführung kein Parteibuch hätte!«

»Als Parteimitglied sind Sie offensichtlich bisher nicht besonders in Erscheinung getreten.«

Otto schnaubte. Natürlich war er das nicht. Er verabscheute das Handeln der Partei. Der Hang der Nationalsozialisten, dem Land ihren Willen aufzuzwingen, ebenso ihre Enteignungsfantasien, erinnerten ihn fatal an das, was er vor Jahren beim Vormarsch der Bolschewisten in Russland erlebt hatte. Alles, was die Nationalsozialisten taten, widersprach seinem moralischen und geschäftlichen Anspruch. Das war ihm bereits wenige Monate nach der Machtübernahme klar gewesen, im Gegensatz zu seiner Frau, die bis vor wenigen Jahren noch eine glühende Anhängerin gewesen war.

Nachdem sie Ende 1934 aus den Elbvororten nach Gut Bissenmoor gezogen waren, gab es kaum einen Nationalfeiertag, an dem Ebbe nicht die rote Flagge mit dem Hakenkreuz hatte hissen lassen. Aber das war längst Vergangenheit. Und die Flagge nur noch ein zerknülltes Häufchen Stoff in der hintersten Ecke des Kohlenkellers.

»Ich bin als Kaufmann viel zu beschäftigt, um mich in der Partei hervorzutun«, sagte Otto laut.

»Das ist kein Argument. Die Geschäftsführer anderer Werke sind ebenfalls vielbeschäftigt und trotzdem äußerst aktiv, was die Zusammenarbeit mit der Parteiführung anbelangt.«

»Ja, und was glauben Sie, warum diese Firmen noch ausreichend Weißblech für die Konserven zur Verfügung haben?«, bellte Otto, dann mäßigte er seine Stimme. »Was schlagen Sie also vor?«

»Das möchte ich nicht am Telefon besprechen. Ich denke, es ist besser, Sie kommen nach Hamburg, dann klären wir das vor Ort.«

Gleich am nächsten Morgen wurde Otto in der Kanzlei des Rechtsanwaltes vorstellig. Doch weil der Jurist befürchtete, dass selbst die Wände Ohren hatten, machten sie einen Spaziergang über die Adolphsbrücke bis zum Alsterdamm, wo sich die Reihen der Spaziergänger, die das herrliche Sommerwetter genossen, allmählich lichteten.

»Wie Sie wissen«, begann Doktor Naumann, nachdem sie eine Weile schweigend nebeneinander hergegangen waren, »biete ich unter anderem meine Dienste als Abwesenheitspfleger für Vermögens- und Sachwerte inhaftierter oder im Ausland befindlicher Personen an.«

Otto nickte. »Wegen Ihrer Expertise auf dem Gebiet der Anmeldung feindlichen Vermögens habe ich Sie ja auch mit dieser Angelegenheit beauftragt.«

»Wissen Sie denn auch, wie es den Menschen ergangen ist, die ich betreue?«

»Ich kann es mir denken.«

»Wirklich? Ich will Ihnen mal sagen, wie das Ganze vonstattengeht. Es braucht lediglich einen rechtsgültigen Erlass seitens des Oberlandesgerichts, der es dem Staat erlaubt, irgendeinen armen Tropf für sein Vergehen zu bestrafen, das alleine darin liegen mag, eine ausländische Adresse auf dem Briefkopf stehen zu haben. Am frühen Morgen, ehe der Verurteilte auch nur ahnt, dass er sich als Ausländer oder Auslandsfreund schuldig gemacht hat, ein Feind des Deutschen Volkes zu sein, stehen bereits die Herren der Gestapo vor der Tür und fordern freundlich Einlass. Noch bevor der in Abwesenheit Verurteilte seinen Morgenmantel geholt hat, um die Tür aufzuschließen, wird sie bereits mit schwerem Gerät aufgestemmt. Die Beamten stürmen die Wohnung, um ihn zu verhaften und sein gesamtes Hab und Gut in ein Lagerhaus zu verfrachten, über dessen Werte ich dann als überhastet eingesetzter Bevollmächtigter wache.«

»Wollen Sie damit sagen, man könnte mich als Freund des Feindes internieren?«

»Es liegt durchaus im Bereich des Möglichen. Seien Sie froh, dass Sie kein Jude sind. Bei denen geht man weniger zimperlich vor.«

»Ich weiß«, flüsterte Otto, »ich weiß.«

Naumann sah ihn erstaunt an.

»Ja, was denken Sie denn?«, entfuhr es Otto und er blieb stehen. »Das Haus am Innocentiapark habe ich 1938 gekauft. Dort haben viele jüdische Familien gelebt, alles brave und verdiente Bürger, die man aus ihren Häusern zu Sammelstellen trieb oder in Lastwagen fortbrachte. Und was machen die Hamburger Kaufleute? Nicht wenige bereichern sich ungeniert am Elend anderer. Hanseatische Werte wie Loyalität, Ehrbarkeit und Anstand suchen Sie bei denen vergebens. Es ist entsetzlich, was zurzeit in diesem Land geschieht, und ich wünschte, ich könnte etwas dagegen tun. Aber ich bin kein Widerstandskämpfer. Ich bin Unternehmer, der für eine ganze Belegschaft Sorge trägt.«

»Ein Unternehmer, der versucht, eine amerikanische Firma zu retten.«

»Die Glücksklee Milchwerke stehen unter deutscher Leitung«, widersprach Otto.

Doktor Naumann schüttelte mit einem Seufzen den Kopf und bedeutete nach einem Blick auf die Uhr, dass es nun wohl besser sei, umzudrehen. Bald hatten sie den Jungfernstieg wieder erreicht und bogen in die Arkadengänge beim Alsterfleet.

»Ich will nur, dass Sie Ihre Lage richtig einschätzen«, fuhr der Rechtsanwalt fort. »Die Gauleitung wird versuchen, Ihnen aus Ihren langjährigen und überaus engen persönlichen Kontakten nach Amerika einen Strick zu drehen. Ich kann Ihnen nur raten, dass Sie ab sofort noch genauer aufpassen, was Sie sagen. Waren Sie denn jemals als Parteimitglied aktiv?«

Otto warf ihm einen missmutigen Seitenblick zu. »Wie stellen Sie sich das vor, wo doch meine ganze Zeit und meine Kraft in der Firma stecken?« Er stockte, fragte sich, ob er Naumann vertrauen konnte. Entschied dann, dass es nichts gab, was dagegensprach. »Um die Wahrheit zu sagen: Ich bin damals nur eingetreten, um die Glücksklee Milchgesellschaft konkurrenzfähig zu halten. Nach der Machtübernahme hat man Parteimitglieder bei der Festsetzung der Milchquoten deutlich bevorzugt. Alles, was ich wollte, war eine reelle Chance, auf dem Markt zu bestehen. Nicht mehr und nicht weniger.«

Naumann bleckte die Zähne. »Ein Opportunist also.«

»Nein, ich bin Pragmatiker.«

»Sei's drum. Aber genau aus dem Grund reicht eine bloße Mitgliedschaft in diesen Zeiten nicht mehr aus. Von den Leitern großer Unternehmen wird ein gewisses Engagement erwartet. Ich kann Ihnen daher nur raten, Ihren Lebenslauf so zu gestalten, dass die Hamburger Parteiführung zufrieden ist.«

»Gestalten?«, wiederholte Otto stirnrunzelnd. »Man könnte meinen, Sie raten mir zu lügen.«

Sie waren inzwischen wieder beim Büro des Rechtsanwaltes angelangt. Doktor Naumann hatte über die Schulter gesehen und sich ihm dann zugebeugt, leise lächelnd.

»Das zu interpretieren überlasse ich Ihnen. Aber ich denke, es ist bereits überdeutlich geworden, worauf ich hinausmöchte. Werfen Sie in Gottes Namen Ihre angestaubten Vorstellungen von Moral und Anstand über Bord, Herr Lagerfeld, ein einziges

Mal! Wenn Sie wollen, dass Sie und die Firma unbeschadet aus der Sache herauskommen, müssen Sie sich etwas einfallen lassen.«

Ein Laster rumpelte vor dem Fenster vorbei und zwang Ottos Gedanken zurück in die Gegenwart. Er dachte an die vielen Begebenheiten, bei denen er bereits mit der Partei aneinandergerasselt war. Im Jahr 1938 hatte man gar versucht, die Firma für jüdisch erklären zu lassen, und sie über Wochen hinweg im Wettbewerb benachteiligt, bis er nach langer Zeit der Entbehrung und nach einem geradezu ausufernden Briefwechsel herausfand, dass es sich um eine Intrige gehandelt hatte. Ein Schuss in die Luft, der von den Nationalsozialisten dankend aufgefangen worden war.

Dieses Mal lag die Sache anders. Seine Antwort auf die jüngste Eingabe würde nicht nur über die Zukunft der Firma entscheiden, sondern auch über seine eigene.

Das Gespräch war am Dienstag vergangener Woche gewesen. Am Mittwoch war er nach Waren und dann weiter nach Allenburg gefahren, um die neuen Fabriken zu inspizieren. Während der langen Zugfahrt hatte er an dem Geschäftsbericht gearbeitet, den der Reichskommissar für die Behandlung feindlichen Vermögens erwartete. Dies hatte ihn eine Weile von der Dringlichkeit der Angelegenheit abgelenkt. Doch im Hintergrund gärte es weiter.

Vor drei Tagen hatte Oberlandesgerichtsrat Prieß ihn noch einmal schriftlich um einen Gesprächstermin gebeten. Doch er hatte das Schreiben ignoriert. Er würde in den Kampf ziehen, um die Firma zu retten, das stand außer Frage, nur er wusste noch nicht, wie. Alles Pulver war bereits verschossen, es gab nichts, was er in dieser Angelegenheit ins Feld führen konnte.

Außer der Lüge.

Aber wäre ein auf Lügen aufgebauter Sieg nicht ein Pyrrhussieg? Die Glücksklee Milchwerke standen unter Beobachtung, und das nicht erst seit dem Kriegseintritt der Amerikaner. Er durfte jetzt keinen Fehler machen, der sich vielleicht eines Tages gegen ihn wenden könnte.

Otto sah zu den Bäumen, die den Mittelweg säumten. Die sattgrün belaubten Zweige schwangen im Sommerwind auf und ab. Er fragte sich, wie lange sie wohl hier schon stehen mochten und was sie in den vergangenen Jahrzehnten alles gesehen hatten. Gute Zeiten, weniger gute. Glück und Leid. Es würden sicher wieder bessere Tage kommen für diese Stadt. Ob auch für ihn, das war nicht abzusehen.

Energisch trat er vom Fenster zurück und nahm wieder hinter dem Schreibtisch Platz, wo der Direktionsbericht des Fabrikleiters auf Durchsicht wartete.

Es war Zeit, einen Abschluss zu machen.

Er würde am Wochenende nicht nach Bissenmoor fahren, wo er die Familie wegen der Luftkriegsgefährdung erneut untergebracht hatte, sondern in Hamburg bleiben, um sein Vermächtnis aufzuschreiben.

Er wollte seinen Kindern einen Lebensbericht hinterlassen, damit sie ihn in Erinnerung behielten, wenn er mal nicht mehr war. Und der Firma eine Chronik.

Gleich nach dem Abendessen, das seine Haushälterin Frau Riek ihm im großen Salon serviert hatte, stellte Otto die alte Schreibmaschine, eine amerikanische Underwood, auf den Tisch im Arbeitszimmer seines Hauses in der Innocentiastraße und entfernte die Schutzhülle.

»Wünschen Sie noch etwas?«

Otto hob den Blick. Die hochgewachsene, hagere Haushälterin, die beinahe schon zur Familie gehörte, stand im Türrahmen und sah ihn dienstbeflissen an.

Er schüttelte den Kopf.

»Danke, Frau Riek, Sie können Feierabend machen.«

Sie nickte und wünschte ihm eine gute Nacht, schloss dann leise die Tür.

Zärtlich strich er über die runden, silber eingefassten Tasten, über die trotz der Hülle verstaubten Anschläge. Er erinnerte sich daran, wie er die Maschine im Jahr 1919 für das soeben in Hamburg gegründete Import- und Exportgeschäft Lagerfeld & Co. gekauft hatte, über das er erstmalig Kondensmilch in Deutschland vertrieb. Dann holte er ein Tuch und polierte den schwarzen Rahmen, bis er wieder glänzte, ehe er das Innere des Gehäuses von den Spuren der Zeit befreite. Endlich setzte er sich davor, legte eine neue Spule ein, ebenso ein Blatt Papier, und verbat sich jede Sentimentalität.

Dennoch konnte er nicht verhindern, dass ihm das Herz schwer wurde, als sein Blick zu den Familienfotos glitt, die er der Reihe nach auf dem Schreibtisch aufgestellt hatte. Er betrachtete das alte Bild mit seinen Geschwistern, das im Jahr 1898 aufgenommen worden war. Dann das mit der bald zwanzigjährigen Thea und seiner Frau Elisabeth, genannt Ebbe, mit den Kindern Christel und Karl-Otto. Auf einem weiteren war sein Neffe Kurt mit Frau und Kindern zu sehen.

Er lächelte ihnen zu und legte die Finger auf die Tasten.

Es fühlte sich ungewohnt an. Wie waren noch mal die Buchstaben sortiert? Ihm fiel auf, dass er lange nicht mehr vor einer Schreibmaschine gesessen hatte. In den vergangenen Jahren hatte er nur noch seiner Sekretärin diktiert. Man rostete ein, wenn man zu vieles delegierte, nicht ohne Grund erledigte er ansonsten alles selbst.

Otto verschränkte die Finger ineinander und machte ein paar Bewegungen, um sie zu lockern. *Einfach drauflos,* dachte er, *es kommt schon wieder*.

Nach einigen Minuten, in denen er angespannt auf das leere Blatt gestarrt hatte, lehnte er sich im Stuhl zurück und lauschte dem Ticken der Tischuhr. Wartete auf das Gefühl der Ruhe und Beständigkeit, das sich sonst zuverlässig dabei einstellte. Diesmal schien die Bewegung des Sekundenzeigers ihm jedoch seine verbleibende Lebenszeit vor Augen führen zu wollen.

Abrupt erhob sich Otto und goss sich ein Glas Cognac ein, trank noch im Stehen einen Schluck, bevor er sich wieder setzte. Dann stopfte er eine Pfeife und zog die oberste Schublade des Schreibtisches auf, wo er die Streichhölzer aufbewahrte. Als er sie nicht fand, zog er eine weitere Schublade auf und öffnete schließlich ungehalten die unterste.

Dort fand er ein Päckchen Hölzer mit der Werbung jener Schiffsgesellschaft, für die sein Bruder Paul einst gearbeitet hatte. Als er die Schublade wieder schließen wollte, fiel sein Blick auf ein Foto, das er vor wenigen Jahren durch einen glücklichen Zufall im Müll gefunden und vor der Vernichtung hatte retten können. Seither hielt er es im Schreibtisch vor Ebbes Augen verborgen.

»Theresia …«

Er stellte den Rahmen zu den anderen Familienbildern auf den Tisch und betrachtete es eingehend.

Theresia hatte das dunkle, hochgesteckte Haar unter einem Glockenhut verborgen und lächelte ihn an, einerseits schüchtern als auch verschmitzt. Alles wird gut, sagte ihr Blick. Und als er den Cognac im Glas schwenkte und an der Pfeife zog, um den Rauch in kleinen Kringeln gen Decke auszustoßen, hoffte er, dass sie recht hatte.

Versonnen strich Otto über den ovalen Rahmen, von dem es ein Gegenstück gab, das in Bissenmoor auf einer Kommode stand. Es zeigte Otto im besten Alter, stolz in die Kamera blickend, eine Pfeife in der rechten Hand.

Fünfundvierzig Jahre war es her, dass sich ihre Wege zum ersten Mal gekreuzt hatten. Theresia war damals gerade ein Jahr alt gewesen.

Er sah ihn vor sich, den jungen Otto, nicht ganz sechzehn Jahre alt: Tweedjacke, ein Hemd mit hohem Kragen, dunkles, kurz geschnittenes Haar, das Gesicht ernst. Ein junger Mann, wenige Tage vor seinem Schulabschluss, nur einen Schritt vom Beginn des beruflichen Lebens entfernt.

2

HAMBURG

April 1897

An jenem Freitag im April war der Wind eisig gewesen. Nichts erinnerte mehr an die sommerlichen Temperaturen, die noch vor wenigen Tagen die Menschen ins Freie und an die Elbufer gezogen hatten, wo die Bootsverleiher ihre Kähne zu Wasser ließen. Der Morgen hatte mit heftigem Regen begonnen, der erst gegen Mittag abebbte und tiefe Pfützen hinterließ, die nun in der Frühlingssonne glitzerten.

Wie jeden Nachmittag hatte Otto seine beiden Schwestern Maria und Ottilie, die alle nur Mimi und Tilla nannten, an der Volksschule beim Tor für die Mädchen abgeholt. Jetzt standen sie vor dem gegenüberliegenden Eingang der Realschule Seilerstraße und warteten auf Paul, der sich wie so oft verspätete.

Eine Wolke schob sich vor die Sonne und das Glitzern der Pfützen erlosch. Fröstelnd schlug Otto den Kragen hoch. Es gab nur einen Grund, warum sein Bruder, der es sonst nicht abwarten konnte, das Schulgebäude zu verlassen, noch immer nicht aufgetaucht war: Er musste wieder einmal nachsitzen.

Ausgerechnet heute, wo ihre Eltern die Feigls erwarteten, die in der Großen Bäckerstraße ein Traditionsgeschäft für Bettfedern und Daunen besaßen. Warum dieser Besuch dem Vater so wichtig war, hatte er nicht erzählt, aber es war offensichtlich, dass er für ihn eine gewisse Bedeutung besaß.

Am Morgen hatte der Vater seinen besten Anzug angezogen und in der sich spiegelnden Scheibe der Altona-Blankeneser Eisenbahn den Sitz seines Kragens kontrolliert, obwohl noch der ganze Arbeitstag vor ihm lag. Und als sich ihre Wege am Altonaer Bahnhof trennten, hatte er seine Kinder ermahnt, nach der Schule nicht zu trödeln und zeitig nach Hause zu kommen.

»Wenn ich um halb sechs mit den Gästen eintreffe, will ich, dass ihr einen guten Eindruck macht.«

Einen guten Eindruck zu machen hieß: Alle acht Abkömmlinge sollten frisch gekämmt und in ordentlicher Kleidung antreten, aufgereiht wie die Orgelpfeifen und dem Alter folgend, damit Tönnies Johann Otto Lagerfeld sie nacheinander seinen Gästen vorstellen konnte.

Zuvorderst stand stets der Erstgeborene Carl, der im Mai heiraten und eine eigene Wohnung beziehen wollte. Neben ihm folgte der einundzwanzigjährige Joseph, der – ebenso wie Carl – im väterlichen Weinhandel arbeitete und den alle zu seinem Leidwesen nur Seppel nannten. Dabei tat er alles dafür, ebenso Ehrfurcht gebietend zu wirken wie Kaiser Wilhelm II., den er glühend verehrte. Weshalb er sich sogar denselben gen Himmel gezwirbelten Bart stehen ließ und das mit Pomade glatt gestrichene Haar ebenfalls auf der linken Seite scheitelte. Wäre da nicht die Brille mit den dicken Gläsern, könnte man ihn tatsächlich für einen jugendlichen Doppelgänger des Kaisers halten.

Ihm wiederum folgte die stets bis zum Kinn hochgeschlossene neunzehnjährige Lisbeth, die der Mutter im Haushalt zur Hand ging und sich am Abend ins Studium der Bibel vertiefte. Als Nächstes kam Otto vor der vierzehnjährigen Mimi, deren Haar, wenn sie es offen trug, bis an den verlängerten Rücken reichte. Neben ihr stand die stets ein wenig bekümmert dreinblickende zwölfjährige Tilla, die ein paar Zentimeter kleiner war als der elfjährige Paul, weshalb er sich seit Kurzem an ihre Stelle drängeln durfte. Ganz am Ende der Reihe stand der fünfjährige Nachzügler Johannes, genannt Hans, den man anfänglich für eine Magenverstimmung hielt, da seine Mutter Maria Wilhelmine Franciska Lagerfeld, geborene Wiegels, bei der Empfängnis bereits zweiundvierzig gewesen war.

Otto seufzte und versuchte, mit einem Klimmzug an dem steinernen Mauervorsprung einen Blick in das Klassenzimmer der Quinta zu erhaschen, das im Hochparterre lag, doch seine Nasenspitze erreichte gerade eben den Fenstersims. Während die beiden Mädchen ihre Ranzen ablegten und auf einem Bein über die Pflastersteine hüpften, begann er hin und her zu trippeln, um die wachsende Unruhe zu vertreiben.

Wenn sie heute zu spät kämen, würde der Vater ihn dafür verantwortlich machen. Als Ältester der hier zur Schule gehenden Geschwister trug er nun mal die Verantwortung für alle. Der Vater würde nicht schimpfen oder ihn züchtigen, nein, so etwas tat er nur selten. Otto fürchtete sich auch nicht vor den zusätzlich aufgebrummten Arbeitsstunden im Gemüsegarten hinter dem Haus oder vor dem tagelangen Schweigen. Aber die Enttäuschung über das Unvermögen seines Sohnes würde dem Vater ins Gesicht geschrieben stehen, weil Otto sich nicht bis zum Äußersten angestrengt hatte, um sein Vorhaben, bei einem befreundeten Kaufmann einen guten Eindruck zu hinterlassen, von Erfolg zu krönen.

Und das war für Otto das Allerschlimmste.

Als die Tür des Schulgebäudes aufschwang und Paul endlich heraustrat, lachend, als wäre nichts geschehen, schlugen die Glocken der St-Pauli-Kirche vier. In zwanzig Minuten fuhr der Zug, der sie nach Groß Flottbek bringen sollte, am Altonaer Bahnhof ab. Wenn sie sich beeilten, schafften sie es vielleicht noch.

»Was hast du wieder angestellt?«, rief Otto dem Bruder entgegen.

Paul zuckte die Achseln und setzte jenes Lächeln auf, mit dem er für gewöhnlich alle Wogen zu glätten vermochte. »Nichts. Ich hatte Tafeldienst.«

»Es ist immer nur der Tafeldienst«, brummte Otto, der immun gegen dieses Lächeln war, und gab den beiden Schwestern ein Zeichen. »Nun los, sonst kommen wir zu spät.«

Sie liefen die Wilhelminenstraße hinab und bogen auf die Reeperbahn, durch die in wenigen Stunden die Amüsierwilligen schlendern würden, um in den Varietés, Theatern, Bierpalästen und den als Beherbergungshäuser umetikettierten Bordellen zu verschwinden. Noch aber gehörte die Straße den Spaziergängern, die ihre eleganten Anzüge, Roben und Federhüte zur Schau stellten und so taten, als sähen sie die vielen Bettler nicht.

Während Otto darauf achtete, dass seine beiden Schwestern nicht zurückfielen, rannte Paul vorneweg. Leichtfüßig wie ein Sportler wich der vier Jahre Jüngere den Flanierenden aus und flitzte die Straßenbahngleise entlang, ohne auf die Erwachsenen zu achten, die sich schimpfend nach ihm umdrehten und ihn ermahnten, gefälligst achtzugeben.

»Nun kommt schon, ihr lahmen Kröten«, rief Paul seinen Geschwistern feixend zu, als er kurz innehielt und sich zu ihnen umdrehte.

Ein Quietschen kündete das Nahen der Elektrischen an, doch während die anderen Passanten vor ihrem stählernen Bug zurückwichen, schien Paul sie gar nicht zu bemerken. Mit aufreizender Gelassenheit tänzelte er nun sogar zwischen den Spuren hin und her.

Tilla kreischte auf, als das schrille Bimmeln erklang, und Paul sprang in letzter Sekunde zur Seite, als sei dies alles nur ein Spaß und nicht bitterer Ernst. Dann begann er wieder zu rennen, bis nur noch seine stahlblaue Jacke zu sehen war, die immer wieder zwischen den Flanierenden aufblitzte. Und sein auf und ab hüpfender dunkler Schopf, der plötzlich wie festgefroren an einer Stelle verharrte.

»Ihr seid doch nur doofe Kesselflicker«, hörte man Paul schreien, bevor er sich den Geschwistern in demselben Tempo, mit dem er fortgelaufen war, wieder näherte. »Ich komme später nach«, rief er ihnen zu und verschwand.

Nun sah Otto auch die beiden Jungen, die ihm grölend folgten.

Es waren zwei kräftig gebaute Burschen mit Schiebermützen und geflickten Hosen, die Otto noch aus der katholischen Kirchenschule beim kleinen Michel kannte, in die sie noch vor vier Jahren gegangen waren. Der Vater hatte sie damals wegen der Unfähigkeit der Lehrkräfte abgemeldet und in der ehemaligen Schule der evangelisch-reformierten Gemeinde untergebracht. Die beiden Raufbolde hatten schon damals ständig Ärger gemacht und sich Paul und Otto entgegengestellt, sobald sie ihrer ansichtig wurden, um sich mit ihnen zu messen.

Ausgerechnet heute, dachte Otto, tauchen sie wieder auf. Er holte tief Luft und trat den beiden mit erhobener Hand in den Weg.

»Ich bitte euch recht höflich, meinen Bruder in Ruhe zu lassen.«

»Hast du gehört, er bittet recht höflich.« Der Größere der beiden lachte schallend und sah dabei nicht aus, als würde er es auch nur in Erwägung ziehen, Ottos Wunsch Folge zu leisten. Aber immerhin blieb er stehen. »Wie der schon redet, dieser feine Pinkel aus Groß Flottbek. Bist jetzt wohl was Besseres, was?«

»Können wir das ein andermal klären? Wir haben es eilig.«

Der Junge streckte ihm die flache Hand entgegen. »Was gibst du uns dafür, dass wir wieder abziehen?«

Otto dachte an die Münzen, die er in seinen rechten Strumpf gesteckt hatte und von denen er die Bahnfahrt bezahlen sollte.

»Ich habe nichts dabei«, log er und wendete die Taschen seiner Jacke nach außen.

»So ein Pech für Paul.« Der Raufbold wollte sich an Otto vorbeidrängen, aber da sein Widersacher nirgends zu sehen war, blieb er stehen. »Oder willst du es an seiner Stelle mit uns aufnehmen?« Er trat näher und reckte das Kinn. »Du Hühnerbrust. Na, komm schon, wenn du dich prügeln willst.«

»Ich will mich nicht prügeln«, sagte Otto leise, doch weil er kein Hasenfuß sein wollte, ballte er die Fäuste.

Der Junge lachte. Mit geschwellter Brust trat er vor und rempelte ihn an. Und weil der Brustkorb des Angreifers fast doppelt so breit war wie sein eigener, geriet Otto ins Stolpern, bis er vor dem Schaufenster einer Konditorei zum Stehen kam.

Der Raufbold sprang vor, um Otto erneut zu schubsen, als ein schriller Pfiff erklang und ein Uniformierter mit Pickelhaube auftauchte, gefolgt von Mimi und Tilla, die ihn zur Hilfe gerufen hatten. Bei seinem Anblick rannten die beiden Burschen davon.

»Alles in Ordnung?«, fragte der Polizist und klemmte die Daumen hinter die glänzende Knopfleiste.

Otto nickte, obwohl ihm zum Heulen zumute war. Doch dann sah er Paul hinter einem Baumstamm auftauchen, und weil die Zeit nun noch knapper geworden war und der nächste Zug erst in zwei Stunden fuhr, verzichtete er auf lange Reden und mahnte zur Eile.

Wenig später passierten die Geschwister die Grenzpfosten am Nobistor, womit sie Altona und damit die preußische Provinz Schleswig-Holstein betraten, und rannten los, als ginge es um ihr Leben.

Bald ragte das noch unfertige Bahnhofsgebäude mit der neogotischen Fassade vor ihnen auf. Keuchend erreichten sie den Bahnsteig, wo nicht einmal mehr eine Dampfwolke von dem Zug zu sehen war.

»Was machen wir denn nun?«, fragte Mimi mit Tränen in den Augen.

»Wir nehmen die Pferdebahn«, schlug Tilla vor.

Otto sah zur großen Uhr hinauf, es war zwanzig vor fünf. »Die fährt erst wieder um sechs.«

»Dann laufen wir eben querfeldein«, sagte Paul. »Wenn wir uns beeilen, sind wir da, bevor der Vater mit den Gästen eintrifft.«

Zweifelnd betrachtete Otto die Schuhe der beiden Mädchen, deren dünne Sohlen dem Marsch über die nass geregneten Felder und Wiesen sicher nicht gewachsen waren. Auch die langen Kleider, deren Saum nur eine Handbreit über dem Boden endete, würden die Abkürzung nicht schadlos überstehen.

»Das ist zu matschig«, entgegnete er.

Bei dem Gedanken an den enttäuschten Blick des Vaters bildete sich ein dicker Kloß in seinem Hals.

»Hast du eine bessere Idee?« Paul klang angriffslustig.

Otto schluckte den Kloß hinunter und dachte nach. »Wir nehmen die Friedensallee bis nach Bahrenfeld«, beschloss er. »Von dort aus laufen wir auf den Gleisen weiter. Das ist fast genauso schnell.«

Sie eilten voran, ließen die vierstöckigen Prachtfassaden von Altona hinter sich, bis die Häuser allmählich kleiner wurden und die Umgebung ländlicher. Nach zwanzig Minuten erreichten sie die Margarine-Fabrik Mohr. Von hier aus war es nicht mehr weit bis zu den Gleisen.

Sie hatten gerade erst wenige hundert Meter über die Bohlen hinter sich, als Mimi abrupt stehen blieb. »Ich kann nicht mehr«, jammerte sie. »Keinen einzigen Schritt.«

»Nun komm schon«, sagte Otto aufmunternd, doch Mimi presste die Lippen aufeinander und begann zu weinen.

Tilla warf Paul einen bitterbösen Blick zu. »Das alles ist deine Schuld«, rief sie zornig. »Du hast nichts als Dummheiten im Kopf.«

»Ist nicht wahr!«, schrie Paul, dann senkte er die Stimme. »Hätte ich es etwa auf mir sitzen lassen sollen, dass man uns als reiche Pfeffersäcke beschimpft?«

Otto hob die Schultern. »Na und? Lass sie reden.« Doch er konnte seinen Bruder gut verstehen. Der Vater hatte darauf bestanden, sie inmitten eines Schmelztiegels aus einfachen Arbeitern, Kleinhändlern, Handwerkern und den Großbürgern der besseren Straßenzüge zur Schule gehen zu lassen, damit sie nicht vergaßen, woher sie kamen. Er, der eine harte Jugend gehabt hatte und sich den Aufstieg zum Weinverlasser hart erkämpfen musste, wollte seine in unverhofftem Reichtum aufwachsenden Kinder vor Übermut und Arroganz bewahren. Doch in den Augen der anderen waren sie nur die feinen Pinkel.

Paul ließ sich auf die Gleise fallen und streckte sich lang aus, die Arme hinter dem Kopf verschränkt. »Jetzt ist sowieso alles zu spät. Nie im Leben schaffen wir es rechtzeitig bis nach Hause.«

Otto nickte traurig, als er plötzlich ein Wiehern wahrnahm, dazu das Knirschen von Rädern auf steinigem Grund. Er kletterte die Böschung hinauf und erkannte einen Bauern aus Groß Flottbek, der auf seinem Acker stand und Gerätschaften auf die Ladefläche eines Fuhrwerks warf, vor das ein Pferd gespannt war.

»Könnten Sie uns vielleicht ins Dorf mitnehmen?«, fragte er und erntete ein überraschtes Stirnrunzeln. »*In't Dörp*«, setzte er auf Plattdeutsch nach. »*Könt wi mitfohrn*?«

Der Bauer strich sich über den Bart und verzog den Mund. Es war ihm deutlich anzumerken, was er von den feinen Gören hielt, die nun eine nach der anderen die Böschung zum Acker hinabkletterten und sich mit flehenden Mienen vor ihm aufstellten.

Otto beugte sich zu seinem rechten Strumpf hinab und holte die Münzen hervor, die sie für die Bahnfahrt bekommen hatten. »*Ik betohl dat ok.*« Er streckte dem Mann die Hand entgegen. »Das ist alles, was ich habe.«

Der Blick des Bauern glitt zu den Mädchen, die ihre Kleider gerafft hielten, damit der Saum nicht auf den durchweichten Boden fiel. »*Stiegt op*«, brummte er nur. Er wartete, bis die Kinder auf die Ladefläche geklettert waren und sich zwischen die Heureste und Gerätschaften hockten. Dann setzte er sich auf den Kutschbock und schnalzte mit der Zunge.

Ruckartig trabte das Pferd an. Als der Wagen nach heftigem Poltern auf die Landstraße bog, war es mucksmäuschenstill auf der Ladefläche.

Otto lehnte sich gegen die hölzerne Umfassung und mit jedem Meter, den sie ihrem Zuhause näher kamen, gewann er an Zuversicht.

Er betrachtete die Umgebung, die ihm zur Heimat geworden war. Über ihnen zog ein Schwarm Krähen vorüber, Ulmen wiegten sich im leisen Wind. Wohin man auch sah, überall junges Grün. In diesem Augenblick schob sich die Sonne durch die Wolken und warf ihre warmen Strahlen auf eine Reihe Apfelbäume, die in voller Blüte standen. Als sie eine Weide passierten, auf der Kühe grasten, dachte Otto an ihr altes Haus in der Nähe des Eimsbütteler Marktplatzes, der ebenfalls von Weiden umgeben war, auf denen Kühe grasten. Und daran, dass die Geschwister jeden Morgen auf eine dieser Weiden gegangen waren, um frisch gemolkene Kuhmilch zu trinken. Bis die damals zweijährige Helene von der Milch so heftig erkrankte, dass sie acht Tage später verstarb.

Otto schüttelte den Kopf, um die unvermittelt aufgestiegene Erinnerung zu vertreiben, und dachte an die Worte seines Vaters, die er jedes Mal herunterbetete, wenn die Rede auf die verlorenen Geschwister kam: *De Herr hett geven, he nimmt nu wedder.* Das sei nun mal der Lauf der Dinge, und sie wüssten ja gar nicht, wie gut sie es heutzutage hätten. In seiner Jugend seien in Familien von fünfzehn Kindern höchstens drei durchgekommen, behauptete er, und tatsächlich hatte er nur noch einen Bruder, der immerhin einundvierzig geworden war. Mutters Anlagen hingegen schienen stabiler. Aus ihrer Familie waren noch fünf Geschwister gesund und fidel. Auch wenn sich die Mutter bei Onkel Theodor, der in jungen Jahren auf die schiefe Bahn geraten war, nicht ganz sicher sein konnte, ob er tatsächlich noch am Leben war.

»*Kennt ji all dat neege Leed, neege Leed, neege Leed,*« begann Paul unvermittelt zu singen. »*Wat dat ganze Dorp all weet von Herrn Pastorn sin Koh?*«

Die Mädchen stimmten ein: »*Sing man to, sing man to von Herrn Pastorn sin Koh, ja Koh! Sing man to, sing man to von Herrn Pastorn sin Koh.*«

Von den Feldern wehte der Geruch von Kuhdung herüber und Mimi hielt sich lachend die Nase zu, während Otto seine in die Luft reckte.

Er liebte den Duft der Natur, selbst den des Dungs. Er war ein Landkind, war es schon immer gewesen, und es gab für ihn nichts Schöneres als dieses Wohlgefühl, das er an Orten spürte, an denen man Gottes Schöpfung, seiner Flora und Fauna, nahe war.

Obwohl er auch die Stadt mochte, die pulsierende Energie rund um den kleinen Michel, wo sich der Weinhandel seines Vaters befand, oder den Trubel der verwinkelten Gassen rund um den Großen Neumarkt. Das Fleet beim alten Rathaus, das Nikolaiviertel und die Alster. Und natürlich den Hafen, zu dem es ihn ein ums andere Mal zog, um den Handelsschiffen nachzublicken, die hinaus in die Welt fuhren. Eines Tages, so schwor er sich dann, würde er zu denjenigen gehören, die zum Abschied winkend an Deck standen.

3

Der Bauer setzte sie an der Kreuzung beim Bahnhof ab, den Rest zum Villenviertel liefen die Geschwister zu Fuß. Sie eilten die Feldwege entlang in die Ulmenstraße, wo sich einige Häuser im Bau befanden, und an den Gemüsegärten der Claus-Groth-Straße vorbei, bis sie schließlich die Voss-Straße erreichten.

Als die Lagerfelds vor fünf Jahren hierherzogen, war die Gegend kaum erschlossen gewesen. Der Weg vom Bahnhof hatte über Wiesen geführt, südlich der Gleise gab es nur die Landhäuser bei der Eichenallee sowie vereinzelte Bauten an der Straße, die schnurgerade vom Bahnhof hinunter zur Elbe führte.

Das Grundstück hatte der Vater in vorausschauender Weisheit gekauft, noch bevor die Baulandpreise in schwindelerregende Höhen stiegen. Ihr altes Haus in der Eimsbütteler Eduardstraße war aufgrund der stetig wachsenden Kinderschar bald zu eng geworden. Und nachdem Vaters guter Ruf die Runde gemacht hatte und man seine Dienste als beeidigter Weinverlasser zunehmend für große Auktionen in Anspruch nahm, konnte er der Familie – samt seiner Mutter und deren Schwester – endlich einen Ort bieten, an dem es an Regentagen trocken blieb und die Eiseskälte im Winter nicht durch jede Ritze zog.

Ottos Mutter, die ebenfalls eine schwere Kindheit gehabt hatte, schlug die Hände über dem Kopf zusammen, als sie die neu erbaute Villa zum ersten Mal sah. Sie musste sich erst daran gewöhnen, dass sie fortan in einem derart großen Haus wohnte, das über zwei Stockwerke und ein Dachgeschoss verfügte, in dem sogar ein Zimmer für das Dienstmädchen vorgesehen war und ein Trockenboden für die Wäsche. Doch als der Umzug im Spätsommer vollzogen war, just in der Zeit, in der in Hamburg die Cholera ausbrach, da war sie sicher, der Herrgott persönlich habe dafür gesorgt, dass ihr Mann sich nicht von seinem Plan hatte abbringen lassen.

Für Otto war das Landleben das Paradies. Die Geschwister erkundeten die Umgebung, die grünen Weiden und Wäldchen und nahmen sie rasch für sich ein. Dass sie nun so zeitig aus dem Haus mussten, um die Bahn zu erreichen, störte Otto nicht weiter. Er liebte die Ruhe des Morgens, die kühle Luft, wenn der Frühnebel über dem Villenviertel lag und die Bäume noch keine Konturen hatten. Der einzige Nachteil war, dass die Mitschüler sie nur selten hier besuchten und es in der Gegend kaum andere Kinder gab.

Doch schon bald waren weitere Kaufmannsleute hergezogen, und so kamen auch neue Spielkameraden, mit denen man herrlich Fußball und Handball spielen konnte, wie etwa Herbert Hülse, der nur ein Haus weiter wohnte.

Oder die Tochter des Korkhändlers Cornelius Schmidt, der seine Verkaufsräume Hohe Bleichen hatte und der sich mit seiner Frau und den bald fünf Kindern an der Klein Flottbeker Straße niederließ, direkt an der Ecke zur Parkstraße. Die Kinder waren pausbäckige Gören, denen man die nordfriesische Herkunft mütterlicherseits ansah. Die kecke Gertrud hatte sich rasch mit Ottos jüngstem Bruder Hans angefreundet und war oft bei ihnen zu Gast – bis Paul sie mit seinen Streichen wieder vertrieb.

Als die Geschwister um die Ecke bogen und sahen, dass vor ihrem Haus noch kein fremder Wagen stand, fielen sie sich lachend in die Arme, und Paul führte ein Tänzchen auf.

Im Vorgarten stand die Mutter und hielt bereits nach ihnen Ausschau. Das rundliche Gesicht wirkte sorgenvoll, die blassen Wangen waren gerötet. Man konnte ihr die Erleichterung ansehen, als sie ihre Kinder erblickte. Da im selben Moment ein Zweispänner um die Ecke bog, in dem neben dem erwarteten Besuch auch die schmale Gestalt des Vaters saß, schüttelte sie nur stumm den Kopf. Dann trat sie einen Schritt zur Seite, damit sich die Kinder rasch die Hände waschen und das Haar kämmen konnten, bevor er ihre Verspätung bemerkte.

Es vergingen keine zehn Minuten, da ließ der Vater die Kinder antreten, um sie dem Daunenhändler und seiner Familie vorzustellen.

»Wo ist Carl?«, fragte er mit einem Anflug von Sorge in der Stimme, als sich nur sieben der acht Abkömmlinge vor den Gästen aufreihten.

»Er lässt sich entschuldigen. Ihm ist nicht wohl.«

»Soso«, sagte der Vater nur und betrachtete die restlichen Kinder, die mit durchgestrecktem Rücken dastanden und auf sein Urteil warteten. Und da die Nägel vom Schmutz befreit und auch der letzte Halm Stroh von der Kleidung gezupft waren, zuckten seine Mundwinkel vor Stolz auf den wohlgeratenen Nachwuchs.

Hatte er die Feigls angekündigt, als gelte es jemanden von bedeutender Herkunft zu begrüßen, so stellte sich bald heraus, dass sie bodenständige Leute waren, deren elegante Kleidung beinahe wie eine Kostümierung wirkte. Vor allem Marie Feigl, die zwei Köpfe kleiner war als ihr Mann Georg, war eine fröhliche Frau mit dunklen Knopfaugen und dichten Locken, von denen sich einige vorwitzig aus der Hochsteckfrisur stahlen. Ihr ganzes Gesicht lachte, als sie mit böhmischem Dialekt die geschmackvolle Einrichtung bewunderte und dabei vor allem die mit floralen Motiven bedruckten Vorhänge hervorhob.

Die Feigls hatten von ihren vier Kindern den erstgeborenen Sohn Johann mitgebracht, der in etwa so alt war wie Otto. Die jüngeren Brüder Georg Junior und Max waren zu Hause geblieben.

Ebenfalls dabei war das Töchterchen Theresia, die in ihrem pluderigen Kleid mit Rüschenbesatz an ein Sahnebaiser erinnerte. Und die, als man den Gastgebern vorführen wollte, dass sie mit ihren dreizehn Monaten bereits laufen konnte, glucksend ein paar Schritte wagte, bevor sie die Ärmchen wieder nach der Mutter ausstreckte.

Doch weil Otto kleine Mädchen ähnlich spannend fand wie Graupensuppe, galt seine ganze Aufmerksamkeit Johann, der in diesem Augenblick allen Geschwistern nacheinander artig die Hand gab und bei Lisbeth, Mimi und Tilla sogar eine Verbeugung andeutete. Er trug einen Anzug aus teurem Stoff, ein sauberes Hemd und eine Weste, aus deren Tasche eine Uhrenkette hing, dazu glänzend polierte Schuhe. Seine Stirn war hoch und das dunkle Haar ordentlich gescheitelt, was seinem Aussehen eine gewisse Ernsthaftigkeit verlieh.

An jenem Tag hatte die Mutter ihr schönstes Geschirr aus weißem Porzellan mit den blauen Ranken aufgedeckt, das sie ansonsten nur an Feiertagen hervorholte.

Gemeinsam mit Lisbeth und dem Dienstmädchen Minna trug sie nacheinander die zubereiteten Köstlichkeiten auf. Zuerst servierten sie eine Bouillon mit Eierstich, danach einen unter beifälligen Blicken in der Mitte des Tisches platzierten Rinderbraten mit dicker Sauce. Auf einer versilberten Servierplatte in Form einer Muschel lag der junge Spargel, den die Geschwister am Abend zuvor gestochen hatten. Dazu gab es über den Winter gelagerte Kartoffeln und zum Nachtisch buttrigen Griespudding mit Rhabarberkompott.

Es war ein wahres Festessen, das sich über fast zwei Stunden hinzog. Während die Kinder es nicht abwarten konnten, dass die Teller endlich abgeräumt wurden, und Paul zweimal ermahnt werden musste, gefälligst still zu sitzen, unterhielten sich die Erwachsenen über den anstehenden Neubau des Geschäftshauses der Feigls in der Großen Bäckerstraße, der über zwei Grundstücke gehen sollte. Und in dem es neben modernen Warmwasserleitungen und Heizungen auch eine elektrische Glockenanlage für jede Partie geben sollte. Bis Frau Feigl, die ihren Mann wohl schon zum hundertsten Mal darüber erzählen hörte, dazu überging, von der Kolonialausstellung zu berichten, die sie im vorigen Jahr mit der ganzen Familie besucht hatte. Sie hatte sich einfach nicht daran sattsehen können, wie die Singhalesen mit flinken Händen blaue Mondsteine schliffen oder Ornamente in Messing stanzten.

»Am meisten haben mich die natürliche Eleganz ihrer Bewegungen beeindruckt«, erzählte sie mit leuchtenden Augen, »und das weiche Fließen ihrer bunten Röcke. Einzig der Gesang war etwas gewöhnungsbedürftig, obwohl sie schöne Stimmen hatten.«

»Dreiundvierzig Personen hat Hagenbecks Bruder John dafür höchstpersönlich mit dem Schiff von Colombo aus nach Hamburg gebracht«, ergänzte nun ihr Gatte und hob die Stimme, um das Gespräch auch bei diesem Thema wieder an sich zu reißen. »Samt Waffen, Häusermaterial und Gerätschaften.«

»Interessant«, sagte Ottos Vater nur, der sein hart verdientes Geld ungern für Amüsement ausgab und im Kopf die unermesslichen Kosten dieser Ausstellung überschlug.

Otto warf Paul einen warnenden Blick zu, damit er nicht verriet, dass sie beide ebenfalls dort gewesen waren, heimlich und auf Pauls Drängen. Er selbst hatte die fünfzig Pfennige nur schweren Herzens hergegeben, um im Garten des bürgerlichen Hauses am Neuen Pferdemarkt zwischen dem dicht gedrängten, gaffenden und feixenden Publikum nach dem Naturvolk aus Ceylon Ausschau zu halten.

Als Erstes war ihm der dumpfe Geruch von Kot aufgefallen, der von den Elefanten stammte, die hin und her schaukelten, den Blick auf etwas gerichtet, das hinter den Zuschauern zu liegen schien. Otto hatte sich ordentlich recken müssen, ehe er zwischen den sich herumschiebenden Menschen auch das Lager sehen konnte. Es bestand aus kreisförmig angelegten Hütten mit Dächern aus geflochtenen Palmenwedeln, vor denen Frauen in Nationaltracht saßen und sangen, während die Männer mit seltsamen Kämmen auf dem Kopf zu den Schlägen einer Trommel wild umhersprangen.

Als er nur noch die Hüte der sich immer dichter an den Zaun drängenden Zuschauer sah und statt des Elefantenkots den an Mänteln und Jacken haftenden Geruch nach Veilchenwasser und verschüttetem Bier wahrnahm, war er, sich nach frischer Atemluft sehnend, auf die Straße zurückgegangen. Dort wartete er auf Paul, der eine geschlagene Stunde brauchte, ehe er endlich nachkam.

»Die fremden Menschen haben mir leidgetan«, murmelte Johann, nachdem Herr Feigl seinen Bericht mit einem Lobgesang auf den aufklärerischen Wert beendet hatte. »Die Leute haben sie angegafft wie Tiere.«

Johann erntete einen scharfen Blick seines Vaters, woraufhin er sich unwillkürlich duckte.

»Das war das Abenteuer ihres Lebens«, sagte Herr Feigl, halb empört, halb belehrend. »Sie werden ihren Enkelkindern noch von den unfassbaren Wundern unserer Kultur erzählen. Tatsächlich durfte ich mich dazu erst kürzlich mit Carl Hagenbeck austauschen, der mit seiner Gemahlin unser Daunenlager besucht hat. Er betonte, wie freundschaftlich er den Darstellern verbunden war. Einer von ihnen, ein Indianerhäuptling, hat sogar unsere

Sprache gelernt, weshalb er einem Major, der in der nordamerikanischen Pampa die Orientierung verloren hatte, das Leben rettete.«

»Georg«, unterbrach ihn seine Frau, die die zunehmende Unruhe der anwesenden Kinder bemerkte und offenbar nichts von allzu preußischen Erziehungsmethoden hielt. »Vielleicht sollten wir fragen, ob unsere Gastgeber der Fortsetzung lieber in ungezwungenem Rahmen folgen möchten?«

»Eine gute Idee«, sagte Ottos Mutter, und der Vater hob angesichts dieses ungewohnt vorlauten Einlasses die Brauen. »Gehen wir in die Stube und setzen die Unterhaltung bei einem Gläschen Chantreuse fort.«

»Sehr gerne«, rief Herr Feigl aus. »Ist das nicht dieser französische Kräuterlikör, den Sie vergangenen Herbst im Prozess gegen den Stettiner Etikettenschwindler vertreten haben?«

Ottos Vater strich sich schmunzelnd über sein Bärtchen. »So ist es. Und ich darf Ihnen heute stolz verkünden, dass mir die Klosterbrüder bei meinem letzten Aufenthalt in Grenoble die Generalvertretung der Grande Chartreuse L. Garnier übertragen haben.«

»Tatsächlich? Mein lieber Herr Lagerfeld, darauf sollten wir aber anstoßen!«

Stühle wurden gerückt, der Tisch wurde abgedeckt, und während Lisbeth in der Küche verschwand, um dem Dienstmädchen beim Abwasch zu helfen, verzogen sich die Erwachsenen, gefolgt von Joseph und dem kleinen Hans, der die Geschichte mit dem Indianerhäuptling unbedingt zu Ende hören wollte, in die gute Stube.

»Gehen wir nach draußen?«, fragte Otto Johann, nachdem die Mädchen mit der kleinen Theresia im Schlepptau verschwunden waren und auch Paul sich verzogen hatte.

Dieser nickte freundlich. »Gern.«

Als Otto voranging, um dem Gast die Tür aufzuhalten, die vom Esszimmer in den Garten führte, dachte er, dass der nun folgende Teil des Abends mit Johann, der während der vergangenen Stunden nicht mehr als zweieinhalb Sätze gesagt hatte, gewiss recht schweigsam verlaufen würde.

4

Obwohl die Abendsonne die Wolken längst vertrieben hatte, war die Luft wieder frisch geworden. Im goldenen Dämmerlicht zeigte Otto dem jungen Gast die Tomatenstauden, an denen bereits grüne Früchte hingen. Die Reihen mit Rüben, Kartoffeln und Kohl.

»Habt ihr einen Gärtner?«, fragte Johann höflich, als sie sich auf der Bank am Ende des Grundstücks niederließen.

»Nein, das hat mein Vater angebaut. Ich helfe ihm jeden Abend von halb sieben bis zum Dunkelwerden und an den Sonntagen.« Johann lächelte, und da es für Otto nicht ersichtlich war, ob aus Mitleid oder Anerkennung, setzte er nach: »Es erfüllt mich, mit den Händen in der Erde zu wühlen. Und was machst du gerne?«

»Segeln.« Johann blickte an Otto vorbei zum Haus, aus dem nun Mimi und Tilla traten, die kleine Theresia zwischen sich an der Hand. »Und Berichte des Medizinalrats lesen. Und die des Hygienischen Instituts.«

»Du liest medizinische Berichte?« Otto sah ihn erstaunt an. Er konnte sich Unterhaltsameres vorstellen, als in seiner Freizeit Abhandlungen über Krankheiten zu studieren. »Dann möchtest du also Arzt werden.«

»Nein.« Ein Schatten flog über Johanns Gesicht. »Mein Vater will, dass ich Rechtswissenschaften studiere. Aber man muss vorbereitet sein.«

»Vorbereitet? Worauf?«

»Auf die Dinge, die unsere Gesundheit bedrohen. So wie die Cholera.«

Otto zog die Brauen zusammen. »Du denkst im Ernst, man hätte eine Ausbreitung verhindern können, wenn man die Berichte des Medizinalrats gelesen hätte?«

Johann antwortete nicht, sah stattdessen zu Boden.

Otto dachte, dass in seinem Blick viel Schmerz lag und er vielleicht in diesem Moment an einen geliebten Menschen dachte, den er an die heimtückische Krankheit verloren hatte.

Unwillkürlich drängten sich ihm Erinnerungen an den Gestank auf, der in jenem Hitzesommer von den Kanälen emporgestiegen war und das nahende Unheil verkündete, während die Bürger der Stadt nichts ahnend weiter ihren Geschäften nachgingen. Erst, als auf dem Platz vor dem Weinhandel die Bretterzäune standen, in deren Mitte die Toten aus dem Gängeviertel lagerten, verkündete Ottos Vater, dass sie in Groß Flottbek bleiben würden, bis sie ihres Lebens wieder sicher sein konnten.

Als Otto die Stadt nach bangen Wochen wieder betrat, waren der Cholera achteinhalbtausend Hamburger zum Opfer gefallen. Über allem lag der Geruch von Chlor, den die Desinfektionskolonnen in den Gassen und Häusern zurückgelassen hatten. Die Straßen waren furchtbar leer. Manche Läden waren verschlossen, viele Fenster verhängt. Ja, auch er hatte sich unbehaglich gefühlt beim Anblick der Trostlosigkeit.

»Es war doch längst bekannt, wie die Krankheit entsteht«, platzte Johann in die Stille. »Nicht erst seit Robert Koch. Und dass vom mit Fäkalien verunreinigten Elbwasser eine Gefahr ausgeht. Aber die Herren Senatoren haben lieber ein imposantes Rathaus gebaut, statt Anlagen, um das Trinkwasser zu säubern. Als dann immer mehr Menschen starben, haben sie nichts unternommen, weil sie Angst hatten, die Nachricht von der tödlichen Seuche könnte den Handel zusammenbrechen lassen. Es ist verflucht noch mal schiefgegangen, verstehst du? Ich will nicht, dass sich das jemals wiederholt.«

Otto staunte. Der stille Johann hatte geredet wie ein Wasserfall und dabei sogar geflucht. »Und was hat das nun mit den Berichten des Medizinalrates zu tun?«

»Ganz einfach: Nach dieser Sache wurde das Hygienische Institut gegründet«, antwortete Johann mit einem Blick, als sei Otto schwer von Begriff. »Und alles, was dem leitenden Arzt auffällt, landet auch in den Berichten.« Er sah zu den Mädchen. »Ich will nicht, dass so etwas noch einmal passiert«, wiederholte er.

»Das verstehe ich gut«, sagte Otto leise. Nun musste er doch wieder an seine kleine Schwester denken. Auch Helenes Tod hätte man verhindern können, wenn bekannt gewesen wäre, was mit Keimen verunreinigte Milch im schlimmsten Fall anrichtete.

Sie war nicht die Einzige gewesen, die allzu früh ging. Als Otto zwei Jahre alt gewesen war, befiel seine Brüder Franz und Carl ein heftiges Fieber, das Franz, im Gegensatz zu dem damals elfjährigen Carl, nicht überlebte. Und im vergangenen Dezember war die zweiundzwanzigjährige Erna gestorben, die der Mutter im Haushalt zur Hand ging und immer auf die jüngeren Geschwister aufpasste. Die gutmütige, duldsame Erna verschied morgens um sieben, kurz nachdem die vier Schulkinder samt dem Vater und den älteren Brüdern gerade das Haus verlassen hatten und in der Bahn in Richtung Altona saßen.

Einen Tag später war der Vater mit Carl wieder in die Stadt gefahren, weil er seine Geschäfte nicht im Stich lassen wollte. Er hatte es dem Zweitältesten Joseph überlassen, dem Amt davon Meldung zu machen. Die Kinder hatte er ermahnt, nach vorne zu blicken und den Schmerz nicht zuzulassen. Sich dankbar zu zeigen für jeden Tag, an dem sie genügend zu essen hatten und sich guter Gesundheit erfreuten. Vor allem aber sollten sie die Eltern nicht mit ihrem Geheule belasten.

Daran hatten sich alle gehalten, bis sie den Schmerz irgendwann tatsächlich nicht mehr fühlten.

Doch an manchen Abenden sah Otto die Mutter nach getaner Arbeit am Küchentisch sitzen und alte Fotos betrachten, ebenso die Ausschnitte mit den Traueranzeigen aus der Zeitung. Sorgfältig verwahrte sie die Sachen im Schrank und nahm sie immer dann heraus, wenn die Erinnerung an die verlorenen Kinder sie überwältigte.

Der Tod war ihr ständiger Begleiter, und Otto dachte, wie viel wohler ihm wäre, ihn nicht mehr um sich zu haben.

»Du solltest Arzt werden«, sagte er laut. »Oder Hygieniker. Die werden dringender gebraucht als Juristen.«

Auf Johanns Gesicht stahl sich ein Lächeln. »Was ist mit dir? Möchtest du Weinverlasser werden?«

»Nein«, antwortete Otto. »Ich will die Welt sehen. Nach Südamerika reisen, vielleicht nach Valparaíso. Ich werde mein Geld mit Tabak verdienen. Oder mit Kaffee. Der Vater von meinem Freund Heinrich macht mit Salpeter, Bananen und Kaffee ein Vermögen. Heinrich hat mir neulich einen Brief von ihm gezeigt. Es muss herrlich sein, und ich kann mir nichts Schöneres vorstellen, als dort zu arbeiten.«

»Was stand denn in dem Brief?«

Otto schloss die Augen. Er konnte sich nicht mehr an den genauen Wortlaut erinnern, nur an einen Absatz, den er auswendig wusste.

»Von den am Fuße der Cordillera de los Andes emporsteigenden Häusern und Gärten blicke ich auf die mit Schiffen aus aller Herren Länder bedeckte Bai. Dahinter dehnt sich der unermessliche Ozean, eine türkisblaue Fläche, die dann und wann ein leichter Wind kräuselt.«

Die Bilder von der Bewegung des Wassers, von den unzähligen Schiffen, die jeden Sonntag ihre Flaggen hissten, wurden auf einmal wieder lebendig. Otto hörte das Rufen der Matrosen, die die Ladung löschten, das Geräusch der flatternden Segel. Heinrich hatte ihm eine Aufnahme gezeigt, auf der ein Garten mit exotischen Pflanzen zu sehen war, darin ein Papagei. Sie war nur schwarzweiß, aber in Ottos Kopf entstand die Vorstellung eines bunten Gefieders in Gelb, Rot und Blau vor dem berauschenden Grün des Palmenwaldes.

Ein Kribbeln war in seiner Brust emporgestiegen, das sich wie ein Schauer im ganzen Körper ausbreitete. Mit einem Mal hatte Otto gewusst, dass er seine Jahre nicht wie sein Vater als Weinverlasser und beeideter Sachverständiger der Stadt Hamburg hier im Deutschen Reich verbringen würde, nein. Im selben Moment, als Heinrich den Brief wieder zusammengefaltet hatte, war in ihm der Entschluss gereift, die Welt nicht als Zuschauer am Zaun einer inszenierten kolonialen Ausstellung, sondern mit eigenen Augen erkunden zu wollen.

»Du willst dich deinem Vater widersetzen?«, fragte Johann in diesem Moment, und Otto schlug die Augen wieder auf.

»Ich widersetze mich ihm nicht. Das ist alles in der Familie besprochen. Mein ältester Bruder Carl wird die Weinhandlung übernehmen, und Joseph arbeitet ja auch im Kontor. Ich werde an Ostern mein Examen machen und dann bei den Gebrüdern Michahelles beginnen, die Kaffee importieren und in Schulau eine Zuckerfabrik besitzen. Und nach dem Militärdienst ziehe ich in die Welt.« Als er Johanns skeptischen Blick bemerkte, zuckte er die Schultern. »Zweifelst du etwa an meiner Tauglichkeit? Ich weiß, mein Brustumfang ist noch zu gering, aber das kann man mit dem Expander trainieren.«

»Das ist es nicht. Nur … dein Vater hat sich auf der Herfahrt mit meinem darüber unterhalten. Er zieht es offenbar in Erwägung, dich als Nachfolger zu bestimmen.«

»Mich?« Otto schüttelte den Kopf. »Du musst dich verhört

haben. Es steht außer Frage, dass Carl das macht. So ist es besprochen.«

»Ich habe mich nicht verhört«, beharrte Johann. »Dein Vater sagte, dass du der Aufgeweckteste von allen bist und Joseph zu schlecht sieht, weshalb er nicht dazu geeignet ist, in dunklen Kellern Etikettenfälschungen zu erkennen.«

Otto sah zum Haus hinüber, in dem inzwischen einzelne Lichter entzündet waren. Nur Carls Zimmer blieb dunkel.

Von der Elbe wehte ein kalter Wind herüber, der den Duft des Meeres mit sich zu tragen schien. Ein Schiffshorn blies.

»Du hast dich geirrt«, wiederholte er fest.

Doch als sein Vater ihn wenige Tage später darüber informierte, dass er einen Lehrer engagiert hatte, der künftig zweimal die Woche mit Otto an dessen Französisch arbeiten sollte, war er sich nicht mehr ganz so sicher.

5

HAMBURG

1901

Seit jenem Gespräch im Gemüsegarten trafen sich Otto und Johann unregelmäßig sonntags zum Billardspielen oder zu einem Spaziergang an der Alster. Doch so oft sie sich auch die Zukunft in goldenen Farben ausmalten und davon träumten, die Welt als Kaufmann zu bereisen oder bahnbrechende medizinische Entwicklungen zu erforschen: Das Thema Nachfolgeregelung war dabei nicht mehr zur Sprache gekommen. Und da Ottos Vater ihn 1899, als Joseph mit einem Fünfjahresvertrag für eine Handelsfirma nach Manila aufbrach, damit noch immer nicht behelligte, beschloss er, es endgültig als ein Missverständnis abzutun.

Seit er im September 1897 das Kontor der *Gebrüder Michahelles, Kaffeeimport und en Gros* im Sandtorkai 9 zum ersten Mal betreten hatte, um dort seine Lehrjahre zu absolvieren, war ohnehin keine Zeit mehr für tiefschürfende Gedanken. Jeden Morgen um sieben fuhr er mit seinem Vater und den Geschwistern Paul, Mimi und Tilla in der Bahn nach Altona. Von dort nahmen sein Vater und er die Elektrische, bis sich auch ihre Wege am Rödingsmarkt trennten. Während der Vater in Richtung der – Dank Herrn Feigels guter Kontakte – neu erworbenen Räume seines Weinhandels eilte, wo er gemeinsam mit Carl französische Weine, Madeira und Chantreuse vertrieb, ging Otto das letzte Stück zur Speicherstadt zu Fuß.

So manches Mal, wenn Otto die Brücke bei der Kehrwiederspitze und damit die Grenze zum Freihafen überschritt, glitt sein Blick hinüber zur Brooksbrücke. Dann erinnerte er sich, wie er als Siebenjähriger inmitten der laut jubelnden Stadtbevölkerung sein Fähnchen geschwenkt hatte, ohne einen einzigen Blick auf Kaiser Wilhelm II. zu erhaschen, der dort den ersten Bauabschnitt einweihte.

Von den alten Straßenzügen war inzwischen kaum etwas übrig. Der Cremon, der alte Wandrahm, ein ganzes Stadtviertel musste weichen. Wo sich noch vor wenigen Jahren dreistöckige Fachwerkhäuser mit ihren windschiefen Fassaden an die Fleete geschmiegt hatten, reihten sich nun die gotisch strengen Backsteingebäude der neuen Speicherstadt aneinander. Winden und hydraulische Hebebühnen beförderten Kaffee, Kakao, Gewürze, Tabak und Kautschuk von den vorfahrenden Kähnen direkt in die Lager.

Jeden Morgen um Punkt acht Uhr saß Otto an seinem Platz im geräumigen Kontor und beugte sich im Licht elektrischer Lampen über Lagerlisten und Frachtaufträge.

Da die Herren Prokuristen erst am Nachmittag zur Arbeit erschienen und ihren Angestellten am Abend die Post zur Erledigung übergaben, traf er oft mit reichlich Verspätung zur Französischstunde ein. Der Lehrer war zum Glück ein langmütiger junger Mann, der sich auch am späten Abend noch die Zeit nahm, mit Otto Vokabeln und die Besonderheiten der französischen Grammatik zu pauken.

Mehr als einmal war Otto erst gegen Mitternacht mit dem letzten Zug nach Hause gekommen, zweimal war er vom beständigen Ruckeln des Waggons eingeschlafen und musste von der Endstation in Blankenese den ganzen Weg zu Fuß nach Hause gehen.

Drei Jahre lang hatte Otto die Zähne zusammengebissen und alles gelernt, was es über den Import von Kaffee, Reis, Zucker und Kolonialwaren zu lernen gab. Jeden Abend trainierte er fleißig mit dem Expander, um seinen Brustumfang zu vergrößern, und nahm, da er beim Regiment reiten musste, Reitstunden auf den Pferden von Hinrich Greve, der eine kleine Reitanlage am Stockkamp betrieb. Nach einjähriger Militärzeit war er zu einem nicht mehr ganz so schmalen jungen Mann herangewachsen, der es kaum abwarten konnte, am 1. Oktober 1901 seinen Dienst bei der Firma Van Dissel & Co. anzutreten.

Die Kontorräume lagen in einem Geschäftshaus in der Ferdinandstraße 48, an der Ecke zur Gertrudenstraße. Direkt gegenüber befand sich die Baustelle, auf der das neue Kontorhaus der *Hamburg-Amerikanischen Packetfahrt-Actien-Gesellschaft* entstand. Es war ein gigantisches Gebäude, dessen repräsentative Granit- und Sandsteinfassade an ein französisches Grandhotel erinnerte – nur eben größer. Das Haus, in dem Van Dissel & Co. seinen Sitz hatte, nahm sich dagegen geradezu bescheiden aus.

Pünktlich kurz vor acht blieb Otto vor dem Haus stehen und richtete den Kragen seines Anzuges, bevor er aufrecht und mit klopfendem Herzen die knarzenden Treppenstufen zum ersten Stock emporstieg, in dem die Handelsgesellschaft ihre Räume hatte. Ein etwa dreißigjähriger Mann mit essigsaurer Miene, der sich als Herr Winter vorstellte, nahm Otto in Empfang und geleitete ihn sogleich zum Kontorzimmer des Teilhabers.

Hermann Pfingsthorn war ein beleibter Mann mit einem viel zu großen Kopf und einem ausladenden Schnurrbart, dessen gedrehte Spitzen zitterten, als er den Neuankömmling begrüßte.

»Nun, der Herr Lagerfeld also«, sagte er und stützte die Hände auf den gewaltigen Mahagonischreibtisch, um sich aus dem Stuhl zu erheben. »Ihr Herr Vater hat mir beim Treffen der Berufsgenossenschaft in den höchsten Tönen von Ihrem klugen Verstand vorgeschwärmt. Daher habe ich beschlossen, die Führung durch die Abteilungen persönlich vorzunehmen, damit ich Sie gleich richtig kennenlerne.« Er zwinkerte Otto zu. »Wollen wir mal sehen, ob Ihre sagenhafte Klugheit unserer Kaffeegesellschaft ebenfalls gute Dienste leisten kann.«

»Ich werde Sie gewiss nicht enttäuschen«, sagte Otto fest und nahm Haltung an.

Pfingsthorn nickte zufrieden und zeigte auf eine Reihe gerahmter Fotos auf seinem Tisch, auf denen Palmen zu sehen waren und eine alte Apotheke. »Das hier«, er stieß mit seinem fleischigen Finger auf den vor dem Gebäude posierenden Mann, »ist unser Gründer August Lincke. Er schloss eine pharmazeutische Ausbildung ab, bevor er sich 1851 mit nur dreihundert Talern in der Tasche nach Venezuela einschiffte, um in Maracaibo seine eigene Apotheke zu gründen. Damit legte er den Grundstein für unser Unternehmen. Noch heute beliefern wir die Region mit Drogen und Chemikalien zur Herstellung von Arzneimitteln. Aber unser Hauptgeschäft sind Waren aus ganz Europa, die dort reißenden Absatz finden.« Pfingsthorn drehte sich zu der Landkarte an der Wand, in der kleine Fähnchen steckten. »Wir haben in Südamerika drei Niederlassungen. In Venezuela sind dies Maracaibo und San Christóbal, und in Kolumbien sitzen wir in San José de Cúcuta.«

»Maracaibo«, flüsterte Otto und trat näher an die Landkarte. Der Ort lag an einer Meeresenge zwischen dem Golf von Venezuela und einem großen See, und plötzlich hörte Otto wieder das Rollen der Wellen und die Rufe der Matrosen, die eine Schiffsladung löschten.

»In unserem Hamburger Büro befassen wir uns mit dem Einkauf der Waren für unsere iberoamerikanischen Niederlassungen«, tönte Pfingsthorn in seine Gedanken hinein. »Und mit dem Verkauf des aus Venezuela importierten Kaffees. Ich zeige Ihnen nun Ihren Arbeitsplatz.«

Mit zackigen Schritten eilte er voran zu engen Zimmern, erklärte hier und da ihre Funktionen. Dabei stellte er ihm den Prokuristen Richard Krohn vor, der fast hinter einem Stapel Papieren verschwand und Otto freundlich zunickte.

»Unseren Senior Gysbert van Dissel«, sagte Pfingsthorn, als sie an einem Raum mit Alsterblick vorbeigingen, »lernen Sie am Nachmittag kennen. Er weilt gerade bei der Firma Sandberg & Schneidewind, die uns die Chemikalien liefern.«

Neugierig lugte Otto durch den Türspalt in den holzvertäfelten Raum und erhaschte einen Blick auf einen ausgestopften Ara, der ihm zuzuzwinkern schien.

»Und das ist Herr Voigt«, sagte Pfingsthorn, der wenige Meter weiter stehen geblieben war, und Otto beeilte sich, zu ihm aufzuschließen. »Es ist sein letzter Tag hier bei uns im Kontor. Morgen früh wird er nach Venezuela aufbrechen, um später in San José de Cúcuta die Herren im Verkauf zu unterstützen.«

Otto betrachtete den Mann, der gerade einen Briefbeschwerer von der Schreibtischplatte nahm und in eine Holzkiste legte. Er war Anfang dreißig, kräftig und hochgewachsen und mit entschlossenem Blick. Otto musste zugeben, dass er den Mann glühend beneidete.

»Was genau sind denn die Aufgaben im Verkauf?«, fragte er den Teilhaber.

»Die Herren versorgen die Depots im Landesinneren mit Waren. Zweimal jährlich reisen sie mit Warenmustern zu den Gemischtwarenhändlern, die sich mit Vorräten eindecken und ihre Einkäufe mit Kaffee bezahlen, den sie im Gegenzug von den Bauern erhalten. Es ist eine Aufgabe mit großer Verantwortung.«

Pfingsthorn setzte sich wieder in Bewegung und blieb vor einem Raum am Ende des Flures stehen, in dem ein junger Mann mit rabenschwarzem Haar am Tisch saß. Er war zwei oder drei Jahre jünger als Otto und erhob sich nun von seinem Platz.

»Man muss achtgeben«, fuhr Pfingsthorn fort, ohne den jungen Mann zu beachten, »dass man nicht zu sehr in Vorleistung geht, indem man den Händlern allzu großzügige Kredite gewährt. Die große Kaffeekrise hat so manches Depot in den Ruin getrieben. Viele konnten nach dem Verfall des Kaffeepreises ihre Schulden nicht mehr bezahlen. Die Leidtragenden einer solchen Entwicklung sind am Ende der Kette unsere Häuser.« Er sah ihn ernst an. »All das erfordert eine energische Natur genauso wie einen klugen Verstand. Es kommt auf jeden Einzelnen an. Die Herren müssen gut mit Zahlen umgehen können, damit unser Handelshaus am Ende nicht in Schieflage gerät.«

»Ich weiß gut mit Zahlen umzugehen«, entfuhr es Otto. »Wie lange wird es dauern, bis ich für die Firma nach Venezuela darf?«

»Sie?« Pfingsthorn musterte ihn mit erhobenen Brauen, dann lachte er dröhnend. »Bei Ihrer Statur werden Sie ja gleich vom ersten Tropensturm umgeweht. Nein, junger Mann, Ihr Platz ist hier in Hamburg. Wir werden Ihnen erst mal beibringen, wie man Konsulatsfakturen für die Verladungen aufsetzt, anschließend können Sie Ihren klugen Verstand darauf verwenden, die Zahlen fehlerlos einzutragen. Sprechen Sie Spanisch?«

»Nein«, erwiderte Otto kleinlaut und ärgerte sich, dass er seine Zeit nicht klüger genutzt hatte, zumal es vorauszusehen gewesen war. »Aber Französisch. Und ein wenig Englisch.«

»Französisch.« Pfingsthorn strich sich mit einem Seufzer über den Bart. »Wenn man in diesem Haus etwas werden will, stehen Fleiß und harte Arbeit an allererster Stelle. Sie sollten sich die spanische Sprache rasch aneignen, sonst können wir Sie hier auf Dauer nicht gebrauchen.« Damit verließ er den Raum.

Otto sah ihm nach und schluckte hart.

»Jakob Ringel«, kam es von links, und Otto drehte sich zu dem jungen Mann um, der ihn nun breit angrinste. »Lehrjunge im zweiten Jahr und vorwiegend schlecht bezahlter Kistenschlepper.«

»Otto Lagerfeld.«

Sie gaben sich die Hände und waren sich sofort sympathisch.

»Wollen Sie wirklich nach Venezuela?« Jakob Ringel wirkte ehrlich entsetzt.

»Ja.« Otto nickte. »Spricht etwas dagegen?«

»Kommt darauf an, wie alt Sie werden wollen.« Er runzelte die Stirn. »Sagen Sie bloß, Sie haben noch nichts davon gehört.«

»Wovon denn?«

Der Lehrling beugte sich vor. »Dort ist es lebensgefährlich«, raunte er. »Was glauben Sie, warum ein Platz im Verkauf freigeworden ist? Weil wieder jemand an der Tropendysenterie verstorben ist. Oder am Gelbfieber, das von einer Mücke übertragen wird. Das Umland von Maracaibo ist sumpfig, immer wieder kommt es zu Epidemien, die die Angestellten gleich welchen Alters umkippen lassen wie die Fliegen.«

»Und Sie meinen, Herr Voigt …« Ottos Augen weiteten sich, als er an den Mann dachte, der gerade seinen Tisch räumte, um nach Venezuela aufzubrechen.

»Genau, Maracaibo ist die Durchgangsstation für jeden Ankömmling. Erst, wenn er das Gelbe Fieber überstanden hat, kann er ohne Gefahr weiter nach Kolumbien reisen, nach San José de Cúcuta, den größten Kaffeeumschlagsplatz, sozusagen das Herz unserer Firma.« Er zuckte die Schultern. »Man kann Herrn Voigt nur wünschen, dass er es unbeschadet übersteht. Ich für meinen Teil möchte nicht mit ihm tauschen, für kein Geld der Welt.« Damit ließ er sich wieder auf seinen Stuhl sinken und widmete sich den Unterlagen auf seinem Schreibtisch.

Die ersten Wochen bei Van Dissel & Co. brachte Otto damit zu, Warenbegleitpapiere auszustellen und sie dem Konsulat zur Beglaubigung vorzulegen. Dabei lernte er, dass die Einwohner von Venezuela sich trotz teils ärmlicher Verhältnisse an eleganter

Kleidung und hübschen Gebrauchsgegenständen aus Europa erfreuten und den Warenlieferungen mit Ungeduld entgegensahen.

In regelmäßigen Abständen wurden Musseline, seidene Stoffe, Atlasstiefel aus Paris, elegante Sonnenschirme, Spitzen, Operngläser, kostbare Gebetbücher, bunte Heiligenfiguren, Geschirr und Glas nebst Cognac und Zigarren aus den Hamburger Kommissionslagern auf Schiffe geladen, die den Rückweg bis an den Rand gefüllt mit Kaffeebohnen antraten, welche die Herren vor Ort aufgekauft oder gegen die Waren eingetauscht hatten.

Anfang des Jahres traf ein Telegramm ein, in dem es hieß, der Kollege Voigt sei dem Gelben Fieber erlegen. Verbunden war die Nachricht mit der Bitte, möglichst rasch einen neuen Abgesandten nach Südamerika zu schicken. Dieses Mal fiel die Wahl auf den essigsauren Herrn Winter aus dem Einkauf.

Am Abend und an den Wochenenden nahm Otto an einem Sprachkurs teil und war regelmäßig zu Gast in der Commerzbibliothek in der Domstraße, wo er auf Spanisch verfasste Artikel über die Politik, Wirtschaft und Kultur Südamerikas las.

Und wenn ihm abends im Bett beim Studieren von Gloeckners *Taschenbuch der Handelskorrespondenz* in deutscher und spanischer Sprache die Augen zufielen, setzte er sich aufrecht hin und drehte die Flamme des Nachtlichts noch ein wenig höher.

6

HAMBURG

Herbst 1901

Das Grün der Blätter war bereits gelblich verfärbt, die Zweige schwangen im stürmischen Seewind. Eine Kastanie löste sich aus der Baumkrone, dann eine weitere. Klack-klack, klack-klack machte es, wenn sie auf dem Vordach der Schule aufschlugen. Das Geräusch erinnerte Paul an die eingefangene Taube, die mit dem Schnabel gegen das Kisteninnere hackte. Klack-klack. Ob sie noch an ihrem Platz war?

»Paul Lagerfeld! Ich rede mit dir.«

Er fuhr hoch, hatte im ersten Moment Mühe, sich zu orientieren. Das Bild der eingesperrten Taube verlor sich, nun saß er wieder im verhassten Klassenzimmer. Vorne bei der Tafel stand der hagere Herr Klose in seinem abgetragenen Anzug und sah ihn streng an.

»Junge, was ist denn nur los mit dir? Seit einer geschlagenen Stunde versuche ich, einem Nichtsnutz wie dir Algebra beizubringen. Aber der gnädige Herr Lagerfeld hält es für wichtiger, aus dem Fenster zu starren.«

»Das ist nicht richtig, Herr Lehrer«, entgegnete Paul. »Ich habe Ihnen aufmerksam zugehört.«

»So? Dann erzähl uns doch mal, was du vom Satz des Pythagoras behalten hast.«

»Ich …« Die ersten Jungen kicherten. Paul wurde wütend

und funkelte sie an. »Kommt ihr mir nur unter die Augen«, zischte er.

»Schluss jetzt!«, rief Herr Klose scharf. »Ich habe genug von deinen Faxen. Ein für alle Mal. Vortreten.«

Paul blieb sitzen. »Was habe ich denn getan?«

»Alleine diese Frage ist eine beispiellose Frechheit!« Herr Klose beugte sich zu dem Strafverzeichnis auf dem Pult hinab und schlug es kopfschüttelnd auf. »Wo soll das nur mit dir hinführen? Sechzehnter September: Widerspricht dem Lehrer und lügt. Neunzehnter September: Fehlende Hausaufgaben. Vierundzwanzigster September: Schlechtes Betragen. Wo«, wiederholte der Lehrer sichtlich erschöpft, »soll das hinführen?« Er tastete nach dem Rohrstock, der griffbereit an der Wand lehnte. »Aber ich werde dir deinen Ungehorsam schon noch austreiben. Vortreten, habe ich gesagt!«

Zögernd erhob sich Paul von seinem Platz. Dabei sah er aus dem Augenwinkel, dass sein Sitznachbar Friedhelm, ein furchtbarer Aufschneider, Mühe hatte, sich ein Grinsen zu verkneifen. Paul erstarrte mitten in der Bewegung. Die Stelle, an der er die letzten Prügel empfangen hatte, war noch immer geschwollen und schmerzte. Er hatte die ständigen Demütigungen satt, so satt.

»Nein«, sagte er fest.

Herrn Kloses sonst so farbloses Gesicht wurde zornesrot. »Du wagst es? Dir werde ich's zeigen!«

Mit wenigen Schritten war er bei ihm und zielte auf den Kopf. Reflexhaft schnellte Pauls Arm nach oben und verhinderte, dass der Schlag ihn im Gesicht traf. Der Rohrstock zerbrach von der Wucht des Aufpralls in zwei Teile. Ein höllischer Schmerz durchzuckte seinen Arm, Paul stöhnte auf.

Mit einem Aufschrei holte Herr Klose mit dem verbliebenen Teil seiner Waffe aus und schlug erneut zu.

Paul versuchte, sich wegzuducken – vergeblich. Wie eine Eisenstange traf ihn der Prügel am Rücken, und er rang nach Atem, überrascht von der Wucht des Aufpralls. Das Gefühl der ungerechtfertigten Demütigung wuchs, staute sich als heiße Wut in seiner Kehle, und noch bevor der Lehrer einen dritten Schlag ausführen konnte, stieß Paul ein Brüllen aus. Mit der Kraft des Zornigen packte er Herrn Klose am Handgelenk und entwand ihm den Stock. Sekundenlang hielt er ihn in die Höhe, bereit, dem Lehrer die vielen Schläge heimzuzahlen, die er ihm in all den Jahren verpasst hatte.

Später vermochte Paul nicht zu sagen, was ihn davon abgehalten hatte, tatsächlich zuzuschlagen. Es hätte ihm mit Sicherheit Arrest eingebracht, wenn nicht sogar das Zuchthaus. Vielleicht war es das Flackern in Herrn Kloses Augen, das ihn den Stock zu Boden werfen ließ, befriedigt von dem Moment ungewohnter Überlegenheit. Dann verließ er das Klassenzimmer.

»Das wird ein Nachspiel haben!«, rief Herr Klose ihm mit sich überschlagender Stimme hinterher.

Doch Paul hatte längst den Gang erreicht, stieß nun die Tür ins Freie auf und sprang die Stufen hinunter auf den Bürgersteig.

Seinen Mitschülern, die sich an den Fenstern drängelten, warf er einen letzten triumphierenden Blick zu, dann eilte er davon. Berauscht von dem ungewohnten Gefühl, einen ihm überlegenen Menschen in die Knie gezwungen zu haben.

Mit stolz geschwellter Brust schritt er voran und bemerkte, dass ihn allein sein Gang zu verändern schien, als trage er seinen Triumph wie ein Schild vor sich her. Eine ältere Frau sprang hastig zur Seite, ein beleibter Mann trat nach hinten. Ja, selbst als er am Spielbudenplatz angelangt war, wo sich eine Menschentraube um einen Matrosen mit Quetschkommode scharte, teilte sich die Menge wie von unsichtbarer Hand und ließ ihn vor, bis er in der ersten Reihe stand.

Nun gut, vielleicht hatte er auf seinem Weg auch ein paar

Rempler und Pöbeleien verteilt, aber nun verharrte er direkt vor dem Spieler, der mit vollem Bass seine Lieder sang, während das Publikum johlte und schunkelte.

Hat der Sturm den Kiel erfasst. Hoiho!
Kletter ich auf den höchsten Mast. Hoiho!
Seid nicht bange, Kapitän!
Wind und Wetter werden schön:
Lasst die Flagge lustig wehn!
Hoiho, hoiho, hoiho!

Paul begann die Sache Spaß zu machen. Was waren dagegen schon ein brennender Rücken und ein geschwollener Arm! Selbst Jesus am Kreuz musste leiden, bevor er auferstand. Ja, das war genau das richtige Wort, er fühlte sich, als sei er gerade auferstanden aus der nebulösen Alltäglichkeit, die sich Leben nannte. Ein Leben, in dem er ohnehin keinen Platz hatte, weil er angeblich ein Taugenichts war, ein Nichtsnutz und faul obendrein. Das hatte er oft genug gehört, nicht nur von seinem Lehrer. Jetzt aber war er wer, alleine aus der Kraft des Widerspruchs.

Die Taube fiel ihm wieder ein. Vor drei Tagen hatte er mit dem Rechenheft auf den Knien an den Landungsbrücken gesessen und den Schnelldampfer der Hamburg-Amerika-Linie gezeichnet, der mit seinen drei qualmenden Schornsteinen die Elbe hinabzog, um Kaufleute und Weltenbummler auf die andere Seite des Atlantiks zu bringen.

Die Taube hatte mit penetrantem Gurren versucht, seine Aufmerksamkeit zu erregen, und sich geradezu bereitwillig fangen lassen, als er ihr ein Stück Brotrinde hinhielt. In unheiliger Bitterkeit hatte er ihr ein Gefängnis gebaut, aus dem es kein Entrinnen gab, und es hatte ihn befriedigt, dass nun ein weiteres Wesen so fühlen musste wie er.

Ob jemand das Tier inzwischen befreit hatte?

Paul drehte sich um und drängte erneut durch die Menge, die sich diesmal etwas schwerer teilen ließ. Er lief den Circusweg hinab zu den Landungsbrücken, wo die Schiffe zur Hafenrundfahrt einluden, und weiter den Steg entlang bis zu einer Holzhütte, an der bayerisches Bier verkauft wurde.

Die Kiste stand noch immer an der Schuppenwand. Ein Ticketverkäufer verwendete sie als Sitzplatz und aß in aller Seelenruhe sein Brot. Paul drückte sich zwischen den Buden umher, bis der Mann sich endlich erhob und seine Arbeit fortsetzte. Dann lief er hin und öffnete den Deckel.

Mit weit aufgerissenen Augen lag die Taube da, steif und reglos, als sei sie ausgestopft.

Paul schluckte heftig. Mit einem Ruck schloss er die Kiste und wandte sich ab.

Es gab einen Unterschied zwischen der Taube und ihm. Er war frei und in der Lage, selbst zu entscheiden, ob er sich länger einsperren ließ oder nicht. Und genau aus diesem Grund beschloss er in jenem Moment mit zum Schwur erhobenen Fingern, nie wieder eine Schule zu betreten.

Eine Weile drückte Paul sich noch bei den Landungsbrücken herum und sah den fein gekleideten Herrschaften dabei zu, wie sie in die schwankenden Barkassen stiegen und dabei lachend ihre Hüte festhielten, damit die steife Brise sie nicht davontrug. Nach einer Weile rief ihm die Kälte des Seewindes jedoch allmählich die Wirklichkeit ins Bewusstsein.

Er konnte ja nicht die ganze Nacht hier verbringen. Und wo sollte er auch hin, ohne Geld?

Paul dachte an seine Mutter, die am Morgen in der Küche gesessen und ein Huhn gerupft hatte. Einen Eintopf sollte es geben, mit Möhren, Kartoffeln und Lauch. Er seufzte. Hunger hatte er, und zwar nicht zu knapp. Außerdem war da auch noch die Annehmlichkeit des Zuhauses: der warme Ofen, das weiche Bett … Nur wie sollte er dem Vater unter die Augen treten? Sicher hatte er längst vom Schulrektor erfahren, welche Frechheiten der ungezogene Junge wieder einmal begangen hatte.

Wütend über diese Zwickmühle kickte Paul einen Stein über den Steg. Schließlich trat er, so aufrecht, wie es ihm angesichts der trüben Gedanken möglich war, den Rückweg in Richtung des Altonaer Bahnhofes an. Während er durch die Gassen von St. Pauli eilte, zermarterte er sich den Kopf, was er den Eltern zu seiner Verteidigung sagen sollte.

»Hey, Kleiner, wo willst du hin?«

Paul hob den Kopf. Vor einer Schankwirtschaft stand eine junge Frau mit keckem Hut und rot geschminktem Herzmund.

»Nach … Hause«, sagte er und ärgerte sich über die kindliche Antwort.

»Ach so? Das ist aber schade.«

Er blieb stehen, um seinen Fehler wiedergutzumachen. Lässig schob er die Daumen in den Hosenbund, und als er der jungen Frau antwortete, war seine Stimme ganz tief. »Schade? Warum?«

»Weil ich dachte, dass du vielleicht Lust auf ein Bier hast?«

Paul betrachtete sie. Ihr Gesicht war milchweiß und glatt, weshalb die Lippen umso stärker hervorstachen. Das rotbraune Haar war adrett aufgesteckt und das bodenlange Kleid bis zum Hals geschlossen, wie es auch unter den jungen Damen in den Elbvororten Mode war. Über die Schultern hing eine Pelzstola, die zugegebenermaßen ein wenig abgetragen war. Und ihr Blick war anders. Direkter. Er hielt ihm stand.

»Na?«, fragte sie. »Was ist denn nun mit dem Bier? Oder willst du bloß Maulaffen feilhalten.«

Verunsichert fuhr Paul sich mit der Hand übers Haar. Natürlich hatte er schon einmal eine Dirne gesehen, aber da Bordelle offiziell verboten waren und es Prostituierten zudem nicht erlaubt war, vor siebzehn Uhr auf die Straße zu treten, war er sich nicht ganz sicher, ob er es wirklich mit einer zu tun hatte. Ob es ihn bereits etwas kosten würde, sie nur anzugaffen? Da er um keinen Preis seine Unsicherheit zeigen wollte, nickte er einfach.

»Warum nicht. Was kostet denn ein Bier?«

»Fünfzehn Pfennige. Lädst du mich ein?«

»Natürlich!«

Sie lächelte. »Na, dann komm, mein junger Kavalier.«

Paul folgte ihr die Stufen hinab ins Lokal. Er musste ja nicht mit ihr aufs Zimmer gehen und für zwei Biere reichte sein Geld, sogar für drei. Um zehn nach sieben fuhr die Elektrische von Altona bis nach Othmarschen. Im Gegensatz zur früheren Pferdebahn, in der stets ein Kontrolleur auf der hinteren Plattform stand, fuhr die letzte Straßenbahn oft ohne und man konnte unbemerkt hinten aufspringen.

Ein dumpfer Geruch nach verschüttetem Schnaps und Schweiß schlug Paul entgegen, und er musste mehrmals zwinkern, um sich an das schummerige Licht der Petroleumlampen zu gewöhnen. An einem Tisch saßen vier Männer in Matrosenanzügen, zu denen sich zwei Frauen in züchtig langen Röcken gesellt hatten. Eine saß bereits auf dem Schoß eines Hochgewachsenen, der an ihrer Bluse herumfingerte, bis sie ihm lachend einen Klaps auf die Finger gab. Ein Tisch weiter saß ein alter Mann in löchrigen Hosen, der in sein halb leeres Glas starrte und Kaubewegungen mit dem Kiefer machte.

»Na, *mien Jung*?«, kam es vom Tresen, wo ein Bärtiger ihn mit wachem Blick ansah. »*Wat kann ik denn för di doon*?«

»Ein Bier bitte«, sagte Paul. »Und noch eines für die Dame.«

»Ich bin Luise.«

»Paul.«

Das Bier wärmte seinen Magen, und nach wenigen, hastig getrunkenen Schlucken fühlte er sich sogar wohl in der Gesellschaft von Gestrandeten, Seeleuten und leichten Mädchen.

»Schicke Kleidung hast du an«, sagte Luise und fuhr mit der Hand über sein Jackett. »Du kommst wohl nicht aus dem Viertel?«

»Doch, doch«, log er. »Ich bin kein feiner Pinkel. Der Anzug ist«, er zögerte, »nur geliehen.«

»Schade. Ich mag feine Pinkel.«

Sie rückte ein wenig näher und er spürte ihren Atem im Gesicht. Es war ein süßlicher Bieratem, dessen Verheißung ihn schwindelig machte.

Hastig hob er das Bierglas vors Gesicht und trank einen Schluck, als er ihre Hand an seiner Hose spürte.

»Was haben wir denn da?«, fragte sie.

»Ich …« Paul schluckte. Eine ungewohnte Hitze stieg in ihm auf. Er würde ihr alles geben, was sie von ihm verlangte, wenn sie ihn nur mitnahm, damit er seiner Lust folgen konnte. »Ich habe kein Geld dabei. Aber ich bringe es dir morgen vorbei.«

Sie stieß ihn so heftig von sich, dass das Bier aus seinem Glas schwappte. »Dann komm morgen wieder.«

Damit drehte sie sich in Richtung eines elegant gekleideten Herrn, der gerade das Lokal betrat, und ließ Paul stehen.

7

Als Paul eine Stunde später von der Elektrischen sprang, war es fast dunkel. Von der Elbe wehte ein frischer Wind herüber, und er klopfte mit beiden Händen auf das Jackett, weil ihn so fror.

Mit gesenktem Kopf stemmte er sich gegen die Böen, schritt missmutig die Klein Flottbeker Straße entlang, als ihm auf halbem Weg eine Gestalt in einem karierten Mantel in den Weg trat.

»Paul, dich schickt der Himmel!«

Er blieb stehen.

Es war Gertrud, die Tochter des Korkhändlers aus dem Eckhaus zur Parkstraße. Sie zeigte auf ein Fahrrad, das gegen einen Baum gelehnt stand.

»Mir ist das Rad kaputtgegangen, und ich weiß nicht, wie ich es nach Hause bekommen soll. Es ist so schwer, und ich mag es nicht liegen lassen. Wenn es wegkommt, gibt's Ärger.« Sie lächelte hoffnungsvoll. »Hilfst du mir tragen?«

Paul starrte sie wortlos an. Gertruds Gesicht war milchweiß und rund. Er musste an die Dirne aus der Schankwirtschaft denken, und ohne dass er etwas dagegen tun konnte, regte sich wieder diese wallende Hitze in seinen Lenden.

»Was ist mit dir, Paul? Alles in Ordnung?«

Abrupt trat er vor, nahm Gertruds Kopf in beide Hände und drückte seinen Mund unbeholfen auf den ihren. Als sie wie erstarrt innehielt, schob er die rechte Hand in ihren Mantel, wobei der Knopf riss, und legte sie an ihre Brust, die stramm und flach war.

Endlich löste sich Gertrud aus der Erstarrung. »Was soll das?«, keuchte sie und wollte einen großen Schritt nach hinten machen, doch er ließ sie nicht gehen. Fest presste er sich an sie und drängte sie in Richtung der Büsche, bis sie mit ihren kleinen Fäusten auf seinen Rücken zu trommeln begann.

»Was ist denn nur in dich gefahren, Paul? Hör sofort auf!«

Als er noch immer nicht von ihr abließ, stieß sie einen spitzen, lang gezogenen Schrei aus.

Erschrocken von der Lautstärke und auch von seinen heftigen Emotionen gab Paul sie frei.

»Entschuldige«, murmelte er.

Dann inspizierte er ihr Fahrrad, bei dem die Kette vom Zahnrad gesprungen war. Er stellte das Rad auf den Kopf und schob die Kette an ihren Platz zurück, bevor er das Fahrrad wieder umdrehte.

»Hier, jetzt kannst du nach Hause fahren«, sagte er leise.

»Danke«, flüsterte Gertrud und betrachtete ihn mit einer Mischung aus Misstrauen und Neugier.

»Erzähl meinem Vater ja nichts davon!«, rief er aus. »Hast du mich verstanden?«

Sie nickte heftig. Dann stieg sie wortlos auf das Rad und trat in die Pedale, bis ihr im Wind flatternder offener Mantel nur noch ein ferner Punkt war.

Die Stille, als er das Haus betrat, sagte ihm, dass alle bereits von dem Vorfall in der Schule wussten. Die Art, wie seine Geschwister betreten auf die Teller starrten, als Paul die Tür zum Esszimmer aufstieß, sprach Bände. Selbst die Mutter, die sonst immer ein gutes Wort oder einen freundlichen Blick für ihn übrig hatte, betrachtete ihre Finger, während sie eine Leinenserviette knetete.

Otto hingegen sah ihm voll Bedauern entgegen. Neben ihm saß der Vater, äußerlich vollkommen ruhig, doch hinter seiner düster umwölkten Stirn braute sich für alle sichtbar ein Donnerwetter zusammen.

»Guten Abend, Paul. Warum so spät?«

»Ich war noch spazieren«, erwiderte er mit munterer Stimme. »Es war ein so herrlicher Tag.«

Lisbeth schlug ein Kreuz vor der Brust, als sei er ein armseliger Teufel.

Paul hasste ihre Frömmigkeit und wünschte ihr die Pest an den Hals. Doch er schluckte die garstige Bemerkung herunter, die ihm auf der Zunge lag, und setzte sich an seinen Platz. Kaum dass Minna ihm aufgefüllt hatte, begann er, stumm seinen Eintopf zu löffeln. Das Huhn war gut, und die Suppe wärmte ihm den Magen, sodass er sich bereits entspannt hatte, als der Vater die Faust auf den Tisch fahren ließ, dass es nur so krachte.

»Hast du mir nichts zu sagen?«

Erschrocken zog Paul die Schultern ein. »Ich … ich habe nichts Böses getan«, stammelte er. »Ich habe bloß aus dem Fenster gesehen.«

In einer bemüht kontrollierten Bewegung legte der Vater die Hände auf den Tisch und erhob sich. Er bedeutete seinem Sohn, ihm zu folgen, und ging voran in die Stube.

Paul schob schnell einen letzten Löffel Eintopf in den Mund, bevor er ebenfalls aufstand.

»Wehe, ihr lauscht!«, zischte er den Geschwistern mit vollem Mund zu, dann machte er sich auf, um die Gardinenpredigt, die nun gewiss folgen würde, über sich ergehen zu lassen.

Der Vater stand mit dem Rücken zu ihm am Fenster. »Der Rektor war heute Nachmittag bei mir in der Weinhandlung«, begann er mit bebender Stimme. »Er hat mir vor meinen Kunden vorgeworfen, meinen Sohn nicht mehr unter Kontrolle zu haben.« Nun wandte er sich um, das Gesicht in Falten gelegt. Er sah müde aus. Enttäuscht.

»Warum immer ich?«, echauffierte sich Paul. »Der Klose sucht doch nur nach einem Grund, um mir den Rohrstock überzuziehen. Alleine drei Mal in der vergangenen Woche. Ich bin schon überall grün und blau.« Er schob den Ärmel hoch und entblößte einen fast schwarzen Striemen auf der geschwollenen Haut. »Und mein Rücken fühlt sich an wie zerschmettert.«

»Dann gib deinem Lehrer keinen Grund, dich zu bestrafen. Zu allem Übel hast du ihm auch noch den Stock entwendet.« Der Vater seufzte. »Du wirst gleich morgen früh zu ihm gehen und dich in aller Form entschuldigen.«

»Nein, werde ich nicht.«

»Du wirst tun, was ich dir sage!«

Der Vater hob die Hand, als wolle er ihn schlagen, aber Paul wusste, dass er es nicht tun würde. Das tat er nie, obwohl es ihm als Familienvater zustand. Plötzlich wünschte sich Paul, er würde tatsächlich zuhauen. Den körperlichen Schmerz, den könnte er ertragen, die sichtliche Enttäuschung über den missratenen Sohn dagegen schmerzte an einer Stelle, die man nicht kühlen konnte.

»Ich will nicht mehr in die Schule gehen«, sagte er. »Ich suche mir eine Arbeit.«

Vater ließ die Hand sinken. »Was willst du denn schon machen ohne Abschluss?«

»Ich fahre zur See.«

»Das bedeutet harte körperliche Arbeit unter extremen Bedingungen mit mehrtägigen Schichten ohne Schlaf.«

»Das stört mich nicht.«

»Als Seemann brauchst du auch einen Abschluss, sonst bleibst du ewig ein Hilfsarbeiter. Und wie willst du von der schlechten Bezahlung eine Familie ernähren oder dir eine Wohnung mit Ofen mieten?«

»Ich dachte …« Paul hob die Schultern und machte eine hilflose Geste, die den Raum, wenn nicht das ganze Haus umfasste. »Uns geht es doch gut.«

»So weit käme es noch«, donnerte der Vater in einer für ihn unüblichen Lautstärke los. »Ich werde ganz sicher nicht für jemanden aufkommen, der seine Zukunft derart verschleudert. Du gehst nicht ohne Abschluss von der Schule, dafür werde ich schon sorgen.«

Paul verzog den Mund. An diesen Ort brachten ihn keine zehn Pferde mehr, und wenn der Vater ihn deswegen vor die Tür setzte! Andererseits wäre ein Leben auf der Straße nur halb so angenehm. Der Gedanke, im Winter nicht einmal die Kohlen zum Heizen bezahlen zu können, ließ das eherne Gerüst aus Verweigerung und Kampfeslust biegsam werden.

Und so schluckte Paul seinen Widerspruch herunter, als Tönnies Johann Otto Lagerfeld ihn kurz darauf am Großen Burstah im Einjährigeninstitut von Dr. Goldmann anmeldete, der seine Schützlinge auf das Examen vorbereitete. Und das man wegen seines militärischen Drills gemeinhin nur »die Presse« nannte. Weil Paul sich dieses Mal im Unterricht zusammenriss und auch stets die Hausaufgaben erledigte, erhielt er an Ostern des Jahres 1902 in einer feierlichen Zeremonie sein Examenszeugnis. Nicht einmal zehn Tage später befand er sich an Bord eines Handelsschiffes, um als Seemann die Welt zu bereisen.

Ungefähr zur selben Zeit schloss auch Johann seine schulische Laufbahn nach neun Jahren im Realgymnasium des Johaneums an der Spitaler Straße mit dem Abitur ab. Gleich darauf packte der Sohn des Bettfedernhändlers Georg Feigl seinen Koffer, um dem Willen seines Vaters zu entsprechen und an der Freiburger Universität Rechtswissenschaften zu studieren.

Ein letztes Mal trafen sich Johann und Otto an der Alster. Auf einer Bank zwischen zwei Weiden mit tief hängenden Zweigen philosophierten sie über das Leben und die Jahre, die vor ihnen lagen.

»Warum bestehst du nicht darauf, Medizin zu studieren?«, fragte Otto den Freund.

Johann antwortete nicht. Er hob einen flachen Stein vom Boden, fuhr prüfend über die Oberfläche und ließ ihn schließlich mit einem gezielten Wurf über das Wasser hüpfen.

Als er einen weiteren Stein aufnahm, hielt Otto ihn am Arm fest.

»Was ist aus deinen Träumen geworden?«, fragte er mit ernster Miene.

Johann legte den Kopf schief. »Und was ist mit deinen?«

»Meine Zeit wird schon noch kommen«, sagte Otto fest. »Warte nur ab.«

8

Freiburg im Breisgau, 30. Juli 1902

Verehrter Freund,

erinnerst Du Dich noch an unser letztes Treffen, bevor ich zum Studium nach Freiburg aufgebrochen bin? Auf Deine Frage, warum ich nicht darauf bestünde, Medizin zu studieren, habe ich damals nicht geantwortet, weil ich dachte, es liege nicht in meinen Händen, dies zu bestimmen.

»Was ist aus Deinen Träumen geworden?«, hast Du mich gefragt und dabei sehr ernst ausgesehen.

Der Satz ist mir lange nicht aus dem Kopf gegangen. Er hat mich sogar noch umgetrieben, als ich schon die ersten juristischen Kurse besuchte. Das deutsche Recht ist ein ungemein trockener Stoff, der mich vollkommen kaltlässt. Selbst der allseits beliebte Kurs »Deutsches Reichs- und Landesverwaltungsrecht« von Privatdozent Doktor van Calker lässt mich entmutigt in die Zukunft blicken. Damit soll ich mein Leben verbringen?

Wie oft habe ich mich gefragt, was wohl geschieht, wenn ich doch meinem Herzen folge, gegen den Willen meines Vaters?

Ich weiß, er meint es nur gut, schließlich soll aus seinen Söhnen einmal etwas Bedeutendes werden. Von Juristen hat er eine hohe Meinung, Mediziner sind für ihn dagegen Quacksalber. Und wenn er sich einmal festlegt, widerspricht man ihm besser nicht.

Trotzdem habe ich eines Tages heimlich einen Vortrag besucht, der mich dazu gebracht hat, das Studienfach zu wechseln, und zwar mitten im Semester! An der Albert-Ludwigs-Universität kann man nämlich auch Naturwissenschaften mit Schwerpunkt Chemie studieren. Ein gewisser Professor Dr. Fromm bietet sehr interessante Kurse in medizinischer Chemie an.

Stell Dir nur vor, Otto: Es gibt Methoden, die den menschlichen Körper gegen schwere Erkrankungen zu schützen vermögen, indem man bei den Elementen ansetzt, die man ihm zuführt. Man kann Trinkwasser mithilfe chemischer Prozesse von jeglichen Keimen reinigen, sogar bei Gewässern ohne Filteranlage!

Diese Erkenntnis kommt zwar zwanzig Jahre zu spät für Hamburgs Choleratote, aber sie ist entscheidend für alles, was kommt. Zurzeit erlerne ich die Methoden der qualitativen Analyse sowie das Mikroskopieren, um später meinen Beitrag zur Gesunderhaltung des deutschen Volkes zu leisten.

Natürlich war mein Vater nicht erbaut von dem Wechsel, doch die Künste der Chemie betrachtet er mit einem gewissen Respekt. So habe ich mich am Ende durchgesetzt.

Aber jetzt zu Dir. Was ist aus Deinen Träumen geworden, Otto? Wann wirst Du endlich die Welt bereisen?

Dein Dir stets ergebener Freund
Johann

PS: Über Allerheiligen plane ich einen Besuch in Hamburg und lade Dich hiermit für Montag, den 3. November um 18.00 Uhr ins Restaurant Alsterblick ein. Es ist mein Dankeschön an Dich für Dein Zutun zu diesem für mich lebensnotwendigen Schritt.

Du kommst doch, oder?

Otto ließ den Brief sinken, den der Postbote ihm in der Früh ausgehändigt hatte. Der Zug rumpelte über die Strecke, heftiger

Regen peitschte gegen die Fenster. Hinter dem beschlagenen Glas sah Otto die ersten Häuser von Altona vorbeiziehen. Fußgänger, die sich geduckt und mit hochgeschlagenem Kragen gegen den Niederschlag stemmten.

Als der Zug mit quietschenden Bremsen und lautem Schnaufen zum Stehen kam, richtete sein Vater, der neben ihm auf der Bank saß, seinen Hut und erhob sich. Mit langsamen Bewegungen faltete Otto den Brief zusammen und steckte ihn zurück in seine Tasche.

Johann hatte es tatsächlich wahrgemacht! Otto war stolz auf seinen Freund. Zugleich wurmte es ihn auch ein bisschen, dass er selbst noch immer in Hamburg war.

Während er seinem Vater auf das Gleis und weiter in die überdachte Halle folgte, die vom heftigen Regen dampfte, hoffte er, dass auch sein großer Tag bald kommen möge, jener Tag, an dem er endlich als reisender Kaufmann in die Welt ziehen würde.

Die Gelegenheit kam schneller als gedacht. Es war Anfang Oktober, als sich im Kontor bei Van Dissel & Co. plötzlich Hektik ausbreitete.

Jakob Ringel, mit dem Otto sich das Zimmer teilte, reckte den Kopf in Richtung Flur und kniff die Augen zusammen, als könne er so besser lauschen. Schließlich erhob er sich und stellte sich in die Tür zum Flur. Otto folgte ihm.

Der Gang war menschenleer, doch man konnte aus dem Gewirr von Stimmen die von Gysbert van Dissel und seinem Teilhaber Hermann Pfingsthorn heraushören, die beide über laute Organe verfügten. Der Disput klang wie ein Wettbewerb, in dem jeder den anderen mit Namen zu übertrumpfen suchte. Schließlich warf eine helle Stimme den Namen des Prokuristen in den Ring.

»Ich?«, rief Krohn aus. »Nein, nein und nochmals nein. Ich bleibe hier, bei meiner Familie.«

»Nun gut«, sagte Pfingsthorn. »Dann müssen wir eben eine Annonce schalten.«

»Was ist denn passiert?«, fragte Otto den Lehrling, obwohl er längst ahnte, was hier vor sich ging.

»Herr Winter ist am Gelben Fieber verstorben«, wisperte Ringel. »Deshalb bittet die Zweigstelle in San José de Cúcuta dringend um einen neuen Kollegen.«

»Die Stelle ist also wieder frei …«

Ottos Herz machte einen Satz und klopfte ihm bis zum Hals. Doch weil er sich für seine freudige Erregung ein bisschen schämte, schickte er einen mitfühlenden Gedanken in Richtung Himmel.

Nun war wieder die Stimme des ältesten Inhabers zu hören.

»Wir sind nicht die Einzigen, die händeringend Personal für Südamerika suchen«, sagte Gysbert van Dissel, und in der Erregung trat sein niederländischer Dialekt deutlich hervor. »Da sich die politische Lage in Venezuela weiter zuspitzt, kehren derzeit viele tüchtige Kaufleute nach Europa zurück. Wir werden wohl oder übel warten müssen, bis sich die Verhältnisse wieder bessern.«

»Ohne die Verkaufsreisen im Landesinneren können wir unsere Verbindlichkeiten nicht bedienen«, gab Pfingsthorn zu bedenken. »Das wäre das Ende.«

»Das ist es ohnehin, wenn sie den Fluss nicht endlich freigeben.«

Otto hielt den Atem an. Die große Kaffeekrise hatte bereits etliche Firmen ins Verderben gestürzt. Heinrich Rode, der in Kolumbien lebende dritte Teilhaber, war im vergangenen Jahr zu den kreditgebenden Banken in New York, Paris, London und Hamburg gereist, um sie persönlich von der gesunden Basis des Hauses Van Dissel & Co. zu überzeugen. Die Firma war gestärkt daraus hervorgegangen – und nun sollte alles daran scheitern, dass es keine geeigneten Mitarbeiter gab?

Er schob sich in den Flur. »Ich stelle mich zur Verfügung«, flüsterte er, weil ihm vor Aufregung die Stimme wegbrach.

Ringel hielt ihn am Arm zurück. »Sind Sie lebensmüde?«

»Das Gelbe Fieber wird mir schon nichts anhaben«, sagte Otto und riss sich los. »Das haben schon ganz andere überstanden.« Er schritt über den Flur zu van Dissels Zimmer, vor dessen Schreibtisch sich die anderen Mitarbeiter versammelt hatten.

»Ich biete mich an, nach Südamerika zu fahren«, sagte er mit fester Stimme.

Alle Köpfe drehten sich nach ihm um. Einige Herren traten beiseite, sodass Otto seine Absicht noch einmal vor dem Seniorchef kundtun konnte, der sich verblüfft aus dem knarzenden Lederstuhl erhob.

»Sie?« Gysbert van Dissel strich sich über den ergrauten Vollbart. »Sie sind ein bisschen jung für diese Aufgabe, finden Sie nicht?«

»Ich bin letzten Monat zweiundzwanzig geworden.«

»Er ist ein heller Kopf«, flüsterte der Prokurist Krohn, der hinter dem Senior stand, »und hat sich in den vergangenen Monaten gut entwickelt. Aus dem wird mal ein tüchtiger Kaufmann.«

Van Dissel schmunzelte. »Nun gut. Nehmen wir mal an, wir schicken Sie tatsächlich nach Südamerika. Ihnen ist doch sicher bewusst, dass Sie in den ersten sechs Jahren nicht heiraten dürfen.«

Otto nickte. »Es macht mir nichts aus«, versicherte er. »Meine Liebe gehört der Arbeit, und ich werde alles daransetzen, um die Umsätze zum Wohl der Firma zu steigern.«

Krohn schürzte die Lippen. »Sie«, er zögerte, »wissen um die Verhältnisse vor Ort?«

Abermals nickte Otto. Es war ja überall zu lesen, dass Präsident Cipriano Castro, auf den während der großen Revolution sämtliche Hoffnungen gelegen hatten, weder die Kaffeekrise beheben noch für Stabilität im Land sorgen konnte. Auch der Inhalt des letzten Briefes von Heinrich Rode, der die Firma in Kolumbien vertrat, hatte sich wie ein Lauffeuer im Büro verbreitet. Demnach zerrieben sich die Filialen von San Cristóbal und San José de Cúcuta zwischen den Konfliktparteien. Venezolanische Revolutionäre hätten, unterstützt von kolumbianischen Söldnern, hundertachtundfünfzig Maultiere konfisziert, von denen nur neunundfünfzig zurückkamen. Ständig gingen kolumbianische Guerillakämpfer über die Grenze, um sich für Castros Schikanen zu rächen, und verwüsteten dabei die Plantagen auf der venezolanischen Seite. Castros Beamte wiederum hätten den guten Wollstoff für die Herstellung von Uniformen beschlagnahmt und sogar Otto Moll, den Prokuristen der Zweigstelle in San José de Cúcuta, für ein paar Nächte in Arrest genommen. Ausgerechnet Cipriano Castro, der einst selbst in der Firma gearbeitet hatte.

Nun schaltete sich Hermann Pfingsthorn ein. »Das können wir nicht machen, Gysbert. Ich habe Herrn Lagerfeld damals mein Wort gegeben, seinen Sohn nicht in Südamerika einzusetzen.« Er schüttelte mit Nachdruck den Kopf. »Es ist viel zu gefahrvoll für einen jungen und unerfahrenen Mann wie ihn. Die Revolutionen dort sind geradezu chronisch.«

»Gefahrvoll«, entgegnete van Dissel mit einer abweisenden Handbewegung. »Das meiste sind doch nur *revolutioncitas*, kleine Revolutiönchen, die nichts daran ändern, dass die meisten Bewohner dort äußerst liebenswerte Leute sind.« Er wurde wieder ernst. »Bei allem Respekt, Hermann, aber Sie sollten an die Firma denken. Sonst ergeht es uns bald so wie Minlos, Witzke & Co., einst das größte und reichste Haus vor Ort. Nichts ist davon übrig geblieben, gar nichts!«

»Ich habe keine Angst«, bestätigte Otto, weil er Sorge hatte, dass sein Plan scheiterte. »Ich habe nach meinem einjährigen Militärdienst als Reserveoffizieranwärter an einer achtwöchigen

Übung teilgenommen und bin zum Vizewachtmeister ernannt worden.«

»Soso«, brummte van Dissel und warf Pfingsthorn einen vielsagenden Blick zu.

»Außerdem habe ich fleißig Spanisch gelernt und bin in der Lage, mich im Land zu verständigen. Ich bin davon überzeugt, dass ich der Firma vor Ort gute Dienste leisten kann.« Noch immer standen die Männer unschlüssig herum, also entschied er, noch eine Schippe draufzulegen. »Nur wer guten Mutes ist und mit aller Kraft gegen das vermeintliche Schicksal ankämpft, kann das Ruder herumreißen. Ich verspreche Ihnen hiermit hoch und heilig, dass ich all mein Können und Wissen dafür einsetzen werde, um den drohenden Ruin abzuwenden und die Umsätze sogar noch zu steigern.«

Einen Moment lang herrschte überraschte Stille im Raum, und der ausgestopfte Ara schien ihm wieder zuzuzwinkern. Dann prustete Krohn los, versteckte aber, als er van Dissels Blick auffing, sein Lachen rasch hinter einem vorgetäuschten Husten.

Pfingsthorn runzelte die Stirn. »*Mien Jung*, Ihr inneres Feuer in allen Ehren, aber für diese Aufgabe braucht es mehr als …«

Ehe er den Satz beenden konnte, trat Gysbert van Dissel hinter seinem Schreibtisch hervor und reichte Otto die Hand. »Abgemacht, mein lieber Herr Lagerfeld. Richten Sie Ihrem Vater meine ergebensten Grüße aus, aber ich kann einen Mann mit Ihrem Ehrgeiz und Willen nicht an den Schreibtisch eines Hamburger Kontors ketten. Männer wie Sie vermögen die Geschicke einer Firma zu lenken. Ich bin sicher, Sie werden eines Tages Großes erreichen.«

»Auch eine Teilhaberschaft?«

Überrascht hob der Seniorchef eine Braue. »Vielleicht auch das.«

9

Otto konnte die Rückfahrt mit der Bahn nicht schnell genug gehen. Kaum hatte er sich auf einer Bank in der Bahn niedergelassen, zog er auch schon den mehrseitigen Vertrag aus seiner Tasche, den er zum Lesen mitbekommen hatte, damit er ihn am nächsten Morgen unterschrieben vorlegte. Noch bevor der Zug den Bahnhof von Altona verließ, hatte er die Bedingungen bereits überflogen.

Das Gehalt war nicht gerade üppig und wog das Lebensrisiko mit nichts auf, aber das machte Otto nichts aus. Von seinem Vater hatte er gelernt, sich nicht vom Augenblick leiten zu lassen, sondern stets vorauszuschauen. Tönnies Johann Otto Lagerfeld, der mit vier Jahren seinen Vater verlor, hatte während seiner Lehrzeit in einer zugigen Dachkammer gewohnt, wo im Winter alles gefroren war. Mit einem Kapital von achthundert Mark, das er sich von seinem Lohn als Küfermeister in Berlin unter größten Entbehrungen zusammensparte, hatte er sich schließlich als Weinhändler in Hamburg niedergelassen.

Und nun gehörte er zu den erfolgreichen Kaufleuten der Hansestadt und besaß eine hübsche Villa in Groß Flottbek.

Der Vater hatte es mit Fleiß und Ausdauer zu etwas gebracht, und er, Otto, würde ihm darin nacheifern.

In Gedanken sah er sich bereits in einer prachtvollen Villa in Hamburg sitzen und seinen Kindern von den aufregenden Jahren in Südamerika erzählen. Denn dass er, sobald er zu Vermögen gekommen war, hierher zurückkehrte, stand für ihn außer Frage. So machten es die meisten Teilhaber bei Van Dissel & Co., und so wollte er es auch halten.

Die Bahn hatte Altona hinter sich gelassen und fuhr jetzt mit gleichmäßiger Geschwindigkeit den Elbvororten entgegen. Vor dem Zugfenster zog die norddeutsche Landschaft vorbei. Auf den Feldern waren die Winterfurchen bereits gepflügt, Scharwerker verteilten den in Haufen abgeladenen Dung mit Forken. Doch Otto war mit seinen Gedanken längst in Venezuela.

Die bevorstehende Reise, die den Beginn seines Weges in eine prachtvolle Zukunft markieren sollte, entfachte in seinem Herzen eine helle Freude. Bald würde er all die Dinge, von denen er in der Commerz-Bibliothek gelesen hatte, mit eigenen Augen sehen – das rosafarbene Glitzern der Salinen von Curaçao, die gewaltigen Kordilleren mit ihren schneebedeckten Gipfeln, die blühenden Urwälder der Zulia-Ebene. In den Reisebeschreibungen hatte Otto von warmen Quellen erfahren, in denen man herrlich baden konnte, von den Kakaoplantagen am Rio Chama und den weitläufigen Pflanzungen mit Indigo, Zucker, Kaffee und Tabak.

Am meisten beeindruckt hatte ihn das Buch des Vogelkundlers und Malers Anton Goering, der auf den Spuren Alexander von Humboldts von Venezuela nach Kolumbien gereist war, um dort Zeichnungen und Aquarelle von tropischen Wäldern, Küstenstreifen mit Agaven und Palmen anzufertigen. Von grünen Flüssen, über die Kanus glitten.

Ein Schauer des Glücks durchfuhr ihn. Wenn alles gutging, würde er Anfang November in See stechen.

Das Erste, was Otto sah, als er die Haustür öffnete, war das verweinte Gesicht seiner Mutter, die ihm schluchzend entgegeneilte.

»Was ist geschehen?«, fragte er erschrocken.

Ein erneutes Aufschluchzen ließ ihren Körper erbeben, und es wollte ihr nicht gelingen, ihm zu antworten. Stattdessen drehte sie sich um, und er folgte ihr durch den Flur bis in die Stube, wo Lisbeth, Mimi und Tilla auf dem Sofa saßen und sich an den Händen hielten.

»Wo ist der Vater?«, rief Otto in plötzlicher Sorge.

»Ihm geht es gut«, sagte Lisbeth und wies mit dem Kopf in Richtung Garten. »Aber Carl ist während der Arbeit zusammengebrochen. Der Vater war mit ihm im Krankenhaus. Es steht nicht gut um ihn. Niemand weiß, was nun wird.«

Ottos Herz machte einen schmerzhaften Sprung. Mit wackeligen Beinen ging er aus dem Zimmer und durch die Küche in den Garten. Sein Vater saß auf der Bank beim Gemüsegarten, das Gesicht grau und eingefallen. Seine Schultern wirkten noch schmaler als sonst, und er sah mit einem Mal sehr zerbrechlich aus.

»Was ist geschehen?«, fragte Otto, nachdem er neben ihm Platz genommen hatte. »Was ist mit Carl?«

»Es ist sein Herz.«

»Sein Herz?«

Zum ersten Mal erfuhr Otto, dass das Fieber, das Carl als Elfjährigen niedergestreckt hatte, ein besonderes gewesen war, nämlich ein rheumatisches, das in einigen Fällen auch auf das Herz übergreift.

»Von Zeit zu Zeit kommt es zu neuen Schüben«, erklärte der Vater ihm, »die das Herz jedes Mal ein bisschen mehr schädigen. Der letzte Schub war vor etwa fünf Jahren.«

Otto nickte. Er erinnerte sich an die Zeit, als es seinem Bruder nicht gut gegangen war. Carl hatte kaum noch Luft bekommen, und das Gehen hatte ihn sehr angestrengt. »Das war vor dem Besuch der Feigls, nicht wahr?«

Der Vater sah ihn überrascht an. »Woher weißt du das?«

»Ich habe geraten«, flüsterte Otto und presste die Lippen aufeinander.

»Damals«, fuhr der Vater fort, »sagten die Ärzte, er würde sich nie vollständig davon erholen und dass wir ihm keine allzu anstrengenden Aufgaben übertragen dürften. Die Aufsicht über die Buchhaltung könne er bewältigen, aber keine weiten Reisen zu den Weingütern oder Auktionen in luftarmen Kellern. Doch dann hat er sich erholt, der gute Carl, und alles schien wieder in Ordnung. Zumindest dachten wir das … bis heute.«

»Wird er wieder auf die Beine kommen?«

»Der Arzt sagt, dass wir alles tun müssten, um weitere Schädigungen zu vermeiden, wenn er nicht in jungen Jahren sterben solle. Vielleicht kann er irgendwann wieder für wenige Stunden im Verkauf stehen, doch eine Zukunft als vereidigter Weinverlasser im Auftrag des Hamburger Senats steht nicht mehr zur Disposition. Dasselbe gilt für den ihm in Aussicht gestellten Posten im Schiedsgericht der Kellerei-Genossenschaft. Aus der Aufgabe wollte ich mich eigentlich rausziehen, um meine ganze Kraft den Kartäusermönchen zu widmen. Du weißt schon, die Klosterbrüder, die die französischen Soldaten im April aus der Grande Chartreuse vertrieben haben.« Der Vater rieb sich mit beiden Händen über das Gesicht. »Ausgerechnet jetzt«, sagte er mit der Hornhaut eines Mannes, dem schon drei Kinder gestorben waren. »Ich habe den Mönchen zugesichert, sie in ihrem Exil zu unterstützen, nun, da der französische Staat ihre Markenrechte öffentlich versteigern will, um Geld in die leeren Kassen zu spülen. Die Mönche planen, im Ausland eine neue Destillerie zu errichten. Ich will dazu beitragen, den wahren Kartäuserlikör gegen die staatliche Piraterie zu verteidigen und ihn hier in Deutschland neu zu etablieren.«

Otto hörte zu und schwieg. In seinem Kopf rauschte es, und er konnte nicht sagen, ob es an seiner Sorge um seinen ältesten Bruder lag oder weil er ahnte, was als Nächstes kam. Und so war es keine Überraschung, als der Vater ihm den Kopf mit einem tiefen Seufzen zuwandte und ihm eine Hand auf die Schulter legte.

»Es ist an der Zeit, dass du in die Weinhandlung kommst, mein Sohn«, sagte er endlich. »Wir werden Gysbert van Dissel bitten, deinen Vertrag vorzeitig aufzulösen.«

»Aber …«, begann Otto mit energischem Tonfall. Doch weil er einsah, dass der Erhalt des Familienunternehmens wichtiger war als sein eigener Wunsch, sich zu verwirklichen, schluckte er den Einwand hinunter.

Ganz still und reglos saß er da, den Blick auf den dunkelgrauen Himmel und die Bäume gerichtet, deren Laub sich langsam verfärbte, während der Vater von dem Glück erzählte, genügend Söhne zu haben, um den Fortbestand des Weinhandels zu sichern.

»Die Mühe, die entbehrungsreichen Lehr- und Ausbildungsjahre sowie der Aufstieg aus einfachen Verhältnissen«, sagte er, »all das habe ich nur überstanden, weil mich die Aussicht antrieb, meine Mutter und die Geschwister ernähren zu können. Den erreichten Wohlstand zu erhalten ist eine weitere Anstrengung, die vorausschauendes Denken erfordert. Dieses Talent, mein Junge, ist unser wahres Kapital.« Er packte Otto am Arm und drückte ihn fest. »Ein Teil der Kartäusermönche hat sich im spanischen Tarragona niedergelassen, und dass du nun auch Spanisch sprichst, erscheint mir im Hinblick darauf als göttliche Fügung.«

Otto rang sich ein Lächeln ab.

»Die technischen Fähigkeiten und Kenntnisse, die der Beruf mit sich bringt, wirst du rasch erlernen, mein Sohn. Ich werde dir beibringen, wie man gepanschten Madeira, Portwein oder Bordeaux erkennt, und dich außerdem mit den Herren Senatoren sowie den Mitgliedern der Speditions-, Speicherei- und Kellerei-Berufsgenossenschaft bekannt machen. In dir steckt ein echter hanseatischer Kaufmann, denn du besitzt ein aufrechtes, verlässliches Wesen und einen klugen Verstand. Eines Tages wirst du die Firma Lagerfeld in die nächste Generation führen, wie auch dein künftiger Sohn sie irgendwann an seine Kinder weiterreichen wird.«

Noch am selben Abend zerriss Otto schweren Herzens den Vertrag und warf die Schnipsel in den Ofen.

Es war etwas anderes, wie Johann den Studiengang zu wechseln, als die Zukunft des Familienunternehmens ins Wanken zu bringen. Das konnte er seinem Vater und auch dem Bruder unmöglich antun, sie würden an ihrer Enttäuschung zugrunde gehen.

Mit versteinerter Miene sah Otto den Flammen zu, die zusammen mit dem Papier auch seine Träume verschlangen. In einem Aufwallen von Wut und Verzweiflung stieß er mit dem Schürhaken hinein, wieder und wieder, bis kein Fetzen Weiß mehr zu sehen war.

10

Als Otto am nächsten Tag das Kontorzimmer von Herrn van Dissel betrat, sah dieser ihm erwartungsvoll entgegen. Nachdem Otto ihm jedoch nicht den unterzeichneten Vertrag vorlegte, sondern eine Kündigung aussprach, warf er in einer theatralischen Geste die Hände in die Luft.

»Um Gottes willen, junger Mann, was ist denn nur geschehen?«

»Es … es geht um den Weinhandel meines Vaters«, sagte Otto ausweichend. »Die Kartäusermönche … der Chartreuse-Likör …« Er räusperte sich. »Es ist notwendig geworden, ihn mit meiner Arbeitskraft zu unterstützen.«

»Das ehrt Sie, junger Mann. Aber nachdem Sie sich gestern mit so viel Verve für den neuen Posten ins Gespräch gebracht haben, bin ich doch irritiert von dem unvermittelten Wandel.« Der Seniorchef beugte sich vor und fuhr in vertraulichem Tonfall fort: »Und wenn ich Sie mir so ansehe, mit Ihren hängenden Schultern und dem bemühten Lächeln, ist die Entscheidung offenbar gegen Ihren Willen gefallen.«

»Nein, ich tue es aus freien Stücken.«

»Kommen Sie, mein lieber Herr Lagerfeld, nun mal raus mit der Wahrheit. Will Ihr Vater Sie etwa nicht gehen lassen?«

Otto schluckte schwer, weil er angesichts dieser unerwartet freundlichen Ansprache Mühe hatte, die Tränen zurückzuhalten. »Ich tue es gerne, wirklich. Die Familie geht mir über alles.«

Gysbert van Dissel ließ sich in seinem Stuhl zurücksinken und strich mit der Hand über den ergrauten Vollbart. »Nun gut, das hat sicher noch ein paar Tage Zeit. Gerade ist eine große Lieferung mit Erntegeräten eingetroffen, die für die Verschiffung nach Maracaibo vorbereitet werden muss. Wir werden sehen, wie schnell ich Sie entbehren kann.«

»Jawohl.« Otto nickte erleichtert und machte sich umgehend an die Arbeit.

Am Abend ging er nach dem Essen, das er mit der Mutter und den jüngeren Geschwistern eingenommen hatte, durch das fallende Laub bis zur Flottbeker Chaussee und lief an den herrschaftlichen Anwesen vorbei bis zum Elbstrand. Dort stellte er sich in den feuchten Sand und starrte lange in das dunkle Wasser, das mit gleichförmigen Bewegungen ans Ufer schwappte.

Das Tuten eines Schiffshorns erklang, und Otto hob den Kopf. Ein Frachtdampfer schob sich durch die Nacht. Auf der anderen Elbseite funkelten die Lichter der Werften.

Früher, wenn der Vater von seinen Reisen nach Frankreich zurückkehrte, hatte Otto sich oft vorgestellt, wie es wohl wäre, gemeinsam nach Grenoble zu fahren und danach den Zug nach Voiron zu nehmen, wo die Grande Chartreuse ein Depot des berühmten Kartäuserlikörs besaß. Von dort würden sie in vier Stunden mit dem Pferdewagen das Massif de Chartreuse hinauf bis zu dem Kloster gebracht, wo die Mönche den Likör nach alter Tradition fertigten. Er hatte sich auch gefragt, wie es wohl in der Champagne aussehe, wo der Vater den französischen Schaumwein bestellte, der seiner Meinung nach dem deutschen weit überlegen war.

Aber das war, bevor Otto sich nach der Ferne zu sehnen begann, weit über Frankreich hinaus. Er wollte den Atlantik überqueren bis zu einem anderen Kontinent, um dort den Grundstein für sein eigenes Vermögen zu legen.

»*De Herr hett geven, he nimmt nu wedder*«, murmelte er voller Groll, und er schämte sich ein wenig, weil er sich wünschte, er wäre weniger anständig und hanseatisch geprägt. Wenn er doch nur ein bisschen mehr von Paul hätte, der wäre einfach fortgegangen. Aber ihn, Otto, hätte das nicht glücklich gemacht, das sah er ein. Das Wohlergehen der Familie lag ihm am Herzen, da konnte er nicht aus seiner Haut.

Wütend und enttäuscht zugleich hob er einen Stein auf und schleuderte ihn mit einem Aufschrei ins Wasser. Dann drehte er sich um und ging zurück, wobei er einen Umweg über die Moltkestraße und den Zickzackweg machte, um am Haus des Korkhändlers Schmidt, aus dem laute Marschmusik schallte, den Weg zur Voßstraße einzuschlagen, wo sein Elternhaus lag.

Je näher er kam, desto schwerer wurde sein Herz. Es war ihm, als lasse er mit dem Betreten des Hauses ein Stück von sich selbst auf der Straße zurück.

Er hatte ja nicht ahnen können, dass Herr van Dissel noch am selben Nachmittag seinen Vater in der Weinhandlung am Rödingsmarkt aufgesucht und ihn zum Abendessen ins Restaurant Heintzehof eingeladen hatte. Und dass seine Zukunft nach dem Servieren von Filetbraten und Roter Bete das einzige Thema gewesen war. So war Otto überrascht, als er fröstelnd von der diesigen Nachtluft das Elternhaus betrat und sein Vater ihn in die gute Stube bat und ihm ein Gläschen Chantreuse anbot. Und eine Zigarre, von der Otto schon nach dreimal Paffen furchtbar schlecht wurde.

»Ich habe gehört, man hat dir eine aussichtsreiche Stellung angeboten«, eröffnete der Vater das Gespräch.

Der Zigarrenqualm erfüllte die Stube. Otto nickte und unterdrückte ein Husten.

»Gysbert van Dissel meinte, du hättest deine Dienste von dir aus angeboten?«

»Ja.« Die Art, wie der Vater ihn ansah, ließ Otto aufhorchen, denn es hatte kein Vorwurf in der Stimme gelegen. »Für die Niederlassung in Kolumbien wird ein neuer Mitarbeiter gesucht, und ich dachte, ich sei der Richtige für die Position. Natürlich hätte ich Sie vorher noch um Erlaubnis gefragt. Ich konnte ja nicht ahnen …«

»Du wolltest nach Südamerika?«

Hoffnung glomm auf. »Nichts lieber als das.«

»Es ist in Mode gekommen, Kaufmannssöhne dorthin zu schicken, dabei gibt es auch hier so viel zu erreichen.«

»Ich weiß.«

Der Vater lehnte sich seufzend im Sessel zurück und paffte ein paar Züge. »Ist es noch immer dein innigster Wunsch?«

»Ich werde nichts tun«, beeilte sich Otto zu versichern, »was Sie enttäuscht.«

»Es würde mich enttäuschen, wenn du mit langem Gesicht herumliefst, weil du lieber woanders wärst.« Er schloss die Augen. »Ich werde dich nicht daran hindern zu gehen. Du bist ein guter Kaufmann und wirst es mal weit bringen. Geh in die Welt, mein Sohn, und schaffe etwas Nützliches.«

»Aber … was ist mit dem Weinhandel?«

»Ich werde Paul einsetzen.«

»Paul?« Jetzt war Otto ganz aufmerksam. »Sie meinen … Aber der ist doch auf See.«

Der Vater öffnete die Augen. »Er kommt demnächst zurück, um sein Militärjahr zu absolvieren, dann werde ich ihn für den Weinhandel verpflichten. Das Institut von Dr. Goldmann hat aus ihm einen anständigen Jungen gemacht, und die Zeit auf See hat die charakterliche Wandlung hoffentlich vollendet. Es wird ihm guttun, sich hier zu beweisen. Er wird einsehen, dass er hier in Hamburg gebraucht wird.« Nun lächelte er. »Ich habe Gysbert bereits mitgeteilt, dass du das Angebot annimmst. Aber«, er hob die Hand, »du musst mir versprechen, dass du zurückkommst, sollte ich dich hier doch brauchen.«

Otto nickte, obwohl ihn ein ungutes Gefühl beschlich. Kurz dachte er daran, den Vorschlag abzulehnen, damit Paul nicht seinetwegen auf die ersehnte Freiheit verzichten musste. Dann aber dachte er daran, wie oft er Paul bereits aus der Patsche geholfen, wie oft er schon Verantwortung für ihn und seine Schwestern übernommen hatte.

Jetzt war endlich mal er an der Reihe!

»Ich verspreche es.« Es war nur ein Flüstern, und Otto räusperte sich, um sogleich umso lauter fortzufahren. »Hiermit verspreche ich, Ihnen und der Mutter beiseite zu stehen, was auch immer geschieht. Ich gelobe, Sie immer zu unterstützen, ob aus der Ferne oder, falls notwendig, auch hier vor Ort.«

Tönnies Johann Otto Lagerfeld lächelte, sichtlich zufrieden mit der Entscheidung seines Sohnes. »Gysbert hält große Stücke auf dich. Zeig ihnen, was du kannst, mein Sohn.«

»Das werde ich«, rief Otto aus. »Das schwöre ich bei meinem Leben. Schließlich will ich, dass Sie stolz auf mich und meine Leistungen sind.«

Otto war auf einmal ganz feierlich zumute. Daran änderte auch die kurze, ungelenke Umarmung nichts.

»Schon gut, mein Junge«, sagte der Vater und zwirbelte verlegen seine Bartspitzen. »Schon gut.«

11

Der Frachtdampfer mit Zielhafen Curaçao in der Karibischen See sollte am 3. November 1902 auslaufen. Von dort würde ihn ein Fährschiff weiter nach Maracaibo bringen, wo er fünf Wochen nach seiner Abreise aus Hamburg eintreffen sollte.

Es war zwei Tage vor Allerheiligen, als Otto siedend heiß Johann einfiel, der ihn am Abend des 3. November im Restaurant Alsterblick erwartete. Nachdem er eine letzte Runde durch das Kontor gedreht und die guten Wünsche von den Angestellten und Teilhabern entgegengenommen hatte, schlug er den Weg zum Geschäftshaus der Feigls in der Großen Bäckerstraße ein, in der Hoffnung, den Freund persönlich anzutreffen.

Es war ein Freitag, der Himmel war bewölkt und trug die Ahnung von Schnee. In wenigen Wochen würden die ersten Tannenbäume mit Lichtern geschmückt werden, und auf dem Rathausplatz würden sich die Menschen vor den lockenden Auslagen der Holzbuden mit all den Spielsachen, mechanischen Theatern und Zuckerwerk drängen. Über allem läge dann der Duft von Schmalzgebäck und gebrannten Mandeln. Zu dieser Zeit, dachte Otto, würde er bereits den Golf von Maracaibo durchqueren und der bedeutenden Handelsstadt entgegenfahren.

Das Geschäftshaus der Feigls war ein prächtiger Neubau, hinter dessen Schaufenstern sich ein Restaurant, ein Zigarrenlager, eine Werkstatt für Gravuren und ein Barbier befanden. Im Hochparterre präsentierte laut Klingelschild ein gewisser Herr Mankiewiecz seine Stempelvorrichtungen, und der Uhrmacher Ferdinand Dencker stellte Tür an Tür mit zwei Rechtsanwälten seine Marinechronometer und Präzisionspendeluhren aus.

Das Bettfedern- und Daunenkissenlager der Firma Feigl war im dritten Geschoss untergebracht, zwei Stockwerke über den Büros der Notare Dres. von Sydow, Remé, Ratjen & Bartels. Die Wohnräume der Feigls lagen genau dazwischen, im zweiten Stock.

Die Tür zum Geschäftsgebäude stand offen, und so drückte Otto nur kurz auf den Klingelknopf und hastete die Stufen empor, in der Hoffnung, den Freund gleich in die Arme schließen zu können.

Im Eingang stand eine hochgewachsene junge Dame, die er hier noch nie gesehen hatte. Sie war etwa so alt wie er, hager und mit langen, dünnen Armen. Aus dem von aschblondem Haar umrahmten Gesicht funkelten ihn ihre eisblauen Augen stolz und Ehrfurcht gebietend an. Unwillkürlich musste Otto an das Bild eines Reihers denken, das er in einem der Bücher über Südamerika entdeckt hatte.

»Sie wünschen?«

»Das ist Otto«, flüsterte ein helles Stimmchen, noch bevor er antworten konnte. Ein etwa sechsjähriges Mädchen in einem Musselinkleid mit aufgestickten Röschen schob sich aus dem Dunkel des Korridors ins Licht.

»Hallo Theresia. Ist denn dein Bruder da?«

Das Mädchen schüttelte den Kopf, dass die braunen Locken nur so flogen.

»Ich bin Fräulein Rolf, das neue Kindermädchen«, stellte sich die Staksige vor und lächelte freundlich. »Der junge Herr Feigl trifft erst am Sonntag ein. Darf ich ihm etwas ausrichten?«

»Dann will ich ihm ein paar Zeilen dalassen. Könnte ich bitte etwas zu schreiben haben?«

Fräulein Rolf bat ihn, kurz zu warten, und verschwand im

dunklen Flur. Theresia beobachtete ihn aus sicherer Entfernung mit großen Augen.

»Was möchten Sie denn von Johann?«

»Wir sind am Montag verabredet«, antwortete Otto und lächelte, weil sie ihm, obwohl die Familien bereits seit Jahren befreundet waren, noch immer mit Schüchternheit begegnete. »Aber ich kann die Verabredung nicht einhalten.«

Das Kindermädchen kam mit den Schreibutensilien zurück und bat ihn, im Salon Platz zu nehmen, um seine Nachricht zu verfassen.

Otto lehnte dankend ab. Er legte das Blatt auf seinen Handteller und kritzelte eine Nachricht darauf, die er Theresia reichte.

»Gibst du das bitte Johann?«

Theresia betrachtete das Papier und zog die Stirn kraus. »Was ist das … Venezu … ela?«

»Du kannst schon lesen?«

Sie lächelte scheu, aber nicht ohne Stolz. »Ein bisschen. Johann hat es mir beigebracht.«

»Dann liest du es ihm vor, wenn er wieder da ist, ja?«

Theresia nickte und strahlte ihn an, wobei sie das Blatt umklammerte wie einen Schatz, den es zu bewahren galt.

Kurz darauf war der Tag des Abschieds gekommen. Nach dem Frühstück streifte Otto ein letztes Mal durch den Gemüsegarten, wo nun Reihen mit eingegrabenen Holzkisten standen, in denen Möhren, Kartoffeln, Äpfel und Zuckerrüben eingemietet waren. Im sich langsam lichtenden Dunst des heller werdenden Wintermorgens nahm er ein letztes Mal das Bild der Villa in sich auf und schwor sich, es tief in seinem Herzen zu bewahren.

Dann stand die Lohnkutsche vor der Tür, die sie für diesen besonderen Tag geordert hatten und die Otto mitsamt der Familie zum Hafen bringen sollte.

Nur die Mutter blieb in der Haustür stehen. Sie hätte es nicht ertragen, dem Schiff mit ihrem in die Welt hinausziehenden Sohn nachzuwinken. Sie hatte es auch schon bei Joseph nicht gekonnt, der vor drei Jahren nach Manila gegangen war, oder bei Paul, der gleich nach dem Schulabschluss in die Welt hinausgesegelt war. Und so nahm sie Otto bereits vor dem Haus in Groß Flottbek in den Arm und sah ihm dann mit tränenverschleiertem Blick nach, bis der Zweispänner mit dem Vater und den Geschwistern um die Ecke bog und schließlich in Richtung der Flottbeker Chaussee verschwand.

Die *Hungaria* lag mit ihren knapp neunundachtzig Metern Länge am Kai bereit, aus dem Schornstein stieg schwarzer Rauch in den Himmel. Die Schauerleute hatten den Dampfer bereits am Vortag mit Waren, Verpflegung und lebendem Proviant wie Schweinen, Hühnern und Ziegen beladen. Die Koffer und Truhen der Passagiere waren längst an Bord gebracht, nun wartete das Frachtschiff auf die Reisenden, die, in Pelze, Muffs und Wintermäntel gehüllt, einer nach dem anderen den schmalen Steg hinaufstiegen, um den Zurückbleibenden vom Promenadendeck aus ein letztes Mal zuzuwinken.

Otto schloss noch einmal alle Geschwister nacheinander in die Arme: Lisbeth, Mimi, Tilla und Nesthäkchen Hans.

»Grüßt Paul von mir, wenn er heimkommt«, sagte er und bemühte sich, seine Rührung fortzuzwinkern, als der Vater Ottos Hände in die seinen nahm und ihm aufmunternd zunickte.

»Trage die Hamburger Kaufmannsehre hinaus in die Welt und mach mich stolz, mein Sohn.«

»Einer fehlt noch«, rief ein Steward, der vor dem Steg stand und mit einem Zettel winkte. »Otto Lagerfeld?«

»Das bin ich.«

Otto atmete tief durch. Dann schulterte er seine Tasche und

nickte der Familie zum Abschied zu. Eilte den Steg hinauf an Deck, als ein lautes Rufen erklang.

»Otto, warte!«

Er drehte sich um, blickte suchend auf die am Kai Stehenden, als er einen jungen Mann bemerkte, der mit schwingendem Hut durch die wartenden Menschen hüpfte, dabei beinahe jemanden umrannte, stolperte und lachte.

»Johann!«, rief Otto und eilte zum Steg, der gerade hochgezogen wurde. »Was machst du denn hier?«

»Ich werde dich doch nicht ohne Abschied fortlassen«, erwiderte Johann. »Nun haben wir beide etwas zu feiern. Wie lange geht dein Kontrakt?«

»Drei Jahre. Aber ich habe vor, ihn zu verlängern.«

»Dann schreib mir, ja? Am besten in die Große Bäckerstraße, da bin ich sicher erreichbar.«

»Du verlässt Freiburg?«

Johann nickte. »Ich will alles über die medizinische Chemie erfahren, was es zu lernen gibt. Das nächste Semester verbringe ich in Göttingen.«

Sie wünschten sich gegenseitig viel Erfolg, dann war auch schon das Horn zu hören. Ein Ruck ging durch den Schiffsbauch, und allmählich löste sich der von Schleppern durch die zahllosen Schuten, Kähne und Segelschiffe gezogene Frachter vom Kai. Otto winkte und winkte, bis die Menschen am Ufer nurmehr kleine Punkte waren, die schließlich ganz verblassten. Eine ganze Weile stand er noch auf dem sich leerenden Promenadendeck und kostete es aus, begleitet von einem Schwarm Möwen, in Richtung Abenteuer aufzubrechen.

12

Sechzehn Passagiere waren auf dem Frachtkahn eingebucht, und während das Schiff Fahrt in Richtung Dover aufnahm, lernte Otto die Mitreisenden kennen. Da war Frau Kummerow, die ihren Mann in Caracas besuchen wollte, welcher neben Herrenbekleidung auch die feinen Strohhüte mit schmalem Rand und Moiré-Band vertrieb. Wie Otto von der Dame höchstpersönlich erfuhr, stammten die Hüte ursprünglich aus Ecuador und wurden aufgrund einer Nachlässigkeit der amerikanischen Zollbehörde allerorts nur Panamahüte genannt.

Dann gab es da noch das temperamentvolle Fräulein Bosse aus La Guayra, das seine Großeltern in Hamburg besucht hatte, und schließlich zwei Offiziere der kaiserlichen Marine aus Wilhelmshafen, die in St. Thomas von Bord gehen sollten. Von dort sollten sie direkt nach Puerto Cabello verschifft werden, wo wegen des sich zuspitzenden Konflikts mit dem venezolanischen Präsidenten Cipriano Castro deutsche und englische Kriegsschiffe positioniert waren.

»Sie reisen zu einem ungünstigen Zeitpunkt«, sagte der ältere der beiden, der sich als Herr August vorgestellt hatte. »Der Präsident weigert sich, die ausländischen Schulden zurückzuzahlen, die er während der Revolution gemacht hat. Und nun hat er eine Blockade über die Küstenstädte verhängt, um zu verhindern, dass die betroffenen Länder das Geld mit Gewalt eintreiben.«

»Wussten Sie, dass Cipriano Castro als junger Mann bei Van

Dissel & Co. gearbeitet hat?«, fragte Otto, der derlei Sorgen nicht teilen wollte, und fügte wider besseres Wissen hinzu: »Er wird gewiss verhindern wollen, dass jemand in Maracaibo zu Schaden kommt.«

»Entweder Sie sind schlecht informiert oder einfältig«, antwortete der Offizier mit überheblich erhobenen Brauen.

»Ich bin Pragmatiker«, stieß Otto aus und ging den beiden Herren fortan aus dem Weg.

Als sie am fünften November Dover passierten und den weiten Atlantik vor sich sahen, das spiegelglatte Wasser und den unermesslich hohen Himmel, waren alle in euphorischer Stimmung. Doch zwei Tage später kam eine schwere Dünung auf, die das Schiff seitlich erfasste und heftig ins Rollen brachte. Tagsüber war an Essen kaum zu denken, und auch das Schlafen fiel Otto schwer. Die Kabine knackte und knarzte bei jeder Bewegung, und so manches Mal wünschte er sich den Tag herbei, an dem sie endlich wieder festen Boden unter den Füßen hatten.

Zur Ablenkung spielten sie Karten und Domino, und einer der Mitreisenden erzählte von den großen Passagierschiffen, auf denen der Kapitän und die Mannschaft nichts anderes zu tun hatten, als die Gäste mit Theater und Gesellschaftsspielen zu unterhalten. Für die geistige Erbauung gab es laut ihm eine Bibliothek und einen Konzertraum, in denen Musiker Melodien aus *La Bohème* von Giacomo Puccini spielten und Potpourris aus der *Fledermaus* von Johann Strauss.

Am fünfzehnten wurde die See endlich wieder ruhiger. Otto bemerkte es erst, als die Glocke zum Frühstück läutete und ihm auffiel, dass er zwar noch gerädert war, aber längst nicht mehr so unausgeruht wie zuvor.

Nach einem ausgiebigen Frühstück mit Rührei, gebratenem Speck und Schellfisch mit Senfbutter wollte Otto an die frische Luft. Auch die anderen Passagiere hatten ihre Plätze verlassen und zeigten sich an Deck. Vorsichtig in die Sonne blinzelnd, als seien es Maulwürfe, die nach einem langen Winter in ihrem Bau zurück ans Tageslicht drängten.

Über ihnen breitete sich ein klarer blauer Himmel aus. Das Meer war ruhig, und die Sonne schien warm. Otto reckte das Gesicht den Strahlen entgegen und dachte, dass er nichts dagegen einzuwenden hätte, wenn es ewig so weiterginge.

Auf seinem Rundgang über das Schiff begegnete er Fräulein Bosse. Sie hielt eine versiegelte Flasche in der Hand, durch deren Glas ein gerolltes Schriftstück zu erkennen war. Ihre Augen waren zur Brücke gerichtet, als warte sie auf ein Signal. Endlich nickte sie, dann wandte sie sich dem Meer zu und schleuderte die Flasche mit erstaunlichem Schwung ins Wasser.

»Mein Cousin arbeitet bei der Deutschen Seewarte«, erklärte sie, als sie Ottos Blick bemerkte. »Daher habe ich Kapitän von Leitner gebeten, sie ins Meer werfen zu dürfen.«

»Enthält die Flaschenpost denn einen Brief an Ihren Cousin?«

Sie lachte, weil er so ahnungslos war.

»Darin steckt ein in mehreren Sprachen gehaltener Findezettel mit den Koordinaten, wo man die Flasche auf den Weg bringt, sowie die genaue Uhrzeit. Der Finder der Flasche wird gebeten, den Inhalt an die Deutsche Seewarte zu senden, damit die Experten weitere Erkenntnisse über die Strömungen gewinnen. Deutsche Schiffe etwa sind verpflichtet, alle vier Stunden meteorologische Beobachtungen zu notieren und auf einer genau festgelegten Position sogenannte Stromflaschen auszusetzen.«

Otto sah hinaus. Überall Meer, kein Land.

»Sind Sie denn sicher, dass die Flasche nicht für alle Ewigkeiten in der Tiefe versinkt?«

»Nein, aber ich lasse mich gerne überraschen. Eine Flasche beispielsweise, die man etliche Seemeilen vor Lissabon ausgesetzt hatte, landete nur vierzig Tage später an der Küste von South

Wales. Eine weitere, die auf einer Reise von Teneriffa nach Montevideo vor der Küste Südafrikas ins Wasser ging, wurde ein Jahr später am östlichen Strand der Insel Grand Turk gefunden. Jährlich treffen so einige Dutzend Flaschen ein und helfen der Seewarte bei ihrer wissenschaftlichen Arbeit.«

Otto staunte, und das nicht nur wegen der Flaschenpost für die Wissenschaft. Auch Fräulein Bosses Selbstverständnis, mit dem sie dem Kapitän die Aufgabe des Auswerfens abnahm, beeindruckte ihn.

Er betrachte sie, ohne sie anzustarren.

Sie war eine ausnehmend hübsche junge Dame und etwas älter als er, Mitte, vielleicht sogar Ende zwanzig. Groß und schlank war sie, mit blondem, kurz geschnittenem Haar und einem Grübchen am Kinn. Sie trug eine modische weiße Bluse mit abgerundetem Kragen und umgeschlagenen Ärmeln, darüber einen bestickten Bolero und einen grauen bodenlangen Rock. Aber das Auffälligste an ihr war die Kamera, die sie sich nun vor die Augen hielt, um die Weite des Ozeans abzulichten. Es war ein mit Leder bezogener Kasten, der gut in den Händen zu liegen schien und der gewiss einiges mehr gekostet hatte als die Dr.-Krügener-Rollfilmkamera, die Otto seit dem Ablegen noch nicht aus dem Koffer geholt hatte, um die teuren Filmrollen zu sparen.

»Ich reise als Reporterin«, erklärte Fräulein Bosse ihm, ohne dass er gefragt hatte. »Eine Frau erfährt mehr von den Leuten, weil niemand sie ernst nimmt. Ich kann ihnen viele Fragen stellen, dumme und kluge. Und weil die Herren über die angeblich weiblich naive Neugier schmunzeln und mich gerne belehren, bin ich am Ende bestens im Bilde.«

»Für welche Zeitung arbeiten Sie?«

»Für gar keine. Meine letzten Geschichten konnte ich nach England verkaufen. Die Geographische Gesellschaft in Hamburg hat jedenfalls kein Interesse gezeigt.« Sie lächelte kokett. »Aber machen Sie sich um mich mal keine Sorgen. Ich bin nicht gerade in Armut geboren und weiß auch ohne das Wohlwollen eines Herren der Schöpfung auszukommen.«

Otto nickte höflich und richtete seine Aufmerksamkeit wieder auf die ruhige, schimmernde See. Er hatte noch nie eine derart selbstbewusste junge Dame kennengelernt. Obwohl ihm auch in Hamburg zunehmend Frauen aufgefallen waren, die ihre Haare kinnlang trugen und nichts dabei fanden, zu zweit in Restaurants zu speisen, ohne männliche Begleitung.

Fräulein Bosse war so anders als seine Schwestern, die stets darauf achteten, sich sittsam zu geben und nicht unangemessen in den Vordergrund zu drängen. So hatten es ihnen die Eltern beigebracht. Eine Frau gehörte in den Rahmen einer Familie, als elegante Bürgerin oder fürsorgliche Hausfrau und Mutter. Eine Tochter, die ganz alleine die Welt erkundete, lag außerhalb ihrer Vorstellungskraft – und, bis zu dieser Reise, auch in Ottos.

Endlich stiegen die Temperaturen. Auf dem Sonnendeck wurden Liegestühle aufgestellt, die rasch von den Männern belegt waren, während die Damen den Schatten vorzogen und Sonnenschirme aufspannten, um ihre helle Haut zu schonen. Die Abende waren warm, auf dem Wasser spiegelte sich ein mächtiger Mond, und so waren alle guter Dinge, als die *Hungaria* am Morgen des dreiundzwanzigsten November die karibische See erreichte und kurz darauf in den Hafen von St. Thomas in Dänisch-Westindien einlief.

Während der Frachter zwischen kleinen Dampfern und etlichen Segelschiffen hindurchnavigierte und sich in der Nähe eines Kriegsschiffes der kaiserlichen Marine einen Ankerplatz suchte, standen die Passagiere an der Reling und bestaunten das windgeschützte Hafenbecken. Das smaragdgrüne Wasser funkelte in der Sonne, und sie konnten es kaum erwarten, an Land zu gehen.

Die Hauptstadt der Insel, Charlotte Amalie, war eine Ansammlung bunt durcheinandergewürfelter Häuser und Hütten, die sich eine Hügelkette hinaufschmiegte. Weiter hinten erhob sich ein rot getünchtes Fort inmitten einer Parkanlage, davor ein Einspänner mit Sonnendach, der offenbar auf Ausflügler wartete. Am Hafen saßen in fröhliche Farben gekleidete Frauen, die fremdländische Früchte anboten.

Hier verabschiedeten sich die beiden Offiziere, und Otto sah ihnen nach, als sie mit ihren Seesäcken zu dem Kreuzer gingen, der sie weiter nach Puerto Cabello auf die *Vineta* bringen sollte.

Während Scharen von dunkelhäutigen Männern unter lautem Rufen körbeweise Kohle an Bord der *Hungaria* schleppten und ein Matrose die Post entgegennahm, um sie mit dem violetten Schiffsstempel zu versehen, nutzten die Passagiere die Zeit, um den Ort zu erkunden.

»Begleiten Sie mich?«, fragte Fräulein Bosse und hakte sich ohne eine Antwort abzuwarten bei Otto unter. »Ist es nicht seltsam, wie stark der Inselboden zu schwanken scheint, obwohl es doch nichts Stabileres gibt als Mutter Erde?«

Er nickte nur und versuchte den Eindruck zu vermitteln, als sei die unerwartete Nähe nichts Ungewöhnliches für ihn. Dabei hatte er in seinen zweiundzwanzig Jahren noch nie eine Frau derart nah an sich herangelassen.

»Wissen Sie, mein Lieber, warum diese Inseln hier Jungferninseln heißen?« Fräulein Bosse blieb stehen und sah ihn mit kokettem Lächeln an.

Otto schüttelte nur stumm den Kopf.

»Weil Christoph Kolumbus sich beim Anblick des unberührten Archipels an die Legende einer bretonischen Königin erinnerte und sie daher ›Ursula und die elftausend Jungfrauen‹ taufte.« Sie kniff ihn in den Oberarm und lachte. »Oder was haben Sie gedacht?«

»Wo haben Sie denn Ihre Kamera gelassen?«, fragte er, um das Thema zu wechseln.

»Die brauche ich nicht, hier gibt es nicht viel zu fotografieren, denn die Stadt ist ohne besonderen Reiz. Aber wenn Sie in Puerto Cabello ankommen, sollten Sie Ihre Kamera mit an Land nehmen. Die dunkelhäutigen Frauen tragen Gewänder in den prächtigsten Farben, wie man sie selbst auf Fotografien in Schwarz-Weiß erahnen kann: Türkisblau, Knallgelb, Purpurrot und Grasgrün in allen erdenklichen Mustern. Der Hafen ist ebenfalls beeindruckend. Achten Sie auf das Fort, das gegenüber der Stadt auf einer Insel liegt. Dort befinden sich etwa dreihundert politische Gefangene, die unter erbärmlichen Umständen in glühender Hitze leben. Sie werden streng bewacht und dürfen nur zum Wasserschleppen ins Freie. Wenn sie nicht verhungern wollen, müssen sie sich das Essen von ihren Angehörigen bringen lassen. Natürlich kommt nur ein Zehntel der Speisen bei ihnen an.«

»Was haben die Häftlinge denn Schlimmes verbrochen, dass man sie so behandelt?«

»Nichts. Sie waren nur anderer Meinung als die Regierung.«

An dieser Stelle hielt Otto mit dem Aufschreiben seiner Lebensgeschichte inne. Die Erinnerung an das, was Fräulein Bosse ihm über die Zustände auf dem Inselfort von Puerto Cabello zu berichten wusste, hatte ihn mit einem Satz zurück in die Wirklichkeit katapultiert, ins Jahr 1942.

Draußen war es bereits dunkel geworden, die letzten Sätze hatte er bei zugezogenen Vorhängen und im Schein einer schwachen Tischlampe geschrieben, um dem Verdunkelungsgebot zu genügen. Nun lehnte er sich im Stuhl zurück und starrte auf das in die Schreibmaschine eingelegte Blatt.

War es denn im Deutschland dieser Tage so viel anders als zu jener Zeit in Puerto Cabello?

Hier wie da wurden Kritiker und Andersdenkende mundtot gemacht, indem man sie zur Abschreckung aller fortsperrte und misshandelte. Manche nur wegen unliebsamer Bemerkungen, man musste aufpassen, was man sagte.

Otto erhob sich von seinem Stuhl und ging ein paar Schritte. Noch im Stehen zündete er sich eine Pfeife an, sah dem ausgepafften Rauch nach, der sich allmählich im Arbeitszimmer verteilte, dann fasste er einen Entschluss: Sollte man ihn tatsächlich fortsperren wollen, dann würden seine Kinder in den Lebenserinnerungen einen Hinweis finden, wie er zur politischen Lage in Deutschland stand und wie sehr ihn diese bedrückte.

Er setzte sich wieder an seinen Platz und legte die Pfeife ab. Dann platzierte er die Finger auf die Tasten, energisch, und begann zu tippen.

In dem Inselfort befinden sich gegen 300 politische Gefangene, welche dort ein furchtbares Leben haben. Viele sind jahrelang bereits darin, ohne besondere Schuld als nur anderer Meinung gewesen zu sein als der Präsident oder irgendein Beamter. Die Gefangenen stehen unter Aufsicht von Soldaten, welche schlimmer sind als der Auswurf der Menschlichkeit. Der Kommandant ist entsprechend.[2]

Otto betrachtete den Absatz, fragte sich, ob man dies gegen ihn verwenden würde, sollten seine Zeilen in falsche Hände geraten, setzte dann aber entschlossen einen weiteren Satz hinzu.

In meinem Sinn dachte ich: Könnte ich das Ding doch dem Erdboden gleichmachen.[3]

---

2 Gekürzter Auszug aus den Lebenserinnerungen von Otto Lagerfeld

3 Auszug aus den Lebenserinnerungen von Otto Lagerfeld

13

SÜDAMERIKA

1902

Seit sie die Jungferninsel verlassen hatten, saß Otto abends mit Fräulein Bosse und Frau Kummerow an einem Tisch im Speisezimmer. Weil die Nächte viel zu herrlich waren, um drinnen zu bleiben, baten sie den Steward, ihnen den Nachtisch aufs Oberdeck zu bringen, von wo aus sie zahlreiche Glühwürmchen über die dunklen Wellen schwirren sahen und im Wasser leuchtende Fische mit intensiv grünem Licht.

Nach dem Aufenthalt auf den Antillen servierten die Stewards ihnen Cocktails aus Rum, Wasser, Zucker, einem Bitterer und einem Ei. Oft saßen sie bis spät in die Nacht hinein zusammen, plaudernd und lachend. Es waren herrlich unbeschwerte Stunden, und Otto fühlte sich so frei wie noch nie in seinem Leben.

Die *Hungaria* steuerte in Puerto Rico erst San Juan an und fuhr von dort weiter nach Ponce, wo Otto sich mit Fräulein Bosse und Frau Kummerow per Boot an den Kai bringen ließ. Sie fuhren mit der elektrischen Bahn durch den Ort und kauften sich auf dem Markt einen *frecso*, bevor das Frachtschiff wieder in See stach und die vierhundertfünfzig Seemeilen in Richtung der Hafenstadt La Guayra in Angriff nahm.

Es war am Morgen des 28. November, als jemand leise an seine Kabinentür klopfte. Otto schrak aus dem Schlaf und setzte sich im Bett auf. Durch das Bullauge drang das trübe Licht des Tages, der sich gerade erst aus der Nacht schälte, unter ihm stampften ruhig und gleichmäßig die Schiffsmotoren.

»Herr Lagerfeld, kommen Sie«, zischte es auf dem Gang, »das dürfen Sie sich nicht entgehen lassen.«

Es war Fräulein Bosse.

Otto rieb sich mit einem Gähnen über das Gesicht, bevor er die Nachtlampe entzündete und auf seine Taschenuhr sah. Es war zehn Minuten vor sechs.

Wieder ein Klopfen, dieses Mal lauter. »Herr Lagerfeld, sind Sie wach?«

»Was gibt es denn?«

»Wir nähern uns dem Festland.«

Südamerika!

Nun konnte Otto nicht schnell genug aus dem Bett springen. Er wusch sich das Gesicht, stieg in Hose, Hemd und Schuhe und eilte an Deck, überrascht vom dichten Morgennebel, der nur schwer zu durchdringen war.

»Ich sehe nichts.«

»Warten Sie ab«, sagte Fräulein Bosse, die sich einen Panamahut aufgesetzt hatte, was ihr einen verwegenen Ausdruck verlieh, »und halten Sie den Blick geradeaus.«

So standen sie Schulter an Schulter, als plötzlich die Küste von Venezuela vor ihnen auftauchte, als dunkler Streifen am Horizont. Oberhalb der Wolkenschichten waren einzelne Spitzen der gewaltigen Berge zu erkennen, die sich fast senkrecht emporhoben.

Im Näherkommen teilte sich der Nebel, von den ersten Sonnenstrahlen beiseitegeschoben, als sei er ein Vorhang, der nun den Blick auf ein herrliches Panorama freigab.

»Das ist ja … unglaublich«, stammelte Otto mit derart kindlicher Freude, dass Fräulein Bosse, die den Anblick, wie sie sagte, schon mindestens hundertmal genossen hatte, in lautes Lachen ausbrach.

Dichter grüner Urwald wechselte sich ab mit schmalen Sandstränden, an denen hier und da verstreute Hütten mit Dächern aus Palmwedeln zu erkennen waren. Dazwischen schroffe Klippen, an denen die weiße Brandung schäumte. Weiter hinten, an den Hügeln, die die Häuser der nahenden Stadt umrahmten, standen Agaven mit ihren hochaufragenden Blütenschäften, von denen es in der Commerz-Bibliothek ebenfalls ein Bild gegeben hatte.

Doch in natura war alles tausendmal schöner.

In La Guayra ging Fräulein Bosse von Bord, ebenso Frau Kummerow, die ihr Mann am Hafen in Empfang nahm. Sie machten noch einen gemeinsamen Ausflug nach Caracas, fuhren mit der Eisenbahn durch Haine von Kokospalmen und Kakteenfelder und immer spärlicher bewachsene Hügel hinauf, während der Lokführer unter beständigen Pfiffen versuchte, Horden träger Ziegen von den Schienen zu vertreiben. Immer weiter ging es in die schwindelerregenden Höhen des Boquerón-Passes, von dem aus man weit aufs karibische Meer sehen konnte, bis sie hinter dem letzten Tunnel schließlich die Wolkenschicht durchbrachen und Venezuelas Hauptstadt erreichten.

Noch eine Stadtrundfahrt und ein gemeinsames Essen, dann hieß es Abschied nehmen.

»Es hat mich sehr gefreut, Sie kennenzulernen«, sagte Fräulein Bosse, bevor Otto die Bahn zurück zum Hafen bestieg. Dabei ließ sie ihre Hand ein wenig länger in der seinen ruhen.

»Mich hat es ebenfalls sehr gefreut.«

Lächelnd zog sie die Hand zurück und wünschte ihm alles Gute auf seinem weiteren Lebensweg.

So gingen sie auseinander, ohne Aussicht auf ein Wiedersehen. Einmütig, eine Reisebegleitung auf Zeit, was Otto, als er das Schiff wieder bestieg, fast ein wenig bedauerte.

Fräulein Bosse hätte ihm gefallen, wenngleich sie ihm in ihrer

Unabhängigkeit und dem vorlauten Mundwerk auch ein wenig unheimlich war.

Während der gesamten Reise nach Venezuela hatte Otto nichts von einem drohenden Krieg oder den gesundheitlichen Gefahren hören wollen. Er fühlte sich jung und unverwundbar. Doch als sich vor der Weiterfahrt der *Hungaria* in Begleitung eines Kreuzers ein gewaltiger Dampfer dem Hafen näherte, in dem er das Kriegsschiff *SMS Vineta* erkannte, auf das die beiden ehemaligen mitreisenden Offiziere gestiegen waren, ahnte er, worauf er sich da eingelassen hatte.

Als die *Hungaria* am nächsten Morgen die Hafenstadt Puerto Cabello anfuhr, die sichtlich unter der Revolution gelitten hatte, und sie nach kurzem Halt am folgenden Tag in Curaçao einliefen, wo deutsche, englische und holländische Kriegsschiffe vor Anker lagen, da war ihm zum ersten Mal bang ums Herz.

Das Schiff, das ihm über Wochen hinweg Sicherheit und Heimat gewesen war, hatte seinen Zielhafen erreicht, und als Otto von Bord ging, kam es ihm vor, als liefe er ins Ungewisse.

Weil er einige Tage vor Ort warten sollte, bis ihn der Raddampfer *Merida* in einer letzten Etappe ans Ziel bringen sollte, nahm Otto sich ein Zimmer im *Hotel Venezuela*. Dort war auch der erste Maschinist der *Hungaria* untergebracht, der sich anbot, ihm die niederländisch geprägten Straßen von Willemstad zu zeigen.

»Wenn Sie wollen«, sagte er während des Rundganges und wies in Richtung des Kirchhofs, »zeige ich Ihnen das Grab von Herrn Wahncau, dem Leiter des Maracaibo-Hauses von Van Dissel & Co., der im vergangenen Jahr an Tropendysenterie erkrankte.«

»Er liegt hier in Willemstad?«

Der Maschinist nickte. »Man hat ihn zur Erholung nach Curaçao geschickt, wo er verstarb.«

Otto stimmte zu. Warum sollte er nicht die Gelegenheit ergreifen und sich mit der hiesigen Firmengeschichte befassen?

Das Grab war ein großes, gemauertes Gewölbe mit Inschriften und Gedenktafeln der Familie sowie vom deutschen Club in Maracaibo. Es war mit künstlichen Kränzen geschmückt, die viel grüner waren und vitaler wirkten als die Pflanzen, die den Friedhof umgaben. Interessiert betrachtete Otto die Inschriften von Wahncaus Familie aus der fernen Heimat und musste heftig schlucken, weil er an seine eigene Familie dachte. Was würden sie ihm wohl auf die Gedenktafeln schreiben?

»Alles in Ordnung?«, fragte der Maschinist.

Otto nickte hastig, doch er konnte es kaum abwarten, den Ort wieder zu verlassen. Obwohl er die Herren aus der Hamburger Filiale kannte, die dem Gelbfieber zum Opfer gefallen waren, bekam die Gefahr erst hier, vor dem Grab eines Fremden, ein Gesicht.

Am folgenden Sonntag besuchte er den Gottesdienst in der Kathedrale und bat den Herrgott inständig um Schutz. Dann ging er an Bord des Raddampfers, der seine Passagiere durch die sumpfige Mündung des Golfs von Venezuela und an dichten Mangrovenwäldern vorbei in den Lago de Maracaibo brachte, wo Otto nach einer bewegten Fahrt am folgenden Mittag in knallheißer Sonne den letzten Hafen seiner langen Reise erreichte.

14

HAMBURG

April 1904

Jedes Jahr, wenn die Familie Feigl vom Heimatbesuch aus Písek zurückkehrte, erschien Theresia das Hamburger Leben zu laut und zu hektisch, und sie machte es sich zur Gewohnheit, es bis zum nächsten Sommer aus der sicheren Burg ihres Zimmers zu beobachten.

Dessen Fenster ging auf das Nikolaiviertel hinaus. Von dort aus konnte sie, wenn sie sich ein wenig nach links beugte, direkt auf den Platz vor der Hamburger Börse blicken. Oft stand sie da und beobachtete, wie die Kaufleute, Bankiers, Reeder und Makler am frühen Mittag aus den Restaurants und Frühstückslokalen strömten, um rechtzeitig zum Börsenbeginn vor Ort zu sein. Dunkel gekleidete Männer, denen ein freundlicher Kellner oder Gastwirt mit einem Klingeln das Signal zum Aufbruch gegeben hatte, eilten zu Dutzenden mit großen Schritten dem Portal entgegen, um noch hineinzugelangen, bevor die Börsendiener die Türen wieder verschlossen. Zwischen ihnen eine Schar uniformierter Burschen, die teils lautstark ihre Depeschen verteilten und so im undurchdringlichen Stimmengewirr der Menschenmenge für Aufmerksamkeit sorgten.

Mit dem Verriegeln der Eingänge wurde es wieder still auf dem Platz, so, als sei es nie anders gewesen.

Was die Herren dort drinnen machten, wusste Theresia nicht,

aber sie begriff, dass es etwas Bewegendes sein musste. Denn es gab nicht wenige Tage, an denen sie wieder hinausschlichen, mit gebeugten Schultern, den Zylinder in der Hand. An diesen Tagen waren manchmal lautstarke Wutreden oder auch Schreie zu hören, dann verzog sie sich lieber wieder ins Innere des Zimmers und hielt sich die Ohren zu. An anderen Tagen lagen die Herren sich glücklich in den Armen oder führten ein spontanes Tänzchen auf. Das waren ihr die liebsten.

Bald erkannte sie die Zusammenhänge zwischen den Nachrichten, die die Zeitungsburschen bei ihrem Gang durch die Straßen lautstark verkündeten, und dem Gemütszustand der Börsengänger. Kriege, Thronbesteigungen, ja, selbst das Wetter konnte ursächlich dafür sein. Mit acht Jahren war sie bereits recht geschickt darin, vorauszusagen, ob es den Menschen in dieser Stadt gut gehen würde oder nicht. Der Blick auf die Börse war ihre Verbindung in die weite Welt.

Auch Otto hatte sie früher mehrfach in das Gebäude am Adolphsplatz gehen sehen, doch hatte ihn offensichtlich nicht die Börse interessiert, sondern die Commerzbibliothek der Handelskammer, deren Räume im ersten Stock lagen. Denn immer trug er ein oder mehrere Bücher unter dem Arm.

Einmal, als ihre Familien sich wie jeden Sonntag beim Gottesdienst in der St. Joseph-Kirche bei der Großen Freiheit trafen, beobachtete sie, wie Otto heimlich ein anderes Buch unter das Gesangsbuch schob. Als er ihren Blick bemerkte, legte er den Finger an die Lippen und lächelte. Damals waren sie unverhofft Verbündete, die ein hübsches Geheimnis in einer wilhelminisch strengen Welt voller Regeln und Konformitäten teilten.

Marie Feigl beobachtete die Zurückgezogenheit ihrer Tochter mit Sorge. Sie bat das Kindermädchen, Theresia für das Sticken zu begeistern oder mit ihr zu musizieren. Manchmal nahm sie ihre Tochter auch zu den Essensausgaben für bedürftige Kinder mit, die sie organisierte. Doch als sie merkte, wie sehr Theresia das Leid ergriff, ließ sie es bleiben.

Mit der Einschulung in der Klosterschule am Holzdamm richtete sich Theresias Aufmerksamkeit auf neue Dinge. Bald eiferte sie den Mitschülerinnen nach, spielte mit Puppen oder beschäftigte sich mit Handarbeiten. Was ihre Mutter mit Wohlwollen registrierte, um sich dann wieder voll und ganz der Armenfürsorge zu widmen.

Nur selten kamen Freundinnen zum Spielen vorbei. Und in der Tat fühlte sich Theresia in der selbst gewählten Einsamkeit wohler als in der Gesellschaft anderer Mädchen, die sich abseits der gestrengen Blicke der Erwachsenen oft zankten oder an den Haaren rissen, wenn sie unterschiedlicher Meinung waren. Selbst das beeindruckend große Kindermädchen Fräulein Rolf, das sich nach Herzen um sie bemühte, fand keinen echten Zugang zu ihr.

Ottos Brief aus San José de Cúcuta änderte alles. Der Umschlag war dick, und wenn Theresia ihn unter die Nase hielt, dann bildete sie sich ein, dass er nach dem salzigen Meer roch oder nach dem Duft seltener Pflanzen.

Seit er auf der Anrichte im Salon lag, konnte Theresia es kaum erwarten, dass Johann aus Berlin zurückkehrte, wo er das Wintersemester am Institut für Pathologie der Charité verbrachte und den Vorlesungen von Professor Adolf Bickel folgte, dem Leiter der experimentell-biologischen Abteilung.

An jenem Abend waren die Eltern mit ihrem Bruder Georg in der Oper, weshalb Theresia mit dem Kindermädchen alleine zu Hause war. Sie lief zur Anrichte, als sie die Türglocke hörte. Und kaum, dass ihr Bruder mit dem Koffer in der Hand durch die Tür trat, hielt sie ihm auch schon den Umschlag entgegen.

»Hier, Johann, der ist von Otto. Möchtest du ihn gleich aufmachen?«

»Bekomme ich auch eine Begrüßung?« Lachend beugte Johann

sich hinab, um sie in die Arme zu schließen. »Groß bist du geworden, meine Kleine. Fast schon eine junge Dame.« Er nahm den Umschlag entgegen und wandte sich an das Kindermädchen, das soeben den Flur betreten hatte, um den jungen Herrn zu begrüßen. »Wann gibt es denn Abendessen?«

»In etwa einer Stunde.«

»Schön. Dann wollen wir mal sehen, was Otto aus Südamerika zu berichten hat.«

Sie setzten sich auf das samtene Sofa im Salon, und Johann entzündete eine Lampe, um das diesige Licht des Tages auszusperren. Theresia kuschelte sich an die Schulter ihres großen Bruders, der den Brief aus dem Umschlag nahm und nun knisternd entfaltete. Dann schloss sie die Augen und lauschte seiner warmen, ruhigen Stimme, mit der er Ottos Zeilen vorlas.

San José de Cúcuta, 18. März 1904

Lieber Johann,

geht es Dir gut? Was macht Dein Studium? Ich stelle mir vor, dass Du in Deinem Wissensdurst die Professoren mit Fragen löcherst, um alles zu erfahren, was es zum Thema Bakterienvernichtung zu erfahren gibt. Oder wie man den Stoffwechsel des Menschen stärkt, damit er für den Kampf gegen die übermächtigen Keime gewappnet ist. Wahrscheinlich hast Du inzwischen das halbe Land bereist, um auf immer neuen Universitäten immer neue Antworten zu bekommen. Habe ich recht?

Ich schreibe Dir aus Cúcuta, einer kolumbianischen Stadt an der Grenze zu Venezuela, wo ich seit fast einem Jahr lebe und arbeite. Du siehst also, ich bin bis ins Landesinnere gekommen, wo ich nun feststecke und gegen die Steine kämpfe, die man mir in den Weg legen will.

Mein Gewissen plagt mich, weil ich Dir doch versprochen hatte, mich gleich nach der Ankunft aus der Ferne zu melden, und ich hoffe, Du hast inzwischen über meine Eltern erfahren, dass ich die Reise gut hinter mich gebracht habe.

Allerdings habe ich ihnen nicht geschrieben, was mich hier bei der Ankunft erwartet hat! Tatsächlich gab es manchen Moment, in dem ich dachte, einen großen Fehler gemacht zu haben hierherzukommen.

Aber der Reihe nach.

Meine Zeit in Venezuela begann mit der Kriegsgefangenschaft. Präsident Castro hatte das Ultimatum von Deutschland, England und Italien, in dem man ihn aufforderte, endlich seine Schulden zu bezahlen, einfach verstreichen lassen. Er gab sogar den Befehl, alle Deutschen in Venezuela gefangen zu nehmen. Vor den offenen Kontor- und Lagerhaustüren unserer Firma erschien daher eines Tages eine ganze Kompanie Soldaten. Hundert bis ans Blut Bewaffnete kamen anmarschiert, um uns vier Leute gefangen zu nehmen. Das war wirklich sehr tapfer!

Später hieß es sogar, Castro habe dazu aufgerufen, uns zu erschießen, doch das haben wir erst viel später erfahren, als die Vineta, ein Kriegsschiff der kaiserlichen Marine, vom Hafen aus das Fort unter Beschuss nahm und Castros Soldaten samt der Garnison aus Maracaibo flohen. Offenbar hatte der Kabelbeamte die Meldung nicht weitergeleitet und rettete uns dadurch das Leben.

So habe ich nicht nur die turbulenten Tage glücklich überstanden, sondern auch die zweimonatige Belagerung der Geschäftsgebäude, bei der wir die Aufgänge mit Kaffeesäcken verbarrikadierten. In jener Zeit versorgten wir uns über die Hausdächer mit allem Nötigen. Es hatte schon etwas unfreiwillig Komisches, als wir vom Dach des deutschen Clubs aus durch die Fenster gereichtes Bier entgegennahmen und schwer beladen zurückbalancieren mussten, ohne zu stürzen. Proviant ließ uns der Hausdiener über einen Seilzug zukommen.

Manchmal wurden wir von der Straße aus mit Revolvern beschossen, aber wir waren vorsichtig, und so hielten wir es gut aus, bis Castro sich dem Druck der Mächte endlich beugte und sich dazu bereit erklärte, die Schulden zu bezahlen.

Während der Blockade bekam ich das Gelbe Fieber. Es begann mit heftigen Rückenschmerzen, dann stieg die Körpertemperatur. Wenn das Herz es aushalte, komme man durch, heißt es, und erst hier erfuhr ich, dass von zehn Deutschen in der Regel höchstens drei oder vier überleben. Natürlich hatte ich so etwas schon geahnt. Die Briefe aus Südamerika, mit denen man in Hamburg neue Mitarbeiter anforderte, sprachen eine deutliche Sprache. Doch damals in Hamburg wollte ich den Gedanken nicht zu Ende denken.

Meine Rettung verdanke ich übrigens einer Indianerin. Dem einzigen englischen (Arzt im Ort fiel nämlich nichts weiter ein, als mir Chinin zu verschreiben, wovon man ganz schläfrig wird und das Bewusstsein verliert. Während ich bewusstlos war, hat sie mich mit einem traditionellen Mittel der Eingeborenen behandelt. Stell Dir vor, Johann, all die Tage wachte sie vor meinem Bett und rieb mich regelmäßig mit heißem Öl ein, bis ich vollkommen fieberfrei wieder erwachte. Sie ist so eine treue Seele, der ich zu tiefem Dank verpflichtet bin.

Seit März 1903 bin ich nun in Cúcuta.

Die Stadt liegt am linken Ufer des Rio Pamplonita, am Fuße verwitterter Hügel und in der Nähe der Grenze zu Venezuela. Nach dem Erdbeben im Jahr 1875 wurde sie wiederaufgebaut, und dabei wurden auch die Straßen verbreitert. Es gibt eine neue Kirche, einen Park und sogar eine Straßenbahn, die mit lautem Rattern durch die Stadt fährt. Aber am schönsten ist der Markt, der Sonntagmorgens mit der Glocke zur Frühmesse beginnt und auf dem die Händler Berge von Ananas und Guaven verkaufen. Gewürzkuchen, Reisbonbons und eine Köstlichkeit namens cocadas, die aus Kokosraspeln, Zucker und Eiern besteht, gibt es auch.

Den Mittelpunkt der Stadt bildet das große Handelszentrum, um das die anderen Geschäftshäuser liegen und in dem Kaufleute wie auch Erzeuger dafür sorgen, dass es der Stadt und ihren Bewohnern wieder gut geht. Nun, da endlich die Zeiten der sinkenden Kaffeepreise und der Revolutionen überstanden sind, zeigen die Einwohner eine gewisse Heiterkeit und einen Langmut gegenüber den alltäglichen Erschwernissen.

Während ich in meinem Kontorzimmer sitze und Dir schreibe, herrscht eine glühende Hitze, und mir rinnt Schweiß über das Gesicht. Ihn abzutupfen lohnt sich kaum, weil es danach nur noch schlimmer wird. Der Wind, der an manchen Tagen von Puerto Villamizar heraufweht, dem Hafen am Fluss Zulia, ist schwülwarm und bringt keinerlei Abkühlung. Stattdessen, so erzählt man sich hier, verteilt er all die Krankheiten aus der üppigen Vegetation und den morastigen Urwäldern rund um die Hafenstadt, zahlreiche verborgene Miasmen, die hier so manches Leid bringen. Aber immerhin sind die Straßen nicht so staubig wie in Maracaibo.

Es gibt hier eine deutsche Kolonie, die aus vierzehn Angestellten verschiedener Firmen besteht, aber statt sich in den Häusern zu treffen, gehen sie in einen Club, wo sie Skat spielen und in dem es sogar eine Kegelbahn gibt. Das Clubleben ist teuer, hier werden rasch sechs oder sieben Cocktails vor dem Essen getrunken und danach noch ein oder zwei Bier. Die Zeche frisst vielen das Gehalt auf, weshalb ich nur selten hingehe. Immerhin gibt es hier keine Eiswürfel, sodass einem ein verdorbener Magen erspart bleibt.

Ich wohne zusammen mit zwei anderen Junggesellen, die ebenfalls für Van Dissel & Co. arbeiten, in einem Haus. Eigent-

lich gehört es zu einer Freimaurerloge, die jedoch von der konservativen Regierung verboten wurde. In unserem Wohnhaus gibt es einen abgeschlossenen Saal, in dem ich einmal, als die Tür offen stand, einen Blick auf allerlei aufgestellte freimaurerische Zeichen und Sachen erhaschen konnte.

Anfangs war ich bei Otto Moll untergebracht, dem Prokuristen der Niederlassung, der mir nur eine schäbige Kammer überließ. Gleich am ersten Tag verkündete er mir, dass sie mich, da es wegen der Sperrung des Hafens keine Waren zum Verkaufen gebe und sich stattdessen in den Lagern fünfunddreißigtausend Sack Kaffee stapelten, hier überhaupt nicht bräuchten.

Kannst Du Dir das vorstellen, Johann? Da überwindet man etliche Hürden samt Gefangenschaft sowie ein lebensbedrohliches Fieber, und dann bekommt man zu hören, man sei nicht willkommen.

Ich habe Moll gefragt, warum er dann überhaupt einen neuen Mann in Hamburg angefragt habe, aber er sagte nur, das sei gewesen, bevor Präsident Cipriano Castro sich dazu entschloss, Kolumbien und Venezuela gegeneinander auszuspielen. Was übrigens nicht wahr ist, denn Cúcuta war schon vorher von Maracaibo abgeschnitten, sodass weder Waren von dort hierher noch Kaffee von hier über die Grenze gelangten. Aber mit Argumenten braucht man diesem Mann nicht zu kommen.

Moll ist der ungekrönte König der Niederlassung, ein wahrhaft unangenehmer und unfähiger Mensch, der mir den Aufenthalt hier beinahe verleidet hätte. Niedere Angestellte wie ich gehören für ihn nur zum Fußvolk. Hätte nicht der Leiter der Mercantes Generales seinen Hut genommen, ich wäre wohl auf ewig zum Kassierer verdammt gewesen.

Aber Moll hat nicht mit meinem Ehrgeiz gerechnet, diesem elenden Dasein am unteren Ende der Leiter ein Ende zu bereiten. Während die anderen jungen Herren in der Zeit der

Warenblockade spazieren gingen oder den Tag im Club verbrachten, unternahm ich eine Reise zur Niederlassung in San Cristóbal, von wo aus Heinrich Rode das gesamte kolumbianische Geschäft leitet.

Rode ist ein engagierter Mann, der viel vom Geschäft und von der Politik versteht. Ohne sein Beharren und seinen Einsatz hätte sich der Kaiser den deutschen Kaufleuten nie als Schutzmacht gegen den eigentlich gebildeten, klugen und zuletzt größenwahnsinnig gewordenen Autokraten Castro angedient.

Und offenbar setzt Rode große Stücke auf mich.

»Sie sind genau der Mann, den wir brauchen«, sagte er zum Abschied zu mir. »Ich werde Moll vorschlagen, Sie zum ersten April zum Verkaufsleiter zu befördern.«

Es ist mir eine Genugtuung, denn ich kann sehen, wie es seitdem in Moll gärt.

»Sie? Ausgerechnet Sie?«, sagte er, als ihn bei meiner Rückkehr die Depesche mit der Anweisung erreichte.

Aber weil es niemanden gibt, der den Posten des Verkaufsleiters auch nur annähernd ausfüllen kann, blieb ihm keine andere Wahl, als der Beförderung zuzustimmen.

Inzwischen ist der Hafen wieder frei, und unsere Lager sind bis an die Decke mit Waren gefüllt. Morgen werde ich zu meiner ersten eigenverantwortlichen Reise aufbrechen, zu den Depots und den Gemischtwarenhändlern auf dem Land, die sich für ihre Kundschaft mit Waren und Vorräten aller Art eindecken. Ich werde die Städte Chinácota, Bochalema, Pamplona, Salazar, Arboledas und Cucutilla besuchen. Das, mein lieber Johann, verspricht wirklich eine große Freude zu werden, denn ich liebe die Stunden, die ich reitend auf dem gebirgigen Gelände Südamerikas verlebe. Die Reitstunden bei Greve und während der Militärzeit machen sich bezahlt, auch wenn hier keine prächtigen Gäule zum Einsatz kommen.

Die Geschäftsreisen werden vielmehr auf Maultieren absolviert, die Warenmuster werden auf Lasttieren vorausgeschickt. Manchmal sind die Entfernungen so groß, dass wir bereits um vier Uhr morgens wegreiten und erst abends um acht am Bestimmungsort ankommen, fast ohne den Sattel verlassen zu haben. Das Maultier ist hier ein wertvolles und teures Tier, denn es bewegt sich außerordentlich sicher auf den Gebirgspfaden. Wenn es müde ist, machen wir an einer tienda Halt – das ist der spanische Name für ein Geschäft – und geben dem Tier einen Eimer Wasser mit panela zu trinken. So bezeichnet man eine Art Rohrzucker, der im Wasser aufgelöst wird – ein wahres Zaubermittel, denn danach sind die Tiere wieder frisch wie am Morgen. Ich selbst trinke gerne ein Glas guarapo, gegorenes Zuckerwasser. Im Übrigen leben wir während der Reise aus den Satteltaschen. Eine der vorderen enthält Lebensmittel, meistens ein gebratenes Huhn, Reis oder Eier, die andere enthält Getränke, wie beispielsweise Cognac. Einen Cognac sollte man immer bei sich haben, wenn man durch die Täler kommt, in denen Malaria-Gefahr besteht. Man nimmt dann zwei bis drei Pillen Chinin und trinkt ebenso viele Cognacs hinterher. Auf diese Weise, so heißt es, gehe man einer Ansteckung aus dem Wege. Ob das so stimmt, weiß ich nicht, aber zumindest bin ich bis heute davon verschont geblieben.

Das Einzige, worauf ich gut verzichten könnte, ist der Halt in den posadas, den Gasthöfen in den kleinen Städten. Die Betten dort sind voller Flöhe, Wanzen und sonstiger Tierchen. Man muss höllisch achtgeben, um bei der Abreise keinen »blinden Passagier« mitzunehmen.

Alles in allem ist das Leben hier angenehm, und meine Arbeit gefällt mir sehr gut. Nur die Familie fehlt mir und meine Freunde, so auch Du.

Vielleicht fragst Du Dich an dieser Stelle, wie es hier in Südamerika mit dem weiblichen Geschlecht steht.

Nun denn, ich habe in diesen Monaten durchaus das eine oder andere Mal daran gedacht, eine Beziehung anzufangen. Es ist mir ja nicht verboten, mich mit dem weiblichen Geschlecht einzulassen, nur heiraten darf ich vorläufig nicht.

Die Frauen hier sind außerordentlich hübsch und von sehr freundlichem Wesen. Als junge Deutsche verkehren wir in einigen spanisch-südamerikanischen Familien, die auch junge Töchter haben. Man muss sich wirklich sehr zurückhalten, um nicht hängenzubleiben. Aber wenn man sich mit einem jungen Mädchen eingelassen hat, muss man sie bei den strengen Sitten hier sofort heiraten und wäre gezwungen, in Südamerika zu bleiben. Diese Damen würden sich später in Europa, auch als verheiratete Frauen, niemals wohlfühlen.

Ich ahne, dass Du an dieser Stelle die Stirn runzelst und Dich fragst, was denn dagegenspräche, für immer hierzubleiben?

Das will ich Dir sagen. Mein Ziel ist es, irgendwann als wohlhabender Mann nach Hamburg zurückzukehren. Bei aller Freude an der Arbeit und der zweifelsohne wundervollen Landschaft beschleichen mich manchmal Zweifel, ob das schon alles ist, was man im Leben erreichen kann. Nun hängt es davon ab, welche Aussichten ich mir erarbeite. Als Teilhaber ließe es sich hier sicher gut leben, zumal es mir in der Position gestattet wäre, von Hamburg aus zu arbeiten.

Es kommt also nur eine Frau infrage, die bereit wäre, mir ins nasskalte Deutschland zu folgen. Aber da sich an diesem Ort keine solche finden lässt, die zugleich mein Herz erwärmt, werde ich mich eben nach meiner Rückkehr in Hamburg nach einer reizenden jungen Dame umsehen.

Bis dahin will ich alles mir Mögliche tun, um mich hier zu beweisen. Sollten mir in hoffentlich nicht allzu ferner Zukunft ein paar Urlaubstage gestattet werden, möchte ich mir unbedingt einmal New York ansehen. Hier in Cúcuta habe ich einen Herrn von dort kennengelernt, José Azevedo, der für ein paar Monate hier arbeitet und mir viel Interessantes über die Stadt erzählt hat.

Die vielen Gesichter der Welt und ihre unendlich bunten Facetten gefallen mir. Sobald ich weitere entdeckt habe, werde ich Dir davon berichten.

Es grüßt Dich herzlich
Dein Freund
Otto

15

Theresia betrachtete das grauschattierte Bild, das Otto dem Brief beigelegt hatte.

Darauf sah man Otto, der in einem weißen Anzug und mit Hut auf einem Maultier inmitten einer Berglandschaft saß. Im Hintergrund standen weitere Lastentiere, alle schwer bepackt. Er wirkte ruhig und zufrieden, geradezu stolz.

»Wo liegt eigentlich Venezuela?«, fragte sie Johann.

»Am anderen Ende der Welt.«

»Wo genau am anderen Ende?«

Johann wies mit einer ungeduldigen Bewegung aus dem Fenster. »Na, dort eben. In Südamerika, auf der anderen Seite des Ozeans.«

»Und wie kommt man dorthin?«

»Mit dem Schiff.«

»Wie lange dauert die Fahrt?«

Er seufzte. »Theresia, woher soll ich denn das wissen. Ich studiere chemische Medizin und keine Geografie.«

Sie zog eine Schnute und legte das Bild auf den Beistelltisch.

»Pass auf«, sagte Johann. »Wenn du möchtest, gehen wir gleich nach den Feiertagen in eine Buchhandlung und gucken, ob wir etwas über das Land finden.«

Theresia blieb nichts übrig, als sich zu gedulden.

Und dann kam endlich der Tag, an dem die Geschäfte wieder ihre Türen öffneten und sich die Ladenbesitzer, Verkäuferinnen und Kassierer bereit machten, die vom Osterfest ausgeruhte Kundschaft zu empfangen. Ein jeder fuhr die Markisen aus, um die Auslagen vor der Sonne zu schützen, und wischte die Stufen vor dem Eingang, bis sie glänzten.

Weil Johann mittags eine Verabredung im Segelclub hatte, brachen sie gleich nach dem Frühstück auf, um in der Herold'schen Buchhandlung nach einem bebilderten Reiseführer über Südamerika zu suchen. Das Geschäft lag am Speersort, gegenüber der imposanten Backsteinkirche von St. Petri, nur wenige Meter von den Arkaden des Johanneums entfernt, wo Johann sein Abitur gemacht hatte.

Theresia hatte ihre Hand in Johanns geschoben, und als sie nun vor dem Schaufenster stehenblieben, um die Auslagen zu betrachten, löste sie sich und trat näher. Sie schirmte ihre Augen mit beiden Händen ab, um durch die sich im Glas spiegelnden Passanten hindurch die Titel der ausgestellten Bücher zu entziffern.

Neben Claudine Cuccis *Erinnerungen einer Tänzerin* und Paul und Victor Marguerittes *Zwei Frauenleben* lag ein Stapel der völlig neu bearbeiteten und um aktuelle Karten ergänzten Auflage von *Andrees Allgemeinem Handatlas* und eine neue Ausgabe von *Meyers Reisebuch* zur italienischen Riviera und zu Südfrankreich mit Korsika.

»Hier werden wir sicher fündig«, sagte Johann zufrieden, und sie traten ein, begleitet von einem Glockenton.

Mit dem Rücken zu ihnen stand eine ältere Dame mit einem kunstblumenverzierten Hut, ihr gegenüber hinter dem Verkaufstresen der Buchhändler. Der große Mann mit runder Brille reichte seiner Kundin gerade ein Album über die Theke.

»Bitte sehr, Blanks Moden mit den Schnittmustern für Frühjahr und Sommer. Das macht dann eine Mark.«

Die Dame wollte gerade das Geld auf den Tresen legen, da entdeckte sie neben der Kasse einen Stapel Bücher und hielt inne.

»Sie führen noch Beyerleins *Jena oder Sedan*?«, empörte sie sich. »Wissen Sie denn nicht, dass das Buch auf Kosten der sozialdemokratischen Parteikasse gedruckt wurde?«

»Das ist nur eine Behauptung, gnädige Frau.«

»Aber es stand in den *Hamburger Nachrichten*.«

»Der Verleger ist vom Buchverlag für diese Aussage verklagt worden. Und da er keine Beweise für seine Behauptung vorlegen konnte, werden wir dem Verkauf des Titels nicht im Wege stehen. Wenn Sie mich jetzt bitte entschuldigen wollen.« Der Buchhändler trat hinter dem Tresen hervor und wandte sich Johann zu. »Wie kann ich Ihnen weiterhelfen?«

»Wir suchen ein Buch über Venezuela und Kolumbien.«

»Sie haben Glück, junger Mann. Tatsächlich habe ich noch ein Exemplar des ersten Bandes von Herrn Professor Wilhelm Sievers Reisebeschreibung mit Unterstützung der Geographischen Gesellschaft in Hamburg. Oder möchten Sie lieber den zweiten Band? Dann müsste ich erst bestellen.«

»Dürften wir denn einen Blick hineinwerfen?«

»Aber gerne.« Damit ging er, ohne die Kundin noch eines Blickes zu würdigen, zu einer Regalwand im hinteren Bereich des Ladens, wo neben theologischen Schriften und der Erbauungsliteratur eine ganze Reihe für Länderkunde und Reisen reserviert war.

Im Hintergrund war die Glocke zu hören, dann schlug die Tür geräuschvoll zu. Mit einem Achselzucken zog der Buchhändler einen Tritt heran und stieg hinauf.

»Eine Schneiderin mit politisch motivierten Einlassungen«, seufzte er. »Wo kämen wir denn da hin, wenn wir jedem Geschrei nachgingen. Heute so und morgen genau das Gegenteil. Wissen Sie, es ist nicht gerade einfach, die Kunden zufriedenzustellen. Buchhandlungen, die die *Deutsche Frauen-Zeitung* auslegen, werden von denselben Leuten beschimpft, die sich beschweren, wenn man keine Karte für den Vortrag zu Liberalismus und Sozialismus von Pfarrer Friedrich Naumann vorrätig hat, obwohl dieser sich ebenfalls für die Frauenrechte einsetzt. Wir geben unser Bestes, das können Sie mir glauben. Aber die Leute wissen manchmal selbst nicht, was für einen Stuss sie von sich geben.«

Theresia sah zu Johann, der ihr aufmunternd zulächelte. Dann trat sie einen Schritt näher und streckte, als der Mann den Reiseführer aus dem Regal zog, die Hände aus.

»Soll das für dich sein, mein Kind?«, fragte der Buchhändler erstaunt.

Sie nickte. »Ich möchte wissen, wie es in San José de Cúcuta aussieht«, sagte sie. »Und in Cucutilla.«

»Soweit ich weiß, liegt Cúcuta in Kolumbien«, entgegnete der Buchhändler mit einem Schnalzen. »Und über Kolumbien habe ich nichts Vergleichbares da.«

»Aber Maracaibo liegt in Venezuela« beharrte Theresia mit fester Stimme. »Ich möchte es mir wenigstens einmal ansehen.«

»Ein Mädchen in deinem Alter sollte die Erzählungen und Märchen von Rudolf Baumbach lesen, alles andere vergiftet den jungen Geist.«

Der Buchhändler stieg von dem Tritt, und als Theresia nicht weichen wollte, reichte er ihr schließlich mit einem Stirnrunzeln den Reiseführer.

Das Buch war erstaunlich schwer, fand Theresia. Sie ging zu einem Tisch, um es dort abzulegen, und schlug es auf.

Es gab einundzwanzig Kapitel über Land und Leute. Sie fuhr mit dem Finger über die Zeilen des Inhaltsverzeichnisses, entdeckte den Namen Maracaibo in Kapitel zwei und einen Bericht über das Gelbe Fieber in Kapitel drei. Und im elften Kapitel ging es tatsächlich auch um San José de Cúcuta.

Johann trat zu ihr. »Na, ist es das richtige?«

Theresia nickte heftig. »Aber es ist sehr teuer.«

»Das macht nichts.«

Er bezahlte das Buch, und sie gingen zurück nach Hause, wo Johann sie absetzte, bevor er sich auf den Weg zum Segelclub machte.

Zu Hause angekommen, sank Theresia auf ihr Bett und blätterte durch die Seiten, bis sie eine Stelle fand, an der der Autor einen Geschäftsmann auf eben jener Reise zu den Dörfern rund um Cúcuta begleitete, von der Otto geschrieben hatte.

Sie las von Wegen und Straßen, die sich durch das enge Tal des Río Pamplonita emporwanden und schließlich in die Berge führten, in denen man mit Maultieren auf moosigen Wegen und an steilen Felswänden entlangreiten musste, von denen Wasser herabrann. Jeder falsche Schritt führte ins Nichts. Und sie las von den Zuckerrohrplantagen bei Chinácota und Pamplona im Hochgebirge, wo die Temperaturen deutlich abkühlten, sodass man abends zahlreiche Wolldecken brauchte, um nicht zu frieren.

Sie war so vertieft in die Lektüre, dass sie nur beiläufig registrierte, wie Fräulein Rolf ihr einen Krug Wasser und, da sie das Mittagessen ablehnte, ein paar selbstgebackene Kekse hinstellte.

Und als sie das Buch schließlich zuklappte, weil der Vater sie zum Abendessen rief, hatte sie das Gefühl, mit Otto durch das ferne Land gereist zu sein.

16

HAMBURG

Mai 1904

Nach zwei Jahren auf hoher See kehrte Paul nach Hamburg zurück, um vor der nächsten großen Reise einige Wochen in der Heimat zu verbringen.

Erst war er überrascht gewesen, als der Vater ihm gleich nach seiner Ankunft mitteilte, dass er künftig ihm und dem Ältesten Carl im Geschäft zur Hand gehen solle. Später, als er die Tragweite der Entscheidung begriff, war er frustriert und wütend. Aber letztlich hatte er sich dem Wunsch gefügt.

Vielleicht tat er es, weil er von den Handelsschiffen gewohnt war, Befehlen zu gehorchen. Und ganz bestimmt gab er sich alle Mühe, Vaters Wunsch nachzukommen. Doch schon wenige Wochen später hatte er die Lust an der Arbeit im Weinhandel verloren.

Immer öfter geriet er mit dem Vater aneinander, weil er dessen Erwartungen an einen künftigen Nachfolger nicht entsprechen wollte.

»Sieh nur«, sagte der Vater, wenn wieder einmal ein Kunde verärgert aus dem Laden gestürmt war, »wie zuvorkommend Carl jeden Einzelnen bedient. Du hingegen bist patzig, als hätte ich dir nie Höflichkeit und Anstand beigebracht. Nimm dir gefälligst ein Beispiel an deinem Bruder.«

»Ich gebe mein Bestes.«

»Das ist aber nicht gut genug.«

Nach etlichen Ermahnungen begann Paul, trotzig zu rebellieren. Wenn der Vater ihn zum Hafen schickte, wo regelmäßig aus Le Havre die bestellten Champagnerkisten eintrafen, dauerte es jedes Mal ein bisschen länger, bis er ins Kontor zurückkehrte. Schließlich verdrückte er sich immer häufiger auch ohne zu verzollende Ware dorthin, meist, wenn der Vater an der Börse war oder sich mit einem anderen Kaufmann zum frühen Abendessen traf. Manchmal nahm er ein leeres Blatt mit, um die vor Anker liegenden Schiffe auf Papier zu bannen.

Die Situation eskalierte, als Joseph zu Besuch kam. Sein Bruder hatte Manila wegen des Philippinisch-Amerikanischen Krieges vorzeitig verlassen und war nach San Francisco gezogen, wo er seine zukünftige Frau Margaret kennenlernte. Nach der Hochzeit kam er mit ihr für ein paar Monate nach Hamburg, um sie der Familie vorzustellen und ihr seine Heimat zu zeigen.

Es war ein schönes Familientreffen gewesen, und Paul hatte sich wirklich gefreut, seinen Bruder nach all den Jahren in die Arme zu schließen. Aber als Joseph ihn eines Abends beiseitenahm, um ihm auf der Bank im Garten eine ausschweifende und an manchen Stellen etwas nebulöse Predigt über die Wichtigkeit hanseatischer Tugenden und den Zusammenhalt der Familie zu halten, da wünschte er ihn zurück ins ferne Amerika.

»Ich bin der festen Überzeugung, dass in dir ein guter und anständiger junger Mann steckt«, endete Joseph, nahm die dicke Brille ab und rieb sich über die Augen. »Du musst es nur wollen. Sieh mal, als kleiner Junge warst du ziemlich wild und nur schwer zu bändigen. Kein Baum war dir zu hoch, kein Zaun unüberwindbar. Mutter hat schon früh einen Großteil ihrer Fürsorge verbraucht, um deine zerschlissenen Hemden zu nähen und deine aufgeschlagenen Knie zu säubern, erinnerst du dich? Aber inzwischen bist du achtzehn und damit aus dem Alter raus, in dem man derartigen Unsinn verzapft.«

»Ich klettere schon lange nicht mehr auf Bäume«, entgegnete Paul, erschöpft von Josephs Monolog.

»Nein. Aber ich habe gehört, dass du dich gerne herumtreibst.«

»Von wem? Hat Carl etwa gepetzt?«

Mit einem Seufzen setzte Joseph die Brille wieder auf und sah Paul aus grotesk vergrößerten Augen ernst an. »Du weißt, dass Carls gesundheitlicher Zustand labil ist, er hat nicht die Kraft, für zwei zu arbeiten, er muss sich schonen. Ich bitte dich nur darum, dass du Rücksicht auf ihn nimmst und dich zusammenreißt.«

Paul nickte und versprach wieder einmal, sein Bestes zu geben, weshalb sein Bruder ihm erfreut auf die Schulter klopfte.

»Ich wusste, dass du eines Tages vernünftig wirst.«

Lange, nachdem Joseph zurück ins Haus gegangen war, saß Paul noch auf der Bank und starrte in den aufziehenden Nachthimmel, während er versuchte, gegen den eisernen Griff anzuatmen, der seine Brust immer fester umklammerte. Es waren immer nur die anderen, auf die er Rücksicht zu nehmen hatte. Aber nie nahm einer mal Rücksicht auf ihn.

Es war an einem heißen Tag im August, als Paul nach billigem Damenparfüm riechend und mit gehöriger Schlagseite nach Hause kam. Er wollte unerkannt auf sein Zimmer schleichen, doch weil er kaum noch gerade stehen konnte, riss er eine Vase zu Boden, die mit viel Lärm auf den Fliesen im Flur zerschellte. Das Getöse schreckte die restliche Familie auf, die in der angrenzenden Stube beisammensaß.

Noch bevor Lisbeth den Kehrbesen holen konnte, trat Vater mit hochrotem Gesicht vor Paul, außer sich vor Zorn, und verpasste ihm eine schallende Ohrfeige.

Sie war so heftig, dass er rücklings zu Boden ging und mit dem Kopf aufschlug. Ein scharfer Schmerz durchzuckte ihn, doch er riss sich zusammen. Nur keine Schwäche zeigen, dachte er, während er sich langsam aufsetzte, noch immer überrascht von der Wucht des Schlages.

Sein Blick traf den von Joseph, der regungslos und mit leidender Miene im Türrahmen verharrte, als könne er Pauls Schmerz nachfühlen. Hinter ihm tauchte die Mutter auf und stieß einen spitzen Schrei aus.

»Nicht!«, rief sie, am ganzen Körper zitternd. »Hört sofort auf damit.«

Margaret, die in San Francisco aufgewachsen war, wo die Sitten rauer waren und Auseinandersetzungen regelmäßig in Schlägereien endeten, nahm ihre Schwiegermutter behutsam am Arm und geleitete sie zurück in die Stube, um das Feld den Männern zu überlassen.

Leise fiel die Tür ins Schloss, und Paul rieb sich die blutende Lippe, während er den Vater erstaunt ansah. Hatte er sich nicht immer gewünscht, einmal seine Hand zu spüren, statt immer nur den Ausdruck stiller Enttäuschung?

»Sie haben mich tatsächlich geschlagen«, murmelte er.

»Du hast es nicht anders gewollt«, gab der Vater noch immer bebend zur Antwort. »Ich habe mir deine Eskapaden nun lange genug angesehen. Ich dachte, auf See lernt man, Anweisungen zu folgen, stattdessen benimmst du dich wie ein Mann ohne jede Kinderstube.«

Langsam rappelte Paul sich auf und richtete sein Jackett. »Ich bin eben nicht wie Carl oder wie Otto.«

»Du bist nicht einmal wie mein Sohn Paul, sondern wie ein mir vollkommen Fremder.«

»Weil du mich nicht verstehst!«, brüllte Paul, wobei ihm in der Aufregung das Sie abhandenkam. Immerhin senkte er nun die Stimme. »Das Meer ist meine Welt. Trotzdem bin ich hiergeblieben, um dir ein guter Sohn zu sein, sogar meine Seemannsausbildung habe ich dafür abgebrochen. Aber du willst es nicht sehen. Egal, was ich tue, in deinen Augen bin und bleibe ich ein Nichts.«

Der Vater erstarrte, fassungslos ob der Unverschämtheit seines Sohnes. Dann verließ er wortlos den Raum.

»Ich gehe fort«, zischte Paul, als die Tür laut zuschlug. »Nicht einen Tag halte ich es hier länger aus.«

»Unsinn!« Joseph schüttelte den Kopf. »Reiß dich zusammen, in Herrgotts Namen. Wie kannst du dich so aufführen, wo der Vater dir sogar die Nachfolge zu Füßen legt?«

»Ich habe es versucht, Joseph, das kannst du mir glauben, aber der Weinhandel ist nicht meine Welt. Das Herumgeschwänzel um diese arroganten Pinkel mit ihren Vatermörderkragen und Zylindern, die erwarten, dass man permanent vor ihnen katzbuckelt.« Paul machte eine galante Verbeugung. »Guten Tag, werter Herr Regierungsrat, wie geht's, wie steht's? Und Ihrer Frau Gemahlin?« Er stieß die Luft aus. »Das bin nicht ich. Das war ich nie. Trotzdem tue ich es, dem Vater zuliebe, jeden verdammten Tag. Und was ist der Dank dafür?«

»Der Vater hält große Stücke auf dich, er kann es nur nicht so gut zeigen.«

Paul seufzte und fuhr sich mit der Hand durchs Haar. »Du weißt genauso gut wie ich, dass ich nur der Notnagel bin, weil Carl nicht mehr richtig kann und Otto sich nach Südamerika abgesetzt hat. Aber jedes Mal, wenn ich zum Hafen gehe, zerreißt es mich innerlich, weil mich die Sehnsucht in die Ferne trägt. Glaub mir, sobald ich eine Gelegenheit finde, bin ich fort.«

»Das sagst du nur in deiner Wut«, entgegnete Joseph kopfschüttelnd. »Niemand, der bei Verstand ist, tauscht einen derart einträglichen Beruf gegen den eines Seemannes.«

Monate später jedoch, als Joseph und seine Frau längst wieder in Amerika waren und Margaret eine Tochter namens Josefa gebar, heuerte Paul bei der Schiffsmaklergesellschaft Robert M.

Sloman jr. an. An einem eiskalten Februarmorgen im Jahr 1906 ging er nicht wie sonst zur Arbeit, sondern fuhr zum Amerikakai des Hamburger Segelschiffhafens, wo am Schuppen 42 der englische Viermaster *Howth* mit dem Zielhafen Sidney vor Anker lag.

Weil er, entgegen der Meinung seines Vaters, kein ganz schlechter Kerl war, nahm er sich fest vor, ihm noch vor Betreten des Schiffes einen Brief zu schreiben, in dem er sich erklärte. Doch weil er keine Worte fand, um die Gefühle zu Papier zu bringen, mit denen er die viel zu eng gewordenen Fesseln seiner Kindheit zu sprengen suchte, verwarf er den Gedanken wieder. So ließ er am Ende nur die Adresse seiner Eltern auf dem Registrierungsschein der Schifffahrtsgesellschaft zurück, damit man sie benachrichtigen konnte, sollte ihm etwas zustoßen.

Dann ging er an Bord und fuhr ohne ein Wort des Abschieds davon.

17

SAN JOSÉ DE CÚCUTA

Oktober 1905

Das Geschäftshaus von Van Dissel & Co. war durch den Regenschleier nur noch ein konturloser grauer Fleck. Erst im Näherkommen war das lang gesteckte Gebäude erkennbar, ebenso das große Portal an der Ecke. Links und rechts davon die schmalen Türen, die direkt zu den Kontorzimmern der Angestellten führten.

Der Regen ging in Kübeln auf den sandigen Boden nieder und riss Blätter und Zweige mit sich. Die Palmen bogen sich unter der Last des Wassers, und das Prasseln übertönte selbst das schäumende Donnern des Rio Pamplonita, dessen Pegel beträchtlich angestiegen war und der gewaltige Wassermassen durch das erweiterte Flussbett schob.

Otto hastete durch den Schauer, um nach wenigen Metern klitschnass im Handelshaus anzukommen.

»Wie geht es Ihnen, Senőr Lagerfeld?«, fragte Andrés Cabrera, der ihn hatte nahen sehen und für ihn die Tür aufriss.

»Danke, gut«, sagte Otto. Den Ureinwohner, der Van Dissel & Co. mit den besten Maultieren aus seiner Zucht belieferte, schätzte er sehr. »Wie geht es der Familie?«

»Alle wohlauf.«

»Das freut mich zu hören.«

»Haben Sie schon mit Moll gesprochen?«

Otto setzte den triefenden Panamahut ab. »Nein, ich hatte noch keine Gelegenheit dazu.«

»Na, dann viel Glück!«

Wie viele von Ottos Bekannten gehörte auch Andrés Cabrera zu den Eingeborenen, die gut situiert waren oder in der Politik hohe Posten innehatten. Er war regelmäßig zu Gast bei Otto und dessen Mitbewohnern, dem Maracaibero Don Antonio Paez und Max Achilles aus Lübeck. Viele Abende schon hatten sie gemeinsam auf der überdachten Terrasse des Junggesellenhauses gesessen und erfrischend kohlesäurehaltiges Bier aus den Brauereien von Pamplona getrunken, während im Hintergrund der Springbrunnen plätscherte. Eines Abends war der ansonsten stille Andrés aufgetaut und hatte von dem Schock erzählt, den das furchtbare Erdbeben vor bald dreißig Jahren ausgelöst hatte, und erwähnt, dass der Schreck in den Erinnerungen der Menschen des Ortes fest eingebrannt war. So fest, dass selbst seine Söhne noch bei jedem Grollen den Kopf einzogen.

Bei ihrem letzten Zusammentreffen hatte Otto von seiner Enttäuschung über die festgefahrene Lage in Sachen Beförderung gesprochen. Sein erster Vertrag lief bald aus und sollte um drei Jahre verlängert werden, doch man wollte ihm keine Zusage geben, was ihn danach erwartete.

In San José de Cúcuta gab es viele verdiente Leute, die auf eine Beförderung hofften, und die neuen Kräfte rückten, da sich die politische Lage entspannt hatte, bereits energisch nach. Nachdem Heinrich Rode im vergangenen Jahr beschlossen hatte, mit seiner Familie nach Hamburg umzusiedeln, waren die Chefs der Häuser in San Christóbal, Maracaibo und Cúcuta zu Teilhabern aufgerückt. Davon hatte auch Moll profitiert, der es ohne fremde Hilfe nicht einmal zustande brachte, ein Maultier zu satteln, geschweige denn es über die Berge zu dirigieren.

Die Firma war in Van Dissel, Rode & Co. umbenannt worden,

und es sah nicht so aus, als sollte das Co. in den nächsten Jahren ergänzt werden. Er nahm sich vor, bei Gelegenheit noch einmal mit Moll darüber zu sprechen. Aber nicht jetzt, im Augenblick gab es Wichtigeres zu tun.

Otto durchquerte den Empfangsraum, der von der feuchten Kleidung der Anwesenden dampfte, und eilte in den Salon des Hauptkontors, an dessen Eingang ein Zwergarapärchen regungslos in seinem Käfig saß. Auf einer Sitzgruppe im hinteren Bereich entdeckte Otto den neu ernannten Teilhaber, der mit drei kolumbianischen Offizieren beim späten Frühstück saß.

Trotz der schwülwarmen Temperaturen trug Moll einen weißen Anzug samt Binder, so, als wolle er sich in der Kleiderordnung den uniformierten Offizieren anpassen. Er war ähnlich schmal gebaut wie Otto, doch seine unmissverständlich scharfe Art hatte ihm selbst bei gestandeneren Kerlen Respekt eingebracht. Die venezolanischen Soldaten jedoch, die während der Revolution die Menschen im Grenzgebiet drangsalierten, hatte sein Gebaren kaltgelassen, was ihm auch Jahre später noch zu schaffen machte. Und da gute Kontakte zu den Mächtigen in dieser Gegend zu einem wichtigen Kapital geworden waren, ließ er die anderen Angestellten arbeiten, während er sich darauf verlegte, die Herren Offiziere zu umgarnen.

»Einen schönen guten Morgen«, sagte Otto auf Spanisch, und die Offiziere grüßten höflich zurück.

Er warf einen Blick auf den Tisch, auf dem Silberkannen mit Kaffee und Kakao und eine Schale mit Mangos, Ananas, Papaya und Bananen standen, die es auch als in Zucker und Butter geröstete Scheiben gab. Was Otto verriet, dass der größte Teil des späten Essens – Brühe, Fleisch, Maisbrei, Tortillas oder Eier – bereits vorüber war.

»Dürfte ich Sie bitten, mich zum Lagerhaus zu begleiten?«, sagte er an Moll gewandt.

Der Angesprochene blickte nicht einmal auf. »Das hat sicher Zeit bis später.«

»Es geht um die Kaffeelieferung aus Salazar.«

»Ich habe gerade keine Zeit, das sehen Sie doch!«

»Aber ich benötige Ihre Unterschrift«, beharrte Otto. »Der Händler möchte noch vor Einbruch der Nacht in Cornejo sein.«

Der Prokurist sah auf die Uhr. »Das wird er auch eine Stunde später noch schaffen.«

»Nicht bei diesen Regengüssen. Der Weg führt durch unwegiges Gelände, im Gebirge besteht außerdem die Gefahr von Erdrutschen.«

Moll griff nach einer Silberkanne und goss sich dunkle Schokolade in die Tasse, die er mit einem zufriedenen Seufzen leerte.

Seine zur Schau gestellte Gelassenheit ärgerte Otto. Der italienische Händler, dessen Kunden seine Seidentücher, Messer und Erntegeräte mit Kaffee bezahlten, kam alle drei Monate den weiten Weg nach San José de Cúcuta gereist, um die Bohnen abzuliefern und einen angemessenen Preis dafür auszuhandeln. Von dem Geld bezahlte er die Waren, die er bei der letzten Verkaufsreise geordert hatte und die nun zum Abtransport bereit lagen. Der Händler war drei Tage unterwegs gewesen und noch vor dem Morgengrauen im Gasthaus von Cornejo aufgebrochen, um rechtzeitig den Rückweg anzutreten. Dabei hatte ihn der heftige Regen überrascht.

»Der Händler und ich sind uns bereits einig geworden«, setzte Otto nach, als Moll noch immer nicht reagierte. »Alles, was ich von Ihnen benötige, ist Ihr Einverständnis.«

Moll kniff die Augen zusammen. »Sind Sie taub? Soll ich die Herren Offiziere etwa alleine auf die *dulces* warten lassen? Gehen Sie, verdammt noch mal, und sagen Sie dem Italiener, dass ich rüberkomme, wenn ich Zeit dafür habe.«

»Aber …«

»Raus!«, brüllte Moll. »Er muss noch viel lernen«, sagte er dann auf Spanisch an seine beiden Tischnachbarn gewandt. Als er keckernd lachte, stimmten die Offiziere ein.

Wütend drehte Otto sich um und eilte zum Ausgang. *Dulces!* Als ob Molls Leben davon abhinge, die Vertreter der kolumbianischen Armee mit Süßspeisen zu versorgen. Er würde nie verstehen, warum Herr van Dissel sich dazu entschieden hatte, einen solchen Geck zum Teilhaber der Firma zu machen.

Während Moll es sich all die Jahre in seiner Position als Prokurist behaglich gemacht hatte, versuchte Otto, alles darüber in Erfahrung zu bringen, wie man gewinnbringend verhandelte und welches Rüstzeug für einen geschäftlichen Erfolg vonnöten war. Von Heinrich Rode hatte er gelernt, dass man sich gegen jegliche Widrigkeiten durchsetzen konnte, wenn man nur hart genug an einer einvernehmlichen Lösung arbeitete, und wie einem ein durch Kontaktpflege gespanntes Netz dabei behilflich sein konnte.

Rodes Art, mit deutlichen Worten, mit Rückgrat und ohne den Einsatz von Intrigen oder den Anflug von Korruption zu agieren, war Otto ein Vorbild. Gleiches galt für sein Verhandlungsgeschick und die Wachheit, mit der er politische Tricks rechtzeitig durchschaute, und nicht zuletzt seine enge Verbundenheit mit den Einheimischen. Seine Menschlichkeit.

Von Moll hingegen lernte er gar nichts.

»Herr Lagerfeld, warten Sie.« Einer der neuen Angestellten trat aus dem Schatten einer Kammer, und Otto blieb stehen. »Es ist Post für Sie gekommen.«

Otto nahm den Brief entgegen. Er war von Johann.

Er steckte den Umschlag in die Innentasche seiner Weste, setzte seinen Hut auf und eilte hinaus in den Regen. Dabei hielt er die Hand schützend auf die Brust gepresst, damit die Zeilen nicht durchnässten.

Das Lagerhaus erreichte er nach einem kurzen Sprint, dennoch war er bis auf die Haut nass. Der Händler eilte ihm entgegen, die Hände wie zum Gebet nach oben gereckt.

»Okay?«

Otto strich sich das tropfende Haar nach hinten. »Herr Moll bittet Sie, auf ihn zu warten.«

»*How imagina*?«, rief der Italiener in einer Mischung aus Englisch und Spanisch.

»Die Reise ist ohnehin zu gefährlich. Bleiben Sie über Nacht in Cúcuta. *Quédese esta noche*.«

»*No!*«, rief der Mann und lief hinüber zum Stall, wo die Lasttiere bereits beladen warteten. Er klopfte auf einen der Warenkasten. »*No wait!*«

Otto nickte. Er selbst hätte auch nicht gewartet. Auf seinen Reisen war er bereits mehrfach von tropischem Regen überrascht worden. Einmal waren sie einem schmalen Weg inmitten eines dunklen Urwaldes gefolgt, als das Wasser plötzlich sintflutartig durch das dichte Blätterdach brach. Eine undurchdringlich scheinende Regenwand prasselte von den mit Schlingpflanzen überwucherten Baumriesen und Palmen. Bald war der Weg voll Wasserlachen, in denen Pflanzenreste trieben. Sie mussten die Tiere von den Lasten befreien und über Stunden ausharren, weil sie jeder Schritt durch das schlammige Gelände ins Rutschen brachte.

In den Bergen war die Situation weit gefährlicher. Dort wurden die Pfade an den Stellen, wo keine Felsen waren, im Nu derartig glatt, dass schon so manches Lasttier in die Tiefe gestürzt war. Wenn er den Händler noch länger warten ließ, dann waren auch die gut befestigten Wege unpassierbar und die Passage über den Quebrada Guaduas überflutet. Es dauerte oft Wochen, bis man wieder durchkam. Und mehrere Wochen ohne den Erlös durch den Verkauf der Ware konnten eine Existenz im Handumdrehen vernichten.

»Also gut«, entschied er, als Moll auch nach einer Stunde nicht auftauchte. Er kannte die Preise, schließlich hatte er jahrelang nichts anderes getan, als sein Tun dem volatilen Markt anzupassen. Der ausgehandelte Kaffeepreis war definitiv angemessen. Moll hingegen hatte die Marktlage weit weniger im Blick, als er vor dem ergriffen lauschenden Publikum im Club vorgab. »Der Handel gilt. Viel Glück und auf bald.«

Der Händler bedankte sich überschwänglich und zog mit seinen Männern und den Lasttieren durch den Regen über die Avenida Santander davon.

Otto ging zurück zum Handelshaus und betrat sein Kontorzimmer über den separaten Eingang von der Straße. Bei weit geöffneter Tür ging er seiner Arbeit nach, als er plötzlich wieder an den Brief in seiner Weste dachte, die zum Trocknen über der Stuhllehne hing.

Vorsichtig zog er ihn hervor. Die Schrift auf dem Umschlag war bereits verlaufen. Mit spitzen Fingern versuchte Otto, das Schreiben aus dem Inneren zu befreien und entfaltete die nassen Seiten, in der Hoffnung, dass sie nicht aneinanderklebten.

Vergeblich. Am Ende blieben nur einzelne Satzfetzen übrig.

Otto drehte die Gaslampe auf und hielt das Schreiben ins Licht.

Mit viel Mühe entzifferte er die Worte »Verbandsexamen« und »Kieler Segelregatta«, an der Johann offenbar teilgenommen hatte. Den wenigen nicht verwischten Zeilen war zu entnehmen, dass es in der medizinischen Chemie neueste Erkenntnisse über die Abwasserreinigung der Elbe gab. Und dass Johann sein Studium unterbrochen hatte, um für ein Jahr seiner Dienstpflicht beim Kaiserlichen I. Seebataillon als Freiwilliger nachzukommen.

Ein Satz hingegen war ganz deutlich zu lesen:

Du ahnst nicht, wie sehr Dein Brief Theresia beeindruckt hat. Sie hat begonnen, sich für Südamerika zu interessieren.

Theresia. Alles, was Otto zu Johanns Schwester im Kopf hatte, war das Bild eines kleinen Mädchens, das sich hinter seiner Kinderfrau versteckte. Braune Locken, die ihr lang auf den Rücken fielen, dazu ein scheuer Blick von unten herauf. Wie alt mochte sie nun sein? Zehn? Vielleicht elf? Er fand es erstaunlich, dass sich ein so junges Ding für die Welt interessierte, und nahm sich vor, Johann bald zu schreiben und dabei einen besonderen Gruß an Theresia hinzuzufügen.

»Wollen Sie etwa mit diesem Hemd unter die Leute treten?«, blaffte es von der Straße, und Otto hob den Kopf.

Moll stand in der offenen Tür. Der Regen hatte inzwischen nachgelassen. Vorsichtige Sonnenstrahlen schickten ein tausendfaches Funkeln über das Pflaster.

Otto sah an sich hinab. Die zerlaufene Tinte hatte durch die Weste auf das weiße Hemd abgefärbt. Wortlos nahm er die inzwischen getrocknete Weste von der Stuhllehne und zog sie über.

»Gehen wir jetzt?«, knurrte Moll und trat zurück auf die Straße.

»Wohin meinen Sie?«

»Na, zu dem Händler.«

»Der ist bereits seit Stunden fort.«

Moll, der es offensichtlich nicht fassen konnte, dass ein junger Mann von gerade einmal vierundzwanzig Jahren seine Anordnungen missachtete, stützte die Hände in die Hüften und riss die Augen auf.

»Sind Sie wahnsinnig geworden? Sie legen es darauf an, nicht wahr? Sie tun immer so furchtbar korrekt und menschenfreundlich, aber in Wahrheit spielen Sie ein Spielchen mit mir. Ich rate Ihnen dringend, es nicht zu übertreiben, wenn Sie nicht wieder ein Dasein als Kassierer fristen wollen.« Er trat in den kleinen Raum und baute sich direkt vor Ottos Schreibtisch auf. »Nie wieder wird eine Kaffeelieferung entgolten, ohne dass ich einen Blick auf die Papiere werfe. Haben Sie mich verstanden?«

»Aber ich kenne die Kaffeepreise besser als jeder andere. Und der Händler wäre sonst …«

»Ob Sie mich verstanden haben?«, brüllte Moll in einer Lautstärke, die in den Ohren schmerzte.

»Jawohl«, sagte Otto.

»Das will ich Ihnen auch geraten haben!«

Er warf Otto einen vernichtenden Blick zu, dann verließ er das Büro.

Otto atmete aus. Doch da die Wut nicht aus seinem Bauch weichen wollte, sprang er auf und eilte dem Vorgesetzten nach. »Herr Moll? Warten Sie!«

Der Angesprochene drehte sich um und kam ein paar Schritte zurück. »Was gibt's noch?«

»In wenigen Tagen läuft mein erster Kontrakt aus.«

»Was hält Sie davon ab, den daran anknüpfenden zu unterzeichnen?«

»Ich möchte wissen, welche Zukunftsaussichten ich in diesem Hause habe.«

»Das kann ich Ihnen sagen: Sie sollten sich schon noch ein paar Jahre mit Ihrer Position begnügen.«

»Wie lange genau? Seit ich hier bin, haben sich die Verkäufe auf meiner Route beinahe verdoppelt.«

»Das liegt daran, dass die Firma Minlos und die anderen kleinen Unternehmen weggefallen sind.«

»Auch mein guter Kontakt zu den Depots ist ursächlich. Außerdem bin ich fleißig und bereit, mein Leben der Firma unterzuordnen. Herr Rode hat immer gesagt …«

»Jetzt hören Sie mir mal gut zu«, unterbrach ihn Moll scharf. Er trat ganz nahe an ihn heran, sodass Otto seinen Atem im Gesicht spüren konnte. »Herr Rode ist nicht mehr vor Ort, sondern im fernen Hamburg. Hier in Kolumbien gibt es niemanden mehr, der Sie mit weiteren Extrawürsten versorgen könnte. Glauben Sie mir, ich weiß Ihren Fleiß und Ihre Arbeit zu schätzen. Aber ich werde ganz gewiss nicht noch einmal zulassen, dass Sie sich in der Rangordnung auch nur einen Zentimeter weiter nach oben bewegen. Es sei denn, Sie zollen mir verdammt noch mal endlich den erforderlichen Respekt.«

Damit verschwand er.

Von den benachbarten Kontorzimmern, deren Türen allesamt zur Straße gingen, war ein Tuscheln zu hören. Kurz darauf streckte sein Mitbewohner Don Antonio Paez, der ebenfalls unter Molls Joch zu leiden hatte, den Kopf in Ottos Büro.

»Alles in Ordnung?«

»Ja. Das heißt, nein.«

»Vergessen Sie Moll. Wissen Sie, was? Ich besorge uns ein paar Bier und Sirup für einen guten Cocktail, und wir treffen uns gleich auf der Terrasse vor unserem Haus.«

»Einverstanden.«

Otto ging zurück an seinen Platz und ließ sich auf den Stuhl sinken, den Blick auf die Straße gerichtet, die inzwischen im Licht der Sonne dampfte. Auch die Vögel erhoben wieder ihre Stimme. Die Luft war erfüllt von Zirpen und Pfeifen, unterbrochen vom Hufschlag der Pferdewagen.

Kurz dachte er, dass er den Kampf aufnehmen und Moll zeigen sollte, wie weit er es ohne dessen Unterstützung bringen könne. Doch schnell erkannte er, dass es ein sinnloses Unterfangen war. Moll würde das Schwert schärfen und alles dafür tun, dass Otto kein Fortkommen sah.

Es gab Menschen, die vertrugen den Erfolg nicht. Sie ließen ihren Anstand hinter sich und hielten sich für etwas Besseres. Sein Vater verachtete solche Menschen. Er hatte seinen Söhnen beigebracht, den Boden der Tatsachen nie zu verlassen, das jeweilige Gegenüber immer respektvoll zu behandeln und sich niemals allzu wichtig zu nehmen. Weil der Herrgott einen, falls es an Demut mangelte, im Handumdrehen wieder zu Fall bringen konnte.

Sollte er es in seinem Leben zu etwas bringen, so schwor sich Otto, würde er nie vergessen, dass auch er nur ein Geschöpf Gottes unter vielen war. Auch würde er niemals, nie im Leben, einer dieser Speichellecker werden, die den hohen Herren schmeichelten, nur, weil sie sich davon ein Fortkommen erhofften.

Hatte er dem Vater nicht versprochen, er könne eines Tages stolz auf ihn und seine Leistung sein?

Eine unerwartete Sehnsucht nach Hamburg überflutete ihn. Wie hoffnungsvoll er gewesen war, als er damals nach Südamerika aufbrach. Wo waren all die Verheißungen der Zukunft geblieben?

Das letzte Mal, als er eine solche Sehnsucht empfunden hatte, war im April gewesen, als er unerwartet ein Telegramm aus Hamburg erhalten hatte, in dem ihn seine Eltern davon in Kenntnis setzten, dass seine Schwester Maria nach kurzer, heftiger Krankheit verstorben war.

Mimi. Die fröhliche, gutherzige Mimi. Sie war gerade mal einundzwanzig geworden.

Die Nachricht von ihrem Tod hatte Otto zutiefst erschüttert. Tagelang war es ihm nicht möglich gewesen, etwas zu essen, und nachts hatte er kaum in den Schlaf gefunden. Er hatte sich Vorwürfe gemacht, die Eltern und Geschwister mit diesem Verlust alleine zu lassen. Aber nur wenige Wochen, nachdem er ihnen geschrieben hatte, dass er nach Hamburg zurückkommen würde, wenn sie es wünschten, hatte der Vater ihm geantwortet.

Nicht unseretwegen, hatte er mit energischen Buchstaben geschrieben, *wir kommen gut zurecht.* Und am Ende hatte er den einen Satz geschrieben, der Otto längst in Fleisch und Blut übergegangen war: *De Herr hett geven, he nimmt nu wedder.*

Mimi war das vierte Kind, das Tönnies Johann Otto Lagerfeld und seiner Frau Maria Wilhelmine Franciska von einer tödlichen

Krankheit genommen wurde. Zum ersten Mal in seinem Leben fragte Otto sich, ob es wirklich einen Herrgott gab. Wie sollte man sich sonst erklären, dass er immer nur die Besten zu sich holte.

Er dachte an Johann und an den Schmerz, den der Freund schon als junger Mann in sich getragen hatte. Ein Schmerz, der ihn dazu bewogen hatte, sein ganzes Streben in den Dienst der Gesundheit zu stellen. Es waren Männer wie er, die die Welt brauchte, damit das Leben über die Macht der Seuchen gewann.

Und er selbst? Saß hier in Cúcuta und tat nichts, als Waren zu verkaufen, was nicht einmal einträglich war. Zumindest nicht für ihn.

Er hatte all die Jahre sparsam gelebt und einen Großteil seines Gehaltes zurückgelegt. Aber von seinem Ziel, als wohlhabender Mann in die Heimat zurückzukehren, war er noch meilenweit entfernt.

Im November 1905 entschied sich Otto, den Vertrag mit Van Dissel, Rode & Co. nicht zu verlängern. Gemeinsam mit ihm kündigten seine beiden Mitbewohner Max Achilles und Don Antonio Paez, die unter dem neu ernannten Teilhaber Moll ebenfalls keine Zukunft sahen.

Auf seiner letzten Verkaufsreise machte Otto Fotos von der Landschaft, den Menschen und den Tieren, damit die Erinnerung nicht allzu rasch verblasste. Am Ende hatte er auf seinen vorletzten Rollfilm einen Affen und mehrere Vögel gebannt, darunter einen Tukan und einen Kolibri, der beständig flatterte. Gewiss war das Bild unscharf geworden. Zurück in Cúcuta verbrauchte er den letzten Film mit Aufnahmen vom Park und vom Handelskontor der Firma Van Dissel, Rode & Co. Von dem ziegelgedeckten Haus, in dem er mit den anderen beiden Junggesellen so gut gelebt hatte. Von der überdachten Terrasse mit der

Sitzgruppe und dem Schaukelstuhl und von dem Springbrunnen im Hof. Von den einheimischen Familien samt ihren hübschen Töchtern, in deren Gärten sie oft nach der Sonntagsmesse bei Kaffee und *dulces* beisammengesessen hatten. Von Andrés und seinen Söhnen, die sich, nur mit Hose, Sandalen und Strohhut gekleidet, neben ihm in Pose brachten. Und von seinen Kollegen aus dem Verkauf und der Buchhaltung, wobei sich Moll im letzten Moment mit auf das Foto drängte. Aber das machte Otto nichts aus. Jetzt, da er ein neues Ziel vor Augen hatte, war ihm versöhnlich zumute.

In New York, so hoffte er, würden sich ihm neue Türen öffnen, und so kontaktierte er Herrn Azevedo, der vor zwei Jahren angeboten hatte, ihm die Stadt zu zeigen. Die Antwort, dass er sich auf seinen Besuch freue und ihn vom Schiff abholen werde, ließ nicht lange auf sich warten.

Otto buchte ein Zimmer im Hotel Westminster, in dem auch Heinrich Rode während seines letzten Aufenthaltes in New York abgestiegen war. Und weil er sowohl von seinem Vater als auch von Rode gelernt hatte, wie wichtig die Pflege bedeutender Kontakte war, kündigte er seinen Besuch bei G. Amsinck & Co. an. Die hamburgische Firma bezog einen Teil ihres Kaffees über Van Dissel, Rode & Co., weshalb Otto bei einem Abend in Rodes Landhaus dessen Associé Herrn Ruperti kennengelernt hatte.

Vier Wochen wollte er in New York bleiben und danach an die Ostküste fahren, um seinen Bruder Joseph zu besuchen, den er seit nunmehr sieben Jahren nicht mehr gesehen hatte. In San Francisco, so hatte Joseph ihm geschrieben, gebe es viele große Häuser, die mit den Ländern am anderen Ende des pazifischen Raums Handel trieben. Sollte Otto in New York keine Stellung finden, ergebe sich gewiss hier etwas.

Bevor Otto endgültig Abschied nahm, kaufte er noch eine Flasche Rum für seinen Vater, einen kleinen Sack Kaffee für seine Mutter und zwei der hübschen Spitzentücher, die viele Frauen hier als Kopfbedeckung trugen, für Lisbeth und Tilla. Und für Hans und Paul erstand er zwei junge Zwergaras im Käfig.

18

NEW YORK

1906

Am 14. Januar 1906 reisten Otto, Max Achilles und Don Antonio Paez ab. Sie fuhren mit dem Boot von Puerto Villamizar nach El Guayabo und weiter über den See bis nach Maracaibo, wo sich die beiden Deutschen von Don Antonio Paez verabschiedeten.

In Curaçao gab Otto Max Achilles, der eine Passage auf der *Askania* mit Zielhafen Hamburg gebucht hatte, die Geschenke an seine Familie sowie einen Brief mit, den der Lübecker persönlich abgeben wollte. Ebenso die Zwergaras, deren Gurren und Keckern im Lärmen der Hafenanlagen verblasste.

Dann trennten sich ihre Wege, sodass Otto am 19. Januar alleine an Bord der *Caracas* ging, die bei einer steifen Brise ihre Fahrt gen Norden aufnahm und die Küste Südamerikas und deren vorgelagerte Inseln allmählich hinter sich ließ.

Am 29. Januar lief das Schiff bei herrlichem Sonnenschein in New York ein. Schon von Weitem war die in der Sonne funkelnde Silhouette der Wolkenkratzer zu sehen. Und noch bevor sie die Bay erreichten, zog über ihnen ein Schwarm kreischender Möwen seine Kreise.

Der Seewind war eisig. Fröstelnd stand Otto in seinem weißen Anzug und der Tropenjacke an Deck und sah auf das Gewimmel von kreuzenden Seglern und lautstark tutenden Dampfern. Um keinen Preis der Welt hätte er diesen erhebenden Anblick verpassen wollen! Am Norton Point schob sich ein Passagierschiff der Hamburg-Amerika-Linie an ihnen vorbei, auf deren Promenadendeck die Passagiere standen und ihnen zuwinkten.

Bald ging es durch eine Meerenge in die Upper-Bay und an der Freiheitsstatue vorbei, die riesengleich auf einer sternenförmigen Basis mitten im Wasser stand. Gleich dahinter, in Ellis Island, kam ein Offizier an Bord, um die vom Kapitän des Schiffes eingesammelten Auskünfte zu überprüfen und für die Registrierung mitzunehmen, bevor man die Passagiere in die Schalterhalle bat.

Es war eine neue Welt, die sich Otto hier eröffnete. Nach all den Jahren in der Einsamkeit der Tropen befand er sich hier, in New York, offenbar am Puls des Lebens. Und während sich der Dampfer wieder in Gang setzte, an aufschießenden Häusern vorbeizog, auf denen baumhohe Plakate für Nähmaschinen oder Zahnpflege warben, und sie sich allmählich den Hoboken Piers näherten, spürte Otto, dass er die richtige Entscheidung getroffen hatte, als er Südamerika den Rücken kehrte.

José Azevedo war ein kleiner, gedrungener Mann in einem unauffällig dunklen Anzug, doch da er mit einer zusammengerollten Zeitung winkte, erkannte Otto seinen dunklen Schopf inmitten der Wartenden und Neugierigen sofort.

»*How do you do*?«, rief der Portugiese schon von Weitem. Hatten Sie eine gute Reise? Sie sehen ziemlich verfroren aus.«

Otto lachte. »Ich habe ganz vergessen, wie viel kälter es hier im Norden ist.«

»Wir haben immerhin dreiundvierzig Grad Fahrenheit, was nach europäischen Maßstäben etwa sechs Grad Celsius entspricht. Normalerweise versinkt die Stadt um diese Zeit in Schnee und Eis. Im *cab* liegt zudem eine warme Decke. Sie sehen, das Glück ist ganz auf Ihrer Seite.«

Auf ein energisches Winken kam der Fahrer einer wartenden

Kutsche herangeeilt, nahm Otto die Koffer und Taschen ab und verstaute sie im Wagen. Dann schwang er sich auf den rückwärtigen Kutschbock und lenkte den Wagen auf eine Fähre, die sie zusammen mit einem Duzend anderer *cabs*, diverser Fuhrwerke und sicher an die hundert Fahrgästen über den Hudson River auf die andere Seite nach Manhattan brachte.

Die Stadt erschien Otto wie ein lärmendes Durcheinander. Hunderte von Kutschen glitten in einem wundersam gleichförmigen Strom mit modernsten Automobilen und zweistöckigen Omnibussen, auf denen gut zwei Dutzend Personen Platz fanden, durch die Straßen. Er sah Menschen, die wie aufgescheuchte Krabbeltiere aus den U-Bahnschächten ans Tageslicht strömten und sich im Pulk derer auf der Straße verteilten, die hastig über die Gehsteige eilten, um schließlich in Warenhäuser und Restaurants einzutauchen oder in Banken und Bürohäuser, die bis in den Himmel reichten.

Otto wandte den Kopf von einer Seite zur anderen, überwältigt von den auf ihn einprasselnden Eindrücken.

Hier elegante Straßenzüge und Hotels, vor denen livrierte Portiers den Gästen die Tür öffneten, dort Fabrikschlote, die den Himmel verdunkelten. Dick vermummte Bettler, die auf der Straße saßen und die Hand ausstreckten. Menschen aller Hautfarben und Länder eilten umher: Chinesen, Italiener, Russen, Afrikaner, Iren und Franzosen, darunter manche, die es geschafft hatten, und andere, die man in ihrem Elend vergaß.

Und er hatte noch nie so viele Hunde gesehen, die elegant gekleidete Herrschaften an der Leine über die Bürgersteige führten. Langhaarige, kurzbeinige, gescheckte und blasse.

Die ganze Welt schien sich vor ihm auszubreiten, und Otto war berauscht von den unendlichen Möglichkeiten Amerikas, dieser neuen Welt.

Immer wieder wies Azevedo auf Orte, die sich Otto unbedingt

einmal ansehen müsse: den Central Park, dessen Blumenrabatten im Sommer in den schönsten Farben blühten, das Flatiron Building, das mit seinen sagenhaften zwanzig Stockwerken auf einundneunzig Metern Höhe alles andere überragte.

»Das Immigrantenviertel an der Lower East Side sollten Sie nach Einbruch der Dunkelheit besser meiden«, mahnte der Portugiese. »Das gilt vor allem für die Tenements, die billigen Mietskasernen in der Mulberry Street, wo oft mehrere Familien zusammen in einer winzigen Wohnung leben. Nur ein Schritt in die falsche Gasse und niemand kann garantieren, dass Sie lebend wieder herauskommen.«

»Ich versuche mein Bestes, mir alles zu merken«, scherzte Otto. »Aber Sie müssen mir versprechen, mich abzuholen, sollte ich mich doch einmal verlaufen.«

»Haben Sie Hunger?«, fragte der Portugiese unvermittelt.

Otto nickte. »Wie ein Bär. Ich habe seit dem Frühstück nichts mehr zu mir genommen.«

Azevedo bedeutete dem Kutscher anzuhalten, bat Otto, in dem Gefährt zu warten, und stieg aus. Kurze Zeit später kam er mit einem in Papier eingeschlagenen Weißbrot zurück, in dem eine Wurst steckte. »Hier, aus Ihrer Heimat.«

»Was ist das?«

»Ein *Hot Frankfurter.*«

Otto nahm das gefüllte Brot entgegen und biss vorsichtig hinein. Dabei beugte er sich weit vor, damit er seinen weißen Anzug nicht befleckte. Er war es zwar gewohnt, auf einem Maultier sitzend ein Hähnchen oder Reiskuchen zu verzehren. Aber essen in einer Mietskutsche? Wo gab es denn so was?

Das Westminster lag am Irving Place, Ecke 16th Street. Es war ein Hotel mit bodenständiger Eleganz und dicken Teppichen, in denen man bei jedem Schritt ein wenig versank. Für vier Wochen hatte Otto sich hier eingemietet. Der Aufenthalt würde sein Erspartes schmelzen lassen, aber er wollte diesen neuen Lebensabschnitt hocherhobenen Hauptes beginnen.

Azevedo und Otto verabredeten sich für den Abend, der Portugiese hatte einen Tisch im *Delmonico's* reserviert und versprach, seinen Gast um sechs Uhr abzuholen.

In seinem Zimmer entdeckte Otto eine liegen gebliebene Zeitung und Briefpapier mit der Adresse und einer Abbildung des Hotels, das zur freien Verwendung bereit lag. Er zog Schuhe und Socken aus und erfrischte im Bad sein Gesicht. Dann schrieb er seinen Eltern, dass es ihm gut gehe und er zuversichtlich sei, hier ein geeignetes Geschäftsfeld zu finden. Danach verfasste er einen weiteren Brief an Joseph, um ihm mitzuteilen, dass er gut in New York gelandet sei und sich sehr auf das Wiedersehen in San Francisco freue.

Es erfüllte Otto mit Stolz, auf diesem Papier zu schreiben. Und da noch der ganze Tag vor ihm lag, beschloss er, die Briefe umgehend zum Postamt zu bringen, damit sie rasch in Hamburg und San Francisco ankamen.

Er zog die Schuhe also wieder an und tauchte ein in das pulsierende New York. Wie fortschrittlich diese Stadt war. Und wie lebendig!

Nachdem er die Briefe aufgegeben hatte, besuchte Otto das *American Museum of Natural History*, wo er an einer interessanten Führung durch die frühe Zivilisation der nordamerikanischen Indianer teilnahm und sich eine archäologische Ausstellung aus dem Fernen Osten ansah.

Weil er fand, dass er mit seinen einfachen kolumbianischen Lederschuhen und der von der langen Reise staubigen weißen Hose nicht angemessen gekleidet war, kaufte er sich bei Saks & Company neue Schuhe aus glänzendem Leder und einen dunklen Anzug, der eher praktisch als nach der neuesten Mode geschneidert war. Den Wintermantel erstand er bei einem Herrenausstatter namens Brokaw Brothers, der in der Zeitung mit einem Preisnachlass von fünfundzwanzig Prozent warb. Trotz des Rabatts war der Mantel so kostspielig, dass Otto mit dem Verkäufer zu handeln begann, bis dieser ihm das gute Stück am Ende mit einem wütenden Schnauben für einen Preis überließ, der Otto akzeptabel erschien.

Als er mit seinen Einkäufen aus dem Laden trat, stand ein kleiner, dunkelhaariger Junge vor ihm, barfuß und mit verdrecktem Gesicht, und hielt ihm die ausgestreckte Hand entgegen.

Otto sah zur Seite und wollte gerade an ihm vorbeigehen, doch dann zögerte er. Der Junge stand wie aus Stein gemeißelt vor ihm und sah ihn mit großen Augen an.

»*Please, Sir. Per favore, ho fame*«, sagte er.

Otto suchte in seinen Taschen nach einer Münze und legte sie ihm in die Handfläche, woraufhin ihm der Junge die Hände küsste.

»*Grazie, grazie*«, schrie er freudig, während er sich laut lachend entfernte. »*Thank you, Sir.*«

Ehe er sich's versah, war Otto umringt von kleinen und großen Kindern mit schmutzigen Gesichtern und ausgestreckten Händen, die flehend vor ihm auf und ab hüpften, bis der Ladeninhaber mit einem Besen auf die Straße trat und sie verscheuchte.

19

In den folgenden Tagen schlenderte Otto durch die Straßen von New York und ließ sich vom Strudel des Lebens treiben.

Jeden Morgen vor dem Frühstück ging er zu einem Zeitschriftenkiosk, an dem donnerstags die Damen Schlange standen, um für zehn Cent die neueste Ausgabe einer bunt colorierten Zeitschrift namens *Vogue* zu erstehen. Bei einer entzückenden Verkäuferin kaufte sich Otto eine *New York Times* und das *Wall Street Journal*, in dem er wie selbstverständlich als Erstes nach den aktuellen Kaffeepreisen sah, bevor er zu den Stellenanzeigen überging.

Wie viele Kirchen es gab, die einen Organisten suchten! Außerdem wurden Chauffeure eingestellt, Setzer, Stenografen und Boxlehrer. Aber keine Kaufleute.

Da auch in Hamburg die guten Positionen meist nur mit Beziehungen zu haben waren, erhoffte Otto sich bei dem Besuch des von Hanseaten gegründeten Warenkommissionshauses G. Amsinck & Co. einen positiven Bescheid. Mit Herrn Ruperti, dem er sich bereits von Cúcuta aus angekündigt hatte, entspann sich eine nette Plauderei über die Vorteile hanseatisch-kaufmännischer Erziehung und die schlagzeilenträchtige Hochzeit der Präsidententochter Alice Roosevelt, zu der auch der deutsche Botschafter und seine Gattin, die Baroness von Sternberg, geladen waren. Wenn man der Schätzung von *The Sun* Glauben schenken durfte, waren bei der Feier wertvolle Geschenke wie Gobelins, antike Juwelen, Silberbesteck und von einem Künstler bemaltes Dresdner Porzellan mit Monogramm im Gesamtwert von 250.000 Dollar angeliefert worden. Nach einer guten Stunde ließ man Otto mit der Aussicht auf einen eventuell Mitte des Jahres frei werdenden Posten wieder gehen.

Otto traf sich auch mit Herrn Altmann aus San Cristóbal, der Van Dissel & Co. vier Monate vor ihm verlassen hatte und nun bei einer Firma arbeitete, die mit Reis handelte. Doch als Altmann ihm von den schlechten Arbeitsbedingungen erzählte, fragte Otto erst gar nicht nach einer Empfehlung.

An den Abenden ließ er sich von José Azevedo und seiner bezaubernden Gattin Clara die Stadt bei Nacht zeigen. Am von den ersten elektrischen Straßenlaternen New Yorks erleuchteten Broadway sahen sie Helen Grantely in *Lucky Miss Dean* und lauschten in der Carnegie Hall einem Konzert der New York Symphony Society.

Als sie in Begleitung von Claras hübscher Freundin Dorothy einen herrlichen Abend im exquisiten *La Rochelle* an der Columbus Avenue verbrachten, wo sie zur Musik eines ungarischen Orchesters *stuffed crab*, Filet Mignon und *rum cake* aßen, dachte Otto, er befände sich im Paradies. Doch da Dorothy irgendwann dazu übergegangen war, ein Glas Champagner nach dem anderen zu ordern, beschloss Otto nach einem Blick auf die Rechnung, sich die nächsten Abende mit einem Sandwich zu begnügen, das man bei den Straßenverkäufern für drei Cent erwerben konnte.

Überhaupt waren die Frauen hier ganz anders als in Deutschland, offensiver und teils viel zu kokett. Es war ihnen in manchen Restaurants sogar erlaubt, zu rauchen, als seien sie Herren. In Hamburg wäre so etwas undenkbar!

»Sehen wir uns wieder?«, fragte Dorothy und schenkte Otto einen tiefen Blick aus dichtem Wimpernkranz, nachdem er sie bis zu ihrem Appartement gebracht hatte.

»Mir fehlt leider die Zeit«, sagte er so höflich er nur konnte und deutet einen Handkuss an. »Es hat mich sehr gefreut, Ihre Bekanntschaft zu machen.«

So nett die Azevedos auch waren, er mochte sich von Claras Freundin nicht ausnehmen lassen wie eine Weihnachtsgans – nicht nach all der Arbeit und dem Verzicht auf den abendlichen Cocktail im Clubhaus von Cúcuta.

Gemächlich schlenderte er durch die Straßen zurück zu seinem Hotel, die winterkalte Luft blies ihm scharf ins Gesicht. Er hatte sich daran gewöhnt, nach Einbruch der Dunkelheit nur die von Gaslampen erhellten Hauptstraßen entlangzugehen, in sicherem Abstand zu den dunklen Gestalten, die einzeln oder in Gruppen herumlungerten und nur auf eine Gelegenheit warteten, Beute zu machen.

Otto dachte, dass es sich für einige Wochen in New York sicher gut aushalten ließ. Doch leben, das erkannte er nach einem kritischen Blick in sein Haushaltsbuch mit plötzlicher Klarheit, könnte er hier nicht. Nicht nur, dass die Stadt viel zu teuer und manchmal auch ungemütlich war, das ständige Lärmen setzte ihm ebenfalls zu, und die Hektik bereitete ihm zunehmend Kopfschmerzen.

Je länger man die Stadt auf sich wirken ließ, desto mehr übertrug sich die Hast auf einen selbst. Bald begann man sich dem Tempo der anderen anzupassen, und ganz automatisch wurde aus dem Schlendern ein Eilen. Auch Otto hatte sich davon anstecken lassen, bis es ihm irgendwann auffiel und er trotzig stehen blieb, manchmal eine halbe Stunde lang, während um ihn herum das Leben tobte.

Und so freute Otto sich, als er das Westminster Hotel betrat, am Gedanken, dass er bereits in zwei Wochen in Kalifornien bei seinem Bruder Joseph sein würde, der vor den Toren von San Francisco im beschaulichen Sausalito wohnte, was so viel wie ›kleine Weide‹ bedeutete.

Endlich würde er auch seine Schwägerin Margaret kennenlernen und die kleine Josefa.

Der Portier begrüßte ihn mit ausgesuchter Freundlichkeit und reichte ihm zum Zimmerschlüssel ein Telegramm aus Hamburg, das Otto neugierig entfaltete, kaum dass er die Zimmertür hinter sich geschlossen hatte. Was er dort las, hatte er nicht erwartet.

TELEGRAPHIE DES DEUTSCHEN REICHES
Hamburg, 16/02 17:12

Paul ist fortgegangen, ohne eine Zeile . Vater ist außer sich . Komm sofort nach Hamburg . Deine Hilfe ist vonnöten . Lisbeth

20

SAN FRANCISCO

1906

Wäre Joseph nicht gewesen, Otto wäre mit dem nächsten Schiff von New York zurück nach Hamburg gefahren. Die Passage war bereits für den 23. Februar 1906 gebucht, doch als er seinem Bruder telegrafierte, dass er zurückmüsse, um der Familie und dem Vater beizustehen, griff dieser ein.

Mehrere Telegramme flogen zwischen der Westküste Amerikas und Hamburg hin und her. Am 20. Februar wurde Otto an die Hotelrezeption gerufen, ein dringendes Telefonat aus San Francisco.

»Hier Lagerfeld«, meldete sich Otto, und sein Herz klopfte heftig, weil es nur der Bruder sein konnte, der ihn aus Kalifornien anrief.

»Otto, ich bin es, Joseph!«, drang es blechern durch den Hörer. Und dennoch war die Stimme unverkennbar.

»Seppel«, rief Otto aus. »Wie schön, dich zu hören.«

Joseph lachte angesichts seines Kosenamens, doch da das Telefonieren ein Vermögen kostete, kam er rasch zur Sache. »Hör mal, ich habe mit der Familie telegrafiert. Sie sagen, dass du nicht nach Hamburg kommen musst.«

»Aber Lisbeth hat mir doch geschrieben. Sie hat mich an mein Versprechen erinnert, zurückzukehren, wenn ich gebraucht werde. Und nun, da Paul verschwunden ist …«

»Eine schlimme Sache«, bestätigte Joseph mit einem Seufzen. »Paul hat bei unserem letzten Besuch in Hamburg schon so etwas angedeutet, aber ich habe ihn nicht ernst genommen. Carl konnte inzwischen herausfinden, dass er auf einem englischen Schiff namens *Howth* angeheuert hat, das sich zurzeit auf dem Weg nach Sidney befindet.«

»Wie geht es Carl?«

»So einigermaßen. Er hat sich aus dem Geschäft zurückgezogen und macht nun ausgedehnte Spaziergänge durch die Natur. Aber das heißt nicht, dass du deshalb all deine Pläne über den Haufen werfen musst. Als Lisbeth dir schrieb, nahm sie an, dass du frei bist und dich nichts in Amerika hält. Aber das stimmt doch nicht. Ich will, dass du meine Familie kennenlernst. Und überhaupt, was ist mit deinen Plänen? Wolltest du nicht erst nach Hamburg zurückkehren, wenn du als Kaufmann zu Wohlstand gekommen bist?«

»Ja, das ist richtig, nur … ich will Vater nicht im Stich lassen. Er ist inzwischen über sechzig und will die Nachfolge geregelt wissen. Ich habe es ihm versprochen. Ich muss hinfahren, Joseph, ich darf ihn nicht enttäuschen, so, wie Paul es getan hat.«

»Otto, hörst du mir nicht zu? Die Nachfolge ist längst geregelt. Vater hat mir selbst gesagt, dass er noch ein paar Jahre weiterarbeiten will und dass dann Hans übernehmen soll. Der Junge brennt für das Geschäft. Kannst du dir das vorstellen? Unser Nesthäkchen kann es kaum abwarten, in den Weinhandel einzusteigen.«

»Wirklich?« Hoffnung keimte in Otto auf. Wenn alles geregelt war, stand einem neuen Leben eigentlich nichts mehr im Wege.

»Wirklich«, bekräftigte Joseph. »Komm zu uns nach San Francisco. Ich freue mich, dich zu sehen. Außerdem gibt es hier einige Firmen, die regen Seehandel betreiben und sicher erfahrene Kaufleute suchen. Das ist es doch, was du willst, nicht wahr?«

Und ob er das wollte!

Den reservierten Platz auf dem Schiff nach Hamburg hatte er an einen anderen Passagier weitergegeben. Und so packte Otto am 26. Februar 1906 die Koffer und fuhr mit Bus und Zug über Chicago durch die Prärie, über die Salzseen und die verschneiten Rocky Mountains bis in die vulkanische Fruchtebene von Kalifornien, wo dank eines neuartigen Bewässerungssystems ausgedehnte Orangenhaine lagen.

Nach fünf Tagen Fahrt tauchte endlich die Bay von San Francisco vor ihm auf. Orangeblaues Dämmerlicht schimmerte über den Wassern des Pazifiks. Gebannt sah Otto aus dem Zugfenster, bis der glühend rote Sonnenball ganz im Meer versank.

Am Oakland Pier wartete sein Bruder auf ihn, um ihn nach sieben Jahren wieder in die Arme zu schließen. Nachdem sie mit der Fähre nach Sausalito übergesetzt waren und Otto auch seine Schwägerin Margarete und die kleine Josefa kennenlernte, erkannte er, wie wichtig ihm die Familie war. Hier oder in Hamburg – ohne sie schien immer ein Teil zu fehlen.

Josephs Haus lag, wie die meisten Cottages des Ortes, an einem Hang mit Blick auf den Fährboothafen.

Jeden Morgen fuhr Otto mit seinem Bruder, der inzwischen bei der Phoenix Savings Building and Loan Association arbeitete, mit der Fähre auf die andere Seite der Golden Gate. Einer Meerenge, die vor dem großen Goldrausch *Boca del Puerto de San Francisco* hieß, was »Mund des Hafens von San Francisco« bedeutete. Stundenlang lief er durch die Stadt der vierzig Hügel, um sich bei den verschiedensten Handelsfirmen zu bewerben.

Es war gar nicht so leicht, eine Anstellung zu finden. San Francisco, eine Großstadt mit rund dreihundertfünfzigtausend Einwohnern, wurde trotz der restriktiven Gesetze noch immer von Immigranten aus aller Welt überflutet, die alle voll Hoffnung auf ein besseres Leben waren und hier eine Arbeit suchten.

Unzählige *Employment Offices* baten Japanern und Chinesen, die für wenig Geld arbeiteten, ihre Vermittlungsdienste an. Die Zeitungen waren voller Annoncen von Unternehmen, die Arbeitskräfte suchten – Fabrikarbeiter, Tellerwäscher, Schlachter, Maschinisten und Telegrafisten –, aber niemand brauchte Kaufleute, ähnlich wie in New York.

Wenn die Fähre nach einem Tag voller Absagen in Sausalito ankam und Otto müde und niedergeschlagen Zerstreuung suchte, ließ er die Kneipen und Gasthöfe lieber links liegen und ging stattdessen zu einem der Reiterhöfe, um sich ein Pferd zu leihen. Dann galoppierte er über das hügelige Hinterland bis nach Mill Valley, ritt durch Wälder mit Mammutbäumen und Bächen oder an Lagunen vorbei zu den Stränden und den Buchten westlich von Sausalito. Dort stieg er ab, setzte sich in den dunklen Sand und starrte auf das bewegte Meer, das sich schaumgekrönt gegen die Klippen warf.

Wenn er nur wüsste, was er verbessern könnte, er würde jede Mühe auf sich nehmen, damit jemand ihn einstellte. Aber er erntete immer nur dasselbe arrogante Lächeln, dieselbe Aussage, mit der sie ihn hinauskomplimentierten. Man sei von seinem Werdegang beeindruckt, er sei gewiss eine Bereicherung, sie würden sich umgehend bei ihm melden, sobald ein Posten frei sei.

Jeden Abend studierte Otto die Liste der Unternehmen, die im *Crocker-Langley San Francisco directory for the year commencing* verzeichnet waren. Er strich die Namen der bereits besuchten Firmen durch, versah einige von ihnen mit Fragezeichen und machte Pläne für den kommenden Tag.

Nicht eine Sekunde dachte er daran aufzugeben. Er hatte den Weg hierher eingeschlagen, um seinem Vater zu zeigen, dass es die richtige Entscheidung gewesen war, ihn ziehen zu lassen. Otto wollte ihn stolz machen! Doch als seine Ersparnisse langsam zur Neige gingen, veränderten sich die Arbeitsstellen, bei denen er sich bewarb. Die Handelshäuser wurden kleiner, und bald ging er sogar zu den Frachtfirmen, die am Hafen lagen.

»Es tut mir furchtbar leid«, sagte Joseph eines nebligen Morgens im März beim Frühstück. »Hätte ich gewusst, wie schwer es für dich wird, hätte ich dich niemals hergeholt.«

»Lass gut sein, Seppel, es war meine Entscheidung. Hauptsache, wir haben uns.«

Joseph nickte. Er setzte seine dickglasige Brille ab und rieb sich die Augen. Dann schob er sie wieder auf die Nase und sah Otto ernst an. »Ich weiß nicht, wie lange ich meine Arbeit noch behalten werde«, sagte er.

Otto griff nach Josephs Hand, sie war kalt. »Was ist passiert?«

»Die Direktoren von Phoenix Savings Building and Loan Association sind im vergangenen Jahr wegen der Bestechung einiger Senatoren angeklagt worden, woraufhin etliche zahlungskräftige Kunden abgesprungen sind. Das Unternehmen ist in Schieflage geraten, weshalb sie nun umfirmieren und mit einer kleineren Belegschaft neu anfangen wollen. Der Rest des Firmenbesitzes wird am dritten April von der Treuhandgesellschaft versteigert.«

»Das wusste ich nicht.«

»Ich wollte dich nicht beunruhigen, weil sie mir versichert haben, dass sie mich übernehmen. Aber ich traue niemandem in der Firma. Und ich will, dass du Bescheid weißt.«

Nach diesem Gespräch verstärkte Otto seine Bemühungen, als er an einem Tag Anfang April in der Stadt auf einen alten Bekannten aus Hamburg traf, der inzwischen bei der Filiale der Guggenheimer & Co. arbeitete. Nachdem Otto ihm seine Nöte geschildert hatte, verschaffte er ihm eine Arbeit bei der Northern Commercial Company. Das Handelshaus charterte Barken und Schnelldampfer, um Post und Waren von San Francisco und Puget Sound über Fairbanks den Yukon River hinauf nach St. Michael zu transportieren und die Geschäfte dort mit Ausrüstungsgegenständen, Stoffen und Lebensmitteln für die Goldsucher zu versorgen.

Am zehnten April stieg Otto mit einem Anfangsgehalt von fünfundsiebzig Dollar im Monat ein.

21

Am Morgen des 18. April 1906 um zehn Minuten nach fünf erwachte Otto noch vor dem Klingeln seines Weckers. Er dämmerte vor sich hin und versuchte, wieder in den Schlaf zu finden, als ihm die ungewöhnliche Stille auffiel.

Langsam richtete er sich auf. Er bemerkte, dass die Vögel, die um diese Zeit längst ihr Konzert begannen, schwiegen. Durch den Spalt zwischen den Vorhängen spähte er auf die Bucht von Sausalito hinaus, wo große Segelschiffe mit Getreideladungen vor Anker lagen und in der Dunkelheit wie unwirkliche Schattenbilder wirkten.

Irgendetwas Ungewöhnliches liegt in der Luft, dachte Otto, als nach einem heftigen Stoß die Fenster zu vibrieren anfingen. Sein erster Gedanke war, dass es sich um einen vorüberfahrenden Zug handelte. Doch als das Wackeln nicht enden wollte, sich im Gegenteil sogar verschlimmerte und auf das ganze Haus übertrug, sodass die Nachttischlampe mit einem Krachen zu Boden fiel, sprang er aus dem Bett.

Wieder ein Stoß.

Im Hintergrund erklang ein ohrenbetäubendes Scheppern, dann ein Klirren.

Ein Erdbeben, dachte er in plötzlicher Gewissheit, nur rasch hinaus ins Freie. Auf dem Weg zum Stuhl, auf dem seine Kleidung lag, fiel er hin, ergriff mit zitternden Gliedern Hemd und Hose und kroch auf allen vieren zur Seitentür, die zum Berghang lag und hinaus in den Vorgarten ging. Der Boden unter ihm bebte, und ein unheimlicher Lärm erfüllte die Luft.

Auch aus den anderen Häusern stürzten die Menschen hinaus, rannten den Hügel hinab auf die Straße. Männer, Frauen und Kinder, alle in ihrer Nachtwäsche, weinend oder im Schock erstarrt. Jemand zeigte schreiend auf die umliegenden Bäume, von denen sich einige bereits gefährlich neigten.

Otto stieg in seine Hosen, dann stolperte er voran und suchte im allgemeinen Chaos nach seiner Familie.

»Joseph, Margaret!«, rief er mit bebender Stimme.

Er glaubte, seine kleine Nichte Josefa erkannt zu haben, und bahnte sich einen Weg durch die Menge, doch als er das Mädchen an der Schulter antippte, sah ihm ein fremdes Gesicht entgegen.

Warum waren die drei nicht hier? Sie mussten die heftigen Stöße und den Lärm doch bemerkt haben?

Ottos Herz wollte in der Brust zerspringen, und während er das Schlimmste befürchtete, eilte er zurück zum Haus, halb stolpernd, halb kriechend. Immer wieder rappelte er sich auf und rannte ein paar Schritte, bevor das nächste Beben ihn wieder zu Boden riss. Nun war er nur noch wenige Meter vom Cottage entfernt, als ein weiterer heftiger Stoß den Boden durchrüttelte und den Schornstein des Hauses unter lautem Krachen einstürzen ließ.

Otto rollte sich zur Seite, wich einem herabfallenden Backstein aus und lief weiter. Als er die Tür erreichte, wurde sie von innen aufgerissen, und sein Bruder und die Schwägerin kamen mit fahlen Gesichtern aus dem Haus, das schreiende Kind auf dem Arm.

»Dem Herrgott sei Dank!«, rief Otto aus. »Los, runter zum Kai!«

Gemeinsam spurteten sie den Hügel hinab bis zur Straße, wo sie eng beieinanderstanden und in lähmender Machtlosigkeit warteten – waren es Minuten oder Stunden? –, bis sich die Erde wieder beruhigte und kein weiterer Stoß mehr folgte, nur noch leises Ruckeln.

Von der anderen Seite der Bay waren Rauchschwaden zu sehen. Explosionen, die in hellen Flammen endeten.

»Ich muss in die Firma«, rief Otto und zeigte auf eine der Rauchsäulen. »Sie liegt mitten im Zentrum. Die Kollegen können sicher jeden Mann gebrauchen.«

»Ich komme mit«, sagte Joseph. Er bat seine Frau, vorerst auf der Straße zu bleiben, dann folgte er Otto zum Anleger.

Überall war der Boden aufgerissen, ein langer Spalt, der sich über mehrere Meter erstreckte, versperrte ihnen den Weg. Mit wilder Entschlossenheit sprangen sie hinüber und standen kurz darauf am Anleger.

Ein aus San Francisco kommendes Fährboot legte gerade an. Kaum hatte der Fährmann den Tampen um den Poller geschlungen, schoben sich die Menschen auch schon über den Steg an Land, es mochten Hunderte sein. Sie hatten Taschen dabei und Koffer, Männer und Frauen mit zerschlissener oder verdreckter Kleidung, eine vornehme Dame hielt sich den verletzten Arm.

Otto stellte sich einem Mann in den Weg, der mit weiß verkrampften Fingern einen leeren Bilderrahmen trug.

»Wie sieht es in der Stadt aus?«, fragte er.

»Schlimm, ganz schlimm!«, rief der Mann, und in seinen Augen stand pures Entsetzen. »Alles ist verwüstet, und überall brennt es.« Er sah Otto ungläubig an. »Sie wollen doch nicht etwa rüber? Lassen Sie es sein, wenn Ihnen Ihr Leben lieb ist.« Damit eilte er davon.

»Du bleibst besser bei deiner Familie«, sagte Otto zu seinem Bruder, den der kurze Wortwechsel stark mitgenommen hatte.

Joseph schüttelte den Kopf. »Ich lasse dich nicht alleine gehen. Außerdem wird dort drüben jede Hand gebraucht. Ich will helfen, wo Hilfe nötig ist.«

Die Fähre pflügte durch das aufgewühlte Wasser, als ziehe sie in einen Kampf. Je näher sie San Francisco kamen, desto deutlicher wurden die Anzeichen der Katastrophe. Schon bald waren zerstörte Häuser zu sehen, ganze Straßenzüge lagen in Trümmern.

An den Landungsbrücken und am Hafen herrschte ein wüstes Durcheinander von Menschen, die der Stadt über das Wasser zu entrinnen suchten. Andere flüchteten in Richtung des Golden-Gate-Parks.

Während Joseph den Weg zu seiner Arbeitsstätte einschlug, versuchte Otto, zum Bürohaus der Northern Commercial Company durchzukommen. Auf der Market Street schlug ein Mob von fünf oder sechs Männern die Fensterscheiben eines Haushaltswarengeschäftes ein und stieg über die Scherben ins Innere. Eine junge Frau hielt ihr schreiendes Baby im Arm und rief einen Namen, während ihr Tränen über die Wangen rannen.

»Kann ich Ihnen helfen, Miss?«, fragte Otto.

Sie starrte ihn mit aufgerissenen Augen an. »Mein Sohn! Ich finde ihn nicht mehr.«

»Wo haben Sie ihn zuletzt gesehen?«

»Ich weiß es nicht. Er war noch bei mir, als ich aus dem Haus gestürzt bin.«

Aus dem Dunkel einer Gasse ertönte ein lautes Schreien. Otto eilte hin und bemerkte einen etwa vierjährigen Jungen mit aufgeschlagenen Knien, der einfach liegen blieb, während hinter ihm eine schwarz verkohlte Holzwand in sich zusammenbrach, dass die Funken nur so flogen. Otto half dem Jungen auf und trug ihn halb zu seiner Mutter, wo er sich mit einem Schluchzen an ihren langen Rock klammerte. Sie nahm ihn an die Hand und lief ohne ein weiteres Wort davon.

Otto hastete weiter, doch die Hitze zwischen den Trümmern der brennenden Gebäude war zu stark. Überall knallte es, Flammen schossen aus den Fenstern empor. Offenbar hatten die Leute in manchen Häusern bereits am Morgen den Ofen angefeuert, weshalb die gerissenen Gasleitungen an vielen Stellen gleichzeitig heftige Brände entfachten.

Kurz entschlossen nahm er einen Umweg über eine Nebenstraße, wo die Leitungsdrähte der elektrischen Bahn heruntergefallen waren und dabei eine Ochsenherde getroffen hatten, die zum Schlachthof getrieben werden sollte. Nun lagen unzählige schwarz verbrannte und aufgerissene Rinder mitten auf der Straße.

Otto schluckte schwer und senkte den Kopf, während er immer weiterlief, bis nur wenige Meter von ihm entfernt ein Haus zusammenstürzte. Das Gesicht staubig und die Hände rußverschmiert sah er ein, dass es kein Durchkommen gab, solange die Stadt einem Trümmerhaufen glich, der noch immer in Bewegung war.

Er wandte sich um, als er plötzlich etwas im Staub glitzern sah. Langsam trat er näher, ging in die Hocke und streckte die Finger tastend vor. Es war eine Zwanzig-Dollar-Goldmünze, die offenbar aus einem aufgebrochenen Geldschrank stammte, der mit dem zusammenfallenden Stockwerk in die Tiefe gestürzt war.

Er hob sie auf, sah sich nach weiteren um, als von überall Menschen herbeigelaufen kamen und sich nach den Münzen und Schmuckstücken bückten, die überall verstreut lagen.

Ein weiteres Krachen ließ Otto aufblicken, und er sah, wie eine Hausfassade auf ihn zustürzte. Er machte einen Satz zur Seite, einer der Ziegel traf ihn am Arm. Neben ihm erklang ein entsetzliches Schreien, das von einem Moment auf den nächsten erstarb.

Ein Funkenregen sprang in Windeseile von Haus zu Haus, begleitet von ohrenbetäubendem Lärm. Ein weiteres Gebäude, ganz aus Holz gebaut, ging in Flammen auf, brannte binnen Sekunden lichterloh.

Die Hitze war unerträglich. Die Luft war erfüllt von Krachen, Knistern, Weinen, Lodern und Kreischen. Unter den Füßen glühte der Asphalt.

Otto rannte um sein Leben. Er sprang über Bodenrisse, umrundete eine umgestürzte Kutsche, die ihren Besitzer unter sich begraben hatte. Wich glühenden Gegenständen aus, die durch die Luft geschleudert wurden.

Endlich erreichte er den Hafen. Er entdeckte Joseph, der vor einer mit Menschen überladenen Fähre mit tuckerndem Motor stand und nach Otto Ausschau hielt. Kaum, dass er ihn sah, winkte er heftig.

»Beeil dich, sonst kommen wir nicht zurück. Sie wollen die Stadt abriegeln.«

Mit letzter Kraft schleppte Otto sich auf die Fähre. Schweigend standen die Brüder nebeneinander, dicht gedrängt zwischen all den Flüchtenden, und vermochten den Blick nicht von dem Inferno zu lösen, von dem sie sich allmählich entfernten.

Sie hatten Sausalito gerade wieder erreicht, als der Fährverkehr eingestellt wurde. San Francisco war von der Außenwelt abgeschnitten.

Schon nach wenigen Tagen gab es in dem kleinen Ort keine Lebensmittel mehr, selbst mit dem schönen Zwanzig-Dollar-Goldstück, das Otto stets in der Tasche trug, hätten sie nichts Essbares bekommen. Und doch dankten sie dem Himmel, dass es ihnen nicht schlimmer ergangen war.

Von der anderen Seite der Bucht erreichten sie furchtbare Nachrichten, und das Entsetzen wurde mit jedem Tag größer.

The San Francisco Examiner, 20. April 1906:
Dreihunderttausend sind obdachlos, hungrig und hilflos. Tausende Häuser mögen verloren sein, aber nichts kann den Fortschritt aufhalten. Noch bevor die Glut der Feuersbrunst abgekühlt ist, wird ein neues San Francisco auferstehen – stolzer, reicher und schöner als je zuvor.

Und nur zwei Seiten weiter:

Stadt vollkommen zerstört. Um neun Uhr bedrohte das Feuer Nob Hill und die historischen Residenzen. Die Feuerwehrleute leisteten einen letzten verzweifelten Widerstand.

The San Francisco Call, 21. April 1906:
Wasserfront brennt fast bis zum Fährhafen. North Beach und Russian Hill sind den Flammen zum Opfer gefallen.

Die großen Zeitungen, die ihre Ausgaben in Oakland drucken ließen und mit ihren Fährbooten und den mobilen Reportern besser organisiert waren als die Truppen der Feuerwehr, zeigten Bilder, die das Ausmaß der Zerstörung eindrucksvoll belegten. Von den Schuttbergen ehemals prachtvoller Villen, von den Lagern im Jefferson Square und den provisorischen Zelten des Krankenhauses im Golden Gate Park.

So war denn auch die Nachricht, dass Enrico Caruso, der zum Zeitpunkt des Erdbebens mit der Metropolitan Opera Company in San Francisco weilte, in einem der ersten Boote über die Bucht nach Oakland entfloh, nur noch eine Fußnote wert. Dabei konnte sich der Reporter nicht verkneifen, zu erwähnen, dass der weltberühmte Tenor angeblich ganze siebenhundert Dollar aufgewendet hatte, um mitsamt seiner sieben Koffer einen Platz zu ergattern.

Jede Nacht stand Otto am Ufer und blickte über die Meerenge hinüber nach San Francisco, der einst so stolzen Stadt auf den Hügeln, die auch Tage nach dem Beben noch in den glutrot lodernden Flammen leuchtete. Fassungslos und fasziniert zugleich.

So, dachte er im Stillen, muss die Hölle aussehen.

Wären nicht Hilfszüge aus dem Mittleren Westen angekommen, sie wären sicher verhungert. So aber stellten sie sich in Reih und Glied – mit allen anderen Menschen jedweder Nation und Hautfarbe, geeint durch dasselbe Schicksal – an und erhielten eine Ration Brot, Eier, Speck, Butter und Konserven, dank der sie über die Runden kamen. Und mit jedem Tag wurden die Schlangen länger.

Mehr als die Hälfte der Bewohner San Franciscos hatten ihr Zuhause verloren und flohen ins Umland. Auch in Sausalito drängten sich die Flüchtlinge, viele Menschen schliefen in Zelten und Hauseingängen oder schlüpften bei Verwandten und Bekannten unter, die ihnen ein Dach über dem Kopf boten.

Als die Diebstähle zunahmen, erließ der Bürgermeister den Befehl, Plünderer ohne Vorwarnung zu erschießen, woraufhin weitere Hunderte Menschen ihr Leben ließen.

Jene mutigen Bürger, die sich Türen als Hitzeschild vor den Körper hielten und der Feuerwehr zur Hand gingen, wurden zu Helden und retteten mit dem einzig funktionierenden Hydranten die verbliebenen Häuser.

Als das herangezogene Militär die Ruhe und Sicherheit wiederhergestellt hatte und die Fährboote ihren Dienst endlich aufnahmen, fuhr Otto nach San Francisco und machte sich auf die Suche nach seiner Arbeitsstätte. Schließlich musste der Alltag ja irgendwie weitergehen.

Der Weg durch die Straßen erschütterte ihn. Kohlschwarze Gerippe, wo einst Bäume standen, Ruinen statt Häuser.

Auch das Bürohaus der Northern Commercial Company war dem Erdboden gleichgemacht. Sämtliche geschäftlichen Unterlagen, Dokumente und Bücher waren vernichtet. Leider war der Geldschrank, den man unversehrt auf der Straße fand, zu früh geöffnet worden, sodass sich der Inhalt durch die gestaute Hitze beim ersten Luftzug entzündete.

Die Firma fand einen provisorischen Raum in der Unitarian Church von Alameda, einem Vorort von San Francisco. Die Angestellten sollten ihr Gepäck dorthin bringen und irgendwo in der Nähe unterkommen, also zog Otto zu Josephs Schwiegermutter, die in der Alameda Avenue wohnte.

In den nächsten Tagen und Wochen arbeiteten sie ohne Pause durch. Otto fuhr jetzt öfter an den Hafen, um bei den Verladungen zu helfen, die sich nun nicht mehr auf die Goldroute beschränkten. Einmal wäre er beinahe mit einem Dampfer nach Peru gefahren, weil er an Bord mithalf und nicht bemerkte, dass das Schiff bereits ablegte. Einzig dem Umstand, dass der Lotse in der Golden-Gate-Meerenge von Bord ging, verdankte er es, dass er zurück an Land kam.

Am Abend reihte er sich mit den anderen Angestellten in die Schlange vor den provisorisch errichteten Holzbaracken ein, in denen die Gaststätten Essen anboten. Nachts hielten sie abwechselnd Wache. Es war ein unheimliches Gefühl, in der Kirche auf dem Fußboden zu liegen, während die Erde immer wieder leichte Stöße von sich gab und ein Krachen durch den First des Kirchenschiffes ging. In solchen Momenten kam Otto sich ganz klein und bescheiden vor.

Eines Abends, als er wieder einmal auf dem harten Kirchenboden lag und dem Knarren im Dachgebälk lauschte, erkannte er, dass er seinem Traum, den Vater stolz zu sehen, ferner war denn je. Und dass er in einer Firma, die nichts anderes tat, als Fracht hin und her zu transportieren, einfach nicht vorankam. Doch in einer Lage wie dieser war an einen Stellenwechsel nicht zu denken. Ein jeder war froh, wenn er überhaupt eine Anstellung hatte.

Auch Joseph hatte mit dem Erdbeben seine Arbeit endgültig verloren. Nach einem herzlichen Abschied fuhr er am 16. Juni 1906 mit Frau und Tochter auf der *SS Curaçao* nach El Triunfo in Mexiko, wo er bei einer Minengesellschaft arbeiten sollte. Nach wenigen gemeinsamen Monaten stand Otto damit wieder ohne Familie in der Fremde da. Mitten in dieser Einsamkeit, in der er neue Kontakte knüpfte und alte wiederauffrischte, wodurch er in der Trans-Pacific Commercial Company einen aussichtsreicheren Posten mit besserem Gehalt bekam, erreichte ihn ein Telegramm aus Hamburg.

TELEGRAPHIE DES DEUTSCHEN REICHES
Hamburg, 16/12 9:07

Am gestrigen Nachmittag ist unser geliebter Sohn und Dein Bruder Carl seiner langen Krankheit erlegen . Wir sind in tiefer Trauer . Beerdigung ist am Dienstag . Vater und Mutter mit Hans, Lisbeth und Tilla

Wieder flogen Telegramme über Land und Ozean hin und her, auf die mehrere Telefonate zwischen San Francisco und Mexiko folgten, mit Worten voller Fassungslosigkeit und tiefer Trauer. Wieder war einer von ihnen gegangen, viel zu früh mit gerade einmal vierunddreißig Jahren. Mit Ankündigung, ja. Aber sooft es hieß, man könne sich auf einen unvermeidlichen Tod vorbereiten, so unvermindert war dennoch die Wucht, mit dem es einen niederriss, wenn dieser dann tatsächlich eintraf.

22

HAMBURG

Montag, 13. Juli 1942

In der vergangenen Nacht hatte es ununterbrochen geschüttet. Gegen sechs Uhr hatte der Regen nachgelassen, nun hingen die Wolken tief und grau, als würden sie nur kurz innehalten, um ihre Schleusen jeden Moment erneut zu öffnen.

Otto setzte seinen Hut auf und blickte auf die nass glänzenden Straßen und Wege, in denen sich tiefe Pfützen gebildet hatten. Er überlegte, ob er doch besser mit dem Wagen fahren sollte, doch weil Benzin inzwischen teuer und vor allem rar geworden war, griff er nach dem Regenschirm und trat aus dem Haus. Er war schließlich nicht aus Zucker.

Mit beherztem Schritt marschierte er voran und umrundete die Wasserlachen, während er mit dem Schirm unter dem Arm in Richtung des Büros im Mittelweg hastete, um noch vor dem nächsten Guss anzukommen. Den Gedanken, dass er dem Oberlandesgerichtsrat Prieß endlich eine Antwort geben sollte, die auch die Gauleitung zufriedenstellte, verdrängte er. Stattdessen dachte er an seine Lebenserinnerungen, an denen er bis weit nach Mitternacht im schwachen Schein der Tischlampe geschrieben hatte.

Das ganze Wochenende hatte er daran gearbeitet, und dabei war er so tief in vergangene Zeiten eingetaucht, dass ihm die Erinnerung an Carls Tod erneut Tränen in die Augen trieb.

Wie mussten sich all die Mütter, Väter und Geschwister fühlen, die in diesen Jahren einen Brief von der Front erhielten, voll echtem oder geheucheltem Beileid und Mitgefühl, das den Verlust nicht einen Deut erträglicher machte. Er war nur froh, dass er hatte verhindern können, dass man auch seinen Neffen Kurt einzog, der ihm wie ein Sohn war.

Eine Familie, dachte er, war Herkunft und Zukunft zugleich, ob man es nun wollte oder nicht. Jedes Mal, wenn einer ging, riss er ein Stück Seele der anderen mit sich.

Otto hatte sich nie daran gewöhnt, auch wenn er sich immer wieder einredete, vom Lauf des Lebens abgehärtet zu sein. Als Carl damals starb, hatte die Familie geschlossen beieinandergestanden. Johannes, genannt Hans, bekam mit seinen erst sechzehn Jahren Prokura im Weinhandel und stieg in Carls noch viel zu große Fußstapfen.

Nur Paul, der inzwischen mit der *Armandale* aus Sydney kommend in Mauritius gelandet war, bekam von all dem nichts mit. Und weil die Familie nicht wusste, wo in aller Welt er sich befand, sie ihn aber nicht ausschließen wollten, setzten sie auch seinen Namen in die Traueranzeige und ließen den Aufenthaltsort leer. Da der Vater sich in der fernen Welt nicht so genau auskannte und der Mann bei der Anzeigenannahme gerade einen Bericht über New Mexico gelesen hatte, lag Josephs neuer Wohnort nun angeblich dort statt in Mexiko.

Ein vorbeifahrender Laster spritzte einen Schwall Regenwasser auf den Gehweg, und Otto sprang beiseite, um nach Begutachtung der Hosenbeine, die nur wenige Tropfen abbekommen hatten, seinen Weg fortzusetzen.

Er dachte, dass sich die Dinge mittlerweile verschoben hatten. Die Familie war dabei auseinanderzudriften. Noch hielt der äußere Kitt, doch die Risse waren tief. Seit Ebbe den Lagerfelds ihren Stempel aufdrückte, war sie nur mehr ein Gerüst, das denselben Namen trug.

Otto fragte sich, ob er etwas daran hätte ändern können. Die letzten Jahre waren herausfordernd gewesen, und er hatte nicht immer die Zeit oder Kraft gehabt, die Familie zusammenzuhalten. Dennoch hatte er immer dafür gesorgt, dass es ihnen gut ging und dass sie keine Not leiden mussten. Während die Menschen hier in Hamburg oft nicht wussten, was sie abends auf den Teller bringen sollten, gab es auf Bissenmoor Gemüse vom Feld, Milch und frisch gelegte Eier. Und manchmal auch eine Kuh, die der Verwalter als verendet gemeldet hatte und heimlich schlachtete, damit die Bewohner und Arbeiter auf dem Hof genügend zu essen hatten. Ausnahmslos, ohne Ansehen der Position.

Ja, ihnen allen ging es gut. Weil er die Weitsicht seines Vaters übernommen hatte und für Konstanz sorgte. Dies erfüllte ihn mit Stolz, und daher war es gut und richtig, dass er sein Leben aufschrieb. Auch seine Kinder sollten einmal stolz auf ihn sein, auf ihn und auf das, was er erreicht hatte.

Inzwischen war Otto in den Mittelweg gebogen, und je näher er dem Büro kam, desto langsamer wurde sein Schritt, bis er bei den Grünanlagen vor der St. Johannis-Kirche stehen blieb, aus deren grünen Turmspitzen volltönende Glockenschläge hallten.

Neun Uhr. Er war viel zu spät dran, doch sein rechtes Bein war plötzlich schwer wie Blei und verweigerte ihm den Gehorsam. Unvermittelt musste Otto an seinen Schlaganfall denken, der ihn Weihnachten 1940 ereilt und über Wochen aus dem Leben gerissen hatte. Er sah sich um, fand eine feucht glänzende Bank und hob eine achtlos weggeworfene Zeitung auf, um das Holz mit kräftigem Wischen vom Regenwasser zu befreien. Dann setzte er sich, die Hände auf den Knauf des Regenschirms gestützt, und holte tief Atem.

Seit dem Einspruch der Gauleitung war er wie gelähmt. Es war, als lege sich die Zukunft wie eine dunkle Decke über ihn, um ihm jeglicher Luft zu berauben.

Gestern Abend hatte er sich am Telefon mit seinem Neffen Kurt besprochen, der die Sache als gebürtiger Amerikaner naturgemäß anders einordnete als er und daher bei der Beurteilung der Lage keine große Hilfe war.

»Geh hin und geige diesem Gauwirtschaftsarsch ordentlich die Meinung«, schlug er vor, und obwohl Kurt kämpferisch klang, war aus seinen Worten die Anspannung herauszuhören. »Du kannst es dir erlauben. Ohne dich würde die Firma auseinanderbrechen, und das wissen die auch.«

»Wenn du wüsstest. Die würden sogar einen Branchenfremden einsetzen, wenn er sich nur ordentlich in der Partei oder sonst wie politisch engagiert.«

»Warum lügst du ihnen nicht einfach das Blaue vom Himmel herunter? Sag ihnen, was sie hören wollen.«

»Das kann ich nicht«, entgegnete Otto. »Und das will ich auch nicht. Ich habe meine Prinzipien.«

»Dann weiß ich auch keinen Rat. Aber ich bin sicher, du findest einen Weg. Erinnerst du dich, wie der Präsident der Zentralgenossenschaftskasse den Kreisbauernführer Wilhelm Mannitz zum Verwalter machen und sich die Glücksklee Milchwerke unter den Nagel reißen wollte? Damals hast du die Zerschlagung der Firma erfolgreich abgewehrt.«

»Dafür sitzt Mannitz jetzt im Beirat.«

»Aber du bist der Verwalter. Und das nur, weil du jeden erdenklichen Kontakt, jede beteiligte Behörde angeschrieben und um Unterstützung gebeten hast. Die haben längst begriffen, wie wichtig eine stabile Verwaltung für ein Unternehmen ist, das in der Volksernährung eine so entscheidende Rolle spielt wie unseres. Diese letzte Hürde wirst du auch noch nehmen.«

Otto sah in eine Pfütze, in die sich nun ein zögerlicher Sonnenstrahl schob. Beim Gedanken an das Telefonat zuckten seine Mundwinkel. Ja, er hatte sich durchgesetzt, gegen hochrangige

Personen, die sich ständig in behördliche Angelegenheiten einmischten und nur auf eine Gelegenheit warteten, ihm den Dolch in den Rücken zu rammen. Damals hatten sie ihm geraten, in Gottes Namen die Füße stillzuhalten. Doch am Ende war er siegreich aus der Sache hervorgegangen – um nun wieder ganz am Anfang zu stehen.

Mit Ebbe hatte er das erst gar nicht besprechen wollen, sondern ihr am Telefon erzählt, alles sei in bester Ordnung, er habe nur sehr viel zu tun. Da die Behörden von ihm als Verwalter einen lückenlosen Geschäftsbericht erwarteten, der über etliche Seiten gehe, sei das auch nicht weiter verwunderlich. Trotzdem hatte sie ihm im Verlauf des Gesprächs auf den Kopf zugesagt, dass etwas nicht stimme.

»Der Gauwirtschaftsberater?«, meinte sie nur, als er von dem Schreiben erzählte. »Du liebe Güte, es gibt ja kaum einen Gegner, den du auslässt.«

Die Glocken schlugen halb zehn, und Otto sah auf. Inzwischen hatten sich die dunklen Regenwolken verzogen und machten der Sonne Platz, deren Strahlen seine Glieder wärmten. Otto bewegte die Beine, und als er feststellte, dass die Schwere sich gelegt hatte, erhob er sich von der Bank. Es war Zeit weiterzugehen.

»Herr Generaldirektor, endlich sind Sie da«, empfing ihn seine Sekretärin in sichtlicher Erleichterung. Sie sprang von ihrem Stuhl auf und knetete die Hände. »Ich habe Ihnen die neueste Ausgabe der *Molkerei-Zeitung* auf den Schreibtisch gelegt.«

»Guten Morgen, Frau Jung«, sagte Otto und hängte Mantel, Hut und Regenschirm an den Garderobenhaken, dann betrachtete er ihr erhitztes Gesicht. »An der *Molkerei-Zeitung* kann es ja nicht liegen, dass Sie mich so stürmisch begrüßen. Was gibt es denn Dringendes?«

»Gerade ist ein neuer Brief vom fünften Zivilsenat eingetroffen. Oberlandesgerichtsrat Herr Doktor Prieß erinnert an die von ihm angeregte mündliche Aussprache vom siebten Juli und bittet darum, umgehend fernmündlich einen Termin für die Rücksprache zu verabreden.« Sie hob ein Schreiben von der Ablage, das offenbar ein Bote zugestellt hatte. »Es gibt noch eine weitere Angelegenheit, die er mit Ihnen besprechen will.«

»Zeigen Sie mal her.« Otto nahm das Schreiben entgegen und überflog es. »Der Herr Reichskommissar für die Behandlung feindlichen Vermögens hat beantragt, meine Vergütung als Verwalter auf monatlich tausend Reichsmark festzusetzen? Das kann unmöglich sein Ernst sein, es muss sich um ein Missverständnis handeln.«

»Das hat am Telefon aber anders geklungen«, entgegnete Fräulein Schumacher und fuhr hastig fort: »Kurz bevor Sie eintrafen kam ein Anruf aus dem Reichskommissariat. Herr Kellermann sagte, dass die Frage einer Vergütung ohnehin obsolet sei. Wenn Sie nicht langsam auf das Schreiben des Oberlandesgerichtsrats reagieren, bliebe ihm nichts anderes übrig, als Ihnen die Verwaltung wieder zu entziehen.«

»Also weiß Herr Kellermann vom Einspruch der Gauleitung?«

»Er sagte nur, er sei sehr daran interessiert, dass Sie sich umgehend mit dem Oberlandesgerichtsrat persönlich treffen. Ich soll Sie dringend dazu ermahnen, dem Ersuchen nachzukommen. Noch handele es sich um das Angebot einer mündlichen Aussprache, keine offizielle Vorladung. Aber das könne sich rasch ändern.«

Ihr Blick war voller Sorge, und Otto fühlte sich bemüßigt, irgendetwas zu sagen, das ihr die Gewissheit gab, alles sei in bester Ordnung, obwohl dem nicht so war.

»Ich kümmere mich darum«, sagte er, während er die Klinke zu seinem Büro herunterdrückte. »Stellen Sie mir in der Zwischenzeit bitte eine Liste meiner täglichen Aufgaben zusammen, mit der ich Herrn Prieß davon überzeugen kann, dass die veranschlagten tausend Reichsmark als einzige monatliche Vergütung für einen anspruchsvollen Posten wie diesen nicht akzeptabel sind.«

Fräulein Schumachers Augen weiteten sich. »Sie wollen dem mit Gehaltsfragen begegnen?«

»Der Betrag erscheint mir nicht gerecht, um es mal freundlich auszudrücken. So war das auch nicht abgesprochen.«

Otto zog die Tür hinter sich zu und atmete tief durch. Es war ein Nebenschauplatz, den er nun eröffnete, aber einer, auf dem er sich gut auskannte. In finanziellen Angelegenheiten machte ihm so leicht keiner was vor.

Er setzte sich an den Tisch, auf dem die *Molkerei-Zeitung* lag, und betrachtete das Titelbild. Darauf waren Kühe abgebildet, die auf einer Bergwiese standen, im Hintergrund ein dunkler Wald.

So in etwa musste es in Böhmen aussehen, dachte Otto, und er erinnerte sich daran, dass Theresia viel von Písek und Neuern erzählt hatte. Und immer, wenn sie es tat, hatten ihre Augen geglänzt.

»Fahren wir dorthin?«, hatte sie gefragt, und er hatte genickt.

»Später. Wenn die Firma Fuß gefasst hat.«

Es hatte immer nur ein später gegeben, dachte Otto, immer war die Arbeit vorgegangen, auch damals schon.

Als er gestern eine Schreibpause eingelegt hatte, war sein Blick auf seine Haushälterin gefallen, die im Garten stand und im lauen Sommerwind Wäsche aufhängte. Ihm war der Gedanke gekommen, dass die hochgewachsene Frau, die vor vielen Jahren Theresias Kindermädchen gewesen war, sicher mehr über sie erzählen konnte. Also war er hinausgegangen und hatte sich zu ihr gesellt.

»Haben Sie Theresia damals eigentlich nach Böhmen begleitet?«, fragte er.

Frau Riek, die gerade ein Laken über die Leine spannte, sah ihn überrascht an. »Sie hängen noch immer an ihr.«

Erst wollte er es verneinen, schließlich aber nickte er. Er hatte schon häufiger bemerkt, dass diese hagere und doch so resolute Frau tiefer in die Herzen ihrer Mitmenschen sehen konnte, als ihm lieb war. »Ja«, gestand er schließlich ein. »Und ich frage mich, ob sie sich auf Bissenmoor zu Hause gefühlt hätte.«

Frau Riek befestigte eine letzte Wäscheklammer und trat aus dem wehenden Vorhang von Bettlaken und Tischdecken. »Sie meinen, im Gegensatz zu Ihrer Frau?«

War das ein Lächeln? Ja, ganz deutlich. Frau Rieks Mundwinkel hoben sich leicht. Nicht sarkastisch oder abfällig, eher wissend.

Tatsächlich hatte die Haushälterin einen ganz besonderen Zugang zu Ebbe. Sie war die Einzige, die ihr Paroli bieten konnte, weil sie etwas an sich hatte, das einen sofort den Rücken durchstrecken ließ, wenn sie den Raum betrat. Die beiden Frauen respektierten sich. Frau Riek würde nie schlecht über ihre Arbeitgeberin reden, aber ihr Lächeln sagte, dass sie wusste, wie es um seine Ehe bestellt war.

»Theresia hätte den Ort geliebt«, sagte sie endlich. »Nicht jeder ist dazu geboren, auf dem Land zu leben. Sehen Sie es Ihrer Frau nach, wenn sie sich nach der Stadt sehnt, nach dem Trubel und dem prallen Leben. Sie ist unglücklich da draußen.«

»Ebbe war auch schon in Blankenese unglücklich. Herrgott, wie kann man es jemandem Recht machen, der in der schönsten Villa mit Blick auf das Wasser lebt und sich über die Meeresluft beschwert.«

»Aber in der Innocentiastraße hat sie gerne gewohnt. Zumindest, bis …«

»Ja«, unterbrach sie Otto mit einem Schnauben, »›zumindest, bis‹. Bei Ebbe gibt es immer nur ein ›zumindest, bis‹. Nie ist sie wirklich zufrieden, das war schon immer so.«

»Tun Sie Ihrer Frau jetzt nicht unrecht. Sie ist eben anspruchsvoll.«

»Allerdings. Ist es da ein Wunder, wenn man sich nach der Person zurücksehnt, mit der man es so viel leichter hatte? Theresia und ich, wir hatten eine Menge Gemeinsamkeiten. Die Liebe zum Land und zur Natur. Den Familiensinn.«

»Theresia hat das Landleben geliebt.« Frau Riek lächelte erneut. »Und ja, ich habe die Sommer mit ihrer Familie in Böhmen verbracht, auch später noch, als Theresia längst kein Kindermädchen mehr brauchte. Ich bin als Dienstmädchen und Gesellschafterin für die gnädige Frau Feigl mitgereist. Es waren herrliche, unbeschwerte Tage. Theresia war dort ein ganz anderer Mensch als in der Stadt. Unbändig und frei. Den lieben langen Tag rannte sie mit den anderen Kindern über Wiesen und Felder. Dort trug niemand ein einschnürendes Korsett, sondern diese hängenden Kleider, in denen man sich gut bewegen kann. Manchmal verfiel sie beim Sprechen ins Böhmische, was ihr erst bewusst wurde, wenn ich sie ratlos ansah. ›*Chůva-lein*‹, sagte sie dann immer zu mir und entschuldigte sich, weil sie nicht darauf geachtet hatte.« Versonnen blickte Frau Riek in den stahlblauen Himmel. »Auch Theresias Mutter lebte jedes Mal auf, wenn sie endlich wieder mit ihrer Familie zusammen war. Sie liebte das Lachen, das Plaudern, die Familienfeste. Bei Pasteten, Karpfen und Buchteln mit zerlassener Butter debattierten sie dann über die Habsburger und den Widerstand des Thronfolgers gegen die Pläne der serbischen Untergrundgruppen zur Errichtung eines Großserbischen Reiches. Nach dem Essen verzogen sich die Männer in die Stube und kauten Priem … selbst der feine Herr Feigl, der in den späteren Jahren immer für ein paar Tage mitkam … bis die Frauen sie ins Freie schickten, weil manch einer den *motschker* auf den Boden spuckte.«

»*Motsch…*?« Otto sah sie fragend an.

»So nennen sie den Brei, der sich beim Tabakkauen bildet.« Frau Riek seufzte. »Ich erinnere mich noch gut an einen Sommer, es muss im Jahr neunzehnhundertacht gewesen sein. Für Theresia war es eine ganz besondere Reise, das hat sie mir Jahre später erzählt. Von den vier Kindern war nur sie mitgekommen, ihre Brüder gingen längst ihre eigenen Wege.«

»Neuzehnhundertacht...«, sagte Otto. »Da hatte Johann bereits promoviert und arbeitete im physiologischen Institut der Königlichen Charité in Berlin. Und der andere Bruder, Georg, der heute Mathematikprofessor an der Universität Breslau ist, musste zum Militärdienst. Max hingegen«, er rechnete nach, »der hat damals schon in der Bettfedernfirma gearbeitet, nicht wahr?«

»Richtig. Er ist in Hamburg geblieben, während der Vater mitkam, um einige Termine wahrzunehmen. Und da die Daunenfedern aus Neuern stammten, wo der andere Zweig der Feigls lebte, fuhr die Familie dieses Mal ebenfalls in den Böhmerwald.«

23

BÖHMEN

August 1908

Die Fahrt nach Böhmen dauerte zwei Tage. Als der Zug Prag hinter sich ließ und sie sich allmählich ihrem Zielort näherten, lehnte Theresia den Kopf an die Fensterscheibe und sah auf die vorbeiziehenden Hügel und Täler, die inmitten eines grün wogenden Meeres aus Tannen und Buchen lagen, in dem die Häuser wie kleine, farbige Boote auftauchten und wieder verschwanden.

Der Zug donnerte an Bächen vorbei, an Feldern und Wiesen, auf denen Kühe weideten. Und je näher sie dem Böhmerwald kamen, desto mehr Gehöfte waren zu sehen, in deren Umzäunungen Scharen von Gänsen umherstolzierten.

Die ersten zwei Wochen verbrachten sie diesmal in Neuern, bevor sie für den Rest des Sommers nach Písek zu den Verwandten mütterlicherseits fuhren. Daher holte sie Georg Feigls Cousin dritten Grades, der eine Gänsezucht besaß, mit dem Fuhrwerk am Bahnhof ab. Neben ihm stand sein Sohn Tomáš, der theatralisch mit einem Taschentuch winkte, als der Zug einfuhr, und über beide Ohren lachte.

Die Sonne brannte vom Himmel und ließ die Luft in der Hitze flirren, als die Familie Feigl auf den Bahnhof trat.

»Hilf Georg mit dem Gepäck, Tomášek«, rief der Schwager seinem Sohn zu.

Der mit dem Kosenamen Angesprochene ließ es sich nicht zweimal sagen.

Als der Zug mit lautem Pfeifen anfuhr, war endlich Zeit für die Begrüßung, in der sich alle ausgiebig drückten und umarmten. Dann warf der Schwager einen Blick auf den Turm aus Koffern, Taschen und Schachteln und schob seine Kappe nach hinten.

»Da werden wir wohl zweimal fahren müssen«, sagte er.

»Iwo«, meinte Tomáš. »Theresia und ich gehen zu Fuß. Wenn wir die Abkürzung durch den Wald nehmen, brauchen wir nicht einmal zwei Stunden.«

Und so war es abgemacht, bevor Theresia etwas sagen konnte. Bald war das Gepäck auf dem Anhänger verstaut, und die beiden Zugpferde trabten mitsamt ihrer Ladung aus Menschen und Koffern los.

Theresia umklammerte ihr Sonnenschirmchen und blickte dem voll beladenen Fuhrwerk nach.

»Na los, worauf wartest du noch?«, rief Tomáš grinsend. Er war schon losgegangen und winkte sie von der Wegbiegung heran. »Oder hast du etwa Angst vor mir?«

Sie drehte das Schirmchen und sah ihn unschlüssig an. Früher war sie ihm immer aus dem Weg gegangen, weil er sie nur geärgert hatte. Einmal hatte er sogar die Haare ihrer Puppe mit einem Zündholz in Flammen gesetzt, die beinahe auf die Vorhänge übergesprungen wären. Nur das beherzte Eingreifen seiner Mutter, die nach einem »Jeschischmaria!« die Tischdecke über die Flammen warf, hatte ein Unglück verhindert. Es hatte eine ordentliche Tracht Prügel gesetzt, danach war eine Zeit lang Ruhe.

Tomáš kam Theresia entgegen und streckte die Hand aus. »Friede. Na, komm schon. Lass uns die alten Geschichten vergessen.«

Sie nickte und schlug ein. Aus dem frechen Jungen war ein fescher Bub geworden. Sein glattes, dunkelblondes Haar war auf der Seite gescheitelt, er trug eine kurze Hose aus festem Stoff und ein ordentlich geplättetes Hemd. Nur die schmutzigen Füße waren wie immer ohne Schuhe.

Doch weil sie dem Frieden nicht ganz traute, achtete Theresia darauf, dass immer ein kleiner Abstand zwischen ihnen war, als sie die Forken- und Schaufelfabrik passierten und den Fluss überquerten, der glasklar neben ihnen dahinsprudelte. Bald ließen sie die Häuser hinter sich und stiegen einen Anhang hinauf, bis sie endlich in den Wald eintauchten und die Hitze einer angenehmen Kühle wich.

Theresia schloss das Sonnenschirmchen und sog die Luft ein. Es roch nach Moos und vermoderndem Laub, erdig und warm. Sie liebte diesen Duft, er war Teil ihrer schönsten Kindheitserinnerungen.

Bald verließ Tomáš den Hauptweg und schritt durch die kühlen Gänge des Waldes, durch dessen Baumwipfel Sonnenstrahlen tanzten.

»Still«, sagte Tomáš plötzlich. Er blieb stehen und hob die Hand ans Ohr. »Hörst du das?«

Theresia lauschte. Es war nichts zu vernehmen, bis auf das Summen einer Biene, die an ihrem Ohr vorbeiflog, und das Plätschern des Baches.

Tomáš hob den Finger an den Mund und zeigte auf einen wandhohen Farn, winkte sie schließlich zu sich heran.

Theresia folgte ihm durch das kitzelnde Grün. Bald hörte sie ein Schnauben, dann ein Stampfen. Sie schob sich ein Stück vor, bis sich der Farn teilte und eine Lichtung freigab. Dort stand ein Reh, das den Hals emporreckte und sie mit bebenden Nüstern ansah.

Wenige Meter von ihnen entfernt standen weitere Tiere. Theresia hielt die Luft an. Schon oft hatte sie Rehe gesehen, aber noch nie war sie ihnen so nah gewesen.

Der Griff des zusammengefalteten Schirmchens blieb mit einem Knacken an einem Zweig hängen, und ehe sie es sich versahen, stoben die Tiere davon.

»Schade«, sagte Theresia. »Sie sind so hübsch.«

»Sie erinnern mich an dich.« Tomáš lächelte. »Du witterst auch immer so, wenn du Gefahr spürst.«

Theresia stemmte die Hände in die Hüften, wobei sich das lästige Schirmchen in einem steilen Winkel emporschwang. »Das klingt nicht gerade nach einem Kompliment.«

»Nimm es, wie du willst. Aber ich mag Rehe.«

In den kommenden Wochen verbrachten die beiden jeden Tag miteinander. Das Schirmchen ließ Theresia im Haus, stattdessen holte sie ihren breitkrempigen Sommerhut mit der blauen Schleife hervor, der ihr helles Gesicht ebenso gut beschattete. Sie trabten auf Pferden durch die Wälder und hielten die Füße ins kühle Wasser des Angelbaches, aßen wilde Brombeeren oder die Butterbrote mit Gänsefleisch, die Tomáš Mutter ihnen mitgegeben hatte. Dazu tranken sie selbst gemachte Limonade.

Eines Tages führte Tomáš Theresia über den Hof der Familie, wo es zwei getrennte Teiche gab. Einer für die Gänse, deren Fleisch sie verkauften, und ein weiterer, den alle nur Federteich nannten, weil sie dort die Tiere hielten, deren Daunen sie verwendeten.

»Hast du schon einmal zugesehen, wenn wir die Daunen ausrupfen?«, fragte er und zeigte zu einem Schober, aus dem lautes Gegacker drang.

»Nein. Aber ich weiß nicht, ob ich das möchte.«

»Ach, das ist halb so schlimm, wie es klingt.«

Theresia ließ sich bis zum Eingang schleifen, wo das Gezeter der Gänse zu einem ohrenbetäubenden Orchester anschwoll. Verkrampft hielt sie sich am Türrahmen fest und kniff die Augen zusammen.

»Nun komm schon, sieh hin.«

»Ich kann nicht. Sie rupfen die Tiere ja bei lebendigem Leib!«,

»Wie denn sonst?«, lachte Tomáš. »Die Federn wachsen doch nach.«

»Das ist Quälerei!«

»Nicht, wenn man sie in der Mauser rupft, dann ist es bloß ein Zwicken. Sieh nur, sie fressen schon wieder. Außerdem haben sie es besser als die Gänse, die geschlachtet werden. Die hier werden zwanzig Jahre alt.« Er nahm Theresia bei der Hand und zog sie wieder ins Freie. »Komm, ich zeige dir, wie die Daunen gereinigt, entkeimt und sortiert werden, bevor wir sie an deinen Vater liefern.«

Als Georg Feigl nach zwei herrlichen Wochen den Rückweg nach Hamburg antrat und Theresia mit Fräulein Rolf und der Mutter zu deren Familie nach Písek weiterfuhr, standen Tomáš und Theresia etwas abseits von Familie und Gepäckberg auf dem Bahnhof und schoben seltsam verlegen Steinchen über den Boden.

»Schreibst du mir, ja?«, bat Theresia, als der Zug einrollte und es Zeit war, sich voneinander zu verabschieden.

Tomáš zuckte nur mit den Schultern. »Wie denn? Ich kann ja gerade mal meinen Namen buchstabieren.«

»Dann bringe ich es dir eben beim nächsten Mal bei.«

»Das dauert noch ein ganzes Jahr.« Unvermittelt beugte sich Tomáš vor und gab ihr einen Kuss. »Damit du mich nicht vergisst.«

In jenem Sommer hatte Theresia nicht ein einziges Mal an Otto gedacht. Erst, als sie wieder nach Hamburg kamen und Johann vor ihnen stand, der einen Umschlag schwenkte, kam er ihr wieder in den Sinn.

»Was machst du denn hier?«, rief Marie Feigl aus und schloss ihren Ältesten in die Arme. Dann löste sie sich von ihm und hielt ihn auf Armeslänge von sich weg, um ihn zu betrachten. »Gut siehst du aus, wie ein richtiger Medizinalrat.«

»Ich habe ein paar Tage freibekommen und wollte euch überraschen«, sagte er lachend und reichte seiner Schwester den Umschlag. »Hier, ich habe etwas für dich.«

»Ein Brief?«

»Von Otto. Er ist vor wenigen Tagen eingetroffen. Rate mal, wo er gerade steckt.«

Theresia hob die Schultern. Das letzte Mal hatte Otto Johann einen Gruß aus San Francisco geschickt, um ihm zu sagen, dass er sich keine Sorgen machen müsse und dass es ihm den Umständen entsprechend gut gehe. Johanns Frage konnte nur bedeuten, dass er sich nun an einem anderen Ort befand.

Sie dachte an die drehbare Erdkugel, die sie zu Weihnachten bekommen hatte, und an die vielen Länder, die darauf eingezeichnet waren.

»Vielleicht … im Chinesischen Reich?« Sie hatte es nur so dahergesagt, weil es der erste Name war, der ihr einfiel.

»Fast. Er lebt jetzt in Wladiwostok, das liegt im Osten von Russland, ganz am äußeren Winkel beim Japanischen Meer. Er lässt dich sogar grüßen.«

»Mich?«

»Ich hatte ihm geschrieben, dass du dich für die Welt interessierst, dass du Bücher über Südamerika liest und über New York. Und dass du mit großem Interesse die Nachrichten vom Erdbeben in San Francisco verfolgt hast.«

»Das hast du nicht getan«, sagte Theresia und spürte, wie ihr Gesicht heiß errötete.

Johann lachte leise. »Warum denn nicht? Er findet es großartig, aber lies selbst.«

Theresia riss ihm den Umschlag aus der Hand und eilte an den anderen vorbei in ihr Zimmer, wo sie sich aufs Bett setzte und im Licht des dämmernden Tages das Papier entfaltete.

Wladiwostok.

Sie wusste nicht einmal, wie man den Namen dieser Stadt richtig aussprach.

Wladiwostok, 1. Juli 1908

Lieber Johann,

heute musste ich an Dich denken. Ich habe Dir seit San Francisco nicht mehr geschrieben, und bevor Du Dich fragst, ob ich inzwischen verschollen bin: Ich lebe jetzt am Ende der Welt, in Wladiwostok. Es ist ein sehr schönes Ende, denn es gefällt mir sehr gut. Hier lässt es sich ein paar Jahre gut aushalten.

Aber ganz von vorne, damit Du auf dem neuesten Stand bist.

Seit zwei Jahren arbeite ich für die Trans-Pacific Commercial Company, die hier eine Niederlassung hat. Der hiesige Manager hatte sich mit den Direktoren in San Francisco überworfen, also schickte man James A. Low von der Hawaiian Sugar Company dorthin, um nach dem Rechten zu sehen. Und weil man nur sehr wenig von ihm hörte, sandten sie mich kurze Zeit später als Co-Manager nach.

Am 19. Juli 1907 legte mein Schiff in San Francisco ab. Wir fuhren über Honolulu, Hawaii und Yokohama, wo ich mir mit Interesse das japanische Leben ansah, und von dort weiter nach Kobe, Nagasaki und Manila. Vor Ort besichtigte ich die in Spanien gegründete Compañía General de Tabacos de Filipinas, eine jesuitische Gesellschaft, von der wir Hanf, Kopra und Zigarren beziehen. Die Anlagen der Firma sind gewaltig, ich muss Dir bei Gelegenheit unbedingt die Fotos zeigen, die ich dort gemacht habe. Die Compañía besteht aus einem großen Gebäudekomplex, durch den ein Fluss strömt, von dem die Ware aus dem Landesinneren direkt ins Lager befördert wird.

Wobei das Wort Lager zu viel gesagt ist. Während die Konträume im ersten Stockwerk liegen, besteht das untere nur aus einigen Pfosten, durch die der Wind ungehindert streichen kann. In Manila herrscht nämlich eine enorme Hitze, die infolge ihrer Feuchtigkeit besonders unangenehm ist.

In den langen Sälen, in denen die Zigarren hergestellt werden, arbeiten etwa hundert Menschen an langen Tischen. An jedem Ende sitzt ein Krüppel, was in der hiesigen Kultur den Arbeitern Glück bringen soll.

Von Manila ging es weiter nach Hongkong und von dort nach Shanghai. Am 2. September kam ich schließlich in Wladiwostok an und fand schlimme Zustände vor. Stell Dir nur vor, Johann, Herr Low hatte gar kein großes Interesse an der Arbeit. Er hatte sich mit einer englischen Erzieherin verlobt und verließ bald nach meiner Ankunft das Land, um in Japan zu heiraten, weshalb ich jetzt der alleinige Manager bin.

Vielleicht denkst Du nun, das sei doch genau das, was ich mir immer erträumt habe. Aber das Geschäft wurde zu lange schlecht geführt und ich täte mir keinen Gefallen damit. Mir bleibt in diesen Monaten daher nur, es sauber abzuwickeln und alle Kontrakte und Verpflichtungen aufzulösen.

Wladiwostok ist eine Stadt, in der es sich wie erwähnt gut leben lässt. Zu gut, wie mir scheint. Von den Bevollmächtigten der fernen Handelshäuser gibt es nur wenige, die ihre Einnahmen pflichtschuldig an die Stammfirmen überweisen. Die meisten Europäer führen hier ein Leben in Saus und Braus und verprassen das erwirtschaftete Geld in den Clubs. Mittags und abends trinken sie etliche Cocktails und unzählige Sodas mit Whisky, bis sie infolge ihrer Unmäßigkeiten krank und gebrechlich werden.

Das Gebaren erinnert mich ein wenig an die deutschen Clubs in Cúcuta, und ich habe mir geschworen, dass ich mich auch hier tunlichst von diesen Stätten fernhalten werde.

Eine Kuriosität will ich Dir aber noch berichten. Als Herr Low im Dezember nach Russland zurückkam, verstarb er nur sechs Tage später an einem Herzschlag. Wir hatten ihn in seinem Schlafzimmer auf dem Bett aufgebahrt, als der amerikanische Konsul eintrat, ein junger Mann namens Roger S. Greene. Er forderte mich auf, mit ihm die Freimaurerzeichen zu machen, bevor sie den Leichnam nach Honolulu überführten, wo er nach freimaurerischem Ritus beerdigt werden sollte.

Als ich ihm daraufhin sagte, dass ich kein Freimaurer sei, auch wenn ich aus meinen Jahren in Kolumbien einiges davon kannte, fiel er aus allen Wolken.

»Wie zum Teufel haben Sie dann diese Anstellung bekommen?«, rief er aus.

Ich habe nur gelächelt und geschwiegen. Hätte ich ihm etwa erzählen sollen, dass mir nichts an der Zugehörigkeit zu irgendwelchen Zirkeln liegt? An Gruppierungen, die einem mit ihren Ritualen und ihrem strengen Codex nur Vorschriften machen wollen? Er hätte es nicht verstanden, denn er hat nach seinem Master in Harvard eine erstaunliche Karriere im diplomatischen Dienst hingelegt. Ich hingegen bleibe lieber in allen Belangen mein eigener Herr und gründe meine geschäftlichen Verbindungen auf einen guten Leumund, den ich mir durch harte und ehrliche Arbeit verdiene.

Vielleicht fragst Du Dich an dieser Stelle, warum ich ausgerechnet heute an Dich gedacht habe?

Erinnerst Du Dich noch an unser Gespräch bei uns im Garten vor zehn Jahren? An dem Tag habe ich Dir von der bakte-

rienverseuchten Milch erzählt, an der meine Schwester Helene einst starb. Damals wussten wir nicht, dass man sie abkochen muss. Und was, wenn man so schnell nichts zum Abkochen hat?

Die Trans-Pacific Commercial Company verkauft neben Kopra, Hanf und Tabak auch evaporierte Vollmilch in Dosen von der amerikanischen Firma Carnation, was das englische Wort für Nelke ist. Ich finde, das ist eine ganz hervorragende Erfindung! Sie stammt, soweit ich weiß, von einem gewissen Mister Borden, der schon während des amerikanischen Bürgerkriegs kondensierte Milch an die Front schickte.

Man tötet die Keime durch Erhitzen in einem Vakuumverdampfer ab, wobei der Geschmack erhalten bleibt. Danach entzieht man der Milch das Wasser und dickt sie ein. In der anschließenden Homogenisierung werden im letzten Schritt die Fetttröpfchen zerkleinert, damit die Milch gut verdaulich ist.

Ist es nicht seltsam, Johann? Während Du im fernen Deutschland an den chemischen Grundlagen forschst, um das Übertragen von Krankheiten durch von außen zugeführte Keime zu verhindern, vertreibe ich im entfernten Sibirien ein Lebensmittel, das genau diese Anforderungen erfüllt.

Die Kondensmilch wird hier dringend benötigt. Nach dem russisch-japanischen Krieg herrscht in diesen Breiten eine Rinderseuche, weshalb man ohnehin nur wenig Milch bekommt. Und wenn, dann ist sie oft bakteriell verseucht.

Dass die Trans-Pacific Commercial Company mit der keimfreien Kondensmilch nicht viel größere Umsätze macht, begreife ich nicht. Aber so ist es nun mal, wenn man unfähige Herrschaften an die Spitze stellt. Damit steht und fällt ein jedes Unternehmen und sei es auch noch so groß.

Warum also, dachte ich mir, soll ich mich weiterhin in den Dienst von Menschen stellen, die keinen Weitblick haben und sich lieber amüsieren als zu arbeiten? Ich bin jetzt sechsund-

zwanzig Jahre alt und damit alt genug, um auf eigenen Füßen zu stehen. Deshalb werde ich, sobald die Firma liquidiert ist, nach Amerika reisen, um selbst Verhandlungen mit der Carnation Milk Company aufzunehmen.

Wenn mir die Zeit reicht, komme ich vorher nach Hamburg. Meine Familie fehlt mir sehr, auch Paul, der noch immer über die Weltmeere segelt. Ich frage mich, ob er die Seinen nie vermisst. Nicht eine Zeile hat er bisher geschrieben, es gibt kein Lebenszeichen von ihm. Manchmal, in einer düsteren Stunde, frage ich mich, ob er überhaupt noch lebt. Ich mag gar nicht daran denken …

Aber wie geht es Dir? Darf man Dich schon einen Doktor nennen? Und was ist mit Theresia? Sie scheint ein aufgewecktes junges Mädchen zu sein. Richte ihr und Deiner restlichen Familie meine allerbesten Grüße aus.

Dein ergebener Freund
Otto

24

HAMBURG

Februar 1908

Als Otto in Wladiwostok an Johann schrieb, wusste er noch nicht, dass sich Paul in jenem Moment längst wieder in Hamburg befand. Was daran lag, dass Vaters Brief, in dem er von der Rückkehr des verloren geglaubten Sohnes schrieb, auf dem Weg nach Sibirien mitsamt dem Postsack in den Fluten versunken war, weil eine Dampflok der Russischen Staatsbahn bei der Überquerung eines Flusses in der Nähe von Omsk von der Brücke abkam und die Waggons mit sich in die Tiefe riss.

Zwei Jahre war Paul seit seiner überstürzten Abreise quer über die Meere gesegelt. Zuletzt hatte er auf der *Zealandia* gearbeitet, einem Dampfschiff, das in regelmäßigen Abständen zwischen Auckland, Sydney und Newcastle verkehrte.

Als er im Februar vor zwei Jahren fortgefahren war, hatte Paul sich vorgenommen, seinem Vater zu beweisen, dass er aus demselben Holz geschnitzt war wie Otto und ebenfalls ein Ziel vor Augen hatte, wenn auch ein anderes als vorgegeben.

Noch bevor das Schiff damals den Hamburger Hafen verließ, hatte Paul seinen Plan bereits fest umrissen. Er würde seinen Weg fortsetzen, den er nach dem Schulabschluss begonnen hatte, und eine Ausbildung zum Seesteuermann machen, dem am Ende die Offizierslaufbahn offenstand. Dafür musste er, zusätzlich zu seinen bereits absolvierten Zeiten »vor dem Mast«, insgesamt vierundzwanzig Monate als Vollmatrose auf einem Handelsschiff arbeiten, die Hälfte davon auf einem Segelschiff.

Mit der letzten Fahrt zurück nach Hamburg waren die Bedingungen erfüllt, um auf der Navigationsschule zu St. Pauli den Lehrgang zum Seesteuermann zu belegen. Da er nicht vorhatte, auch das Kapitänspatent zu erwerben, wollte er gleich darauf seinen einjährigen Militärdienst in der Schiffsartillerieschule Sonderburg ableisten, die für ihre Übungen einen leichten Kreuzer besaß.

An einem nieseligen Tag Ende Februar legte sein Schiff am Hamburger Hafen an. Als Paul seinen Seesack schulterte und von Bord ging, fühlte er sich aus heiterem Himmel befangen.

Er hatte allen Grund, den Eltern mit hoch erhobenem Haupt entgegenzutreten. Er war zu einem jungen Mann herangewachsen, der wusste, wie man Augspleiße fertigte, ein Besansegel reparierte oder eine Barke bei Sturm um gefährliche Klippen manövrierte. Stattdessen fiel ihm der Abschiedsbrief ein, den er nie geschrieben hatte, was seine Mutter gewiss in große Sorge versetzt hatte. All die Jahre hatte er den Gedanken an sie verdrängt, nun aber stach ihn das schlechte Gewissen, und das war das Allerschlimmste.

Bedrückt und in der Erwartung eines heftigen Donnerwetters bestieg Paul die Fähre, die ihn über den Kaiser- und Sandhöft zu den Landungsbrücken brachte. Kalter Wind zerrte an seinem Haar und blähte seine Jacke. Er betrachtete die näher kommende Stadt, empfand sie als fremd, und wäre da nicht der rote Klinker der Navigationsschule gewesen, die sich imposant hinter dem Anleger erhob, er hätte sofort das nächste Schiff bestiegen und wäre wieder davongesegelt.

So aber blieb sein Blick auf die Häuser der Stadt geheftet, während er sich vorzustellen versuchte, wie er seinen Eltern gegenübertrat. Mit einem Mal fiel ihm auf, dass sich Hamburgs Antlitz in seiner Abwesenheit verändert hatte, doch er konnte nicht sagen, woran er es festmachte.

Paul kniff die Augen zusammen, und schließlich wusste er, woran es lag.

»Wo ist denn der Michel?«, fragte er laut.

Ein rotgesichtiger Hafenarbeiter, der neben ihm an der Reling lehnte, sah ihn belustigt an.

»*Würs woll to lang wech*«, brummte er und nahm, weil der Wind nun heftiger pfiff, die Schiebermütze vom Kopf. »*Dat hett en Fuer geven, in'n Juli twee Jahr trüch.*«

»Ein Feuer?«

»Ja«, bestätigte ein anderer Mann im Anzug. »Es hieß, zwei Dachdecker hätten das Kupferdach mit der Lötlampe ausgebessert und dabei die Teerpappe in Brand gesteckt. Das war vielleicht ein Feuer, Halleluja. Der ganze Turm ist eingestürzt, mitten auf die Häuser in der Englischen Planke. Die Mühlenstraße und den Schaarmarkt hat es auch erwischt. Bis die Feuerwehr den Brand löschen konnte, war die Kirche bereits eine Ruine. Nur die Glocke war übrig, die lag mitten auf dem Kirchplatz.«

Paul starrte auf die entstandene Lücke. Der Michel, eines der Wahrzeichen der Stadt, war ausgelöscht worden. Doch so sehr er auch das Entsetzen der Hamburger Bürger nachzuempfinden versuchte, es rührte ihn nicht. Es war, als gehöre er längst nicht mehr hierher.

Die Fähre legte mit einem Rumpeln an. Paul kletterte an Land, und da er das Donnerwetter seines Vaters endlich hinter sich bringen wollte, ging er zu Fuß zum Weinkontor am Rödingsmarkt 74.

Als er das Gebäude erreicht hatte, blieb er stehen, um sich kurz zu sammeln. Im Schaufenster waren Madeira und Portwein ausgestellt, mehrere Kisten mit Chartreuse stapelten sich zu einer Pyramide.

»General-Depot in Hamburg«, stand in Großbuchstaben auf der Scheibe. Darunter war von innen ein Zettel angebracht.

Die Kartäuser-Mönche
aus ihrem Besitztum der »Grande Chartreuse« **vertrieben** und
in Frankreich ihrer **früheren Marken**, welche **öffentlich versteigert**
wurden, **enteignet,**
haben ihr Geheimnis mitgenommen
und stellen nun ihren Likör in **Tarragona** (Spanien) her.
Man verlange diese neue Flasche mit der Bezeichnung
»Liqueur des Pères Chartreux« (Tarragona).
Otto Lagerfeld, 74 Roedingsmarkt, Hamburg[4]

Paul lächelte. Bevor er aus Hamburg geflohen war, hatte der Vater sich als Sachverständiger in einen Rechtsstreit eingemischt, um die Marke zu schützen. Man hatte die vertriebenen Mönche mit dem Verbot belegt, auf Basis ihrer uralten Rezeptur einen Likör herzustellen, der den Namen Chartreuse trug. Geklagt hatte der Erwerber der Markenrechte, der die Produktionsstätte vom französischen Staat erworben hatte. Der Gerichtshof in Grenoble hatte schließlich bestätigt, dass die Mönche trotz der Vertreibung Eigentümer ihres Namens seien, nämlich die Pères Chartreux, und dass sie daher ihren Likör weiter mit dem alten Etikett herstellen dürften. Das Geheimnis um das Rezept sei ihr unantastbares Eigentum.

Tönnies Johann Otto Lagefelds Kampf gegen die Ungerechtigkeit hatte also einen Sieg davongetragen.

Pauls Lächeln gefror. Er kannte keinen Kaufmann, der so aufrecht für die Wahrheit und das Recht eintrat wie sein Vater.

---

4 Angepasster Auszug (im Original statt »enteignet« = »entsetzt«) aus: »Hamburgischer Correspondent und neue hamburgische Börsen-Halle« vom 09.01.1908

Jedenfalls keinen, der so ehrbar war, so verlässlich, so unbestechlich. Der Vater war derart korrekt, dass man neben ihm nur wenig Chancen auf Entfaltung hatte. In diesem Moment, als Paul vor dem Weinhandel stand, begriff er, dass es genau das war, wogegen er stets rebelliert hatte. Dieses ewig Korrekte! Der Vater war wie Otto und Otto wie der Vater.

Paul fragte sich, warum er ausgerechnet jetzt an seinen Bruder denken musste. Vielleicht, weil er nie eine Chance gegen ihn hatte.

Er schüttelte den Kopf, um die aufsteigende Wut zu vertreiben. War es denn so wichtig, in der Gunst eines ewigen Korrekten zu stehen? Wäre da nicht die Ausbildung an der Navigationsschule, die sein gesamtes Geld verschlang, er wäre nicht zurückgekommen. Paul brauchte finanzielle Unterstützung und eine Bleibe. Er würde sich mit der Familie versöhnen müssen, ob er nun wollte oder nicht.

Paul beschirmte die Augen mit der Hand und spähte durch das Schaufenster. Ein junger Mann war zu sehen, hochgewachsen, noch ein wenig schlaksig und mit schwarzbraunem Haar. Gerade füllte er Wein aus einem Fass in eine Flasche und unterhielt sich dabei mit einem Kunden.

Er lächelte und scherzte, so, wie man es nach Vaters Meinung machen sollte, wenn man im Verkauf tätig war.

Das ist Hans, durchfuhr es Paul. Ja, das war unverkennbar sein kleiner Bruder. Hans besaß dasselbe abstehende rechte Ohr, das auch er von Vater geerbt hatte, hatte dasselbe glatte, dicke Haar wie alle Söhne. Wie alt war er inzwischen, siebzehn?

Paul öffnete die Tür und trat ein. Hans wandte den Kopf, und man sah ihm an, dass er sich freute. Rasch entschuldigte er sich bei dem Kunden und kam zu ihm.

»Paul, was machst du denn hier? Bleibst du länger?«

»Ja, ist der Vater da?«

»Er hat eine Sitzung beim Schiedsgericht. Komm, setz dich ins Kontor, ich bin gleich bei dir.«

Er tat, wie geheißen und betrat den Kontorraum, der nach hinten hinausging. Paul stellte den Seesack ab und blickte sich um. Alles sah noch genauso aus wie damals. Nach einer Weile setzte er sich an seinen alten Schreibtisch, an dem nun offenbar Hans seinen Platz hatte. Mit dem Finger tippte er auf das Holz, lehnte sich schließlich mit hinter dem Kopf verschränkten Händen zurück, bis der Stuhl gefährlich knarzte.

Aus dem Verkaufsraum drang ein Lachen.

»Sehr wohl, Herr Geheimrat, eine ganze Kiste. Ich liefere sie Ihnen noch heute Abend. Aber sehr gerne doch.«

Paul verzog den Mund. Wie gut, dass er fortgegangen war.

Endlich wurde der Stoffvorhang beiseitegezogen und Hans trat ein.

»Wie ist es dir ergangen?«, fragte er. »Du trägst jetzt Bart.«

Paul rieb sich übers Kinn. »Was glaubst du, wie es mir wohl ergangen ist?«, fragte er spöttisch. »Mir geht es blendend. Wie ich sehe, läuft hier alles seinen gewohnten Gang. Wo ist eigentlich Carl?«

»Er …« Das Gesicht seines Bruders schien plötzlich in sich zusammenzufallen. Er schluckte zweimal, bevor er antwortete. »Carl ist vor zwei Monaten verstorben, am vierzehnten Dezember.«

Paul sprang auf und hob die Hände, aber weil er nicht wusste, was er mit ihnen anstellen sollte, ließ er sie gleich wieder sinken. »Wie geht es der Mutter?«

»Sie leidet. Warum hast du uns nie geschrieben?«

Der offene Vorwurf ließ Paul verstummen. Was sollte er darauf sagen? Er griff nach seinem Seesack.

»Wo willst du hin?«

»Zu Mutter.«

»Sehen wir uns heute Abend?«

Paul nickte nur. Er verließ den Weinhandel und ging zurück in Richtung des Fischereihafens, am St.-Pauli-Fischmarkt und der Auktionshalle vorbei in Richtung Altonaer Bahnhof.

Carl. *So'n Schiet aver ok*!

Er hatte gerade die Palmaille erreicht, wo Plakate für die neuen Anlagen des Hagenbecks Tierpark warben, als hinter ihm ein lautes Hupen erklang. Als er herumfuhr, bemerkte er ein vollbesetztes, dunkelgrünes Automobil, das an einen Zweispänner mit Sonnendach erinnerte und neben ihm zum Stehen kam. Hinter dem Steuer saß ein uniformierter Chauffeur.

»Paul Lagerfeld«, rief eine junge Mädchenstimme. »Er ist es wirklich. Ich habe euch doch gesagt, dass er es ist.«

»Gertrud?« Er musterte die junge Frau auf dem Rücksitz. Ein blasses Gesicht mit vor Kälte rosigen Wangen, das aschblonde Haar war modisch hochgesteckt. »Tatsächlich. Bist ja richtig hübsch geworden. Wo sind denn deine Pausbäckchen geblieben?«

Gertrud entfuhr ein mädchenhaftes Glucksen, und die Farbe ihrer Wangen vertiefte sich.

Unter den Mitfahrern erkannte Paul zwei der drei Schmidt-Jungs. »Alexander, Emmerich. Wie geht es euch?«

»Hallo, Paul!« Alexander, der neben dem Chauffeur auf dem Beifahrersitz saß, zeigte auf den Seesack. »Kommst du von weit her?«

»Bin gerade aus Sydney zurück.«

»Da werden sich deine Eltern aber freuen«, sagte Gertrud. »Komm, steig ein, wenn du willst. Wir nehmen dich mit.«

Während der Chauffeur den Seesack in einer Box hinter dem Sitz verstaute, rückte Gertrud ein Stück näher an ihren Bruder heran, sodass Paul einen Platz an ihrer rechten Seite fand. Der vierzehnjährige Emmerich, dessen wilde goldene Löckchen sein Gesicht umrahmten, beugte sich vor und gab ihm die Hand. Unwillkürlich musste Paul an die Engelsfiguren denken, die die

Mutter zu Weihnachten auf die Fensterbank zu stellen pflegte. Dabei wusste er ganz genau, dass der Junge es faustdick hinter den Ohren hatte.

Die hellbraunen Sitze knarrten bei der Bewegung, und es roch nach poliertem Holz und Leder. Als der Wagen mit einem Ruck anfuhr, griff Paul unwillkürlich nach dem Vordersitz, dann verschränkte er die Arme, damit es nicht allzu offensichtlich war, dass er noch nie in einem dieser motorisierten Wagen gesessen hatte.

Nach wenigen Metern hatte er sich daran gewöhnt. Dieses Gefährt war bequemer als eine Kutsche. Das glänzende Messing der Leuchten und das elegante, dem Fahrer zugewandte Lenkrad beeindruckten ihn.

»Wie lange warst du jetzt fort, Paul?«, fragte Gertrud. »Drei Jahre?«

Sie wandte sich ihm zu und sah ihn direkt an. Durch die Bewegung wehte ihr Duft zu ihm herüber. Sie roch süß, nach Blumen und braunem Zucker oder dunkler Schokolade. In diesem Moment bog der Wagen in eine Kurve und Gertrud rutschte näher, bis sich ihre Beine berührten. Paul konnte die Wärme ihrer Haut durch den Stoff spüren.

Gertruds Nähe erregte ihn. Die letzte Begegnung mit einer Frau war einige Monate her. Es war ein schaler Moment gewesen. Als er sich wieder anzog, hatte in ihrem Blick etwas Abgeklärtes gelegen. Sie war keine Hure gewesen, sondern die Tochter eines Kaufmannes, der er – so behauptete sie zumindest – die Unschuld genommen hatte. Dennoch war sie nicht halb so rein und süß wie Gertud.

»Zwei Jahre und einen halben Monat«, sagte er heiser.

Gertrud schürzte die Lippen. »Ich habe dich vermisst.«

»Ehrlich?«

»Sollte ich etwa lügen?« Sie lachte ihr fröhliches Lachen. Es hatte alles Kindliche verloren, klang nun kokett. »Bleibst du länger? Ich habe bald Geburtstag, am achten März. Das ist ein Sonntag. Wenn du willst, kannst du zur Feier kommen. Mein Vater hat einen Tisch im Wintergarten des Parkhotels Teufelsbrücke reserviert.«

»Donnerwetter! Wie alt wirst du denn?«

»Sechzehn. Und, kommst du?«

»Gerne.«

Viel zu schnell war die Fahrt vorbei. Sie bogen in die Klein Flottbeker Straße ein und hielten vor der Villa der Schmidts.

Paul schälte sich aus dem Wagen und wartete, bis der Chauffeur ihm den Seesack gab, dann zwinkerte er Gertrud zu.

»Bis zum März ist es aber noch lange hin.«

»Ich weiß.«

Gertrud reichte Paul die Hand und ließ sich von ihm aus dem Wagen helfen. Als sie sich der Villa zudrehen wollte, ließ Paul ihre Hand nicht los.

»Gertrud, warte.«

»Ja?« Sie sah ihn an.

»Darf ich dich am Samstag zu Hagenbecks einladen?«

»Das würde mein Vater mir nie erlauben.«

»Dann sag ihm eben, dass du mit einer Freundin verabredet bist.«

Gertrud blickte sich nach ihren Brüdern um, die längst im Haus verschwunden waren. Nur der Chauffeur stand noch an der Gartenpforte und wartete auf das gnädige Fräulein.

»Ich lüge meinen Vater nicht an.« Ihre Stimme klang fest.

»Natürlich nicht«, sagte Paul und fügte leise hinzu: »Um vier am Eingang?«

Sie nickte unmerklich. Endlich ließ er ihre Hand los, und sie eilte ins Haus.

25

Die letzten Meter ging er sehr langsam. Als Paul die elterliche Villa erreicht hatte, blieb er stehen und zog einen Kamm aus der Hosentasche, um sich durch das glänzend schwarze Haar zu fahren.

Auf sein Klopfen öffnete Tilla die Tür. Sie war ganz in Schwarz gekleidet und trug eine Kette mit einem silbernen Kreuz. Das Haar hatte sie streng zurückgebunden. Paul erschrak. Im ersten Moment hatte er gedacht, seine ältere Schwester Lisbeth stehe vor ihm. Tilla sah mit ihren dreiundzwanzig Jahren aus wie eine ältliche Gouvernante.

»Schwesterherz«, rief er und überspielte den Schreck mit einem Lachen. Dann breitete er die Arme aus.

Sie trat beiseite und ließ ihn ins Leere laufen. Ihre Augen schienen ihn dabei erdolchen zu wollen. »Geh nur rein. Mutter sitzt in der Stube.«

Auf dem Weg durch den Flur kam er an der Küche vorbei, wo Lisbeth Kartoffeln schälte. In einem großen Käfig saßen zwei grüne Zwergaras und gurrten und krakeelten.

»Was sind denn das für Vögel?«

Lisbeth sah auf und flog ihm um den Hals, als wäre sie die jüngere Schwester.

»Paul, wie schön, dass du da bist! Das sind unsere Zwergaras, sie stammen aus Kolumbien. Ottos ehemaliger Kollege hat sie uns vorbeigebracht, kurz nachdem du ohne ein Wort gefahren …« Sie hielt inne und seufzte tief.

»Zwergaras?« Paul blickte an ihr vorbei zu den Vögeln, die bis zur Schwanzspitze gewiss einen halben Meter maßen. Er suchte ihren Blick. »Es tut mir leid. Ich hätte mich melden sollen.«

Komm«, sagte sie und nahm ihn bei der Hand. »Mutter wird Augen machen.«

Maria Wilhelmine Franciska Lagerfeld saß auf dem samtbezogenen Sessel und hatte den Kopf zum Fenster gewandt, die Augen waren geschlossen. Auch sie war ganz in Schwarz gekleidet. In ihrem Schoß lag ein Bild von Carl wie ein weiterer Stein im Mosaik ihres Schmerzes.

Paul ging neben ihr auf die Knie und ergriff ihre Hand, die sie erst erschrocken zurückzog und dann, als sie ihren Sohn erkannte, umso fester umschlang.

»Mein Junge«, sagte sie nur. Tränen strömten über ihr fahles, um Jahre gealtertes Gesicht.

Paul schämte sich dafür, ihr so viel Kummer bereitet zu haben, und schwor sich, nie wieder fortzugehen, ohne ihr Lebewohl zu sagen. Er küsste ihre faltigen Hände. »Ich habe an nichts anderes gedacht, als endlich wieder hier zu sein, bei der Familie. Und ich freue mich, euch alle trotz Sorge und Trauer um Carl so wohl und gesund wiederzusehen.«

Es war nicht richtig gelogen, aber auch nicht die ganze Wahrheit. Doch die Worte verfehlten ihre Wirkung nicht. Mutters Gesicht gewann langsam an Farbe. Während Tilla mit verschränkten Armen im Türrahmen stand und die Szene mit verdrehten Augen beobachtete, drückte und herzte die Mutter ihren heimgekehrten Sohn und wirkte nach wenigen Minuten wieder genauso fidel wie damals, als die Familie noch fast vollzählig war.

Und weil auch der Vater die Veränderung bemerkte, als er das Haus am Abend betrat, und er nicht wollte, dass sich die fabelhafte Stimmung seiner Gattin änderte, hielt er sich zurück. Er beschränkte sich darauf, seinen Sohn mit einem strengen Blick zu bedenken und das Donnerwetter auf später zu verschieben. Am Ende ließ er es dann aber fallen, da seine Wut in der Zwischenzeit verraucht war.

Am Samstag stand Paul schon eine halbe Stunde vor der verabredeten Zeit vor dem gewaltigen Tor, dessen Figuren das Reich der Tiere bewachten. Elefantenköpfe, die mit den Rüsseln Lampen trugen, ragten aus der steinernen Fassade. Über ihnen begrüßten ein Eisbär und ein Löwe die Besucher, welche zu beiden Seiten an Paul vorbeiströmten.

Am Himmel ballten sich graue Wolken zusammen, die in der Ferne in ein bedrohliches Schwarz übergingen.

Um Viertel nach vier begann Paul, im Kreis zu gehen, doch als ihm auffiel, dass man ihm so seine Ungeduld anmerkte, lehnte er sich lässig an einen Baumstamm abseits des Tores und zündete sich eine Pfeife an.

Es wurde kurz vor halb fünf, dann kurz nach.

Als ihm das Warten zu lang wurde, kaufte er sich einen Tierparkführer und sah erneut auf seine Taschenuhr. Noch fünf Minuten, dann würde er eben alleine hineingehen.

Gerade als er dachte, Gertrud hätte ihn versetzt, bog sie um die Ecke. Sie trug einen langen Wollmantel, aus dem eine hochgeschlossene Spitzenbluse hervorlugte, und auf dem Kopf saß ein kleiner Hut mit einer gewaltigen Feder, die ihr rundliches nordfriesisches Gesicht halb verdeckte.

Gertrud sah gar nicht aus wie Gertrud, sondern wie eine dieser aufgerüschten Frauen, deren Männer in der Weinhandlung einkauften. Fast hatte er vergessen, dass sie die Tochter eines vermögenden Korkhändlers war, die sich in anderen Kreisen bewegte als er selbst.

»Ich bin zu spät, nicht wahr?«, rief sie schon von Weitem und drehte dabei den Hut, sodass die Feder nun seitlich saß. »Ich musste warten, bis meine Mutter das Haus verlassen hat. Sie wittert jedes Flunkern.«

Ihr fröhliches Lachen machte den ersten Eindruck wett. Hübsch war sie ja, in ihrem modischen Tand. Paul konnte nicht anders, als das Lachen zu erwidern.

»Ach wo. Zur Fütterung der Seelöwen und Eisbären kommen wir gerade noch rechtzeitig.«

Er kaufte zwei Karten und bot Gertrud den Arm an. Sie schritten durch den geöffneten Flügel des schmiedeeisernen Tors, als wären sie ein lang vertrautes Paar. Gertruds Hand lag schwer auf seinem Unterarm, sie hatte die Finger um ihn gelegt, als wolle sie ihn nie wieder loslassen. Selbst durch den Tweedstoff der Jacke spürte Paul die Wärme, die von ihr ausging.

Als sie vor dem Giraffengehege standen, bemerkte Paul, wie einige Besucher sie mit wohlwollenden Blicken bedachten, und er reckte den Kopf, stolz auf seine hübsche Begleitung. Ein warmes Gefühl stieg in ihm auf, das ihn bis ins Mark durchdrang und das er so seit Jahren nicht kannte.

Während sie durch die Anlage schlenderten und mal vor diesem, mal vor jenem Gehege stehen blieben, erzählte Paul von seinen Reisen und davon, dass er nach der Prüfung zum Seesteuermann im November seinen Militärdienst in Sonderburg absolvieren werde.

»Du gehst wieder fort?«, fragte Gertrud und drehte ihm mit geschürzten Lippen so abrupt das Gesicht zu, dass die Hutfeder wippte.

»Ja, aber erst im November.«

»Für ein ganzes Jahr!«

»So ist es üblich.«

»Warum nach Sonderburg? In Bahrenfeld gibt es doch auch ein Regiment.«

»Aber keines mit Schiffen.«

Sie waren inzwischen am Bassin der Seelöwen angekommen, wo der Tierwärter große Fischbrocken in die Luft warf. Mit wenigen Schwimmzügen erreichten die Tiere die Beute und verschlangen sie.

»Ich musste oft an dich denken, seit der Sache mit dem Fahrrad damals«, sagte Gertrud unvermittelt.

Er atmete tief durch. »Bitte verzeih mir, das war unanständig.«

»Nein«, widersprach sie, »ganz im Gegenteil. Du hast Größe bewiesen, weil du dich für dein Benehmen entschuldigt hast. Das tut nicht jeder. Sogar mein Rad hast du noch repariert.«

Verblüfft sog Paul die Luft ein. Er suchte hinter ihren Worten nach einer zweiten Bedeutung, aber in den puppengroßen Augen lag ein Ausdruck, der unschuldiger und reiner nicht hätte sein können. In ihrem Blick lag vielmehr etwas, das ihn erstaunte, weil er es von anderen Frauen nicht kannte. Gertrud nahm ihn offenbar so, wie er war. Keine Vorwürfe, kein abwertendes Urteil.

»Nanu?«, rief sie plötzlich und hob eine Hand mit der Fläche nach oben. »Es regnet.«

Erste Tropfen fielen auf sie nieder, die innerhalb weniger Sekunden zu einem heftigen Guss wurden.

Paul nahm ihre Hand. »Rasch, dort hinüber zu dem Baum.«

Lachend lehnten sie sich an den Stamm einer Kiefer, deren Nadeln den Regen kaum abzuhalten vermochten. Das Wasser rann ihnen in den Nacken, tropfte bis auf die Haut.

»Was machen wir denn nun?«, fragte sie ihn. Ein Regentropfen fiel von der klatschnassen Hutfeder, lief über ihr Gesicht, erreichte ihre vollen Lippen.

Paul beugte sich vor und küsste den Tropfen weg.

»Nicht«, sagte sie, »was tust du denn da?« Sie schob ihn zur Seite und blickte sich um. Doch als sie merkte, dass die Wege inzwischen menschenleer waren, zog sie ihn zu sich heran. »Weitermachen«, befahl sie mit demselben koketten Lächeln, das ihn bereits neulich im Auto erregt hatte.

»Zu Befehl, Gnädigste.«

Hatte Paul gedacht, er könne nach den Küssen in Hagenbecks Tierpark rasch voranschreiten, so hatte er sich geirrt. Gertrud ließ ihn zappeln. Selbst, als sie sich, mit Rückendeckung ihrer Mutter, öfter trafen, um an der Elbe spazieren zu gehen oder über die Felder zu laufen, kam er nicht einen Deut weiter. Immer einsamere Wege hatte er ausgesucht, damit sie ja ungestört waren. Jedes Mal, wenn er Gertrud hinter einen Baum oder in ein Feld wogenden Weizens zog, um sie zu küssen, ließ sie ihn gewähren. Doch sobald er eine Hand unter ihre Bluse schob, wies sie ihn ab.

»Was ist denn?«, zischte er, als ihm das Spiel eines Tages, als sie eng umschlungen im hohen Gras lagen, zu bunt wurde. Der Sommer war in den Herbst übergegangen, ohne dass mehr passiert wäre. Einmal, als er sich des Drucks in seinen Lenden nicht länger mit einsamer Handarbeit entledigen wollte, war er nach St. Pauli gefahren und hatte Luise besucht, die dieselbe milchig weiche Haut hatte wie Gertrud. »Willst du mich nun oder nicht?«

Entnervt ließ er den Kopf auf den Boden sinken und starrte in die über den Himmel ziehenden Wolken.

»Ich will dich«, sagte Gertrud sanft. Sie stützte ihren Ellenbogen auf und bog einen langen Grashalm, um ihn damit am Hals zu kitzeln. »Aber erst, wenn du mir einen Antrag machst.«

Mit einem Seufzen schob Paul den Halm beiseite. »Du weißt, dass ich in wenigen Wochen meinen Militärdienst antrete.«

»Ja.« Sie lächelte. »Gib mir einen Grund, auf dich zu warten.«

»Ich gebe dir tausend Gründe, die ganze Zeit über«, maulte er, »aber das ist der gnädigen Dame wohl nicht gut genug.« Er erhob sich und klopfte sich Halme und etwas Erde von der Hose.

Auch Gertrud stand auf, und als sie sich an seinen Rücken

schmiegte, konnte er ihre festen Brüste spüren. »Heirate mich«, flüsterte sie und schlang die Arme um seinen Körper.

Abrupt drehte er sich um. »Das zu fragen ist immer noch Männersache«, rief er aus. »Aber ich will mir keine krüsche Person anlachen, damit das klar ist.«

Gertrud starrte ihn an, ihre Augen wurden zu kleinen Schlitzen. Dann gab sie ihm eine schallende Ohrfeige und lief davon.

26

SIBIRIEN

Frühsommer 1909

»Haben Sie gewählt, mein Herr?«

Otto löste den Blick vom Fenster, wo die sibirische Landschaft an ihm vorbeizog. Vor ihm stand ein Mann in der adretten Uniform eines Kellners.

Es war der 18. Mai. Erst vor wenigen Stunden hatte er den Waggon zweiter Klasse des Transsibirischen Express-Zuges bestiegen, der sogar über eine Heizung und elektrisches Licht verfügte. Kaum dass der Zug den Bahnhof von Wladiwostok verlassen hatte, richtete er sich in seinem Abteil für die zweiwöchige Zugfahrt ein, das Billet, Pass und Visum griffbereit in der Jackentasche.

Seinen einzigen Koffer hatte er am Träger, der mit den vielen Gepäckstücken und den großen Truhen der anderen Reisenden zu kämpfen hatte, vorbei ins Abteil mitgenommen. Otto brauchte nicht viel, um den Neuanfang zu wagen. Die restlichen Habseligkeiten hatte er bei einem befreundeten Kaufmann untergestellt. Er würde wiederkommen, wenn alles gut ging, noch in diesem Jahr.

Erfreut hatte er festgestellt, dass er die ganze Fahrt über alleine in der Kabine bleiben würde und dass sich in unmittelbarer Nähe ein Waschraum mit einer herunterklappbaren Badewanne befand, der zudem eine Auswahl an Trimmgeräten bereithielt, mit deren Hilfe man das Blut während der Fahrt in Bewegung halten konnte. Durch einen neuartigen Harmonikaverschluss gelangte man in den Salon- und Speisewaggon, in dem er bald nach der Abfahrt Platz genommen hatte.

Dort hatte er seine Jacke ausgezogen und an einen Haken gehängt, darüber den Hut, und dann das überreiche Büfett begutachtet, das man für die Reisenden aufgebaut hatte.

Otto hatte sich kaum zwischen all den Köstlichkeiten entscheiden können. Für 20 Kopeken konnte man zwischen köstlichen Suppen wählen: Borschtsch oder Schtschi, einer Kohlsuppe, in der ein ordentliches Stück Fleisch lag. Für zehn Kopeken erhielt man ein Gläschen Wodka, bei dem Kaviar, Sardinen, Thunfisch und Lachs inbegriffen waren.

»Darf ich Ihnen etwas bringen?«, fragte der Kellner in gebrochenem Französisch.

Otto nickte. Obwohl die russischen Bedienungen in den Bahnen der belgischen *Compagnie Internationale des Wagons Lits*, die neben der Russischen Staatsbahn die Strecke befuhr, französisch sprachen und angeblich sogar ein wenig Deutsch verstanden, war Otto fest entschlossen, die hiesige Landessprache zu perfektionieren. Also gab er in bemüht korrektem Russisch seine Bestellung auf und wandte sich wieder dem Fenster zu, gegen das nun ein heftiger Regen schlug.

Zwei Wochen Fahrt lagen vor ihm, dann zwei weitere Tage von Moskau über Warschau und Berlin. Es war nicht allzu lange, wenn man bedachte, wie viele Jahre er nicht mehr in Hamburg gewesen war.

Das Klopfen seines Herzens mischte sich mit dem Rattern der Räder, die über die Bohlen rumpelten.

Hamburg!

Otto konnte es kaum erwarten, seine geliebte Heimatstadt wiederzusehen, seine Eltern, die Geschwister Lisbeth, Tilla und Hans.

Lisbeth hatte ihm geschrieben, dass Paul sich am Ende mit den Eltern ausgesöhnt hatte und zurzeit in Sonderburg sein einjähriges Freiwilliges absolvierte, weshalb er ihn nicht gemeinsam mit den anderen am Bahnhof in Empfang nehmen könne.

Die Erleichterung, dass Paul noch lebte, überwog die Enttäuschung. Otto hätte den Bruder gerne getroffen und mit ihm über die Geschehnisse gesprochen. Er hätte ihn gerne gefragt, wie er Vaters Weinhandel so im Stich lassen konnte, obwohl es nie gut war, ein Wiedersehen mit Vorwürfen zu belasten. Zudem war diese Frage mit Lisbeths Brief hinfällig geworden.

Paul hatte mit der Seefahrt offenbar eine Arbeit gefunden, in der er ganz und gar aufging. So wie er in der seinen.

Otto war nun siebenundzwanzig Jahre alt, vor ihm lag eine wundervolle Zukunft. *Seine* Zukunft, die er bereits bildlich vor sich sah, glänzend, als sei sie überzuckert von Goldstaub. In Hamburg würde er einen Kredit aufnehmen und dann weiter nach Amerika fahren, um von dem Geld Waren für sein Unternehmen einzukaufen.

Er hatte eine Liste der Dinge erstellt, die ihm gewinnversprechend schienen: evaporierte Vollmilch in Dosen, getrocknete Früchte, amerikanisches Salzfleisch sowie Taue und Eisenwaren. Die Eisenwaren wollte er in Deutschland bei jener Fabrik ordern, die auch schon Van Dissel, Rode & Co. beliefert hatte.

Otto sah aus dem Fenster, als könne er in der vorbeihuschenden Landschaft die vielen Warenkisten ausmachen, die über Eisenbahnschienen oder im Bauch von Frachtkähnen ihren Weg gen Wladiwostok finden würden.

Im Fensterglas spiegelte sich sein Gesicht. Otto betrachtete es, lächelte. Aus dem Spiegelbild lächelte ein erfolgreicher Geschäftsmann zurück.

Als der Kellner die Kohlsuppe mit dem Fleisch vor ihn hinstellte und er einen ersten Löffel probierte, dachte Otto, dass ihm das russische Essen und die russische Lebensweise sehr gefielen.

Er freute sich sogar darauf, mehrere Jahre in Wladiwostok zu leben. Für ihn war die Stadt neben Hamburg eine der schönsten der Welt. Umarmt von einer Inselkette mit malerischen Ufern, die vor der windstillen und zumeist eisfreien Bucht lagen, dem Goldenen Horn. Das Hinterland war geprägt von grasreichen Bergrücken, auf denen seltene Schmetterlinge schwirrten. Im Zentrum standen imposante Steinbauten, die sich an der Hauptstraße aneinanderreihten wie Perlen auf einer Schnur und in denen es alles gab, was zu einer gut funktionierenden Stadt vonnöten war: große Kaufhäuser ebenso wie kleine Geschäfte des täglichen Bedarfs, daneben Ämter und zwei Krankenhäuser.

Wladiwostok hieß übersetzt »beherrsche den Osten«, dabei hatte die Stadt nur fünfundzwanzigtausend russische Einwohner und eine Mehrheit an Asiaten, vor allem Koreaner, Japaner und Chinesen. Letztere kontrollierten den Handel fast vollständig, weshalb Otto begonnen hatte, auch etwas Chinesisch zu lernen.

Immerhin: Wladiwostok war der wichtigste Pazifikhafen Russlands und versuchte nach Kräften, seinem Ruf gerecht zu werden. Es war ein Moloch für haltlose Menschen und zugleich eine Goldgrube für fleißige Kaufleute wie ihn.

Jeden Morgen machte Otto im Zug seine Übungen mit dem Expander. Mittags setzte er sich mit einer Pfeife und einem opulent gestalteten Buch über die Transsibirische Eisenbahn in den Rauchsalon. Der Band war von einem Duo geschrieben und einer der Autoren stammte aus der Familie Dimitrieff-Mamonoff. Einem uralten Adelsgeschlecht, in dessen Linie es sogar einen Liebhaber der Zarin Katharina der Großen gab.

Die Nachmittage verbrachte Otto mit seinen Kalkulationen. Oft unterhielt er sich mit seinen Mitreisenden, und da sie sich in den wenigen Waggons nur schwer aus dem Weg gehen konnten, wuchsen sie innerhalb kürzester Zeit zu einer kleinen Gemeinschaft zusammen.

Die Bahngleise durchschnitten Steppe und Taiga, Sumpfgebiete und Dauerfrostböden. Vor den Fenstern zogen die nur langsam wechselnden Landschaften vorbei wie Panoramawände eines begabten Kunstmalers. Als sie die westsibirische Steppe durchquerten, verharrte Otto lange Zeit am Fenster, beeindruckt von der überbordenden Farbenpracht der Azaleen, Nelken, Lilien, Orchideen und Tulpen, die zu dieser Jahreszeit üppig blühten.

Tagelang fuhren sie durch menschenleere Gebiete, in denen als einzige Abwechslung hier und da provisorische Lager auftauchten, in denen die Übersiedler untergebracht waren, die sich im nun zugänglich gemachten Sibirien eine neue Heimat versprachen.

Landschaftlich überragend hingegen waren die Nadelwälder der Bergtaiga, an deren Granitfelsen sich die Holzbaracken der Jäger schmiegten. Der Zug durchquerte die chinesische Mandschurei, fuhr auf einer teuer den Bergen abgetrotzten Strecke am südwestlichen Ufer des Baikalsees entlang, der seinem Ruf als blaue Perle Sibiriens mehr als gerecht wurde, und donnerte auf Stahlträgerbrücken über gewaltige Ströme.

Die Jenissei-Brücke bei Krasnojarsk war, wie Otto aus dem opulent ausgestatteten Reiseführer erfuhr, auf der Pariser Weltausstellung sogar mit einer Goldmedaille ausgezeichnet worden. Ein Kunstwerk in der Einsamkeit, dem nicht der Ruhm des Eiffelturms vergönnt war. Im selben Buch las Otto, dass über neunzigtausend Menschen über mehr als eine Dekade an diesem gewaltigen Projekt gearbeitet hatten, qualifizierte Arbeiter wie Sträflinge. Nach zwölf Jahren war die Strecke von siebentausendfünfhundert Kilometern endlich fertiggestellt, sodass im Sommer 1903 die ersten Bahnen verkehren konnten.

Sobald der Zug einen Bahnhof erreichte, stieg Otto aus und vertrat sich die Füße. War das Wetter zu ungastlich oder der Aufenthalt zu kurz, schob er das Abteilfenster herunter und lehnte sich hinaus, um die Menschen zu beobachten, die sich dort tummelten. Er sah Nationalitäten aus aller Welt, Europäer, Russen und Asiaten, Tschuwaschen, Tschuwanen, Kasachen und Kirgisen in den verschiedensten Trachten, außerdem Kaukasier, Tataren und Mongolen. Lauschte mal einer Balalaika, mal einer Mundharmonika, die jemand vor dem Eingang des Bahnhofsgebäudes spielte.

In solchen Momenten schien es Otto, als sei hier die ganze Welt auf den Beinen.

Vor dem in jedem Bahnhof obligatorischen Samowarstand, an dem man sich kochendes Wasser für den Tee kaufen konnte, reihten sich stets auch ein paar seiner Miteisenden hinter fliegenden Händlern und Geistlichen jedweden Glaubens ein. Dabei stand in jedem Waggon ein Samowar mit heißem Wasser bereit. Andere stellten ihre Füße auf den Schemel eines Schuhputzers, der einen ganzen Tag dafür arbeiten musste, um sich einen Tee zu leisten.

Auch die vielen Versehrten blieben Otto nicht verborgen. Überall bemerkte er Landstreicher, Bettler und obdachlose Kinder, die auf eine Kopeke hofften oder auf einen Krumen Brot.

Otto verglich den Anblick der Bahnhöfe mit den abgebildeten auf der Postkarte, die er noch in Wladiwostok gekauft hatte, und entdeckte einige weitere, deren sehenswertes Antlitz keinen Platz auf der Karte gefunden hatte. So wie die Stadt Tschita, die einen besonders prachtvollen Bahnhof hatte.

Weil das westsibirische Tiefland nicht enden wollte, kam Otto die Fahrt auf einmal fürchterlich lang vor. Und als der Zug das Uralgebirge durchquerte, schlief Otto tief und fest, sodass er erst, als der Aufwärter ihm am nächsten Morgen den Frühstückstee brachte, erfuhr, dass sie Asien verlassen hatten und sich nun in

Europa befanden. Wobei das Europa, das er kannte, noch immer Tage entfernt lag.

Am Abend des Pfingstsonntages fuhr der Zug endlich in Hamburg ein.

Gut zweihundert Bahnhöfe hatten die Reisenden hinter sich gelassen, sieben Mal die Zeit umgestellt, und so fühlte Otto sich wie gerädert, als er auf den Bahnsteig trat.

»Otto!«, hörte er seinen Namen und fuhr herum.

Da entdeckte er seinen Vater, der ihm mit erwartungsfroher Miene entgegenkam. Er sah schmächtiger aus, als er ihn in Erinnerung hatte, und trug nun einen Spitzbart, der ihn älter wirken ließ als bei Ottos Abreise vor über sieben Jahren.

»Vater.«

Sie klopften sich gegenseitig auf den Rücken. Um die rührselige Stimmung zu übergehen, fragte Otto, ob der Rum angekommen sei, den er dem Lübecker Max Achilles im Hafen von Curaçao mitgegeben hatte.

»Ja, und er war vorzüglich. Ich habe inzwischen einen ganz ähnlichen im Sortiment. Aber die beiden Zwergpapageien machen mich noch wahnsinnig, es gibt kaum einen Moment, in denen der Schnabel mal still steht!«

Otto lachte und spähte dem Vater über die Schulter. »Wo sind die anderen?«

»Hans ist in der Weinhandlung. Und die Frauen sind zu Hause geblieben, um ein wahres Festmahl zuzubereiten. Zwei Tage haben sie dafür in der Küche gestanden. Du wirst staunen, was sie alles auf den Tisch bringen, um deine Rückkehr zu feiern.«

27

HAMBURG

Die Tage des Zwischenhaltes in Hamburg vergingen wie im Flug. Am ersten Morgen fuhren der Vater, Hans und Otto mit der Bahn in die Stadt, wo er sich in den Räumen der Weinhandlung von dem verkäuferischen Geschick seines jüngeren Bruders überzeugte. An den folgenden Tagen besuchte Otto einige Banken und verhandelte über einen Kredit, mit dessen Hilfe er sogleich die vorab bestellten Eisenwaren erwarb.

Abends half er dem Vater im Gemüsegarten, so, wie er es als Jugendlicher immer getan hatte. Meist arbeiteten sie schweigend, und bald stellte sich zwischen Unkrautjäten und dem Einbringen der Rübensaat das Gefühl der alten Vertrautheit wieder ein.

»Ich bin sehr stolz auf dich, mein Sohn«, sagte der Vater eines Tages, als sie gerade Spargel für das Abendessen stachen. »So, wie du die Dinge angehst, ist es genau richtig.«

Otto war glücklich, weil sich in diesem Moment ein Kreis für ihn schloss. Jetzt musste er seinem Vater nur noch beweisen, dass er das Geschäft, das bislang aus nicht mehr bestand als einem Kredit und einer Bestellung von Eisenwaren, auch zum Erfolg führen konnte.

Am Tag vor seiner Weiterreise war Otto mit Johann verabredet, der seine Arbeit als Assistent im physiologischen Institut der Universität Berlin bei Prof. Dr. Thierfelder beendet hatte und inzwischen wieder in Hamburg lebte. Als Treffpunkt hatten sie die Gurlittinsel an der Außenalster ausgemacht, direkt beim Yacht-Club, wo Johann ein kleines Segelboot liegen hatte.

Johann, der bereits auf einem der Stege wartete, hob seine Schirmmütze und schwenkte sie zur Begrüßung. Sein Haar hatte lichte Stellen bekommen, obwohl er erst Mitte zwanzig war. Doch er sah gut aus, geradezu glücklich, und seine Augen leuchteten, als sie in das Segelboot kletterten und auf die Alster hinausfuhren.

»Wie ist es dir in Berlin ergangen?«, fragte Otto, nachdem Johann das Segel ausgerichtet hatte und sich wieder an das Steuerruder setzte.

»Ich habe alles gelernt, was es zum Thema Bakterienvernichtung zu erfahren gibt«, scherzte Johann in Anspielung auf einen von Ottos Briefen.

Und schon entspann sich eine lebhafte Unterhaltung, in deren Verlauf die anfängliche Zurückhaltung einem Gefühl fester Vertrautheit wich, der die vielen Jahre des Getrenntseins nichts anhaben konnten.

Johann erzählte von der bald beginnenden Kieler Woche, bei der er mit einem Segelboot namens *Hai V* in der Sieben-Meter-Klasse gemeldet war, und von seiner neuen Anstellung als Chemiker im staatlichen Hygienischen Institut in Hamburg, die er am ersten Juli antreten würde.

Otto nickte anerkennend. »Ist das nicht das Institut, das als Reaktion auf die Cholera-Epidemie gegründet wurde?«

»Richtig.« Ein anderes Segelboot kreuzte ihren Weg, Johann tippte sich an die Mütze, bevor er weitersprach. »In all den Jahren wollte ich nichts anderes, als eines Tages dort zu arbeiten. Das Hygienische Institut hat das Gesamtwohl der Bevölkerung im Blick und bindet auch die unteren sozialen Schichten ein. Es kann nicht sein, dass Menschen sterben, nur, weil sie kein Feuer haben, um Wasser abzukochen, oder weil sie nicht gut genug lesen können, um die städtischen Aushänge zu verstehen. Gesundheit darf keine Frage des Geldes sein.«

»Wie damals bei der Cholera«, sagte Otto.

Johann schwieg und fixierte das Alsterufer.

Eine Weile lauschte Otto dem Gurgeln des Wassers, das während der Fahrt gegen die Bordwand schwappte.

Der Blick seines Freundes hatte sich verfinstert, und Otto erinnerte sich an das Gespräch, das sie einst im Garten seiner Eltern geführt hatten. Als Johann ihm davon erzählte, dass er die Berichte des Instituts las, weil er nicht wollte, dass sich eine solche Epidemie je wiederholte, hatte in seinem Blick ebenso viel Schmerz gelegen.

»Was ist damals geschehen?«, fragte er.

Johann erhob sich, drehte das Segel auf die andere Seite und befestigte das Tau. Dann sah er Otto an.

»Ich habe in jenen Tagen einen guten Freund verloren. Er hieß Erwin und wohnte mit seiner Familie im Nachbarhaus. Sein Vater war Ingenieur für Schiffsmaschinenbau bei Blohm und Voss, bis er durch einen Unfall beim Montieren eines Kessels erst seinen Arm und dann seine Arbeit verlor. Die Familie ist in eines der Häuser am alten Wandrahm gezogen, die später abgerissen wurden. Von einem auf den anderen Tag war Erwin fort. Ich suchte ihn und fand dabei heraus, dass er die Schule schwänzte und stattdessen am Hafen arbeitete, damit wenigstens einer in der Familie Geld nach Hause brachte. Erwin hatte immer davon geträumt, Ingenieur zu werden, wie sein Vater, aber der Weg war ihm nun verstellt.«

Johann atmete tief durch.

Sie hatten inzwischen seichteres Gewässer erreicht, wo die Böen schwächer waren und sie langsam dahindümpelten. Die Hand noch immer am Ruder lehnte Johann sich zurück und sah in den Himmel. Und gerade als Otto dachte, die Erzählung wäre an diesem Punkt beendet, fuhr er fort.

»Als wir uns eines Sonntags trafen, brachte ich ihm Pflaumen mit, die meine Mutter auf dem Markt gekauft hatte. Der Obsthändler hat sie offenbar im verseuchten Elbwasser gewaschen, aber das wusste ich nicht, weil unser Dienstmädchen zu Hause alles Rohe mit heißem Wasser übergoss, bevor wir es verzehrten. Ich habe die Pflaumen direkt aus dem Korb genommen und sie Erwin gegeben. Er verschlang sie gierig, weil die Familie sich so etwas Gutes seit Monaten nicht mehr leisten konnte.«

»Dein Freund ist an Cholera erkrankt«, sagte Otto, und Johann nickte, während sich seine Augen mit Tränen füllten.

»Einen richtigen Arzt konnten sie sich nicht leisten, stattdessen riefen sie einen Quacksalber, der vermeintliche Wunderheilungen für sich reklamierte. Später erfuhr ich, dass der Kerl Erwin purgiert hatte.«

»Sie haben ihm ein Brechmittel gegeben?«

»Ja. Der Mann glaubte, den Körper so von den Giften reinigen zu können, doch die Prozedur hat Erwin nur noch mehr erschöpft. Hätten sie ihn gleich in ein Krankenhaus gebracht oder einen Arzt zu Hilfe gerufen, der nicht der Miasma-Theorie anhing, hätte er vielleicht überlebt.«

»Die anderen Ärzte wussten doch auch nicht weiter«, entgegnete Otto, der als Kind oft den Gesprächen der Erwachsenen gelauscht hatte, die sich darüber austauschten. »Sie haben Opium verschrieben und den Patienten Gerbsäure eingeflößt, und das waren die harmloseren Sachen. Sogar mit Schwarzpulver haben sie hantiert.«

Johann hob eine Hand vor die Augen und rieb sich übers Gesicht. »Ich habe Erwin gesehen, als sie ihn aus dem Haus trugen. Seine Haut war blau und schrumpelig. Die weit aufgerissenen Augen lagen tief in den Höhlen. Sie warfen ihn irgendwo in ein Massengrab. Seine Familie ist bald darauf nach Bremen gezogen, ich habe sie nie wiedergesehen. Aber ich stehe tief in ihrer Schuld.

Wenn ich das irgendwie wiedergutmachen kann, dann, indem ich verhindere, dass so etwas noch einmal geschieht.«

Otto schwieg und starrte auf das Wasser, dessen Oberfläche sich im sanften Wind kräuselte.

»Du weißt nicht, ob es wirklich die Pflaumen waren«, sagte er. »Damals kam ja selbst das Trinkwasser aus der Elbe.«

»Mein Verstand sagt dasselbe, trotzdem fühle ich mich schuldig.«

»Du warst noch ein Kind«, entgegnete Otto und runzelte die Stirn. »Woher hättest du davon wissen sollen! Außerdem hast du diese Schuld mit deiner Arbeit längst abgetragen.«

Johann lächelte matt. Aller Ausdruck von Glück, mit dem er über seine neue Position gesprochen hatte, war verblasst. »Es wäre schon viel geholfen, wenn ich dafür sorgen könnte, dass die Mütter ihren Kindern keinen Cognac mehr zu trinken geben, weil sie glauben, er schütze vor Ansteckung.«

»Ach, der Cognac hilft gar nicht?«

»Ganz im Gegenteil. Du glaubst gar nicht, wie viele Alkoholkranke auf diese Weise heranwachsen.«

»Bestimmt hast du gelacht, als ich dir von dem Cognac-Trick gegen Malaria schrieb.« Otto grinste, obwohl es nichts zu grinsen gab. Aber er wollte so gerne, dass sein Freund wieder fröhlich war.

Als das nicht gelang, wechselte Otto das Thema und lenkte das Gespräch auf die evaporierte Vollmilch in Dosen, die er in Amerika einkaufen wollte.

»Die fände hier bestimmt auch viele Abnehmer«, sagte Johann.

»Das glaube ich nicht. Vor den Toren der Stadt gibt es genügend Kühe, in der Provinz Schleswig-Holstein fließt die Milch in Strömen. In Sibirien dagegen herrscht allergrößte Not, die sich mit Kondensmilch rasch lindern lässt.«

»Dann wirst du also in Wladiwostok bleiben?«

Otto nickte. »So lange, bis ich die Geschäfte auch von hier

aus steuern kann. Obwohl es einige Beispiele dafür gibt, dass es von Nachteil ist, jemandem dort die alleinige Verantwortung zu überlassen.«

»Und was ist mit deiner Familie in Hamburg?«

»Ich werde sie regelmäßig besuchen.«

»Das hoffe ich. Denn ich will dich zu meiner Hochzeit einladen, wenn es so weit ist.«

»Du bist verlobt?«

Jetzt lachte Johann. »Nein, aber verliebt. Sie heißt Caroline und ist ein ganz bezaubernder Mensch. Wir haben uns erst zweimal getroffen, aber ich bin sicher, dass sie die Frau fürs Leben ist.« Seine Wangen zeigten wieder Farbe, die Cholera war vergessen. »Was ist mit dir? Hast du schon eine Frau gefunden?«

»Nein.« Otto zögerte. »In Russland gab es eine Krankenschwester, die mir gefallen hätte.«

»Wie ist ihr Name?«

»Irina.«

Ottos Gedanken wanderten zu den letzten Wochen in Wladiwostok. Seine Rückreise wäre beinahe in Gefahr gewesen. Eines Morgens war er mit heftigen Bauchschmerzen aufgewacht und hatte sich im Bett gekrümmt. Sein japanischer Hausdiener hatte ihn daraufhin in die deutsche Klinik von Dr. von Brackel gebracht, weil er den ständig überfüllten russischen Häusern nicht traute. Dort hatten die Ärzte eine schwere Blinddarmentzündung festgestellt. Die sofort eingeleitete Notoperation hatte ihm vermutlich in letzter Sekunde das Leben gerettet.

Die ersten Tage danach verbachte Otto im Dämmerzustand. Die Stunden glitten an ihm vorbei wie ferne Schemen, deren Schattierungen mal perlgrau, mal nachtschwarz durch seine Lider drangen. Am dritten Abend weckte ihn das Licht des Mondes, der einen silbrigen Streifen durch das Fenster über sein Bett auf die Steinfliesen warf. Otto öffnete die Augen und erkannte, dass er alleine in dem Krankenzimmer lag. Die Bettdecke war dicht um seinen Körper geschlungen wie ein fester Kokon. Mit beiden Händen schob er das Leinen von sich und richtete sich vorsichtig auf. Ein leiser Wundschmerz ließ ihn das Gesicht verziehen, doch er presste weiter beide Hände gegen die Matratze, bis er aufrecht im Bett saß.

Sein Mund war vollkommen ausgetrocknet, die Zunge klebte ihm am Gaumen. Otto suchte nach einem Glas Wasser, entdeckte aber nur eine Klingel auf dem Nachttisch, die er betätigte. Und gleich darauf noch einmal.

Nach einigen Minuten trat eine Nachtschwester ein. Das helle Gesicht mit den hohen Wangenknochen bildete einen anmutigen Gegensatz zu dem dunkelbraunen, zu einem Knoten gebundenen Haar, das unter dem weißen Häubchen verschwand.

»*Bonsoir*, Monsieur Lagerfeld«, sagte sie in gebrochenem Französisch und setzte auf Russisch nach: »Wie fühlen Sie sich?«

Otto nickte nur, weil er die Zunge kaum bewegen konnte. Endlich fiel ihm das russische Wort für Wasser ein, und nachdem er es geflüstert hatte, entfernte sie sich, um gleich darauf mit einer gefüllten Karaffe und einem silbernen Trinkbecher zurückzukommen.

»*Spasibo*«, sagte er. »Danke!«

In den kommenden Nächten kam Irina stets zu Dienstbeginn in sein Zimmer und fragte nach seinen Wünschen. Wenn sie ins Plaudern kamen, setzte sie sich manchmal auf die Kante des benachbarten Bettes, die Hände auf dem weißen Schürzenkleid ineinander verschränkt. Da sie kein Wort Deutsch verstand, unterhielten sie sich in einem Kauderwelsch aus Russisch und Französisch. Otto erfuhr, dass sie adeliger Herkunft war und ihre Familie seit Generationen in der Verbannung lebte.

Ihr Urgroßvater, so erzählte sie, hatte vor seiner Zeit als Gardeoffizier zwei Jahre in Frankreich verbracht, wo er, wie viele junge

Russen, die dort entstandenen liberalen Ideen begeistert in sich aufsog. Zurück in der Heimat schloss er sich einer Gemeinschaft an, deren Mitglieder ausländische Zeitungen lasen und über Politik diskutierten. Die Männer träumten von einer Verfassung, sozialen und politischen Reformen, ebenso von der Bekämpfung des Analphabetismus und einer Neuaufstellung der Justiz. Bald waren auch die gebildeteren Gesellschaftskreise von diesen Gedanken erfasst, weshalb der damals herrschende Zar Alexander I. bald Wind von den Treffen bekam. Als er diese verbot, geriet die Bewegung in revolutionäres Fahrwasser. Und als die Gardeoffiziere nach dem Tod des Zaren ihren Unmut gegen das autokratische Regime, die Leibeigenschaft und Unterdrückung offen kundtaten und dem neuen Zaren Nikolaus I. in Sankt Petersburg den Eid verweigerten, setzte man sie nach einem erbitterten Kampf kurzerhand fest. Die Anführer des Aufstandes wurden öffentlich hingerichtet, die anderen als Zwangsarbeiter ins damals noch unwegsame, ferne Sibirien geschickt, so auch Irinas Großvater.

Manche Frauen, schilderte sie weiter, folgten ihren Männern, und die Verbannten bauten in Wladiwostok nach und nach eine intellektuelle Gemeinschaft auf, die fern von Moskau und Sankt Petersburg den Geist der Freiheit und der Bildung neu aufleben ließ.

Otto hörte Irina gerne zu. Im Gegenzug wollte sie alles über Deutschland wissen und über Amerika, das sie besonders faszinierte. Weil in der Klinik nur wenige Patienten lagen, saßen sie in manchen Nächten mehrere Stunden beisammen und erzählten sich ihr Leben.

Irinas Ernsthaftigkeit, ihre Anmut und Würde hatten bei Otto einen bleibenden Eindruck hinterlassen.

Jedes Mal, wenn sie sich bewegte, konnte er den Duft ihres eleganten Parfüms riechen, das nach Maiglöckchen roch und auch ein bisschen nach Sandelholz. Bald fühlte Otto sich zu ihr hingezogen, doch er ließ es nicht zu, dass sich dieses Gefühl in ihm Bahn brach.

Einmal hatten sich ihre Blicke verfangen, und es hatte nicht viel gefehlt, dass sich ihre Lippen berührten. Doch Otto war zu gefangen in seinen Vorstellungen von Moral und Anstand, als dass er der Laune des Augenblicks nachgegeben hätte, und so hatte er sich energisch geräuspert und der Zauber war verflogen.

»Dann bist du in dieser Klinik«, drang Johanns Stimme in seine Gedanken, »also gut versorgt worden.«

»Allerdings«, sagte Otto und lenkte das Gespräch von der Nachtschwester auf ungefährlicheres Terrain. »Sobald ich wieder etwas essen konnte, gaben sie mir herrlichen Bohnenkaffee und gebutterte Käsebrote. Sie kamen mir vor wie das Köstlichste, was ich je gegessen hatte.« Otto lächelte versonnen. »Bis heute brauche ich nichts anderes zum Frühstück. Meine Geschäftsfreunde brachten mir bei ihren Besuchen schweren, alten Rheinwein mit, sodass ich schon am Vormittag einen Schwips hatte und das Trinken rasch wieder aufgab.«

»Was ist aus Irina geworden?«, fragte Johann, der sich so leicht nicht ablenken ließ. Er wendete das Boot, weshalb der Wind nun von der Seite kam und sich in einer Haarsträhne verfing, die seine Augen verdeckte.

»Ich weiß es nicht. Nach vierzehn Tagen habe ich die Klinik verlassen und sie nie wieder gesehen.«

Mit einem Ausdruck des Erstaunens strich sich Johann die Strähne aus dem Gesicht. »Hast du sie denn nie besucht?«

Otto schüttelte den Kopf. »Wir hätten sicher keine Zukunft gehabt. Außerdem fehlt mir die Zeit für eine anspruchsvolle intellektuelle Person wie Irina.«

»Du solltest achtgeben, dass du vor lauter Arbeit das große Glück nicht verpasst.«

»Mein Glück ist das Geschäft«, erwiderte Otto, »dem ich meine ganze Kraft widme. Johann, ich stehe am Wendepunkt meines Lebens. All die Herren, die in Sibirien für eines der großen Handelsunternehmen arbeiten, sind mit der Zeit wohlhabend geworden. Wenn die es schaffen, dann gelingt es mir erst recht! Irgendwann wird sicher auch eine Frau kommen, die in mein Leben passt.«

»Das klingt, als würdest du sie irgendwo in deinem Leben abstellen wollen. Aber was ist mit der Liebe?«

Otto sah ihn nachdenklich an. Er musste sich eingestehen, dass er den Gedanken daran immer weit von sich geschoben hatte. Irina war betörend und klug, ihr sinnlicher Duft hätte ihn beinahe um den Verstand gebracht. Doch er wollte seine Zukünftige nicht nach der Leidenschaft auswählen, sondern nach einer tragfähigeren Komplizenschaft, so, wie es seine Eltern ihm vorlebten. Die Liebe hatte in dem Ganzen nur wenig zu suchen, ja, sie verkomplizierte die Sache sogar ungemein. Seine Eltern waren ein nahezu perfektes Gespann, die sich achteten und ehrten. In leidenschaftlicher Umarmung hatte er sie noch nie gesehen.

Weil Johann noch zu einem Familiengeburtstag musste, steuerte er das Segelboot bald zurück zum Anlegesteg und vertäute es an einem Poller.

»Ah, wir werden schon erwartet«, sagte er mit Blick auf eine junge Frau in einem petrolfarbenen langen Kleid und einem Hut mit breiter Krempe, die auf dem Steg stand. Er kletterte von Bord und half Otto an Land. »Sieh mal, wer hier ist.«

Stolz legte er den Arm um die junge Frau. Trotz ihrer eleganten Kleidung wirkte sie kein bisschen herausgeputzt, eher natürlich. Fast wie Mädchen.

»Ist das deine Zukünftige?«, fragte Otto.

Johann schüttelte lachend den Kopf. »Erkennst du sie denn nicht? Das ist Theresia.«

»Theresia...« Ottos Augen weiteten sich. »Deine kleine Schwester?«

Die junge Frau streckte die Hand aus. »Guten Abend, Otto.« Ihre Stimme war leise, und sie senkte den Kopf, woraufhin ihr Gesicht unter der Hutkrempe verschwand.

»Natürlich, Theresia.« Er gab ihr einen Handkuss, und sie sah wieder auf. Nie hätte er sie wiedererkannt. Erst, als er sie genauer betrachtete, wirkten ihre Züge vertraut. Das ovale Gesicht, die schmale Nase, der Schalk, der in ihren Augen blitzte.

Für einen Moment schien die Zeit stillzustehen. Bezaubernd, dachte Otto, und er lächelte ihr zu.

»Können wir dich irgendwo absetzen?«, fragte Johann mit Blick auf die Kutsche, die oben an der Straße wartete.

»Danke. Ich nehme die Straßenbahn.«

Johann gab ihm die Hand. »Viel Erfolg mit deinem neuen Unternehmen. Und komm uns bald wieder in Hamburg besuchen.«

»Das werde ich tun«, versprach Otto.

Er sah den beiden nach, bis sich die Kutsche in Bewegung setzte, und ging dann am Alsterufer entlang bis zur Haltestelle.

Die Sonne warf ihr Abendlicht durch die tiefhängenden Weiden, überzog das Wasser mit abertausend kleinen Funken.

Theresia, dachte er und erschrak, weil ihm plötzlich ganz warm ums Herz wurde. Er schob es auf die Vertrautheit, die sich eingestellt hatte, weil sie sich von Kindheit an kannten. Herrgott, sie war gerade mal halb so alt wie er!

Er beschleunigte seinen Schritt und hielt das Gesicht in den lauen Wind, bis er sich fast wieder gefangen hatte.

Theresia. Na, so was!

28

San Francisco–Wladiwostok

Am 10. Juni 1909 bestieg Otto den Dampfer *Cleaveland*, der ihn nach New York bringen sollte. Es war eine Jungfernfahrt, das Schiff glänzte, alles war neu. Und genauso jungfräulich fühlte er sich während der Überfahrt, weil er zwar in seinem Tätigkeitsbereich ein alter Hase war, mit der Selbstständigkeit aber Neuland betrat.

Er war geradezu euphorisch und voller Vorfreude auf die Aufgabe, die vor ihm lag. Er konnte förmlich spüren, dass er auf dem richtigen Weg war.

Von New York ging es weiter nach San Francisco, wo inzwischen auch Joseph wieder lebte. Margaret hatte ihm noch in Mexiko einen Sohn geboren, den sie Carlos Tönnies Enrique Lagerfeld getauft hatten, kurz: Carl.

Die Stadt hatte sich erstaunlich schnell von dem Erdbeben erholt. Otto erfuhr, dass die vielen Feuer, die die Stadt tagelang im Griff hatten, auch durch Brandstiftung zustande gekommen waren, da manche Versicherungen nur bei Feuer zahlten, nicht bei Erdbeben. Geschätzt waren fünfhundert Menschen ums Leben gekommen, doch es hieß, die Stadt wolle die Zahl klein halten, um potenzielle Investoren nicht zu verschrecken.

Weil man der ganzen Welt nun beweisen wollte, dass es sich lohne, in San Francisco zu leben und vor allem zu investieren, war der Schutt der zerstörten Gebäude rasch beiseitegeräumt worden. Was noch erhaltenswert war, war frisch gestrichen und auf Hochglanz geputzt, und überall reckten sich neue Häuser empor. Bankgebäude aus Backstein mit eleganten, säulenumrahmten Portalen. Von renommierten Architekten geplante Hotels und beflaggte Kaufhäuser mit raumhohen Glasfenstern, in denen sich die Sonne spiegelte. Die Straßen bedeckte ein glänzendes Pflaster, und die Bäume spreizten ihre grün belaubten Äste in den stahlblauen Himmel, als sei nie etwas geschehen.

Staunend ging Otto durch die Straßen und versuchte, sich zu orientieren. Es war derselbe Grundriss und doch eine ganz neue Stadt.

Weil die Trans-Pacific Commercial Company, für die Joseph nach seiner Rückkehr aus Mexiko weitergearbeitet hatte, wegen der Verfehlungen weiterer Niederlassungen nun auch in San Francisco liquidiert werden musste, begleitete ihn Joseph nach Vancouver. Dort besichtigten sie eine Lachskonservenfabrik, bei der Otto Ware für Wladiwostok bestellte. In Seattle traf er auf Herrn Stuart von der Carnation Milk Company, der ihm nach einigen Verhandlungen die Generalvertretung der evaporierten Kondensmilch für Ostsibirien anvertraute. Ottos Vorschlag, die Dosen mit Etiketten in russischer Sprache drucken zu lassen, lehnte der Amerikaner allerdings ab.

»Was glauben Sie, wie viel Aufwand das ist?«, sagte Mister Stuart kopfschüttelnd. »Von den Kosten ganz zu schweigen.« Er hob das Blatt an, auf das Otto den russischen Namen für *carnation* – Nelke geschrieben hatte: *gwosdika.* »Was ist das schon für ein Wort! Damit vergraulen Sie sämtliche Konsumenten aus den Reihen der Amerikaner und der Europäer.«

»Die amerikanischen Familien in Wladiwostok kaufen gerne regionale Waren«, widersprach Otto. »Außerdem lassen sich mit einem russischen Namen sicher auch andere Kunden gewinnen, die russische Verwaltung beispielsweise.«

Mister Stuart lachte freundlich und tätschelte Otto väterlich den Arm. »Sie sind noch jung und im Geschäft mit Kondensmilch unerfahren. Nach ein paar Monaten in Wladiwostok werden Sie gewiss einsehen, dass ich recht habe: Alle Menschen, ganz gleich welcher Nation, bevorzugen amerikanische Waren. Selbst die Russen. Dafür zahlen sie deutlich mehr als für irgendeine Kondensmilch, die aussieht, als käme sie aus dem eigenen Land.«

»Aber ich habe bereits zwei Jahre in Wladiwostok gelebt«, wandte Otto ein. »Wie ich bereits sagte, habe ich im Namen der Trans-Pacific Commercial Company mit Ihrer Kondensmilch gehandelt. Und ich bin mir sicher, mit einem russischen Etikett den Umsatz um ein Vielfaches steigern zu können.«

Doch der Inhaber der Carnation Dosenmilch schüttelte den Kopf, erstaunt über die Hartnäckigkeit, mit der dieser junge Mann sein Anliegen vorbrachte.

»Es bleibt dabei«, beschied er und beendete das Gespräch.

Am 23. September 1909 fuhr Otto auf der *Asia* zum zweiten Mal in den Fernen Osten. Dieses Mal würde er auf eigene Rechnung unter dem Namen Otto Lagerfeld arbeiten. Im Gepäck hatte er ein Bündel Orderscheine über evaporierte Vollmilch in Dosen, außerdem über getrocknete und konservierte Früchte, Tauwerk von der Tubbs Cordage Company aus San Francisco, Lachs in Dosen, haltbares Salzfleisch und Spezialbohrer für Minen.

Am 28. Oktober traf Otto in Wladiwostok ein. Zuerst bezog er ein Kontor in der Hauptstraße Swetlanskaja, doch als er die Gelegenheit fand, Büro und Wohnhaus in einem Gebäude anzumieten, zog er in die Aleutskaja um. Dort teilte er sich, um Geld zu sparen, den Platz sowie den Koch und das Zimmermädchen mit anderen deutschen Kaufleuten, die bald zu engen Freunden wurden. Da war zum einen Carl Wübbens aus Leer in Ostfriesland, der zuvor in Shanghai Minimax-Feuerlöscher vertrieben hatte und sein Glück nun in Sibirien versuchte. Und zum anderen Alfred Schweyer, der für die International Harvester Export Company arbeitete, die Landmaschinen nach Russland und China verkaufte.

Es ließ sich herrlich in Wladiwostok leben, solange man sich nicht politisch äußerte oder japanische und chinesische Angestellte gleichzeitig beschäftigte.

Den Deutschen begegneten die Leute freundlich und respektvoll. Alles war gut, niemandem musste Otto Rechenschaft ablegen. Und endlich konnte er zeigen, was in ihm steckte.

29

HAMBURG

Hamburg, 20. Juli 1909

Lieber Paul,

ich bin es, Deine Gertrud. Ja, immer noch Deine, obwohl seit unserem letzten Spaziergang bereits sieben Monate vergangen sind.

Während ich diese Zeilen schreibe, sitze ich auf meinem Bett und sehe nach draußen. Der Hamburger Sommer ist kühl und verregnet und die wolkenbruchartigen Regenfälle haben mancherorts zu Überschwemmungen geführt. Heute ist der erste Tag, an dem kein einziger Tropfen gefallen ist. Ich kann nur hoffen, dass sich die Luft endlich erwärmt.

Wie ist das Wetter in Sonderburg? Ich hoffe doch besser als hier.

Ich schreibe Dir, weil ich die Stille zwischen uns nicht mehr aushalte. Ja, ich habe Dir eine Ohrfeige gegeben, aber Du bist mir nicht einmal nachgelaufen, um zu fragen, warum.

Ein krüsches Mädchen? Ist es das, was Du über mich denkst?

Ich weiß, dass Du von mir keine allzu hohe Meinung hast. Das habe ich schon damals gespürt, als Du mir zum ersten Mal unter die Bluse gefasst hast. Es ging gar nicht um mich, nicht wahr? Dein Blick war glasig und leer. Ich weiß nicht, wie viel Du an dem Abend getrunken hast, aber Dein Atem roch nach

Bier. Was hast Du in mir gesehen, als Du Deine Lippen auf meine gedrückt hast?

Das soll kein Vorwurf sein, Paul, ich will Dir nur zeigen, dass ich nicht so einfältig bin, wie Du vielleicht denkst.

Vermutlich glaubst Du, ich sei eine verwöhnte Kaufmannstochter. Ein bisschen naiv, immer lächelnd und im festen Glauben, nur mit den Fingern schnippen zu müssen, wenn mir nach etwas der Sinn steht. Glaubst Du, ich weiß nicht um die unermessliche Dekadenz? Wir leben in dieser riesigen Villa und haben fünf Dienstboten, die nichts anderes tun, als uns ein angenehmes Leben zu bereiten.

Ich brauche nichts davon. Alles, was ich mir wünsche, ist, glücklich zu sein.

Sehe ich Dich gerade die Stirn runzeln?

Ich will Dir etwas verraten: Mein Vater stammt aus einer Familie, die keine Abweichungen aus der Bahn duldet. Mein Großvater ist der Geheime Justizrat J. G. Max Schmidt. Du wirst ihn sicher kennen, er vertritt zusammen mit Oberbürgermeister Schnackenburg die Stadt Altona als Abgeordneter des preußischen Provinzial-Landtages und ist als Aufsichtsratsvorsitzender einer der Gründer der Altona-Kaltenkirchender Eisenbahn-Gesellschaft.

Ich musste das auswendig lernen. Mein Großvater legt Wert darauf, dass wir Kinder seine Position samt Rang korrekt wiedergeben.

Du kennst meinen Großvater nicht. Er kann von einem Moment auf den anderen explodieren und dann herrscht Krieg in seinem Haus. Wegen irgendeiner Banalität wird eine Haushaltshilfe gekündigt und am nächsten Tag wieder eingestellt, weil meine Großmutter gut im Glätten von Wogen ist. Allerdings gelingt es ihr nicht immer. Auf diese Weise haben sie schon viele Dienstboten verloren.

Wenn unsere Großeltern zu Besuch sind oder wir bei ihnen, bewegen wir uns leise, widersprechen nicht und sind immer brav und artig. Mein Lächeln und meine Fröhlichkeit, die Du süß und natürlich genannt hast, sind nichts weiter als Beschwichtigungsgesten. Ich habe gelernt, meinem Großvater keinen Anlass zu bieten, der seinen Puls emporschnellen lässt, und jede Missstimmung wegzulächeln.

Selbst mein Papa, der meinem Großvater darin nacheifert, uns die preußischen Werte zu vermitteln, wird vor ihm zum kleinen Jungen. Ein eigenartiges Bild, ihn so zu sehen, da wird einem ganz kalt ums Herz.

Warum ich Dir das alles schreibe? Weil ich möchte, dass Du Dir eine Vorstellung davon machst, wie wichtig es in meiner Familie ist, sich anständig zu benehmen. Emmerich versucht immerzu, sich dagegen aufzulehnen, und mein Vater hat seine liebe Mühe damit, ihn wieder einzufangen. Er sieht es ihm nach, offenbar war er als junger Mann ebenso unbändig wie mein Bruder. Es hat wohl damals, als Papa nach seiner kaufmännischen Ausbildung aus England zurückkam, einen großen Zwist deswegen gegeben, aber in meiner Familie redet niemand gerne über solche Dinge. Wichtig ist, dass nach außen alles blütenrein erscheint.

Oh, könnte ich diesem Gefängnis aus Moral und Anstand doch nur entfliehen! Doch ich darf um Himmels willen nicht schwanger werden. Niemals! Nicht, bevor ich verheiratet bin.

Du denkst jetzt vielleicht, es gibt doch Maßnahmen, um das zu verhüten. Du wirst da sicher Deine Erfahrungen gemacht haben, ich bin ja nicht dumm. Aber es geht nicht, verstehst Du, obwohl ich mich in manch stiller Stunde danach sehne.

Zwischendurch hat man mich zum Abendessen gerufen und während ich den Brief weiterschreibe, ist es tiefe Nacht geworden. Ich sitze im Licht einer kleinen Lampe und habe das Fens-

ter geschlossen, damit keine Stechmücken hereinfliegen. Dabei denke ich an unsere Ausflüge an den Elbstrand zurück. Weißt Du eigentlich, wie weich Deine Lippen sind?

Ich vergehe vor Sehnsucht nach Dir, nach Deinen Küssen. Können wir es denn nicht einfach dabei belassen? So lange, bis wir…

Ich bin schon wieder still, denn es steht mir nicht zu, Dich zu bitten, um meine Hand anzuhalten. Aber ich träume davon, mein Leben mir Dir zu verbringen.

Sag, haben wir eine Zukunft?

In Liebe
Deine Gertrud

Mitte August 1909 ließ sich Paul drei Tage Sonderurlaub geben. Er behauptete, ein Elternteil sei lebensbedrohlich erkrankt und seine Anwesenheit daheim von größter Notwendigkeit, was die Militärbehörde ihm glaubte, ohne den Wahrheitsgehalt zu überprüfen.

Am 17. August traf er in Hamburg ein. Weil es offensichtlich war, dass er gerade seinen Militärdienst schwänzte, und seine Eltern ihm sicher Vorhaltungen machen würden, logierte er im Hotel Kaiserhof direkt beim Altonaer Bahnhof.

In den drei Tagen wollte er nicht weniger als seine Zukunft entscheiden. Zum einen hatte er vor, bei der Handelsmarine Wöhrmann vorstellig zu werden, die unter der Deutschen Ost-Afrika-Linie Schiffe im Einsatz hatte. Und zum anderen wollte er sich noch einmal mit Gertrud treffen, um herauszufinden, ob das, was er für sie empfand, auch für eine Ehe taugte.

Er mochte ihren rundlichen, weichen Körper, den Duft nach frisch gewaschenem Leinen, den sie verströmte, das kräftige, etwas widerborstige Haar.

Nachdem er ihren Brief gelesen und wieder in den Umschlag zurückgesteckt hatte, war ein ganz neues Gefühl in ihm aufgestiegen. Dieses reizende Mädchen weckte einen nie gekannten Beschützerinstinkt in ihm. Mit einem Mal sah er in ihr eine Schicksalsgenossin. Gertrud schien sich ebenso wie er danach zu sehnen, auszubrechen, frei zu sein. Und er war nun der Schlüssel dazu.

Gleich nach seiner Ankunft im Hotel ließ Paul sich telefonisch mit der Schmidt'schen Villa verbinden. Er hatte Glück. Gertrud war zu Hause, und sie war ihm offenbar auch nicht böse, dass er noch nicht auf ihren Brief geantwortet hatte. Vielmehr schien sie sich zu freuen, seine Stimme zu hören.

»Wo bist du, Paul?«

»In Hamburg. Aber ich bin inoffiziell hier, verstehst du? Es wäre besser, wenn niemand davon erfährt.«

»Du hast mein Ehrenwort«, wisperte sie. »Wie lange bleibst du?«

»Drei Tage nur. Aber ich finde, wir sollten uns sehen.«

»Unbedingt«, sagte Gertrud, und er hörte an ihrer Stimme, dass sie lächelte. »Wann? Und wo?«

Pauls Blick fiel auf die aufgeschlagene Ausgabe der *Neuen Hamburger Zeitung*, die er sich am Bahnhof gekauft hatte. Im Neuen Operetten-Theater am Spielbudenplatz wurde der Feydeau'sche Schwank *Kümmere dich um Amélie* aufgeführt. Das schien ihm genau das Richtige zu sein. Ein Spaziergang kam nicht infrage, damit nicht am Ende seine Eltern, Hans oder seine Schwestern doch noch von seinem Aufenthalt erfuhren. Im Operetten-Theater hingegen säßen sie im Schutz der Dunkelheit. Und sollten sie später noch in eines der Lokale gehen, war die Chance groß, keinen von ihnen zu treffen. Niemand in seiner Familie gab gerne Geld für Amüsements aus. Er war die Ausnahme.

»Ich lade dich ein«, sagte er. »Lass dich überraschen. Morgen Abend um sieben am Spielbudenplatz?«

»Aber …« Gertrud zögerte. »Papa wird mich nicht alleine gehen lassen.«

»Er hat doch sicher nichts dagegen, wenn du dich von eurem Chauffeur hinfahren und später wieder abholen lässt. Du musst ihm ja nicht sagen, dass du dich mit einem Mann triffst.«

Durch das Telefon drang leises Atmen. »Ich … ich kann doch nicht einfach …«, begann sie endlich und fügte nach einer weiteren Pause hinzu: »Vielleicht kann ich eine Klavierstunde vorgeben, zum Beispiel eine Aufführung, für die hart gelernt werden muss. Meine Lehrerin wohnt unweit der Reeperbahn, am Holstenwall. Aber allzu lange kann ich nicht bleiben, es würde wohl auffallen.«

Am nächsten Tag ließ sich Paul nach einem ausgiebigen Frühstück in einer Droschke zum Afrika-Haus in der Großen Reichenstraße bringen. Den Hut hatte er vorsorglich tief ins Gesicht gezogen.

Seine Bewerbung, die er in Sonderburg verfasst hatte, war mit einem freundlichen Schreiben beantwortet worden. Und so schritt er selbstsicher und mit erhobenem Haupt an der Statue eines afrikanischen Kriegers vorbei durch das von goldenen Palmenwedeln verzierte Eisentor und weiter durch einen Innenhof bis zum Eingang des von riesigen Elefantenfiguren bewachten Kontors. Bereit, den allerbesten Eindruck zu hinterlassen.

Das Gespräch verlief positiv, und sein Gegenüber versprach, sich bald mit einem Entscheid bei ihm zu melden. So war Paul, als er am Abend zu dem Treffen mit Gertrud aufbrach, allerbester Laune.

Er wartete an der Ecke zur Reeperbahn, von wo er die Grünanlagen am Holstenwall gut im Blick hatte. Lässig gegen eine Laterne gelehnt, die Hände in den Hosentaschen stand er da. Pünktlich auf die Minute eilte Gertrud mit glühenden Wangen und vom Laufen verrutschtem Hut aus dem Grün hervor. Wohlwollend nahm Paul zur Kenntnis, dass sie sich unauffällig gekleidet und auf jeglichen Tand verzichtet hatte. Er winkte ihr zu und führte, als sie endlich vor ihm stand, seine Lippen galant auf ihren Handrücken.

Sie lachten, als sie einander von ihren Heimlichkeiten berichteten. Plötzlich waren sie Verbündete im Kampf um die Freiheit und gegen die Restriktionen seitens ihrer Eltern, die in seinem Fall ohnehin nichts mehr zu sagen hatten, wie Paul befand. Immerhin war er bereits dreiundzwanzig und vielleicht bald Offiziersanwärter der Woermann-Linie.

Da Gertrud sich in ihrer Rolle nicht halb so sicher fühlte wie Paul, legte er einen Arm um ihre Schultern und führte sie sicher durch die Menschenmenge in Richtung des Spielbudenplatzes.

Von irgendwo drangen die Klänge eines Akkordeons herüber, dann stimmte jemand Seemannslieder an, die rasch zu einem weinselig grölenden Chor anwuchsen. In einer der Gassen ertönte aufbrandendes Geschrei, das innerhalb von Sekunden in eine Prügelei mündete, die patrouillierende Polizisten jedoch rasch beendeten.

Als Paul Gertruds erschrockenen Blick bemerkte, zog er sie noch fester an sich.

»Warst du noch nie hier?«, fragte er.

Sie schüttelte den Kopf.

»Es wirkt schlimmer, als es ist. Man muss sich einfach treiben lassen. Sieh nur, wie viele feine Bürger sich vor der Kasse des Theaters einreihen. Keine Sorge, es wird dir gefallen.«

»Gertrud?«

Sie fuhr herum. »Du lieber Himmel, Emmerich!« Eine heiße Röte überzog ihr Gesicht, als sie sich an einer Erklärung versuchte, aber die Worte blieben ihr in der Kehle stecken.

Ihr jüngerer Bruder schob seine Mütze nach hinten, sodass die blonden Engelslocken hervorquollen. Mit breitem Grinsen sah er die beiden an. »Weiß Papa, dass du hier mit dem Sohn der Lagerfelds poussierst?«

»Nicht, wenn du das Maul hältst«, entfuhr es Paul.

»Ah, ein echter Seemann, nicht wahr?« Emmerich streckte die Hand aus. »Kommt darauf an, was es dir wert ist.«

Paul nahm den Arm von Gertruds Schultern und richtete sich zu seiner vollen Größe vor Emmerich auf. »Nun hör mal gut zu, *mien Jung*«, knurrte er. »Ich habe dank meiner Reisen eine Menge Erfahrung mit giftigen Kröten wie dir. Wenn mir zu Ohren kommt, dass du auch nur ein einziges Wort von unserer Begegnung erzählst, bekommst du es mit mir zu tun.«

Mit einem Ausdruck völliger Gelassenheit trat Paul näher an Gertruds Bruder heran. Sie waren in etwa gleich groß, aber Pauls Muskeln hatten in den Jahren auf See beträchtlich an Umfang gewonnen, wohingegen Emmerichs Umfang sich eher am Bauchansatz bemerkbar machte.

»Versuch es doch«, entgegnete der Jüngere und hob die Fäuste, doch die Unsicherheit war ihm anzumerken.

»Dass ich nicht lache, Goldlöckchen. Du glaubst doch wohl nicht, dass ich mich vor einer jungen Dame prügeln werde wie ein Gassenjunge. Aber ich würde es an deiner Stelle nicht darauf ankommen lassen. Kindsgesichter wie dich rauche ich zum Frühstück.«

»Sofort aufhören!«, rief Gertrud und schob sich zwischen die Streithähne. »Was treibst du dich überhaupt hier herum, Emmerich? Hast du nicht Stubenarrest? Du verrätst mich nicht, hörst du? Ich werde eine Gardinenpredigt schon überleben, aber du hast bereits so oft über die Stränge geschlagen, dass es für dich übler enden wird. Ich schwöre dir: ein falsches Wort und ich verpetze dich beim Großvater.« Sie griff nach Pauls Arm. »Komm, lass es gut sein.«

Gertruds Knie zitterten, als sie Paul mit sich fortzog, der sich erst sträubte, um sich nach einem grimmigen Blick auf Emmerich zu fügen. Sie spürte, wie eine warme Welle der Zuneigung ihr Herz durchflutete. Das hatte noch nie jemand für sie getan. Allerdings hatte Pauls plötzliche Aggressivität sie überrascht. Und richtig wohl war ihr bei der Sache mit Emmerich auch nicht.

Es dauerte eine ganze Weile, bis sie sich auf das Theaterstück konzentrieren konnte, doch schließlich überwog das berauschende Gefühl von Pauls Nähe. Im Dunkel des Saals schmiegte sie sich an seine muskulöse Brust und atmete seinen herben Geruch tief ein.

Wie sehr sie ihn liebte!

Paul war eigens von Sonderburg hierhergekommen, um sie zu sehen, und das war alles, was zählte.

Ihre Hochstimmung verschwand, als Paul sie später am Abend durch die Wallanlagen begleitete, deren Bäume im Licht der Dämmerung dunkle Konturen bekamen. Auf Höhe der Sternwarte kam ihnen eine Frau mit rotbraunem Haar und milchig weißem Gesicht entgegen, in dem ein dunkelrot geschminkter Mund aufflammte. Als die Frau die beiden passierte, hob sie ihr in der letzten Glut der Abendsonne schimmerndes Kleid ein wenig an und zwinkerte Paul zu. Im Vorbeigehen maß sie Gertrud mit Kennerblick und wiegte dann den Kopf, als sei sie uneins, ob Paul die richtige Wahl getroffen hatte.

»Wer war das?«, fragte Gertrud. »Kennst du die Dame?«

»Nein«, entgegnete Paul mit einer Knappheit, die sie misstrauisch machte.

So blieb sie stehen und blickte der Frau nach, wie sie mit kokettem Hüftschwung an einer Gruppe feiner Herren vorbeistrich, die beieinanderstanden und rauchten. Dabei bewegte sie sich so aufreizend, dass ein älterer Mann mit Frack und Lackschuhen sie ansprach und in ein Gespräch verwickelte.

Zwar ahnte Gertrud, welcher Profession die Frau, die Paul angeblich nicht kannte, nachging. Doch weil sie ihren Verdacht lieber nicht bestätigt bekommen wollte, klammerte sie sich umso fester an seinen Arm und ließ sich von ihm durch die Wallanlagen zur Straße führen. Hinter einem Rosenbusch verabschiedete sie sich mit einem innigen Kuss von ihm, verborgen vor den Blicken des Chauffeurs, der bereits vor dem Haus der Klavierlehrerin auf sie wartete.

»Hatten Sie einen schönen Abend?«, fragte dieser, nachdem er ihr die Tür aufgehalten hatte und sich wieder hinter das Lenkrad schwang.

Die Stimme des Chauffeurs hatte ironisch geklungen oder bildete sie sich das nur ein?

»Danke«, sagte Gertrud, so hoheitsvoll es ihr möglich war. »Der Unterricht war früher vorbei, und ich habe noch einen Spaziergang gemacht. Es ist so ein herrlicher Sommerabend, nicht wahr?«

Damit lehnte sie das glühende Gesicht an das kühle Glas der Fensterscheibe und betrachtete die sich entzündenden Lichter der Stadt, die an ihr vorbeiglitten.

Ob Vater es ihr anmerkte, wenn sie log? Würde sie am Ende verheimlichen können, wie sehr Pauls Nähe sie alles um sich herum vergessen ließ? Was, wenn Emmerich sie doch verriet?

Paul hatte ihr heute Abend seine Welt gezeigt. Eine flirrende neue Welt, aufregend und auch ein bisschen irritierend. Sie hatte die Blicke gesehen, mit denen die Matrosen die Körper der Frauen taxierten, hatte die Zügellosigkeit in den Gesichtern der Männer wahrgenommen, die nur darauf zu warten schienen, bis der Alkohol jede Hemmung fallen ließ. Verwahrloste Gesichter, dreckige Bärte, finstere Blicke.

»Ein Seemann muss Härte beweisen«, hatte Paul erklärt, als sie ihn fragte, ob alle Seeleute so seien. »Sonst verlieren die anderen den Respekt.«

War Paul im Grunde seines Herzens ebenso?

Sie holte das Foto hervor, das er ihr nach dem Theaterstück gegeben hatte, und betrachtete es im Licht der vorbeihuschenden Laternen.

Ein hübscher Kerl war er, fesch in seiner Uniform mit dem Matrosenkragen. Gerade Nase, geschwungene Lippen mit ausgeprägtem Amorbogen, ein energisches Kinn.

Hinter der Fassade des starken, aber doch wohlerzogenen Mannes, der sich jederzeit vor sie stellen würde, um sie zu beschützen, verbarg er etwas Wildes, Ungestümes und Unbändiges, das auch in seinem Blick auf dem Foto durchblitzte. Da war etwas, das sie magisch anzog und das sie für sich haben und um keinen Preis mit anderen teilen wollte.

Pauls Bewerbung bei der Woermann-Linie war erfolgreich. Und so fuhr er nach dem Ende des Militärdienstes mit dem Reichspostdampferdienst auf der Route von Hamburg über Antwerpen, Amsterdam oder Rotterdam und weiter über Neapel oder Lissabon, durch den Suezkanal oder ums Kap der guten Hoffnung bis nach Britisch-Ostafrika, Uganda, Deutsch-Ostafrika, Mocambique, Maschonaland, Zambesia, Rhodesia, Transvaal, Natal, dem Kaplande und Deutsch-Südwestafrika und zurück.

Die Schiffe transportierten Post, Handelswaren und Passagiere aller Gesellschaftsschichten. Unter ihnen waren Fabrikanten, Händler, Köche, Schlosser, Maurer oder Schnapsbrenner, die mit und ohne Familie ins ferne Afrika aufbrachen, um sich ein neues Leben aufzubauen oder einfach nur in der Fremde zu vergnügen.

Manchmal waren auch Geistliche dabei, die in den zahlreichen katholischen Missionen das göttliche Wort zu verbreiten hofften. Das waren diejenigen, die am lautesten schrien, wenn das Schiff die Nase in eine Welle tauchte und das Deck mit Meerwasser flutete. Die Krankenschwestern, Ärzte und Apotheker, die sich um die Krankenpflege in den Kolonien kümmerten, zeigten sich da meist gelassener.

Die meisten Passagiere aber waren bereit, sämtlichen Stürmen zu trotzen, um ins gelobte Land zu kommen. Hinter dem von der Kolonialverwaltung spottbillig angebotenen Land witterte so mancher ein gutes Geschäft. Dass man unter dem Schutz des deutschen Militärs zu unanständig großem Reichtum kommen konnte, wenn man nur rücksichtslos genug seine Interessen vorantrieb, hatten andere vor ihnen ja bereits unter Beweis gestellt. Allen voran Carl Woermann, der Gründer dieser Linie, der achtzig Dörfer niederbrennen ließ, um auf dem Grund der enteigneten, als Arbeitskräfte missbrauchten und misshandelten Eingeborenen riesige Plantagen anzulegen.

»Warum bleiben Sie nicht in Afrika?«, fragte ihn einmal ein Plantagenbesitzer, nachdem er Paul dabei beobachtet hatte, mit welcher Ruhe er das Schiff durch die Gewässer steuerte. »Tüchtige Männer wie Sie können es hier weit bringen.«

Aber Paul schüttelte nur den Kopf. Derlei Dinge interessierten ihn nicht. Er hatte bereits alles, was er im Leben erreichen wollte. Jedes Mal, wenn er ein Schiff bestieg, weitete sich sein Herz, weil er spürte, dass er auf dem Meer und in der Ferne zu Hause war.

Er liebte den Kampf mit dem bewegten Wasser, das sie am Kap der guten Hoffnung erwartete wie ein unbarmherziger alter Bekannter. Genoss die Euphorie, die ihn jedes Mal übermannte, wenn das Schiff der Gewalt der Stürme entrissen und dem Dunkel tiefer Wellentäler entkommen war. Wenn das Tosen und Donnern der gischtbekrönten Wogen, das Ringen mit den Brechern erfolgreich hinter ihnen lag und sich das Schiff wieder aufrichtete, um mit eilig zusammengezimmerten Rahen die Reise fortzusetzen.

Wenn dann das Salz auf dem vom Meerwasser überspülten Deck in der Sonne glitzerte und sich über ihnen der tiefblaue Himmel spannte, dann war er glücklich.

Da Paul in seiner Arbeit Leidenschaft und Können geschickt miteinander verband, stieg er bald zum Offizier auf.

Während seiner Landurlaube in Hamburg traf er sich mit Gertrud, die inzwischen recht versiert im Flunkern war, um Ausgang zu erhalten, und jedes Mal ließ sie ihn ein bisschen mehr gewähren.

Emmerich hatte ihre Liaison nie verraten, sondern nutzte im Gegenzug Gertruds Rückendeckung, wenn auch er mal wieder ausbüxte, um sich in den Straßen von St. Pauli zu amüsieren. In den letzten Stunden des Jahres 1910 tat er dies in einem Amüsierlokal, in dem die Gäste aus vollen Kehlen singend auf das neue Jahr warteten. Bierselig prostete er einem Mann zu, der neben ihm um Luft rang, und klopfte ihm schließlich auf den Rücken, in der Annahme, er habe sich verschluckt. Kurz nach Neujahr verspürte auch er ein Kratzen im Hals, der innerhalb weniger Stunden anschwoll. Doch weil die Eltern sein Ausbüxen am Morgen des ersten Januars bemerkt hatten und der Vater ihm zum wiederholten Mal Stubenarrest gab, verging viel Zeit. Es dauerte einen weiteren Tag, bis die Mutter endlich nachsah, warum Emmerich so still in seinem Zimmer lag, und dabei feststellte, dass er kaum noch Luft bekam.

Der eilig herbeigerufene Arzt erkannte beim Betreten des Raumes am süßlichen Geruch, dass es sich um eine Diphtherie handelte, die gerade in den Armenvierteln der Stadt kursierte. Obwohl er dem Jungen sofort eine Spritze mit Diphtherietoxin verabreichte, das aus den Antikörpern infizierter Pferde gewonnen wurde, verstarb Emmerich an einem schneereichen Januartag. Er hinterließ eine trauernde Familie, die froh war, dass sich in der großzügig gestalteten Villa, abgesehen von dem Dienstmädchen, das Emmerich kühlende Umschläge gebracht hatte, keine weitere Person angesteckt hatte.

Gertrud fand Trost bei Paul, der sie bei seinen Landgängen von ihrem Schmerz abzulenken wusste, und so vergingen ein weiterer Frühling, ein Sommer und ein Herbst.

Als sie sich Ende November 1911 wieder einmal in Pauls Hotelzimmer trafen, war ihm wegen des nahenden Weihnachtsfestes so besinnlich zumute, dass er ihr die Ehe versprach.

Es war ein denkbar unromantischer Augenblick. Gertrud hatte seine Hand gerade von ihrem Rock fortgeschoben, als er unvermittelt vor ihr auf die Knie ging.

»Gut, ich heirate dich«, sagte er, während er ihr den Rock langsam wieder nach oben schob.

»Das sagst du doch nur, weil du nicht länger warten willst.«

»Mag sein, aber ich stehe zu meinem Wort. Bitte, Gertrud, sag ja.«

Gertrud zögerte. Aber weil sie ihn nun schon seit mehr als zwei Jahren hinhielt und ihm längst mit Haut und Haaren verfallen war, gab sie sich ihm hin. Es wird schon nichts passieren, dachte sie.

30

Wenige Tage, nachdem Paul am 23. November 1911 an Bord der *Adolph Woermann* gegangen war, die Kurs auf Durban nahm, spürte Gertrud, dass sich etwas in ihrem Körper veränderte.

Erst dachte sie, es sei nur ein leichtes Unwohlsein, vielleicht eine Magenverstimmung. Als sie am Weihnachstabend jedoch nicht einen Bissen vom Karpfen herunterbekam, ahnte sie, dass das Stelldichein mit Paul nicht ohne Folgen geblieben war. Doch weil sie sichergehen wollte, dass das heranwachsende Wesen auch wirklich in ihr blieb, wartete sie bis Mitte Januar, ehe sie sich ihrer Mutter anvertraute.

Marie Schmidt, geborene Küht, die sich seit ihrer Anstellung in England Mary nannte, schlug die Hände vors Gesicht. »Um Himmels willen, Jesus! Sag, dass es nicht wahr ist. Wer ist der Vater?«

»Es … ist …« Gertrud, deren Zurückhaltung aus den vergangenen Wochen sich nun in einem eruptiven Tränenstrom entlud, brauchte ein paar Anläufe, um endlich weiterzusprechen. »Es ist Paul Lagerfeld. Was soll ich denn jetzt tun?«

»Lass mich nachdenken, Kind, lass mich in aller Ruhe nachdenken«, sagte Mary mit erhitztem Gesicht.

»Paul hat versprochen, dass er mich heiratet, sobald er wieder an Land ist. Bis das Kind auf die Welt kommt, ist unser Verhältnis längst legalisiert.«

»Sei still, Gertrud, du weißt ja nicht, was du sagst! Dein Großvater wird nachrechnen, wann die Zeugung war. Es wird seinen Ruf beschädigen, wenn die Leute erfahren, dass die hübsche Enkeltochter des Geheimen Justizrats sich hat schwängern lassen. Lass mich …«, rief sie aus, als Gertrud zu einer Entgegnung ansetzen wollte, »in Ruhe darüber nachdenken, was zu tun ist.« Ihr ganzer Körper bebte und mit ihm jede einzelne Spitze auf den Bordüren ihres Kleides.

So aufgewühlt hatte Gertrud ihre Mutter noch nie gesehen. Sie presste die Lippen aufeinander und beobachtete das Minenspiel in ihrem Gesicht, das von Verzweiflung zu Entschlossenheit und wieder zurück wechselte.

Nach einer endlos scheinenden Zeit des Schweigens sagte Mary mit bedrohlich ruhiger Stimme: »Du musst es fortmachen.«

Unwillkürlich fasste Gertrud an ihren Unterleib. Wärme und Zuneigung zu dem unbekannten Wesen durchfluteten sie. Es war auch Pauls Kind. Nein, sie würde es nicht töten können.

»Niemals«, sagte sie fest. »Ich will dieses Baby bekommen. Außerdem werde ich Paul heiraten und es ist mir egal, wie Großvater dazu steht. Die Zeiten haben sich geändert, Mama, keiner wird ihm einen Strick daraus drehen, wenn seine Enkelin …«

Weiter kam sie nicht. Mary schlug ihr mit der flachen Hand ins Gesicht, dann packte sie ihre Tochter an beiden Handgelenken. Ihre sonst so lustig blitzenden Knopfaugen funkelten Gertrud ernst an. »Schweig! Du weißt nicht, was du da sagst.«

Sie wartete, bis Gertrud, überrascht von der Heftigkeit ihres Ausbruches, nickte, ehe sie mit einem Seufzen fortfuhr.

»Es ist nur …« Mary wandte sich ab, schien plötzlich mit den Tränen zu kämpfen. »Dein Vater und ich, wir haben dieses ganze Theater nicht veranstaltet, damit sich die Geschichte nun wiederholt.«

»Was meinst du damit?«

Mary drehte sich wieder um und nahm ihre Tochter an der

Hand. »Komm, lass uns hinaus in den Garten gehen. Hier hört womöglich jemand mit.«

In Mantel und Wollschal gehüllt setzten sich die beiden Frauen in den offenen Pavillon, in dem im Sommer Tee und Gebäck serviert wurde. Die Luft war klirrend kalt, und vom Himmel fielen vereinzelte Schneeflocken, die im Wind verwirbelten, bevor sie zu Boden fielen.

»Hast du dich schon mal gefragt, warum du meine Familie nie kennengelernt hast?«, sagte Mary endlich, und kleine, hastige Atemwölkchen tanzten durch die Luft.

Gertrud schüttelte den Kopf. Während über die Leistungen der Familie väterlicherseits gerne geredet wurde, war die ihrer Mutter nie ein Thema gewesen. Gertrud wusste nur, dass sie aus Dithmarschen kam und dass ihre Eltern sie als junges Mädchen nach England schickten, wo sie in St. Giles bei einer vornehmen Familie eine Stellung annahm.

»Warum?«

»Weil sie der Familie Schmidt nicht genehm ist. Ich bin …« Die Stimme der Mutter brach. Sie setzte noch einmal an, diesmal klang sie fester. »Ich bin eine einfache Bauerntochter.«

»Du bist … Nein!«

Es verschlug Gertrud die Sprache. Und plötzlich fügte sich ein Puzzleteil zum nächsten. Ja, es gab Dinge, die ihre Mutter anders handhabte als ihr Vater. Sie war praktisch veranlagt und brachte mehr Verständnis für das Personal auf und egal, wie fein sie sich kleidete, in ihrer Ausstrahlung blieb sie eher einfach. Was sie im Haus jedoch mit einem Theaterdonner aus Bordüren, Quasten, Brokat, stets mit Blumen oder Sträuchern gefüllten Kristallvasen und zu üppig bemaltem Porzellan zu überspielen wusste.

Mary war die Königin in ihrem Reich. Außerhalb jedoch besaß sie die Ausstrahlung einer … Dienstmagd.

Gertrud betrachtete das runde Gesicht der Mutter, deren Pausbäckchen sie geerbt hatte. Während ihre Brüder die schmale Figur des Vaters besaßen, hatte sie Marys gedrungene, breithüftige Gestalt, die in der Jugend gewisse Reize haben mochte, im Alter aber mehr und mehr an Anziehungskraft verlor.

»Papa«, fuhr Mary fort, »war früher ein Heißsporn, genau wie Emmerich oder wie dein Paul. Als junger Mann hat er die Schule abgebrochen, denn er sah den Sinn des Lernens nicht, sondern wollte hinaus ins Leben. Was das angeht, sind sie sich recht ähnlich. Nach dem Militär hat ihn Großvater nach England geschickt, damit er etwas Anständiges lernt. Während seiner Ausbildung zum Kaufmann hat Papa dann mich kennengelernt.«

Mit einem Mal ahnte Gertud, was die Mutter ihr sagen wollte. »Du bist schwanger geworden.«

»Dein Vater hat nicht lange gefackelt. Er hat mich geschwängert und ist zurück nach Hamburg gegangen, ohne ein Lebewohl.« Sie sah Gertrud offen an. »Du bist in St. Giles geboren, in der Grafschaft London.«

»Aber in meinen Papieren steht Hamburg«, flüsterte Gertrud erschrocken und rieb die kalten Finger aneinander, um sie zu wärmen.

Mary lächelte versonnen. »Dein Vater war schon damals ein Ehrenmann. Als ich ihm von deiner Geburt schrieb, entschloss er sich, zu seinen Taten zu stehen. Weil dein Großvater aber nichts davon mitbekommen durfte, bezahlte er eine Hebamme namens Emma Schütt dafür, dass sie auf dem Amt die Geburt bezeugte, die angeblich in ihrem Haus vonstattengegangen war. Währenddessen reiste er nach England, um mich dort zu ehelichen. Als wir zurück nach Hamburg kamen, stellte er mich und dich seiner Familie vor. Er erzählte ihnen, dass wir bereits seit Monaten in Hamburg lebten und vor deiner Zeugung heimlich geheiratet hätten.«

»Und Großvater hat es geglaubt?«

»Er war in seiner Ehre gekränkt. Es folgte ein mächtiges Donnerwetter, aber er akzeptierte die Erklärung, dass Papa mich heimlich geheiratet hatte, weil er fürchtete, dass ich ihm als Bauerntochter nicht genehm wäre. Vielleicht hatte dein Großvater die Wahrheit auch geahnt und wollte einen Skandal verhindern. Jedenfalls war der Familienfrieden nach einigen Monaten des Schmollens wiederhergestellt. Seitdem haben wir nie mehr darüber geredet.«

Gertrud schluckte den dicken Kloß herunter, der sich in ihrer Kehle gebildet hatte. »Soll ich etwa so tun, als hätten Paul und ich bereits geheiratet? Das wird nicht gehen, das nimmt uns niemand ab. Und ich bezweifele auch, dass Paul das seinen Eltern antun will.«

»Nein, das meine ich nicht.« Mary nahm Gertruds kalte Hände in die ihren. »Aber du wirst Hamburg nach der Hochzeit verlassen müssen, bis das Kind ein paar Monate alt ist.«

»Wo soll ich denn hin?«, rief Gertrud. »Ganz alleine?«

»Das weiß ich doch auch nicht, Herrgott! Auf jeden Fall müssen wir es Papa erzählen, wenn er am Abend nach Hause kommt.

Gertrud schüttelte erschrocken den Kopf. »Nicht Papa.«

»O doch. Ich werde den Teufel tun, hinter seinem Rücken zu lügen. Du kannst froh sein, wenn er dich nicht zu einer Abtreibung zwingt. Und nun ist gut, junge Dame. Keine Sorge, ab jetzt nehmen wir das Steuer in die Hand.«

Als Paul am 20. Februar 1912 nach zwanzigtägiger Reise an Bord der *Adolph Woermann* im Altonaer Hotel *Holsteiner Hof* abstieg, wartete zu seinem Erstaunen Gertrud in seinem Zimmer auf ihn. Ihr Gesicht war rosig und noch etwas runder als zuvor. Sie trug eine weiße, hochgeschlossene Spitzenbluse und einen langen Rock, den sie mit beiden Händen raffte, als sie sich von der Bettkante erhob.

»Gertrud!«, rief er überrascht aus. Er stellte den Seesack auf den Boden und nahm sie in die Arme. »Was machst du denn hier? Und wie bist du ins Zimmer gekommen?«

Sie zuckte die Achseln. »Ich habe dem Portier glaubhaft versichert, dass wir verlobt sind.«

Er lachte, übersäte ihr Gesicht mit Küssen, bis seine vom Salz aufgesprungenen Lippen brannten. Dann bemerkte er ihr ernstes Gesicht. »Was ist mit dir? Ist etwas geschehen?«

»Ich bin schwanger«, sagte sie nur, dann liefen ihr die Tränen über die Wange.

»Wir bekommen ein Kind?« Er schluckte erst, ehe er ihr sanft die Tränen wegstrich. »Ich werde mein Versprechen halten«, sagte er. »Wir werden heiraten, noch bevor ich wieder in See steche.«

Gertrud wurde starr in seinen Armen. »Paul, das geht nicht. Wir müssen fort von hier.«

»Aber warum denn?«

»Es ist … Mein Großvater …«

Sie setzte zu einer Erklärung an, der er kaum folgen konnte. In seinem Kopf breitete sich ein taubes Gefühl aus, das er mit einer heftigen Bewegung abzuschütteln suchte.

»Ist es wegen des Geldes? Ich kann gut alleine für uns sorgen, Gertrud. Es wird dir an nichts mangeln.«

»Verstehst du denn nicht? Mein Großvater ist ein einflussreicher Mann. Papa will nicht, dass er davon erfährt. Er fürchtet einen Skandal, der die ganze Familie ins Unglück stürzen könnte. Wir müssen fort, für ein, höchstens zwei Jahre. So lange, bis nicht mehr deutlich erkennbar ist, dass wir das Kind vor unserer Hochzeit gezeugt haben.«

Paul trat einen Schritt zurück »Jetzt spinnst du wirklich, Gertrud. Ich werde doch nicht den Beruf aufgeben, auf den ich mein halbes Leben hingearbeitet habe, nur um einen Skandal zu verhindern. Nein, unmöglich!«

»Es ist bereits beschlossen. Mein Vater hat längst mit deinem Vater gesprochen, und der hat ihm zugesichert, Stillschweigen zu bewahren.«

»Unsere Väter haben ...«

Paul presste die Lippen aufeinander. In seinem Kopf begann es zu rauschen. Er kannte dieses Gefühl. Es war dasselbe, das über ihn gekommen war, als er damals, überwältigt von der Enge in seiner Brust, die Taube gefangen und eingesperrt hatte, weil es guttat, das eigene Leiden auf ein anderes Wesen zu übertragen.

Er durfte nicht zulassen, dass es wieder geschah. Der bloße Gedanke daran überwältigte ihn, türmte sich auf wie ein haushoher Wellenberg, der über ihm zusammenschlug und ihn mit sich riss. Paul spürte, wie es ihm den Schweiß auf die Stirn trieb, und er dachte, dass sie es nicht wagen sollten, ihm das zu nehmen, was er Leben nannte. Für keinen Menschen der Welt würde er auf das Abenteuer der Seefahrt verzichten. Auf den erhebenden Anblick der Sonnenstrahlen, die sich funkelnd über das unruhige Wasser legten wie ein Teppich aus hunderttausend Brillanten. Auf den Nebel, der in durchscheinenden Schleiern die Nacht durchwebte. Auf das blaurote Licht vor dem Sonnenaufgang.

In ihm begann sich etwas zu drehen, er stöhnte auf, als Gertud sich wieder an ihn schmiegte und ihre erhitzte Wange an die seine presste.

»Es soll dein Schaden nicht sein«, flüsterte sie ihm ins Ohr.

Abrupt stieß er sie von sich. »Komm, Gertrud, hör auf mit den Spielchen. Sag es frei heraus.«

»Es ist so, dass ...« Sie atmete tief durch. »Mein Vater will uns eine gewisse Summe geben, die uns einen guten Start ermöglicht. Damit können wir uns ein neues Leben aufbauen, ein gemeinsames Leben. Nur du und ich und unser Kind.«

Es war mehr, als er ertragen konnte. Paul drängte Gertrud beiseite und ließ sie einfach stehen. Er rannte die Treppe hinab und durch das Foyer hinaus in den Regen, der auf Hamburg niederging und Gras, Schlamm und altes Laub in kleinen Bächen über die Wege spülte. Wie konnte er eine Frau heiraten, die nicht verstand, was ihn bewegte? Eine Frau, die ihm ein Vermögen aus dem Schoß ihrer Familie hinhielt wie eine Karotte dem Esel, obwohl sein Leben in Scherben vor ihm lag.

Alles hätte er ihr zu Füßen gelegt, die ganze Welt.

Aber nicht seinen Beruf.

Er hatte nicht mit der Hartnäckigkeit gerechnet, mit der Gertrud das Ziel verfolgte, Paul für immer an sich zu binden. Ohne das Meer und die weite Welt, die ihn immer wieder fortrissen, und ohne die Frauen, die ihm nachstellten. Vor allem aber wollte sie sein Kind behalten.

Gleich am nächsten Tag ging Gertrud zum Haus der Familie Lagerfeld und setzte sich zu Pauls Mutter an den Küchentisch.

Erst hieß diese die Schwestern Lisbeth und Tilla, die gerade Teller spülten und in die Schränke räumten, sich dazuzugesellen, aber als sie die ernsthafte Miene der Nachbarstochter bemerkte und erkannte, dass es sich um mehr handelte als nur einen freundschaftlichen Plausch, schickte sie ihre Töchter hinaus.

»Was hast du auf dem Herzen?«

»Paul ist zurück.«

»Ich weiß, mein Mann hat es mir erzählt.«

»Hat er Ihnen auch erzählt, dass ich … ein Kind von Paul erwarte?«

Maria sah sie überrascht an. Früher hätte sie eine Frau, die sich vor der Ehe mit einem Mann einließ, als Dirne bezeichnet und ihr jegliche Moral abgesprochen. Doch da auch Carl, Gott hatte ihn selig, so etwas passiert war und er seine hochschwangere Olga nur wenige Wochen vor der Niederkunft geehelicht hatte, änderte sich ihr Blick auf die Dinge.

Sie wollte Gertrud antworten, als ein Stechen durch ihre Brust fuhr. Erschrocken presste sie die Hand gegen das wütende Reißen, das sofort wieder verschwand.

»Ist alles in Ordnung, Frau Lagerfeld?«

Maria nickte. Gertrud hatte andere Sorgen, da wollte sie nicht ihre eigenen Befindlichkeiten in den Vordergrund stellen und ihr erzählen, dass ihr seit ein paar Tagen nicht wohl war. Also atmete sie ein paar Mal ein und aus, bis sie ihre Stimme wiederfand.

»Weiß Paul von der Schwangerschaft?«

»Ja. Er hat mir die Ehe versprochen, aber ich …« Gertrud senkte den Blick und sah auf ihre Finger, bevor sie mit brüchiger Stimme fortfuhr. »Ich kann das Kind nicht in Hamburg gebären.«

»Warum denn nicht?«

»Weil Papa um jeden Preis verhindern will, dass sein Vater von der Schande erfährt, die ich über die Familie gebracht habe. Er will, dass Paul und ich für eine Weile fortgehen, bis das Kind größer ist. Und wenn Paul nicht mitspielt, will er dafür sorgen«, sie schluckte heftig, »dass das Kind weggemacht wird.«

Entsetzt schlug Maria die Hände vor den Mund. »Das würde er tun?«

»Er meinte, wenn ich mich weigere, wäre ich nicht mehr seine Tochter.«

»Und was sagt Paul dazu?«

»Er will seinen Beruf nicht aufgeben.« Die Tränen schossen Gertrud über das Gesicht, und nur mit Mühe brachte sie die nächsten Worte hervor. »Aber … ich … kann doch … nicht … zulassen … Es ist doch auch mein Kind!«

Maria Lagerfeld nickte. Und wie ernst die Lage war. Mit einem Mann wie Cornelius Schmidt war nicht zu spaßen. An manchen Tagen drangen seine lautstarken Kommandos bis in ihren Garten. Nicht einen Moment zweifelte sie daran, dass er imstande war, Gertruds Kind auch gegen ihren Willen abtreiben zu lassen.

Sie straffte den Rücken. Unter dem Herz dieser verzweifelten jungen Frau wuchs ihr Enkel heran. Das kleine Wesen war ein Familienmitglied, das sie vor jeglichem Unbill schützen würde. In diesem Haus hatte es bereits genügend tote Kinder gegeben. Sie würde dem Ungeborenen all ihre Kraft geben, um zu leben. Maria sah an Gertrud vorbei hinaus in den Garten.

Wenn sie Paul davon überzeugen könnte, mit Gertrud fortzugehen, würde er vielleicht sogar Gefallen daran finden und sesshaft werden. Sie spürte, welche Entlastung der Gedanke brachte, ihren Sohn auf dem sicheren Kontinent zu wissen, und eine Welle der Erleichterung erfüllte ihr Herz. Seit Paul seinen Dienst für die Woermannsche Ost-Afrika-Linie angetreten hatte, war die Angst ihr ständiger Begleiter. Denn natürlich hatte auch sie von den berüchtigten Stürmen gehört, die auf einer Seefahrt nach Afrika zu bewältigen waren. Die Schifffahrtslinie selbst gab Postkarten aus, auf denen der Dampfer sich gefährlich einem Wellental zuneigte, während sich die Wassermassen haushoch über ihm auftürmten.

»Ich werde mit Paul reden«, versprach sie.

Und gleich, nachdem Gertrud gegangen war, lief sie zu den Hülses, die bereits über einen Telefonanschluss verfügten, und ließ sich mit dem *Holsteiner Hof* verbinden.

An dem Tag, an dem sie sich mit Paul im Alsterpavillon am Jungfernstieg traf, ging es ihr jedoch nicht so gut. Daher vertrug sie es nur schlecht, als Paul sie heftig anging, weil sie sich in sein Leben einmischte. Das sei genau das, was er nicht mehr wolle: Menschen, die ihn sich so zurechtbogen, wie sie ihn gerne hätten. Diesem Alter sei er nun wahrlich entwachsen.

Seine Worte prallten an ihrem Verstand ab. Maria Lagerfeld bemühte sich, den Blick auf einen festen Punkt im Gebälk des Cafés zu richten, als sich alles in ihr zusammenzog und sie vom Stuhl rutschte. Mit dem Geräusch einer platzenden Wassermelone fiel sie auf den gefliesten Boden, wo sie bewusstlos liegen blieb. So bekam sie nicht mit, wie Paul sich mit schreckensbleichem Gesicht neben sie kniete und mit sich überschlagender Stimme nach einem Arzt rief.

31

WLADIWOSTOK

1912

Jeden Morgen, wenn Otto die Augen aufschlug und sich auf den vor ihm liegenden Tag freute, dachte er, dass er hier in Wladiwostok wohl die schönste Zeit seines Lebens hatte.

Die Geschäfte florierten, und der Handel dehnte sich aus bis ins chinesische Harbin. Bald hatte er Überschüsse erzielt, von denen er Optionen auf eine Goldmine kaufte, die im ehemals chinesischen Gebiet links des Amurs lag. Nur eine Tagesreise von Wladiwostok entfernt, wenn man mit dem Schlepper an der Küste entlangfuhr.

Weil er bald Angestellte brauchte, um die zusätzliche Arbeit zu bewältigen, nahm er Carl Wübbens, der mit seinen Feuerlöschern eher glücklos agierte, unter Vertrag. Auch stellte er den Russen Mischa Sterelny ein, der damals mit seinem Bruder für die Trans-Pacific Commercial Company gearbeitet hatte und Otto dabei half, das Land und seine bürokratischen Strukturen zu verstehen.

Geld war dank des Erfolgs im Überfluss vorhanden. Und zum ersten Mal begann sein enges hanseatisches Korsett zu bröckeln. Hatte Otto sich in Cúcuta und New York erfolgreich den Verlockungen des Amüsements verwehrt, so ließ er sich nun ganz allmählich von der Lebenslust der Bewohner Wladiwostoks anstecken, und bald genoss auch er ein Leben in Saus und Braus.

Das bedeutete nicht, dass er verschwenderisch wurde wie viele andere Europäer, die ihr Geld sinnlos verprassten. Noch immer notierte Otto jede Ausgabe in seinem Haushaltsbuch, stets darauf bedacht, nie mehr auszugeben als er einnahm. Es waren eher die Verhältnisse, die ihn dazu verleiteten. Ganz gleich, wie viel er zu essen und zu trinken kaufte, egal wie viele Gäste er mit seinen beiden Mitbewohnern Alfred Schweyer und Carl Wübbens im Haus bewirtete, mehr als fünfundvierzig bis fünfzig Rubel im Monat gaben sie nicht aus, und zwar einschließlich Miete, Dienstmädchen und Koch.

Ob sie Kaviar aßen, der nur zwei Rubel pro Pfund kostete, oder Austern für einen Rubel per Sack, ob sie ein Paar Fasanen für einen Rubel oder frisches Beefsteak für zehn Kopeken das Pfund erstanden, am Ende des Tages war der Tisch reich gedeckt. Und weil es noch große Bestände aus dem russisch-japanischen Krieg gab, war auch der beste Schnaps billig, und Wodka kostete ohnehin nie viel.

Doch während die meisten Geschäftsleute bereits mittags unzählige Cocktails oder Sodas mit Whisky tranken, achtete er darauf, nie allzu sehr über die Stränge zu schlagen und seinen Körper stets fit zu halten.

Am meisten freute Otto, dass er hier endlich wieder Zeit zum Reiten fand. Da auch der Unterhalt eines Pferdes erschwinglich war, hielten er und Alfred Schweyer sich eigene Reitpferde und ritten jeden Morgen vor der Arbeit aus, im Winter wie im Sommer. Denn im Gegensatz zu den Vorstellungen im fernen Deutschland waren die Winter im südöstlichen Sibirien zwar bitterkalt, aber es war eine gut verträgliche, trockene Kälte, die nur wenige Wochen anhielt.

Otto, der sich bei Tanzveranstaltungen stets zurückhaltend zeigte und höchstens als Zuschauer mit verschränkten Armen am Rande stand, ging jetzt jeden Freitag nach dem Kegeln mit den anderen Herren vom deutschen Club in eines der *Cafés Chan-*

tants, die erst um Mitternacht öffneten und um vier Uhr morgens schlossen.

Beim ersten Mal hatte er sich nur widerwillig mitschleifen lassen. So etwas sei nichts für ihn, sagte er. Aber Alfred hatte nicht nachgegeben.

»Nun kommen Sie schon. Sie werden es nicht bereuen. Der neue Konsul, Herr Doktor Stobbe, wird auch da sein, er ist dort quasi Stammgast. Das Lokal ist wie die sibirische Ausgabe des *Folies-Bergère* in Paris oder des *Orpheum* in Berlin.«

»Ich würde niemals ins *Orpheum* gehen. Dieses Tingeltangel liegt mir nicht.«

»Sie wollen doch nichts auf das Urteil der Sittenwächter geben? Seien Sie nicht so furchtbar steif, mein Freund. So hart, wie Sie tagein, tagaus arbeiten, sollten Sie sich ruhig mal ein wenig Freude gönnen. Oder wollen Sie eines schönen Tages in all Ihrem preußischen Fleiß zugrunde gehen, ohne je das pralle Leben kennengelernt zu haben?«

Die arbeitsreiche Woche steckte Otto in den Gliedern, aber er wollte sich nicht nachsagen lassen, steif zu sein, denn das war er nicht. Er machte gerne Scherze, manchmal auch deftige, das wusste Alfred ganz genau. Es war eher eine Frage des Naturells. Sein Vater, der ihm lange als Vorbild diente, trank nicht einmal Bier. Alleine in diesem Punkt hatte er in Wladiwostok bereits die Zügel schleifen lassen.

Die anderen Herren winkten ungeduldig, einer marschierte schon voran in Richtung der Swetlanskaja.

»Gut«, stimmte Otto schließlich zu und nahm sich vor, spätestens um eins den Heimweg anzutreten. »Wenn selbst der Herr Konsul …«

Schon vor dem Lokal war laute Kapellmusik zu hören, offenbar ein komisches Stück, denn der Sänger hob volltönend die Stimme und zog die Töne derart in die Länge, dass das Publikum in heiteres Lachen ausbrach. Als der Portier ihnen mit einer vollkommenen Verbeugung die Tür aufhielt, wogte ihnen der Qualm von Zigaretten entgegen, zusammen mit einem Duftgemisch aus süßlichem Damenparfüm, Anisschnaps und Champagner. Im Licht bunt schimmernder Kugellampen, die tapfer gegen das Halbdunkel ankämpften, sah Otto, dass sämtliche Tische besetzt waren. Alle Augen waren auf das rosa beleuchtete Podium gerichtet, wo nun eine Sängerin ein Chanson zum Besten gab und dabei kokett die Hüften schwang. Wer keinen Platz gefunden hatte, stand und wippte im Takt der Musik. Liedzettel gingen von Hand zu Hand, und Bedienungen entzündeten weitere Gaslampen, sodass alle den Refrain des nächsten Gassenhauers mitsingen konnten:

Fi-lons, mes amis. Sans tambour, ni trom-pet-te;
Al-lons vivre à Mi-mi, à Missi, à Si-pi, à pi-pi.
À Missi-pi-pi la Ga-lette
À Missi-pi-pi la Ga-let-te

Tosender Applaus brandete auf, niemanden hielt es mehr auf seinem Stuhl.

Als der Kapellmeister eine Bühnenpause ankündigte, stürmte das Publikum zur Tanzfläche, um sich im Rhythmus der Musik herumwirbeln zu lassen.

Alfred Schweyer entdeckte den Konsul, der mit einigen amerikanischen Kaufleuten zusammensaß, und begrüßte ihn wie einen alten Freund. Daraufhin winkte der Kellner den kleinen Trupp zu sich und dirigierte die Herren zu einem Tisch nahe der Bühne.

»Cognac für alle«, rief Schweyer auf Russisch und streckte dem Kellner acht Finger entgegen.

Es dauerte keine fünf Minuten, bis der Kellner die Gläser und eine karamellbraun befüllte Kristallkaraffe auf den Tisch stellte.

In raschem Wechsel betraten neue Künstler die Bühne, und jedes Mal, wenn eine Darbietung besonders gelungen war, brandete frenetischer Applaus auf, begleitet von wohlmeinenden Pfiffen.

Bei der nächsten Tanzpause spürte Otto eine Hand auf seiner Schulter.

»Monsieur Lagerfeld?«

Eine rauchige Stimme drang an sein Ohr, und bevor er sich umdrehte, konnte er am Duft des Parfüms erkennen, wer ihm da auf die Schulter getippt hatte.

»Irina!«

Ohne das weiße Häubchen und das Schürzenkleid hätte er sie beinahe nicht wiedererkannt. Ihr dunkles, schweres Haar fiel ihr offen auf den Rücken. Sie trug ein nach der französischen Mode geschnittenes Kleid mit Spitzenbordüre, das ihre vornehme Attitüde auf berückende Weise unterstrich.

Otto ließ sich von ihr auf die Tanzfläche führen, und nachdem er ihr zweimal auf die Füße getreten war, nahm er sich vor, einen der Tanzkurse im Deutschen Club zu besuchen, um sich die Schrittfolgen wieder ins Gedächtnis zu rufen.

Als der Kapellmeister die nächste Gesangsdarbietung ankündigte, begleitete Otto Irina zurück an ihren Tisch, wo ein beleibter, bärtiger Mann neben einer Schönheit mit asiatischen Gesichtszügen saß.

»Dimitrieff«, sagte Irina, »darf ich dir Otto Lagerfeld vorstellen?«

»Sehr erfreut«, dröhnte der Russe mit schwerfälliger Zunge und sprang auf, um Ottos Gesicht mit breiten Händen zu umfassen und ihm einen nassen Kuss auf die Lippen zu pressen.

Als Otto zurückschrak und sich mit dem Ärmel über die Lippen fuhr, lachte der Russe dröhnend. Dann klopfte er ihm auf die Schulter und bat ihn, Platz zu nehmen und mit einem Glas Wodka auf ihre Freundschaft anzustoßen.

»*Sa náschu drúschbu*, Otto«, rief er aus.

»*Sa znakómstwa*, Dimitrieff. Schön, dich kennenzulernen.«

Nach einigen Gläsern Wodka erfuhr Otto, dass Dimitrieff eigentlich Alexandre hieß, es sich aber so eingebürgert habe. Zu

Ottos Überraschung stellte sich bald heraus, dass er der Co-Autor des Reiseführers über die Transsibirische Eisenbahn war, den er auf der Fahrt nach Hamburg gelesen hatte. Und dass er der Familie Dimitrieff-Mamonoff entstammte, die älter war als die Romanoffs und eigentlich mehr Anrecht auf den Thron hatte.

Dieser Nachkomme allerdings, so stellte Otto bald fest, war ein handfester Trinker und schien ziemlich aus dem Gleis geraten. Freimütig und mit schwerer Zunge erzählte Dimitrieff, dass er eigentlich in Oxford studiert habe, doch da er in den Augen seiner Familie nicht besonders viel tauge, habe man ihn zur russisch-chinesischen Bank nach Wladiwostok versetzt, wo er nun sein Dasein friste.

Es wurde eine kurzweilige Nacht, und Otto war überrascht, als die Musik abrupt verstummte und er mit Blick auf die Uhr feststellte, dass es bereits vier Uhr morgens war.

»Donnerwetter!«, sagte Wübbens auf dem Weg nach Hause. »Wladiwostok hat dreimal mehr Männer als Frauen, und unser Otto schnappt sich die Hübscheste von allen.«

Seit jenem Abend war Otto jeden Freitag nach dem Kegeln im *Café Chantant* zu finden, singend, tanzend, manchmal sogar jauchzend.

Wie unbeschwert konnte das Leben sein! Und auch die Liebe.

Mit Irina war alles anders. Mit derselben vornehmen Eleganz, mit der sie über Politik und die gesellschaftlichen Veränderungen im Land sprach, nahm sie sich in der Liebe, wonach ihr der Sinn stand. Als Otto sie eines eisigen Wintermorgens nach dem Besuch des *Café Chantant* nach Hause begleitete, zog sie ihn an der Hand in ihre Wohnung und schloss die Tür. Sie entledigte sich erst ihres Mantels und dann des Kleides und enthüllte einen Körper, dessen anmutige Formen ihm im Grau des erwachenden Morgens wie die einer marmornen Statue erschienen. Ein Eindruck, der sich rasch verflüchtigte, als sie seine Mantelknöpfe öffnete und ihre vor Kälte rosige Wange an seine Brust presste.

Als Otto ihr erklären wollte, dass er ihr die Ehe nicht versprechen könne, legte sie ihm zwei Finger auf den Mund und lächelte.

Ohne Zweifel sei er ein respektabler, ehrenvoller Mann, aber die Zukunft sei ihr egal. Sie wolle jetzt leben, im Augenblick.

Seither trafen sie sich regelmäßig. Ihre Begegnungen waren meist zufällig, ohne jeden Anspruch auf mehr. Manchmal gingen sie spazieren bis zu den Felsen, von denen sie den Hafen überblicken konnten. Dort saßen sie ruhig und ohne viele Worte, so, als hätten sie sich bereits alles erzählt. Beobachteten die chinesischen und koreanischen Dschunken, die neben den großen Handelsschiffen auf und ab wippten. Das, was unausgesprochen zwischen ihnen lag, rührten sie nicht an, um den zarten Kokon nicht zu zerreißen, der ihre beiden ungleichen Leben miteinander verband.

Auf der einen Seite Otto mit seinem Wunsch nach einer anschmiegsamen Frau, die sich um Haus und Kinder kümmerte, während er hinaus ins Leben ging und für die Familie sorgte. Und auf der anderen Irina, die sich nach den Wochen als Krankenschwester wieder auf ihre adeligen Wurzeln besann und hinter der vornehmen Fassade insgeheim davon träumte, sich einer Revolution anzuschließen, die alle Ungerechtheiten des Zarenreichs beseitigte.

In ihrer Stärke erinnerte Irina ihn an Fräulein Bosse, die lebenslustige Reisebegleitung auf der Fahrt nach Südamerika. Sie war anziehend in ihrer Unabhängigkeit und doch fremd und damit eine jener Frauen, die Otto in respektvollem Abstand achtete – ja, vielleicht sogar verehrte –, aber nicht zu lieben vermochte, weil sie ihm das verweigerten, was ihn am meisten erfüllte. Nämlich seinem Bedürfnis zu folgen, die Frau an seiner Seite unter einen Mantel aus Stärke und Zuversicht zu nehmen und sowohl finanziell als auch emotional für sie zu sorgen.

Immer wieder schlich sich Theresias Bild in seine Gedanken

und er vertrieb es mit derselben Regelmäßigkeit. Was nützte es, in die Ferne zu schweifen, nach Hamburg, das mehr als elftausend Kilometer Bahnstrecke weiter westlich lag. Sein Leben war hier, in Wladiwostok.

Als Otto und seine Mitbewohner sich irgendwann eine Datscha auf der anderen Seite der Bucht mieteten, wurden die Besuche im *Café Chantant* seltener und brachen schließlich ganz ab. Wenige Wochen später hatten sich Irina und er aus den Augen verloren.

Zweieinhalb Jahre lebte Otto in einer gänzlich anderen Welt, die nur von den Briefen durchbrochen wurde, die er regelmäßig aus Hamburg oder Portland erhielt, wo sich Joseph nach dem Zusammenbruch der Trans-Pacific Commercial Company eine neue Existenz als Buchhalter aufgebaut hatte. Bis eines Tages ein Telegramm eintraf, das ihn zurück in seine alte Welt stieß.

Er weilte gerade in Sankt Petersburg, um seine Option auf die Goldmine zu verkaufen, während sich Carl Wübbens und sein Assistent Mischa Sterelny um die Geschäfte in Wladiwostok kümmerten. Gleich bei seiner Ankunft sendete Otto seiner Familie per Kabel herzliche Grüße, woraufhin ihn nur wenige Stunden später eine Nachricht erreichte, die ihn ein Stoßgebet gen Himmel schicken ließ, da er nur zwei Tagesreisen von Hamburg entfernt war.

TELEGRAPHIE DES DEUTSCHEN REICHES
Hamburg, 23/02 17:02

Mutter musste wegen einer Herzsache ins Spital.
Wir wissen nicht, ob sie es übersteht.
Vater

32

HAMBURG

Es war, als griffe eine eiskalte Hand nach seinem Herz und presse jegliche Energie aus seinem Körper.

Augenblicklich telegrafierte Otto seinen Mitarbeitern nach Wladiwostok und nahm den nächsten Zug in Richtung Heimat, voller Sorge um die Gesundheit seiner Mutter. In Warschau versuchte er, seinen Vater telefonisch zu erreichen. Was der erzählte, klang besorgniserregend, weshalb Otto den Rest der Fahrt mit ungeduldigem Blick auf seine Armbanduhr verbrachte, bis ein Mitreisender ihm ein großes Glas Wodka zur Beruhigung hinstellte, das er dankend annahm.

Als er in Hamburg eintraf und seine Mutter im Spital besuchte, saß sie zu seiner übergroßen Erleichterung schon wieder im Bett, blass und aufrecht. Doch die Wangen in dem sonst so mütterlich runden Gesicht waren eingefallen, tiefe Sorgenfalten hatten sich in ihr Gesicht gegraben.

»Geht es Ihnen wirklich wieder gut?«, fragte Otto und erntete nur ein Seufzen, das aus tiefster Seele kam. Erschrocken ergriff er ihre Hand und umschloss sie fest und warm.

Der Arzt hingegen zeigte sich zufrieden mit der Genesung und erklärte, wenn sie stabil bleibe, dürfe sie in wenigen Tagen die Klinik wieder verlassen. »Aber sie darf sich nicht mehr so aufregen«, fügte er hinzu, »geben Sie gut auf sie acht.«

Otto nickte, obwohl er nicht wusste, wie er das tun sollte, denn bald würde er nach Russland zurückkehren müssen. Wie sollte er von dort aus Sorge für ihr Wohlbefinden tragen?

Erst als er mit Vater, Hans, Lisbeth und Tilla am Abendbrottisch saß und Tilla den Grund für Mutters Herzanfall benannte, erkannte er, was zu tun war.

»Paul hat sie angebrüllt, mitten im Café«, schimpfte sie in so großer Erregung, dass die beiden Zwergaras in der Stube laut zu krakeelen begannen. »Eine Freundin war zufällig anwesend und hat mitbekommen, wie respektlos er sich der Mutter gegenüber verhalten hat.«

»Und was war der Grund für die Auseinandersetzung?«

Der Vater, der die ganze Zeit dazu geschwiegen hatte, blickte von seiner Suppe auf und legte den Löffel beiseite. Dann schickte er die beiden Schwestern hinaus, die der Aufforderung nur zögernd folgten.

»Macht die Tür zu«, rief er ihnen nach. »Und sorgt dafür, dass diese verflixten Schreihälse Ruhe geben.«

Was Otto nun erfuhr, machte ihn wütend. Und da Paul, um dem großen Zwist aus dem Weg zu gehen, seinen Landurlaub noch immer im Hotel verbrachte, nahm er sich vor, den jüngeren Bruder zu besuchen und ihn sich ordentlich zur Brust zu nehmen.

Auf einem Spaziergang entlang des Elbufers redete er Paul ins Gewissen. Dabei konnte er nicht verhindern, dass er emotional wurde. Und laut.

»Willst du allen Ernstes, dass Gertrud euer Kind wegmacht?«, rief er aus und beschwor die Tugenden eines guten Ehemanns und werdenden Vaters.

»Nein, aber es kann doch niemand von mir verlangen, alles, was ich mir aufgebaut habe, einfach aufzugeben.«

»Aufgebaut auf dem Rücken unserer Familie, die du feige im

Stich gelassen hast, als sie deine Unterstützung dringend gebraucht hätte. Hast du dir jemals Gedanken darüber gemacht, wie es dem Vater und Carl damit ergangen ist?«

Paul fuhr zusammen, er riss die geballte Faust hoch und funkelte Otto an. »Willst du damit sagen, dass ich die Schuld an Carls Tod trage?«

»Du hast es zumindest billigend in Kauf genommen, dass er sich aufregt.«

Die beiden Brüder standen sich gegenüber wie zwei Kampfhähne, bereit, jeden Moment aufeinander loszugehen. Schließlich hob Otto beschwichtigend die Hände.

»Ich bitte dich, denk jetzt nicht nur an dich, sondern auch an Gertrud und an dein Kind, das sie unter dem Herzen trägt. Es geht doch nur um ein, höchstens zwei Jahre. Einen so guten Offizier wie dich werden sie mit Handkuss jederzeit wieder einstellen.«

Otto war erneut zum großen Bruder geworden, der das Zepter in die Hand nahm, um eine Lösung für das Dilemma zu finden, in das Paul sich und die Familie seiner Zukünftigen gebracht hatte. Doch während Otto sich früher immer schützend vor ihn gestellt hatte, war er nach all den Jahren, in denen es, wie er meinte, immer nur um Pauls Nase gegangen war, inzwischen anderer Auffassung. Niemals durfte er zulassen, dass sein Bruder sich wieder aus der Verantwortung stahl. Dieses Mal sollte Paul endlich die Konsequenzen für sein Handeln tragen.

Immer wieder dachte er dabei an die Mutter, die sich nicht aufregen durfte. Wenn sie die Klinik verließ, sollte ihre Welt wieder in Ordnung sein.

Während sich Paul, um eine Entscheidung ringend, mit einem Sketchbook von George Rowney & Co. und einem Kasten Wasserfarben ans Elbufer setzte und Briggs, Schoner und Barken malte, telegrafierte Otto bereits mit Joseph. Er bat ihn, die werdenden Eltern in Portland aufzunehmen und Paul eine Stellung in seiner Buchhaltung zu geben, bis er Fuß gefasst hatte.

Als Nächstes sprach Otto mit Gertruds Vater, der ihm für die tatkräftige Hilfe äußerst dankbar war und einen nicht unerheblichen Geldbetrag bereitzustellen versprach, dank dem die bald Jungvermählten den Luxus einer Atlantiküberquerung erster Klasse genießen würden.

Und so ließ Otto am Ende seines Aufenthaltes in Hamburg die Familie mit einer fertigen Lösung zurück, dank der für den völlig überrumpelten Paul und seine Zukünftige ein Termin beim Standesamt und eine Schiffspassage nach New York auf der *Kaiserin Augusta Victoria* organisiert waren. Am 16. April 1912, einen Tag nach der Trauung, sollten die beiden in See stechen.

Bis zu diesem Tag konnte Otto jedoch seinen Aufenthalt nicht ausdehnen. Noch vor der Hochzeit fuhr er am 22. März 1912 mit dem guten Gefühl zurück nach Wladiwostok, wieder Ordnung in das Chaos gebracht zu haben.

Eine andere Sache allerdings war ihm weniger gut gelungen, und sie lag ihm einige Tage schwer im Magen.

Während seines Aufenthaltes in Hamburg hatte Otto sich mit Johann getroffen, der mit ihm auf der gerade erst eröffneten U-Bahnstrecke vom Rathausmarkt bis nach Barmbek fuhr. Dort zeigte er Otto bei eisigem Ostwind den Rohbau eines neuen Krankenhauses, das im kommenden Jahr eröffnen sollte. Es sei ihm eine geradezu persönliche Freude, dass es bald neben den allgemeinen Krankenhäusern in Eppendorf und St. Georg eine weitere gut ausgestattete Klinik mit zweitausend Betten gebe, die man im Notfall erweitern könne, damit sich eine Unterversorgung wie zu Zeiten der Cholera ja nie mehr wiederhole.

Auf dem Rückweg zur U-Bahnhaltestelle waren sie auch auf Theresia zu sprechen gekommen, die seit einiger Zeit ehrenamtlich bei Armenspeisungen half und Lesegruppen leitete.

»Meinst du, sie freut sich«, fragte Otto einem spontanen Impuls nachgebend, »wenn ich sie auf eine Spazierfahrt einlade?«

Johann hob überrascht die Brauen, dann breitete sich ein Lächeln auf seinem Gesicht aus. »Du willst Theresia …? Ja, sicher. Soll ich ihr etwas ausrichten?«

»Ich schreibe ihr eine Karte, das ist persönlicher.«

Als sie am Rathausplatz aus der Tiefe des U-Bahnschachts ans Tageslicht stiegen, suchte Otto einen Schreibwarenhändler auf, wo er eine weißleinene Karte kaufte, die er sogleich beschrieb und Johann mitgab.

Meine liebe Theresia,
wäre es nicht eine schöne Idee, wenn wir uns nach all den Jahren der Freundschaft auf eine Spazierfahrt träfen? Bitte sagen Sie ja. Ich hole Sie gerne am Sonntag, den 17. März, um 15 Uhr ab.
Ihr ergebenster Otto

33

Theresia trug ein hochgeschlossenes dunkelblaues Tageskleid und eine dicke Stola, in deren Wolle ihr Gesicht beinahe verschwand. Den Hut hatte sie tief in die Stirn gezogen, als sei sie ein scheues Tier, das sich vor dem Licht eines Scheinwerfers verbarg. Fein und zerbrechlich wirkte sie, wie eine Figur aus Porzellan, auf die man gut achtgeben sollte.

Wie lange hatten sie sich nicht gesehen? Otto rechnete nach und stellte fest, dass fast drei Jahre vergangen waren, und damals war es nur eine kurze Begegnung gewesen, ein verlegener Blick am Anlegesteg des Segelclubs.

»Theresia, Sie sehen bezaubernd aus.«

Es folgten ein steifer Diener, ein angedeuteter Handkuss, ein höflicher Knicks.

Während Otto Theresia durch das Treppenhaus auf die Straße geleitete und dabei ihren Arm nahm, damit sie den Saum ihres Kleides besser anheben konnte, beschlich ihn die Ahnung, dass sie sich möglicherweise unwohl an seiner Seite fühlte. Anders konnte er sich ihre Zurückhaltung nicht erklären, denn warum war sie sonst so auf Abstand bedacht? Als er ihr die Tür aufhielt, achtete sie darauf, dass sich ihre Schultern nicht berührten, fast so, als seien sie sich noch nie im Leben begegnet.

Es war ein ungewöhnlich warmer Märztag. Die Sonne schien von einem stahlblauen Himmel, und die Menschen, die durch das Nikolaiviertel flanierten oder zu den Ausflugsbooten an der

Binnenalster strebten, zogen ihre Mäntel aus und hängten sie sich über den Arm. Schälten sich blinzelnd aus dem trüben Grau der Wintermonate, die an diesem Tag urplötzlich ein Ende fanden.

Als Otto am Morgen vor die Tür getreten war und die warme Luft über sein Gesicht gestrichen hatte, entschied er sich dazu, umzudisponieren und den bestellten Wagen gegen einen Benz 8/18 PS mit offenem Verdeck auszutauschen. Eine gute Entscheidung, dachte er, als er neben Theresia hinter dem Steuer Platz nahm. Nachdem sie ihren Hut mit einer Nadel festgesteckt hatte, lenkte er den Wagen am Rathausmarkt vorbei in Richtung des Alsterdamms.

Sie waren ein sehr hübsches Paar, fand er, und das spiegelte sich auch in den Blicken der Spaziergänger wider, die stehen blieben und sich nach ihnen umsahen. Natürlich konnte auch der auffällige Wagen daran schuld sein, aber das alleine wollte Otto nicht gelten lassen. Bald war die Straße freier, und Otto trat aufs Gaspedal, kostete die achtzehn PS aus, bis der Fahrtwind an seinem Haar riss und Theresia unwillkürlich nach ihrem Hut griff.

»Sind Sie schon einmal in einem offenen Wagen gefahren?«, fragte er und lächelte ihr zu.

»Ja.«

»Hat Ihr Herr Papa womöglich einen solchen?«

»Nein.«

»Aha.«

Weil es ihm nicht gelang, eine vernünftige Unterhaltung in Gang zu bringen, beschloss er, Theresia ein wenig Zeit zu lassen, und ging dazu über, ihr von seinem Leben in Wladiwostok zu berichten.

Während er den Benz an der Badeanstalt Schwanenwiek vorbei in Richtung Uhlenhorst lenkte, erzählte Otto von den vielen hübschen Geschäften, die die Hauptstraße säumten. Und davon, dass er sich unlängst ein Motorboot gekauft hatte, mit dem er jedes Wochenende über die Amur-Bucht nach de Vries übersetzte, wo er sich mit Alfred Schweyer eine Datscha teilte, von der aus es sich herrlich jagen ließ.

»Und was jagen Sie dort?«, fragte Theresia, die allmählich auftaute. »Sibirische Tiger?«

»Hirsche«, antwortete Otto. »Aber vor allem trainiere ich am Wochenende auf meinem Rennpferd. Das halte ich neben einem anderen Pferd, mit dem ich täglich ausreite und das in Wladiwostok steht.«

»Sie reiten?«

»Immer schon, aber noch nie hatte ich so viel Gelegenheit dazu.« Er lachte, berauscht vom Fahrtwind und von Theresias Anwesenheit. »Oh, ich wünschte, Sie könnten die Datscha mit eigenen Augen sehen. Es ist ein wundervoller, stiller Ort, an dem man sich gut von der arbeitsreichen Woche erholen kann. Es sei denn, wir haben Gäste, und davon gibt es im Sommer reichlich. Wir bauen auch Gemüse und Obst an und wecken es für den Winter ein, und im Herbst gehen wir in die Wälder und sammeln Pilze.«

Theresia drehte ihm den Kopf zu. »Erzählen Sie mir mehr davon. Ich möchte alles über die Datscha wissen.«

Er warf ihr einen überraschten Seitenblick zu, und ermuntert von ihrer Frage spann er einen weiten Bogen vom weiß gestrichenen Holzhaus mit dem vorspringenden Giebel und der Veranda, an der ein Fliegengitter angebracht war, da die Mücken eine echte Plage sein konnten, bis zur Natur, die gleich hinterm Haus begann. Er erzählte von den bewaldeten Hügeln mit Ulmen, Linden, Korkeichen und Walnussbäumen und den weiten Getreidefeldern, die im Spätsommer golden leuchteten.

»Die meisten Geschäftsleute haben hier ein Sommerhaus, wissen Sie? Es gibt auch richtige Landgüter, die am Ende stattlicher Alleen liegen und auf denen Lebensmittel für Wladiwostok produziert werden. Rinder- und Schweinefleisch beispielsweise und Geflügel. Dort laufen unzählige Hühner herum, die natürlich eingezäunt sind, und es gibt Kartoffeln, Kohl, Bohnen und Rüben. Dazu alles, was man im Meer so fängt. Das größte Gut in der Gegend ist die Goldenstedt-Farm, von der wir manchmal Lebensmittel für die Datscha beziehen. Sie gehört einem deutschen Landschaftsarchitekten und ist beeindruckend groß mit etwa zweitausend Morgen Land und dreihundert Saisonarbeitern, meist Koreaner oder Chinesen, die in den umliegenden Dörfern leben. Es gibt sogar eine eigene Molkerei, in der Milch, Butter, Sauerrahm und Hüttenkäse produziert werden. Goldenstedts kosakische Gattin Agafia macht Konfitüre aus Pfirsichen oder Trauben, die einfach wunderbar schmeckt.«

»Bei Ihnen wachsen Pfirsiche und Trauben?«

»Aber sicher. Das Klima in Wladiwostok ist dafür wie geschaffen, und im Sommer kann es richtig warm werden, wärmer als hier in Hamburg.«

»Das klingt alles sehr idyllisch«, sagte Theresia. »In meiner Vorstellung herrschen in ganz Sibirien nur Eis und Schnee. Doch so, wie Sie es beschreiben, ist es dort beinahe so schön, wie in Böhmen.«

»Heißt das, Sie haben sich dieses Mal keine Reiseliteratur besorgt?«, fragte Otto mit einem Zwinkern.

Theresia errötete. »Nein. Ich lese schon länger keine Reiseberichte mehr.«

»Was lesen Sie denn stattdessen?«

»*Der Roman einer Kaiserin* von Eugen Zabel. Darin geht es um Katharina die Große.« Nun lachte Theresia und zog die wollene Stola von ihrem Gesicht. »Zugegeben, ein bisschen hat mich das Land schon interessiert, in dem Sie leben.«

Damit war das Eis gebrochen.

Sie verbrachten einen herrlichen Nachmittag. Bei den Gärten des Alstervorlands ließen sie den Wagen stehen und machten einen Spaziergang an den Kanälen und am Rondeelteich entlang.

Theresias Natürlichkeit und ihre unkomplizierte Frische begeisterten Otto. Mit ihr, so dachte er, könnte er sein ganzes Leben verbringen. Er erschrak über die plötzliche Gewissheit und darüber, welche Konsequenzen die Erkenntnis nach sich ziehen mochte.

Konnte er eine Frau um eine gemeinsame Zukunft bitten, die er zwar seit der Kindheit kannte, danach aber nur für kurze Augenblicke und ein paar gestohlene Stunden gesehen hatte? Er war unschlüssig, doch die Zeit drängte. Bald säße er wieder im Zug in Richtung Wladiwostok, und wer wusste schon, wie viele Jahre diesmal vergingen, bis sie sich wiedersahen.

Als sie auf einer Parkbank Platz nahmen und einem jungen Mann zuschauten, der für sich und seine junge Begleiterin ein Ruderboot ins Wasser ließ, lehnte sich Otto nach hinten, ließ beide Arme hinter der Rückbank baumeln und holte tief Luft.

Dann fragte er, so beiläufig, wie es ihm möglich war: »Glauben Sie, es würde Ihnen in Wladiwostok gefallen?«

»Gewiss, aber es ist ein bisschen zu weit.«

»Sibirien ist inzwischen gut mit dem Rest der Welt verbunden. Mit der Bahn sind es knapp zwei Wochen bis nach Hamburg.«

»Das ist noch immer sehr fern von der Familie.« Sie machte eine kleine Pause. »Wollten Sie nicht irgendwann nach Hamburg zurückkommen?«

Otto richtete sich auf und sah sie an. Auf ihren Wangen hatte sich eine zarte Röte gebildet, und sie hielt den Blick gesenkt, als betrachte sie ihre Schuhspitzen, die unter dem Kleid hervorlugten.

»Das habe ich noch immer vor«, antwortete Otto, erfreut über die Gefühle, die in ihrer Frage mitschwangen. »Aber noch ist es zu früh dafür. Ich stehe gerade erst am Beginn meines Erfolges. Die Erfahrung lehrt, dass man das Erreichte rasch wieder verlieren kann, wenn man die Niederlassung den falschen Personen überlässt. Daher muss ich erst sicher sein, dass alles ein solides Fundament hat, bevor ich nach Hamburg zurückkehre.« Er wartete, bis sie den Kopf hob, und fuhr dann fort. »Ich bin davon überzeugt, dass Sie sich in Wladiwostok wohlfühlen würden und wäre sehr erfreut, wenn ich Ihnen die Stadt zeigen könnte, damit Sie sie kennenlernen. Würden Sie mich denn dorthin begleiten wollen, Theresia?«

»Jetzt, sofort?« Sie sah ihn erschrocken an.

»Ich meine … Wenn Sie wollen, auch zu einer anderen Zeit, aber ich dachte …« Er nahm ihre schmale Hand in die seine. »Das mag jetzt unverhofft kommen, aber ich mag Sie gerne leiden und könnte mir vorstellen …«

»Ich kann das nicht.« Sie zog ihre Hand zurück.

»Es gibt bereits jemand anderen, nicht wahr?«, fragte Otto, der an Theresias anfängliche Zurückhaltung denken musste. Weil sie nicht gleich darauf antwortete und er sich keinerlei Blöße geben wollte, setzte er aufmunternd hinzu: »Das freut mich für Sie. Wie heißt er denn?«

Ihre Lippen formten einen Namen, doch dann schüttelte sie den Kopf. »Das ist es nicht«, sagte sie. »Ich will erreichbar und deshalb in der Nähe bleiben. Was hätten Sie getan, Otto, wenn Sie noch in Wladiwostok gewesen wären, als die Nachricht von der Krankheit Ihrer Mutter eintraf? Sie hatten Glück, dass Sie in Sankt Petersburg waren, und noch viel mehr, dass nichts Schlimmeres passiert ist. Ich für meinen Teil könnte es mir nicht verzeihen, in einem solchen Fall zu spät zu kommen.«

Otto nickte nur, weil er dem nichts zu entgegnen wusste. Theresia hatte den Blick erneut auf ihre Schuhspitzen geheftet, als sie sich abrupt vorbeugte.

»Sehen Sie nur!« Sie erhob sich und machte einen Schritt auf die Uferwiese zu, ging in die Knie, und als sie sich wieder auf die

Bank setzte, hielt sie etwas Grünes zwischen den Fingern. »Ein vierblättriger Klee! Wir sollten uns etwas wünschen. Sie zuerst.«

Er zögerte, noch immer gekränkt von ihrer Absage. Schließlich hob er seufzend die Schultern. »Ich wünschte mir, dass das Glück nicht so flüchtig wäre. Und dass man es, wenn man es denn gefunden hat, für immer festhalten könnte. Und nun Sie.«

»Ich wünsche mir, dass dieses vierblättrige Kleeblatt das beschützt, was uns lieb und teuer ist.«

Theresia betastete ihren Halsausschnitt und zog eine Kette mit einem Medaillon hervor, in dessen Innerem sie das Kleeblatt verbarg.

Dann erhoben sie sich, und er lud sie in ein elegantes Restaurant ein, wo sich erneut eine seltsame Befangenheit zwischen ihnen einstellte. Und immer, wenn sich ihre Blicke ganz zufällig ineinander verhakten, wandte sich einer von ihnen ab, weil es für die sich darin spiegelnden Gefühle keine Zukunft gab.

Als Otto den Wagen vor dem Haus in der Großen Bäckerstraße anhielt, war es bereits dunkle Nacht. Sie blieben noch sitzen, zögerten den Moment des Abschieds hinaus und sprachen im Schein der Straßenlaternen über Belanglosigkeiten. Irgendwann begann Theresia in der Kälte des Märzabends zu frieren, und Otto stieg aus und umrundete den Wagen, um ihr die Tür aufzuhalten.

»Theresia«, sagte er, als sie sich vor den Stufen der Haustür verabschiedeten, »es hat mich sehr gefreut. Und ich wünschte, dass dieser Abend, dass unser Beisammensein nie enden möge.«

»Wir können es wiederholen, ganz bald … wenn Sie wollen.«

»Nichts lieber als das.« Otto gab ihr einen Handkuss. Und weil er wusste, dass es in naher Zukunft nicht möglich sein würde, die Geschäfte über mehrere Wochen alleine zu lassen, setzte er vage hinzu: »Eines Tages werde ich für immer nach Hamburg zurückkommen, das verspreche ich Ihnen.«

34

PORTLAND

April 1914

Es war ein weiterer matt schimmernder Morgen, der sich mühte, zum Tag zu werden. Auf den Wegen vor dem Haus war neuer Schnee gefallen. Gnädig wie eine frisch gewaschene Decke hatte er sich über die schmutzig verkrusteten Reste gelegt und schluckte das Geräusch der vorbeifahrenden Fuhrwerke und Automobile. Lange würde er sich nicht halten, für den Mittag war Regen angekündigt.

Gertrud saß im Halbdunkel am Esstisch, den Kopf tief über ein Bilderalbum gebeugt. Vom Boden kam ein Quengeln, das langsam in ein Weinen überging. Sie warf ihrem Jüngsten einen strengen Blick zu, bis das Jammern verstummte. Dann strich sie über das Foto, das Paul und sie auf dem Sonnendeck des Schnelldampfers *Kaiserin Auguste Victoria* zeigte. Lachend hielt sie darauf ihren Hut fest, den der Wind fortzuwehen drohte, während Paul den Arm um sie legte und entspannt in die Kamera sah.

Es war eine wundervolle Hochzeitsreise gewesen, und kaum ein Tag verging, an dem Gertrud nicht in dem Album blätterte. Sie hatte auch einige Ansichtskarten und die Speisekarte des Restaurants hineingelegt, das an jedem Tag mit neuen Köstlichkeiten aufwartete: Lammbraten mit Wachsbohnen, Roastbeef im Bratensaft, Waldmeisterspeise, Mailänder Pudding, feinstes Speiseeis und allerlei Backwerk.

Auch Paul hatte ordentlich zugelangt, und sie war glücklich gewesen, ihn so gelöst zu sehen.

Bei der Hochzeitszeremonie hatte er noch gewirkt, als wäre er auf dem Weg zum Schafott, und während sie über das ganze Gesicht strahlte, nahm er die Gratulationen der Familienmitglieder mit ernstem Blick entgegen. Aber kaum waren sie an Bord des Dampfers gegangen, schien sich die Angespanntheit zu verlieren. Paul war aufmerksam und zärtlich, fast so wie früher.

»Du wirst sehen«, sagte er beruhigend, als sie sich darum sorgte, mit dem Kind im Bauch seekrank zu werden, »es gibt nichts Schöneres, als sich vom Schaukeln der Wellen in den Schlaf wiegen zu lassen.«

Noch bevor der Dampfer das offene Meer erreichte, hatten sie die verschiedenen Decks erkundet, auf denen die Kabinen der ersten Klasse verteilt waren. Selbst Paul, der von der Woermann-Linie einigen Luxus gewohnt war, staunte nicht schlecht. Das Schiff, das sie nach Amerika brachte, war ein schwimmender Palast.

Gemeinsam schritten sie durch blumengeschmückte Treppenhäuser mit Läufern aus blauem Velours, über Gänge mit Täfelungen aus kostbar poliertem Mahagoniholz und eigens angefertigten Ölgemälden an der Wand.

Es gab elektrische Lifte, von uniformierten Fahrstuhlwärtern bedient, eine vielhundertbändige Schiffsbibliothek und sogar ein lichtdurchflutetes Palmgartenhaus, das wie ein immergrüner Wintergarten zum Verweilen einlud.

Und erst die Kabine! Ein lichtdurchflutetes Zimmer mit großen, rechteckigen Fenstern, darin ein bequemes Bett, ein geräumiger Kleiderschrank, ein Salontisch mit Stühlen und sogar ein Waschtisch mit warmer und kalter Frischwasserleitung.

Gertrud blätterte weiter in dem Album und betrachtete eine Postkarte, auf der das Restaurant des *Ritz-Carlton* abgebildet war, in dem sie an manchem Abend gespeist hatten, bis das Geld, das ihr Vater ihnen für die Überfahrt mitgegeben hatte, verbraucht war.

Aber was machte es schon. Damals dachte sie noch, das sei der Beginn einer wundervollen Zeit, in der sich die Frage des Einkommens innerhalb kürzester Zeit erledigen würde. Paul hatte es als Seemann bis zum Offizier gebracht, er würde es, davon war sie fest überzeugt, in jedem anderen Beruf ebenso weit bringen.

Seufzend schlug sie das Album zu und stellte es zurück in den Büfettschrank.

Der Beginn ihrer Ehe war so vielversprechend gewesen.

Wie begeistert sie anfangs von der hübschen Stadt mit dem Flusshafen gewesen war, von der üppigen Vegetation des Hinterlandes, den dunklen Nadelwäldern mit den hoch aufragenden Bäumen, den glasklaren Bergseen. Vom Blick auf den schneebedeckten Mount Hood im Osten und den Mount St. Helens im Norden.

Sie waren in ein bescheidenes Haus in der Huron Street gezogen, am äußeren Rand von Portland, und Paul stieg in Josephs Buchhaltungsbüro ein. Im August 1912 wurde Herbert geboren und nur ein Jahr später Kurt.

An den Wochenenden machten sie mit Joseph und Margaret Ausflüge in die umliegenden Ortschaften, in denen Holzfäller, Farmer und Fischer zu Hause waren. Und von den Damen des Deutschen Einwanderungsvereins ließ sie sich Lektionen im Englischen geben, um auch bei den Bäckern, Metzgern und Gemischtwarenhändlern außerhalb der Gemeinschaft einkaufen zu können. Die Damen halfen Gertrud sogar bei Behördengängen und erklärten ihr, dass sie und Paul erst eine *declaration of intention* einreichen müssten, wenn sie eines Tages einen Einbürgerungsantrag stellen wollten.

Damals hatte sie noch gedacht, sie würden vielleicht sogar für immer bleiben. Doch dann, es musste kurz vor Kurts Geburt gewesen sein, war etwas aus dem Takt geraten.

Das Geräusch einer aufgehenden Tür riss Gertrud aus ihren Gedanken. Paul trat aus dem Schlafzimmer, das Gesicht müde und zerknittert. Er trug seinen guten Anzug, der hinten am Kragen bereits blank gescheuert war, und griff nach seinem Mantel an der Garderobe. Im Vorbeigehen warf er ihr einen Abschiedsgruß zu.

»Warte!«, rief sie. »Wo gehst du hin?« Sie folgte ihm zur Tür.

»Zur Arbeit.«

»Welche Arbeit, Paul?« Sie sah ihn bitterböse an. »Wenn nicht bald Geld hereinkommt, muss ich auch noch der Nanny kündigen.«

»Wofür brauchst du die überhaupt?«, entgegnete er. »Du bist doch sowieso den ganzen Tag zu Hause oder triffst dich mit diesen Matronen im Café beim Gemeindehaus und isst Sahnetorte.«

»Das ist nicht wahr, und das weißt du auch. Wenn ich nicht ein paar Stunden im Altenheim aushelfen würde, hätten wir längst nichts mehr zu essen.«

Paul zuckte mit den Schultern und öffnete die Haustür. Kalter Wind drängte ins Innere. »Wenn es dir so wichtig ist, eine Nanny zu haben, dann bitte doch deinen Vater, uns Geld zu schicken.«

»Er war schon beim letzten Mal ungehalten und fragt, wann du endlich auf einen grünen Zweig kommst. Paul …« Sie seufzte und sah über seine Schulter in Richtung Straße, lächelte in plötzlicher Fröhlichkeit. »Können wir bitte aufhören zu streiten?«, presste sie durch die Zähne und sagte dann laut: »Guten Morgen, Mister Clark.«

Paul wandte den Kopf und bemerkte ihren Nachbarn, der sich auf eine Schaufel stützte und die Hand zum Gruß erhoben hielt. Er grüßte zurück.

»Wohin fährst du?«, flüsterte Gertrud, während sie geradezu

bizarr lächelte. »Triffst du dich mit einer anderen? Komm, sag es geradeheraus, aber lass mich nicht im Ungewissen.«

Doch Paul schüttelte nur widerwillig den Kopf und ging ohne ein weiteres Wort zum Briefkasten, aus dem ein weißer Umschlag ragte. Er nahm ihn an sich und sah auf den Absender. Mit einem Aufstöhnen steckte er ihn in die Manteltasche und machte sich auf den Weg zur Haltestelle der *Electric Street Cars*, den Körper gegen den Wind gestemmt.

Gertrud sah ihm nach, bis er aus ihrem Blickfeld verschwand.

Die Straßenbahn hielt mit einem schrill metallischen Quietschen. Aus dem für die Schwarzen reservierten Bereich stieg ihre Nanny Amanda und Paul nickte ihr zu, bevor er die Stufe zum vorderen Fahrgastraum erklomm und eine Karte löste. Er zwängte sich an einer Gruppe Jugendlicher vorbei und sank auf einen freien Sitz am Fenster. Eine ganze Weile starrte er auf die immer schneller vorbeiziehenden Häuser, bevor er den Umschlag endlich aus der Manteltasche zog und den mehrseitigen Brief entfaltete, den ihm sein Bruder aus Wladiwostok geschickt hatte.

Wenn Otto ihm in einer Lage wie dieser schrieb, dann sicher nicht nur, um Gefälligkeiten auszutauschen.

Wladiwostok, 8. März 1914

Lieber Paul,

ich hoffe, es geht Dir gut. Auch wenn Du meinen letzten Brief nicht beantwortet hast, so weiß ich doch von Joseph, dass Du noch immer versuchst, in Portland Fuß zu fassen.

Er hat angedeutet, dass es zwischen Euch nicht besonders gut läuft und Du Dir etwas Eigenes aufbauen willst. Wenn ich Dir mit irgendetwas helfen kann, dann sag es ruhig, ich stehe Dir zur Seite. Wenn Du willst, erkundige ich mich bei meinen alten Kontakten aus San Francisco, ob sie jemanden in Portland kennen, der einen Angestellten sucht.

Ich kann Dir auch etwas Geld borgen, wenn es Dir hilft.

Die vergangenen Jahre sind für mich gut gelaufen, und die Geschäfte entwickeln sich immer besser. Eine gewisse Summe kann ich daher sicher entbehren.

Seit ich die Herren von Carnation davon überzeugen konnte, dass man mehr Kondensmilch verkauft, wenn man die Etiketten auf Russisch druckt, hat sich der Umsatz vervielfältigt, er ist von zehn- auf sechzigtausend Kisten pro Jahr gestiegen.

Während die Amerikaner glaubten, alleine mit der Glorie ihrer Herkunft zu überzeugen, habe ich schon früh festgestellt, dass es bei den russischen Behörden eine gewisse Hürde bedeutete. Die gewohnte Sprache schafft Vertrauen, und Vertrauen ist die Basis einer Kaufentscheidung. Inzwischen beliefern wir russische Truppen, ihre Flotten und Lazarette.

Weil nun auch die Wochenenden voller Arbeit sind und keine Zeit mehr bleibt, die Datscha zu besuchen, habe ich das Motorboot, von dem ich dir geschrieben hatte, wieder verkauft, ebenso das Rennpferd, was mir besonders schwergefallen ist. Immerhin bleiben mir die morgendlichen Ritte auf dem treuen Wallach, der hier vor Ort steht.

Das Leben in Wladiswostok verläuft ruhig und glücklich, wäre da nicht der Kriegsdunst, der seit dem Attentat auf Österreich-Ungarns Thronfolger bis nach Sibirien dringt und für einige Unruhe sorgt. Die Einmischung des Deutschen Reiches hat sich zu einer handfesten diplomatischen Krise ausgeweitet. Seither vergeht kaum ein Tag, an dem Russland nicht versucht, seinem Volk beizubringen, warum es die Deutschen hassen soll.

Mein Mitbewohner Alfred Schweyer hat die russische Staatsbürgerschaft beantragt, weil er als Deutscher Nachteile befürch-

tet, doch ich zögere vor diesem Schritt. Sag selbst, soll ich etwa meinen deutschen Wurzeln und meiner Heimat den Rücken kehren, nur weil sich am anderen Ende des Kontinents einige hohe Herren die Köpfe einschlagen? Was würde dann aus meinen Plänen, in Hamburg alt zu werden?

Hier in Sibirien fruchtet Russlands Propaganda nicht. Die Einheimischen sind anständige Menschen, die gut zu uns Deutschen sind und uns mit Freundlichkeit und Vertrauen begegnen. Und so gehen hier alle ihren Geschäften nach, als sei nichts geschehen.

Auch ich überlege, meinen Handel auszudehnen. In den vergangenen Jahren haben sich mit der Erschließung des Amurgebiets neue Absatzmärkte aufgetan. Weil man den Japanern noch immer nicht traut, sind dort mehrere Truppen stationiert, an die ich meine Dosenmilch verkaufen will.

Sobald es wärmer wird und die Flüsse wieder eisfrei sind, werde ich in die großen Städte reisen und mir dabei auch die entlegeneren Dörfer ansehen. Ich hoffe dort einige Händler zu finden, für die meine Waren von Interesse sein könnten.

Aber nun zu Euch: Wie geht es Gertrud und den Kindern? Sind sie wohlauf? Ich wünschte, ich könnte sie bald kennenlernen. Vielleicht ergibt sich im nächsten Jahr die Gelegenheit, dass ich nach San Francisco komme, um Euch und Joseph mit seiner Familie zu besuchen.

Allerherzlichste Grüße an Dich und die ganze Familie
Dein Otto

PS: Joseph hat es nicht verdient, dass man ihn derart vor den Kopf stößt. Du solltest Deinen Eigensinn endlich einmal zurückstellen und daran denken, dass Du Teil einer Familie bist, die immer zusammenhält. Egal, was kommt.

Mit einem Stirnrunzeln betrachtete Paul die selbstsicher ausladendende Schrift und die zackige Linie zwischen den beiden t's in Ottos Namen. Das angebotene Geld könnte er gut gebrauchen, aber lieber stürbe er in Armut, als es anzunehmen.

Wie ein Krake hatte Otto sich um sein Leben geschlungen in dem Versuch, ihn auf den vermeintlich richtigen Weg zu bringen.

Ihm hatte er es zu verdanken, dass er hier gelandet war, in dieser fürchterlich bigotten Stadt, wo Gertrud und er das glückliche Ehepaar mimten, obwohl die Leute bereits hinter ihrem Rücken flüsterten. Darüber, dass er seinen Job beim eigenen Bruder verloren hatte, weil er oft erst spät nachts heimkam und am Tag darauf so müde war, dass er mehr Fehler machte als ein Volksschüler und über der Buchhaltung einschlief.

Mehr als einmal hatte Joseph ihn ermahnt, auf den Pfad der Tugend zurückzukehren, doch jedes Gespräch hatte im Streit geendet, bis ihm der ältere Bruder schließlich ein Ultimatum stellte.

»Mach an deinen freien Tagen, wonach dir der Kopf steht«, hatte er ihm gesagt, »aber wenn du noch einmal mit geschwollenen Augen und nach Schnaps stinkend ins Büro kommst, werfe ich dich raus.«

So war es am Ende gekommen. Und Joseph hatte offenbar nichts Dringenderes zu tun, als dem Bruder in Wladiwostok umgehend davon zu berichten.

Als ob der ihn jemals verstanden hätte!

Ausgerechnet Otto, der sich nichts Schöneres vorstellen konnte, als jeden Morgen im Anzug und mit brillantineglänzendem Haar ins Büro zu gehen, um an einem blitzsauberen Schreibtisch mit Zahlenwerk zu hantierten, Schriftstücke von links nach rechts zu schieben oder irgendwelche unglaublich wichtigen Briefe aufzusetzen.

Aber er war nicht Otto, und er hätte sich niemals dem Druck beugen dürfen, sesshaft zu werden.

Als die Straßenbahn mit einem heftigen Bremsmanöver hielt, stieg er aus, wartete mit verschränkten Armen im Wind und stieg in eine Linie der *Crosstown Line*. Ein Mann mit einem dichten Bart nahm neben Paul Platz. Der strenge Geruch nach Arbeit und Not wehte zu ihm herüber, und die Straßenbahn fuhr wieder an.

Es war nicht so, dass er nicht gerne in Portland lebte. Er mochte seinen Bruder, auch wenn Joseph ihn manchmal an einen dieser Cartoons aus *The Oregon Daily Journal* erinnerte. Nämlich dann, wenn er vor einem Blatt mit Zahlenkolonnen saß und, weil er selbst mit Brille nicht gut sehen konnte, den Hals samt Kopf etwas zurückreckte, um die Beträge zu notieren. Josephs konservative Art, mit der er noch immer preußischen Fleiß eingefordert hatte oder mit ihm schimpfte, sobald er auch nur fünf Minuten zu spät kam, war ihm von Beginn an gegen den Strich gegangen. Am Ende hatte er eingesehen, dass Joseph ihn bei der hohen Fehlerquote nicht weiter beschäftigen konnte. Schließlich musste er an sich und seine eigene Familie denken. Und an seine Kunden.

Es war keine schlechte Arbeit gewesen, gewiss, es gab schlimmere. Aber es war nicht das Leben, das er leben wollte.

Paul dachte an Gertrud, deren sinnlich geschwungener Mund nach der geradezu euphorischen Hochzeitsreise über den Atlantik allmählich traurige Züge bekommen hatte, und an das hübsche Lächeln, das im vergangenen August mit der Geburt des zweiten Sohnes Kurt schließlich ganz verschwand. Inzwischen erwartete sie ihn jeden Abend mit müdem Gesicht und erzählte erschöpft von ihrem Tag, von den Kindern, deren Erziehung all ihre Kraft forderte. Sie redete von der Arbeit im Altenheim, vom fehlenden Geld und den bescheidenen Mitteln, mit denen sie versuchte, das Haus zu einem wohligen Heim zu machen.

»Hast du mir nicht mal in einem Brief geschrieben, dass du all das nicht brauchst?«, rief er eines Abends, als ihm das Lamentieren zu viel wurde.

»Ja, weil ich damals dachte, ein Leben mit dir mache mich glücklich. Aber ich bin es nicht.«

Sie war bleich geworden, und ihre Unterlippe zitterte, weshalb ihm der Ausbruch sofort leidtat. Er hob die Schultern und ließ sie mit einem Seufzen wieder sinken.

»Was soll ich deiner Meinung nach denn tun, damit sich etwas ändert?«

»Finde eine gut bezahlte Arbeit, ich flehe dich an!«

»Das ist alles andere als einfach, Gertrud.«

Doch das wollte sie nicht gelten lassen. »Du bist achtundzwanzig und in den allerbesten Jahren. Da werden einem die Jobs geradezu hinterhergetragen.«

»Werden sie nicht. Die Arbeitslosenquote in Portland ist bei den Achtundzwanzigjährigen genauso groß wie bei den Achtzehnjährigen oder den Achtunddreißigjährigen.«

»Dann hör wenigstens auf zu trinken.«

»Das werde ich tun, meine liebe Gertrud«, sagte er, aufs Neue gereizt, »sobald du aufhörst, ständig diese Trauermiene aufzusetzen und mir etwas vorzujammern.«

»Ach, Paul, liebster Paul.« Sie war aufgestanden und hatte ihn fest umschlungen, während er sich nicht von der Stelle rührte und die Arme hängen ließ. »Was ist nur aus uns geworden?«, flüsterte sie tränenblind.

Endlich löste er sich aus der Erstarrung und strich ihr ungelenk über die Schulter, küsste das sorgenzerzauste Haar.

»Wir hätten niemals nach Amerika gehen dürfen«, hatte er an jenem Tag zu Gertrud gesagt und damit ihr ganzes Elend in einem Satz zusammengefasst.

Paul sah hinaus in die Landschaft, die am Fenster vorbeiglitt. Zwischen den Häusern blitzte der Fluss auf wie ein zinngraues Laken.

Er vermisste das Wasser, den Geruch des Meeres, das Geräusch der Gischt, wenn sie bei Seegang gegen den Schiffsrumpf schlug. Wasser war sein Lebenselixier, er konnte nicht ohne. Immer wieder zog es ihn zu den Werften und Docks am Willamette River, der an manchen Stellen so breit war, dass Paul, wenn er die Augen zusammenkniff, sich vorstellte, er wäre in Sidney oder in Durban. Irgendwann begann er wieder, Schiffe zu malen, erst mit wenigen Kohlestrichen auf hellem Packpapier, später mit Wasserfarben und einem Zeichenblock, den er in einem Schreibwarenladen erstanden hatte und der in diesem Moment in der Innentasche seines Mantels dicht an seinem Herzen ruhte.

Einmal, als er noch bei Joseph gearbeitet hatte, war er mit dem Wagen, mit dem er Abrechnungen an die Kundschaft liefern sollte, die einhundert Meilen bis nach Astoria gefahren. Er hatte mit den Tränen gekämpft, als er das Meer sah und den salzigen Wind auf den Lippen schmeckte. Dann hatte er sich auf einen Poller gesetzt und den Männern am Hafen zugesehen, die Kisten auf einen Frachter luden, und sich vorgestellt, wie es wäre, mit ihnen auf und davon zu segeln.

Er war Offizier gewesen, und nun hatte er alles verloren. Vor allem seine Achtung.

Endlich war er an der Endhaltestelle der Straßenbahnlinie angelangt. Den Rest des Weges ging er zu Fuß. Während er sich mit hochgeklapptem Mantelkragen dem Willamette River näherte, knüllte Paul Ottos Brief zusammen. Dann trat er an die Wasserkante und warf den Papierball dort, wo in der Ferne die Kräne der Hafenanlagen zu sehen waren, mit grimmiger Miene in die Fluten.

35

Mit dem Frühling wurden Pauls Ausflüge ausgedehnter, und Gertrud kam zu dem Schluss, dass es so nicht weitergehen konnte.

Mit Wehmut dachte sie an das herrliche Haus ihrer Eltern an der Ecke zur Parkstraße, das ihr als junges Mädchen mit seinen Brokatvorhängen und den Gardinen aus französischer Spitze völlig überladen vorgekommen war. Inzwischen hätte sie einiges dafür gegeben, um auch nur einen brokatenen Vorhangschal oder ein einzelnes Samtkissen zu besitzen, um es an die undichten Fenster zu pressen, um so die Kälte und den Wind auszusperren. Letzterer rüttelte oft laut an den Scheiben und hielt sie Nacht für Nacht vom Schlafen ab, bis Paul endlich nach Hause kam und ihren Körper wärmte.

Gertrud sah auf die Standuhr, deren Zeiger sich mit jedem Ticken der Elf näherte. Sicher war Paul zu dem Spiel der Portland Beavers gegangen und danach in eine der Kneipen oder zu den Hinterhöfen des irischen Viertels, wo die Leute Hunde aufeinander losließen, um auf den Sieger zu wetten. Vielleicht schlenderte er aber auch durch die Straßen des Theater Districts, wo es so manch hübsches Luder gab, das ihm schöne Augen machte. Oder er war in einer der vielen Billardhallen der Stadt hängen geblieben.

Wusste der Himmel, wo Paul sich wieder herumtrieb. Zum Glück war er nicht hier im Vorort unterwegs, wo sich alle beim Namen kannten und jede noch so kleine Verfehlung vor dem

Gottesdienst ausgebreitet die Runde machte, wenn die Kirchgänger in Grüppchen die Köpfe zusammensteckten, um mit spitzen Mündern den Vorfall zu sezieren.

Immerhin, diesen Gefallen tat er ihr.

»Kommst du heute früher nach Hause?«, hatte sie ihn am Morgen mit einem Gurren gefragt und sich an ihn geschmiegt.

»Warum fragst du?«

»Weil wir heute etwas zu feiern haben. Ich werde uns zum Abendbrot ein paar Sandwiches zubereiten, ganz auf die amerikanische Art, mit Hühnchenbrust und einer dickcremigen Mayonnaise, so, wie du es magst.«

»Na schön.«

»Du kommst doch, oder? Versprich es mir.«

Sie hatte die Kinder früh ins Bett gebracht und wollte ihn im seidenen Nachthemd überraschen, das sie sich extra für die Hochzeitsreise gekauft hatte. Doch da sie es nicht mehr über die Hüften bekam, hatte sie ein blütenweißes Baumwollnachthemd an, das am Kragen eine hübsche Spitzenbordüre besaß und ihre Rundungen gnädig bedeckte. Darüber trug sie den Morgenmantel, dessen Blumenmuster Paul so sehr mochte. Das Haar ließ sie offen, es glänzte von den vielen Bürstenstrichen. Sogar etwas Rot hatte sie aufgelegt, nur so viel, dass die Wangen noch natürlich wirkten.

Doch je weiter sich der Zeiger der Uhr voranschob, desto bitterer war die Erkenntnis, dass Paul sich derweil anderswo vergnügte.

Er war ein Filou. Das hatte sie lange nicht wahrhaben wollen, aber eigentlich hatte sie es tief im Herzen immer schon gewusst. Trotzdem hatte sie gehofft, dass er sich änderte, wenn er erst kein Seemann mehr war, und dass er als Buchhalter oder Kaufmann ein neues, anständiges Leben führen würde. Sie hatte sich geirrt. Es war sogar noch schlimmer geworden. Seit sie in Portland angekommen waren, entglitt er ihr zunehmend.

Gertrud schluchzte auf und tupfte sich mit dem Ärmel des Morgenmantels die Tränen ab. Um keinen Preis durfte sie jetzt weinen. Wenn Paul durch die Tür trat, sollte ihn eine verführerische und leichthin lächelnde Frau erwarten, die dazu entschlossen war, die Uhr endlich zurückzudrehen.

Sie war bereit, ihren Fehler wiedergutzumachen, bevor es für ihre Ehe zu spät war.

Auch sie sehnte sich nach Hamburg zurück, nach der Leichtigkeit eines behüteten Lebens, das ihr als Mitglied der weithin geachteten Familie Schmidt zustand. Viel zu lange hatte sie die Augen davor verschlossen, dass sie sich hier in Portland niemals zu Hause fühlen würde. Sie hätten gehen sollen, als das Kartenhaus ihrer Bemühungen, sich diesen Ort zur Heimat zu machen, wie aus dem Nichts in sich zusammenstürzte.

Es war an einem Abend im Juni 1913 passiert. Joseph und Margaret hatten sie auf einen Ball im luxuriösen *Portland Hotel* eingeladen, für den sie Karten erhalten hatten, weil einer der Veranstalter zu Josephs Kunden gehörte.

Sie hatte sich extra hübsch zurechtgemacht, mit einem Kleid, dessen Stoff ihren wachsenden Bauch umschmeichelte. Das Haar hatte sie mit dem Brenneisen bearbeitet und es zu einer eleganten Hochsteckfrisur aufgetürmt. Sogar die mehrreihige Perlenkette hatte sie umgelegt, die sie von ihrer Mutter zum Abschied erhalten hatte.

Gertrud war so vergnügt wie lange nicht mehr. Endlich mal wieder eine Veranstaltung nach ihrem Geschmack! Schließlich war sie keine einfache Hausfrau, sondern stammte aus gutem Hause. Sie war die Tochter eines vermögenden Kaufmannes!

Doch als sie an Pauls Arm das Portal des im viktorianischen Stil erbauten Hotels durchschritt und sich inmitten der flirrenden Heiterkeit und des schrillen Entzückens bei der Begrüßung wiederfand, fühlte sie sich auf einmal unwohl.

Während Paul die Blicke der anderen Frauen ganz offensichtlich genoss, war Gertrud sich angesichts der zur Schau getragenen Lebensfreude der Ballgäste plötzlich vorgekommen wie eine Dithmarschener Bauerntochter, deren elegantes Samtkleid neben den üppig gerüschten Roben aus Atlas und Chiffon, den Federboas und Halsketten aus funkelnden Saphiren verblasste.

Seitdem war alles anders.

Als sie am Abend zu ihrem bescheidenen Haus im Vorort zurückkamen, bemerkte Gertrud zum ersten Mal, wie erbärmlich ihr Leben hier doch war. Sie dachte an das einfache Mobiliar, das sie, um Geld zu sparen, eher aus praktischen Gründen angeschafft hatten, an die schmutzigen Straßen mit dem aufgewirbelten Sand, der die Kleidung stets mit einem grauen Schleier überzog, durch die Ritzen der Fenster und Türen drang und sich im ganzen Haus verteilte. Im Winter verwandelten sich die Wege in Schlammpfützen, in denen man selbst mit guten Sohlen leicht ins Rutschen kam.

Die Elbvororte hingegen waren sauber, adrett und beschaulich, ganz anders als die Gegend um die Huron Street, die im weiteren Verlauf aus der Stadt hinaus ins Nichts zu führen schien und um die herum alles weit und offen war, ohne jeden Halt.

Überhaupt war hier alles groß und weit, irgendwie protzig und doch von wenig Bestand. Wie beim Marquam-Komplex, der mit seinen Büros, den Geschäften und dem reich verzierten Opernhaus imposant in den Himmel ragte. Da man beim Bau schlechte Materialien verwendet hatte, stürzte bei Renovierungsarbeiten die nordöstliche Fassade ein und riss ein Geschoss nach dem anderen mit sich. Allein das *Marquam Grand Opera House* war von dem Einsturz verschont geblieben, und Gertrud weigerte sich hartnäckig, auch nur einen Fuß hineinzusetzen.

Alles bloß schöner Schein, dessen glänzende Politur den faulen Kern verbarg.

Auch Paul fühlte sich nicht zu Hause in dieser neuen Welt, das spürte sie. Seit sie hier waren, hatte er zu trinken begonnen, und es wurde mit jedem Monat schlimmer. Weil er sich seit der Kündigung Ende Februar von einem Hilfsjob zum nächsten hangelte, hatten sie ihre Zugehfrau entlassen müssen. Alles, was Gertrud blieb, war die schwarze Nanny, die jeden Tag für ein paar Stunden nach den Kindern sah, während sie Zuflucht im Deutschen Einwanderungsverein suchte, um bei Kaffee und Gebäck über das neue Frauenwahlrecht zu plaudern oder im von der Gesellschaft initiierten Altenheim auszuhelfen. Dort ging es den Menschen noch viel schlechter als ihr, was sie von ihrem eigenen Elend ablenkte.

In der Einrichtung bekam sie auch die Kehrseite der Auswanderungen zu Gesicht. Die Bitterkeit und die Armut des Alters und nicht zuletzt die Sehnsucht nach der Heimat. Die Greise trugen ihre Erinnerungen in abgegriffenen Broschüren und verblassenden Fotografien mit sich, in der Erkenntnis, diese Orte und Menschen niemals wiederzusehen.

Aber nun war Schluss damit, vorbei. Endlich!

Seit Gertrud ein Kabinettfoto von den beiden Kindern nach Hause geschickt hatte, häuften sich die Briefe ihrer Mutter, in denen sie darum bat, die Enkelkinder endlich kennenzulernen. Sie seien jetzt wahrlich lange genug fort gewesen, und Herbert sei inzwischen so alt, dass man ihm die Schwindelei mit seinem Geburtstag nicht mehr ansehen würde.

Sie hatte der Mutter in ihrem Antwortbrief erzählt, dass sie nichts lieber wolle, als nach Hause zurückzukehren, dass ihnen aber die finanziellen Mittel dazu fehlten. Woraufhin Papa ihr eine größere Summe angewiesen hatte, mit der sie die Schiffstickets erster Klasse nach Hamburg bezahlen sollten.

Lächelnd drapierte Gertrud den Morgenrock so, dass er wie eine Schleppe neben ihr lag.

Sie konnte es kaum abwarten, Paul die frohe Neuigkeit zu eröffnen. Endlich konnten sie dieser unseligen Episode ihres Lebens den Rücken zukehren. In Hamburg würden sie an ihr altes Leben anknüpfen, das sie so glücklich gemacht hatte, und dann so weiterleben, als wäre diese Episode hier in Portland nie geschehen.

Aus dem Kinderzimmer drang ein kehliges Krächzen, das sich allmählich in ein Kreischen verwandelte. Gertrud sprang auf und hastete zum Gitterbettchen, wobei sie betete, dass sie Kurt beruhigen konnte, bevor auch Herbert aufwachte.

Doch kaum hatte sie den Jungen auf den Arm genommen, hörte sie Herberts energisches Stimmchen aus dem anderen Bett.

»Mami!«

»Sei still«, rief sie streng, »und schlaf weiter. Hörst du?«

»Aber es ist zu laut.«

Gertrud wiegte Kurt und eilte, als das Schreien nicht verebben wollte, mit dem Jungen auf dem Arm zu Herbert, um ihm die Decke bis zum Kinn zu ziehen, bevor der Schlaf endgültig vertrieben war.

»Scht«, sagte sie, während sie Kurt mit einer geübten Bewegung ihrer breit gewordenen Hüfte auf und ab wippte. »Schlaf weiter. Sonst sage ich es Vater, und der wird dir schon beibringen, dass ein guter Sohn seiner Mutter zu gehorchen hat.«

Doch Herbert zeigte nur auf seinen kleinen Bruder, dessen Kreischen in ein sirenenartiges Heulen übergegangen war. Er verzog das Gesicht und fing nun seinerseits zu weinen an, bis Gertrud selbst den Tränen freien Lauf ließ, während sie ein Schlaflied anstimmte, um die beiden zu beruhigen.

Es dauerte eine geschlagene Stunde, bis es wieder still war im Haus und Gertrud sich erschöpft auf das Sofa fallen ließ. Das frische Nachthemd war verknittert und vom Rotz der weinenden Kinder verschmiert, das gebürstete Haar war kraus und die wirren Locken umrahmten das verheulte Gesicht.

So fand Paul sie vor. Er hatte versucht, das Haus ganz leise zu betreten und hätte dabei beinahe die elektrische Tischlampe umgerissen, die sie zur Hochzeit von Joseph und Margaret geschenkt bekommen hatten.

»*Damned*«, lallte er und erschrak, als das Licht der dazugehörigen zweiten Lampe aufflammte und er Gertrud auf dem Sofa sitzen sah. »Du bist noch wach?«

»Ich habe auf dich gewartet.«

»Warum? Ist etwas geschehen?«

»Hast du vergessen, was du mir heute Morgen versprochen hast?«

»Verdammt!«

Gertrud strich sich das Haar zurück und stand auf, entsetzt über seinen desolaten Zustand. All die schönen Worte, die sie sich zurechtgelegt hatte, waren wie ausradiert.

»Es funktioniert nicht«, sagte sie endlich und versuchte ein Lächeln. »Die Ausreise nach Amerika war ein Fehler, das habe ich inzwischen eingesehen. Aber damit ist nun Schluss, wir werden zurück nach Hamburg fahren.«

»Einfach so? Wegen dir habe ich meinen Beruf aufgegeben, erinnerst du dich? Wir sind nach Amerika gezogen, weil du Sorge hattest, dass dein Großvater Ärger macht. Gut, hier sind wir. Und gerade, wo ich beginne, mich ein wenig einzuleben, willst du, dass ich wieder fortgehe, weil dir hier langweilig wird und es dir nicht luxuriös genug ist.«

Gertrud schluckte das Gefühl der Demütigung herunter und trat auf ihn zu.

»Du bist hier doch auch nicht glücklich«, flüsterte sie und schmiegte sich an seine Brust. »Ich sehe es dir an.«

»Und von welchem Geld sollen wir die Reise bezahlen?«

»Mein Vater hat welches geschickt.« Gertrud fuhr über das Hemd, das nach Bier roch, was in ihr Übelkeit erregte. Vorsichtig löste sie sich und trat einen Schritt zurück. »Es reicht für eine Rückfahrt erster Klasse. Und in Hamburg fangen wir einfach noch mal ganz von vorne an.«

»Bei der Woermann-Linie werden sie mir nach all der Zeit die Tür weisen.«

»Du musst ja nicht wieder zur See fahren. Ich dachte, du könntest bei deinem Vater …«

»Herrgott, Gertrud«, donnerte er los, weil er sich so furchtbar unverstanden fühlte, dann hob er die Hand. »Wo ist das Geld?«

»Was willst du damit?«

»Die überfälligen Rechnungen bezahlen. Und ein kleines Boot kaufen, mit dem ich Ware von Portland zu den anderen Häfen bringen kann.«

»Das Geld ist für die Schiffsreise gedacht, ich will zurück nach Hamburg, mit dir und den beiden Jungs!«

»Der Zug ist längst abgefahren, begreifst du das denn nicht, du dummes Ding?« Paul seufzte und strich sich übers Haar, mit einem Mal wieder nüchtern. »Das Geld wird mir helfen, hier etwas Eigenes aufzubauen, etwas zu schaffen, von dem wir gut leben können. Tu es mir nicht an, mich wie einen Versager nach Hamburg zurückzuschleifen. Nie wieder könnte ich mir im Spiegel ins Gesicht sehen.«

Gertrud zögerte, hin- und hergerissen zwischen Ärger und Verzweiflung. Doch weil sie Paul nicht verlieren wollte, stimmte sie schließlich zu. »O mein Gott, Paul, bitte sag, dass alles gut wird. Du musst mir versprechen, dass wir ganz bald nach Hamburg zurückkehren.«

»Ich schwöre es«, sagte er und nahm sie mit einem Seufzer der Erleichterung in den Arm. »Du wirst sehen, Gertrud. Ich werde aus eigener Hände Kraft Geld verdienen, dann bekommst du ein größeres Haus und ein Dienstmädchen, das dir zur Hand geht. Und wenn du dann immer noch zurückwillst, fahren wir heim.«

Weil Paul zwar ein guter Seemann, doch ein schlechter Kaufmann war und sich nur ungerne mit Zahlen und Verträgen beschäftigte, brachte ihn eine größere Lieferung, die mit gefälschten Goldzertifikaten bezahlt wurde, schon bald in Schieflage. Nur zwei Monate später war das Geld aufgebraucht, und er musste das Boot für einen Bruchteil des ursprünglichen Preises wieder verkaufen.

Da sich zur selben Zeit der österreichisch-serbische Konflikt im fernen Europa rasant zuspitzte, kam schon bald weitere Post von Gertruds Vater, der endgültig genug von den Eskapaden seines Schwiegersohns hatte. Das nahende Kriegsgetöse fordere ein schnelles Handeln, schrieb er, deshalb könne er nicht zulassen, dass seine Tochter und die beiden Enkelsöhne unter Pauls Unfähigkeit leiden müssten.

Dem Brief lagen drei bereits bezahlte Tickets für eine Überfahrt nach Deutschland bei, auf denen nur die Namen von Gertrud, Herbert und Kurt standen.

In aller Eile packte Gertrud Taschen und Koffer, während ihr die Tränen unablässig die Wangen hinabliefen. Sie freute sich auf die Heimat, ja, aber der Gedanke, ihren Paul in Amerika zurückzulassen, war kaum erträglich.

»Du kommst doch nach, nicht wahr?«, fragte sie immer wieder.

»Sobald ich zu Geld gekommen bin«, gab Paul stets mit zur Schau gestelltem Gleichmut zur Antwort.

Zum Abschied von Schwager und Schwägerin blieben Gertrud nur wenige Stunden Zeit und noch weniger für all die anderen Menschen, die sie in Portland kennengelernt hatte. Weil ihr die Angelegenheit ein wenig peinlich war, erzählte sie den Damen vom Einwanderungsverein, die sich so viel Mühe mit ihrer Integration gegeben hatten, dass es nur ein Familienbesuch sei und sie bald zurückkehre. Dann hieß es Koffer packen.

An einem Montag Ende Juli 1914 bestieg Gertrud mit den

beiden Kindern und der Nanny, die sie bis zum Schiff begleiten sollte, den Zug nach New York.

Beim Abschied herzte Paul seine beiden Söhne und drückte Gertrud fest an sich.

»Wir sehen uns wieder«, versprach er und gab seiner Frau einen langen Kuss, der so innig war wie schon lange nicht mehr.

Doch als Gertrud sich aus dem Fenster lehnte, um ihrem Mann ein letztes Mal zuzuwinken, da sah sie, dass er dem anfahrenden Zug bereits den Rücken zugedreht hatte und den Bahnsteig mit beschwingten Schritten verließ.

Enttäuscht steckte sie ihr Taschentuch wieder ein und bemühte sich, die Tränen hinunterzuschlucken. Eine Ahnung stieg in ihr auf. Der Gedanke, Paul nie wieder zu sehen, war derart schmerzhaft, dass sie ihn rasch unterdrückte. Er würde sein Versprechen wahr machen, ganz bestimmt. Eines Tages würde Paul genügend Geld verdienen, um ihr und den Kindern in die Heimat zu folgen.

36

SIBIRIEN

August 1914

Der Fluss wurde breiter, strebte den von üppigen Gräsern flankierten Sümpfen und sich verzweigenden Seen der unteren Amurebene entgegen. Je näher sie Chabarowsk kamen, dem Verwaltungssitz der Amurregion, desto stärker wurde der Verkehr. Andere Dampfer kreuzten ihren Weg. Ein Floß mit einem roh zusammengezimmerten Warenhaus schob sich stromaufwärts an ihnen vorbei, auf dem Weg zu den Kosakenstationen, die den Amur säumten. Ein anderes beförderte eine Familie mit fünf schmutzgesichtigen Kindern, die zwischen Ackergeräten und prall gefüllten Kisten Fangen spielten, offenbar Bauern auf der Suche nach einem neuen Stück Land.

Otto lehnte an der Reling und winkte ihnen zu.

Er war guter Dinge. Sein Aufenthalt in Blagoweschtschensk, einem wichtigen Umladehafen an der Mündung der Seja, war erfolgreich verlaufen. Er hatte neue Kontakte geknüpft und viele gute Aufträge für Dosenmilch entgegengenommen. Die ehemalige Goldwäscherstadt hatte sich gut entwickelt. Im Zentrum standen elegante Steinbauten, in denen sich viele Warenhäuser niedergelassen hatten. Warenhäuser, die ab sofort zu seinen Kunden gehörten, ebenso wie die Kasernen.

Otto hatte auch einige kleinere Dörfer besucht und Ausflüge entlang des Flussufers gemacht, wo ihm eine üppige Vegetation begegnete, deren Farbenpracht ihn an seine Zeit in Kolumbien erinnerte. Aber er hatte auch viel verbrannte Erde gesehen, eine Folge der unkontrolliert errichteten Feuerstellen, deren Funken der Wind regelmäßig in die Weiden trieb, bis der Regen, der in diesen Breiten großzügig fiel, die Brände wieder löschte.

Auch dort hatten Ladeninhaber größere Posten der weiß-roten Kondensmilchdosen mit dem Bild dreier Nelken bestellt. Nun war Otto auf dem Rückweg und freute sich auf sein Zuhause und darauf, seinen Angestellten Wübbens und Sterelny von der vielen Arbeit zu erzählen, die auf sie zukam.

Vor allem konnte er den Moment kaum abwarten, den gesamten Auftrag nach Amerika zu telegrafieren.

Otto stellte sich das Gesicht der Herren bei Carnation Milk vor, wenn seine Order in der Firmenzentrale in Delaware eintraf. Sie würden sich die Augen reiben und denken, dass er sich um eine Kommastelle vertan hatte. Doch dann würden sie anerkennend nicken, weil er es tatsächlich geschafft hatte, der vormals im fernen Sibirien vollkommen unbedeutenden Firma zu einem beachtlichen und konstant wachsenden Umsatz zu verhelfen.

Otto lachte und bemerkte, dass sich einige Passagiere verwundert nach ihm umdrehten. Aber es war ihm egal. Sie konnten nicht wissen, welche Genugtuung sich gerade in ihm Bahn brach.

Mister Stuart hatte ihn von Anfang an unterschätzt! Er hatte nicht sehen wollen, was für ein Kaufmann in ihm steckte. Jahr für Jahr hatte er ihm bewiesen, wozu er fähig war, ohne dass irgendjemand bei Carnation je ein Wort darüber verloren hätte. Sie nahmen die Aufträge vielmehr mit einer Selbstverständlichkeit entgegen, als liege der Erfolg allein an dem Produkt und nicht an seinem Fleiß und dem Gespür für den Markt.

Aber er hatte sich davon nicht irritieren lassen. Mit den neuen Umsätzen konnte er den nächsten Schritt einleiten. Carl Wübbens war eine vertrauenswürdige Person, die sich in der Firma gut bewährt hatte. Ihn konnte er sich in naher Zukunft gut als Stellvertreter in Wladiwostok vorstellen. Dann hätte er auch öfter mal Zeit, um nach Hamburg zu fahren.

Als sich der Dampfer dem Hafen von Chabarowsk näherte, bemerkte Otto, dass sich etwas seit seiner Abfahrt vor drei Wochen verändert hatte.

Die Menschen am Kai waren in heller Aufregung. Zwischen den Zelten und Hütten, in denen die Fischer lebten, standen Männer in Grüppchen und steckten die Köpfe zusammen, teils schreiend und wild gestikulierend. Soldaten patrouillierten über die Stege und entlang des Ufersaums.

Als Otto das Schiff verließ, hörte er die sich überschlagende Stimme eines Zeitungsjungen, der den Ankömmlingen mit ausgestrecktem Arm eine Sonderausgabe entgegenhielt.

»Extrablatt, Extrablatt! Deutschland hat Russland den Krieg erklärt!«

Otto gab ihm eine Münze und las die Schlagzeile. Die Zeitung war zwei Tage alt und stammte vom 2. August.

In den fünf Tagen, die das Schiff von Blagoweschtschensk bis nach Chabarowsk gebraucht hatte, waren nur wenige Nachrichten über das Fortschreiten des Konfliktes zu ihm durchgedrungen. Die Menschen hatte sich an die Beteuerungen Deutschlands, Russlands, Frankreichs und Englands geklammert, mäßigend auf die Konfliktparteien einwirken zu wollen. Nun war der Krieg also doch ausgebrochen. Er hatte es geahnt und zugleich gehofft, ihm bliebe mehr Zeit, alles zu regeln.

Auf der Hinreise hatte Otto sich zu einem Schritt entschlossen, den er niemals für möglich gehalten hatte. Aber es schien ihm unerlässlich, wenn er all das, was er hier aufgebaut hatte, vor fremdem Zugriff schützen wollte.

Er hatte dem Generalgouverneur der Amurregion, Nikolai Lwowitsch Gondatti, in Chabarowsk seine Aufwartung gemacht und in einem persönlichen Gespräch Interesse an der russischen Staatsbürgerschaft bekundet. Angesichts der angespannten Weltlage hatte Otto sich für den direkten Kontakt entschieden, weil er darauf mehr vertraute als einem Stück Papier, das rasch in irgendeinem Papierkorb landen konnte, noch bevor es den Adressaten erreichte.

Gondatti war zudem ein Ehrenmann, der viel für die Region und die Bevölkerung getan hatte. Ihm war es zu verdanken, dass die Züge der Amurregion einen Anschluss an die Strecke der Transsibirischen Eisenbahn erhielten und damit einen Zugang zum Handelsverkehr mit dem restlichen Russland. Zudem besaß Gondatti italienische Wurzeln und war ein Mann von Welt, der sich trotzdem Zeit für einen Kaufmann wie Otto nahm, wenn auch nur wenige Minuten.

Sie hatten sich über Deutschland ausgetauscht, das der Generalgouverneur von einer seiner jährlichen Reisen als junger Mann kannte, und sein Bild von Ottos Heimat war nicht halb so düster, wie es sich die Herrschenden von einem Generalgouverneur versprachen. Gondatti hatte versichert, sich persönlich um die Sache zu kümmern.

Otto konnte nur hoffen, dass der Antrag inzwischen bewilligt war und eine entsprechende Note den Weg über die Post auf seinen Schreibtisch in der Aleutskaja gefunden hatte.

Er durfte keine Zeit verlieren, er musste so schnell wie möglich zurück nach Hause, nach Wladiwostok. Dort schätzte man ihn als integren Mann, der die russische Sprache nicht nur im Wort, sondern auch in der Schrift nahezu perfekt beherrschte. Von da aus würde er sich nach dem Stand der Dinge erkundigen und sicher bald wissen, wie weiter vorzugehen sei.

Zwei Soldaten eilten ihm auf dem hölzernen Steg entgegen. Mit bis zum Hals klopfendem Herzen tat Otto Schritt um Schritt, bis die beiden unverhofft das Tempo erhöhten und an ihm vorbei zum Fährboot rannten. In seinem Rücken wurden Stimmen laut, es folgten erst heftiges Geschrei, dann ein Schlag, mit dem sämtliche Geräusche zu verstummen schienen.

Ottos Finger umkrampften den Koffergriff. Er zwang sich, ruhig zu bleiben. Gemessenen Schrittes ging er die Anhöhe hinauf und an dem Hotel vorbei, in dem er eigentlich hatte übernachten wollen. Ein Militärwagen mit nervös trippelnden Gäulen wartete vor dem Eingang, aus dem Soldaten zwei blassgesichtige Männer in Ketten unter lautem Gejohle ins Freie stießen.

Otto hob den Koffer an die Brust und lief so ruhig es ihm möglich war den Hügel auf der dem Hafen abgewandten Seite wieder hinab. Er schlug einen schmalen Weg ein, der dem Ufer des Amurs folgte und sich schließlich in der immer dichter werdenden Vegetation verlor. Erst jetzt blieb Otto stehen und warf einen Blick zurück, lauschte dem Klang seines Herzens, dem schnellen Pulsieren, das bis in sein Ohr drang.

Niemand war ihm gefolgt.

Erleichtert stellte er den Koffer ab, wischte sich den Schweiß von der Stirn und verscheuchte die Mücken, die ihn hungrig umschwirrten.

Er beschloss, hier im Dickicht auf den Einbruch der Dunkelheit zu warten und dann zu versuchen, zum Bahnhof zu gelangen, um den Nachtzug zu bekommen, von dem er wusste, dass er irgendwann gegen zehn einfuhr.

Wie es seinen beiden Mitbewohnern in Wladiwostok und seinen deutschen Freunden vom Club wohl ging? Und wie der Familie in der Heimat?

Während sich der Himmel über ihm langsam rötlich färbte und schließlich in ein violettes Blau überging, dachte Otto an Hamburg und die vielen Menschen, die ihm mehr bedeuteten, als er es ihnen in den vergangenen Jahren hatte zeigen können.

An seine Eltern, an seine Schwester Lisbeth, die immer ein

wenig altjüngferlich wirkte, aber ein warmes Herz hatte, und an Tilla, deren Gesicht mit den Jahren immer strengere Züge bekam. An Hans, den sie sicher einziehen und an die Front schicken würden.

Er dachte auch an Johann, der im vergangenen Oktober zum Vorsteher der chemisch-physiologischen Abteilung des neu erbauten Allgemeinen Krankenhauses Barmbek ernannt worden war und der zwar von der Front, aber gewiss nicht vom Krieg verschont bleiben würde.

Dann tauchte wieder Theresias Gesicht vor seinem inneren Auge auf.

All die Jahre hatte er versucht, nicht an sie zu denken, weil zwischen ihnen ein ganzer Kontinent lag und noch viel mehr. Damals hatte Theresia die richtige Entscheidung getroffen, das wurde ihm nun klar, da alles Deutsche zum Feind erkoren war. Wie hätte sie sich jetzt wohl gefühlt, fern der Familie, der Heimat?

Otto dachte an sein Versprechen, irgendwann einmal nach Hamburg zurückzukehren. Und während sich die Dunkelheit allmählich über das Land senkte und er den Koffer hob, um sich auf den Weg zum Bahnhof zu machen, fragte er sich, ob er sie wohl jemals wiedersehen würde.

Noch immer strömten die Menschen durch die Straßen, um sich über die neuesten Ereignisse der Weltpolitik auszutauschen und die Verhaftungen der Deutschen mit Häme zu verfolgen. Andere waren in ihre Wohnungen und Verschläge zurückgekehrt, wo sie zusammenrückten und leise flüsternd im Licht gedimmter Gaslampen ihre Sorgen miteinander teilten.

Otto gelang es über einen am nördlichen Stadtrand verlaufenden Weg ungehindert bis zum Bahnhof von Chabarowsk zu kommen, wo sich mehr Reisende als sonst auf dem einzigen Bahnsteig verteilten.

Während sich mehrere junge Soldaten einen Weg durch die Wartenden bahnten und sich von ihnen die Papiere zeigen ließen, lehnte am Eingang des Bahnhofsgebäudes ein offenbar vollkommen übermüdeter Rekrut mit halb geschlossenen Lidern an der Wand, das Gewehr griffbereit.

Otto straffte die Schultern und betrat die Halle, wobei er sich darum bemühte, den Soldaten zu ignorieren.

Im Inneren roch es nach dem Rauch des Kohleofens, den irgendjemand mitten im Sommer entzündet hatte. Auf den gelbfleckigen Aushängen suchte er nach der Abfahrtszeit des Zuges, doch weil die Beleuchtung im Gebäude zu schummerig war und die Zeit drängte, steuerte er stattdessen direkt auf die Menschenschlange zu, die vor dem einzigen offenen Schalter wartete.

»Wann geht der Nachtzug nach Wladiwostok?«, fragte er die Frau vor sich, die den greinenden und zappelnden Jungen auf ihrem Arm davon abzuhalten versuchte, dass er ihr das Tuch vom Kopf riss.

»Er sollte längst da sein«, sagte sie. Dann zischte sie ihrem Sohn in unverständlichem Dialekt ein paar scharfe Worte ins Gesicht, woraufhin der Kleine schlagartig Ruhe gab.

Otto warf einen Blick auf die Bahnhofsuhr: drei Minuten vor zehn. Vor ihm warteten eine europäisch gekleidete Familie mit drei älteren Kindern, eine Gruppe Chinesen, zwei Männer in Tracht und die Frau mit dem Kind.

Nur langsam schob sich die Schlange nach vorne und kam, als die Chinesen an der Reihe waren, zum Stillstand. Stimmengewirr brandete auf, wütende Worte wurden gewechselt, dann machte sich Verzweiflung breit, da die Chinesen sich dem Bahnbeamten offenbar nicht mitteilen konnten.

Aus der Ferne erklang das Schnaufen der Dampflok, die sich allmählich in den Bahnhof schob und mit lautem Quietschen zum Stehen kam.

Otto eilte nach vorne und stellte sich neben dem Wortführer der Gruppe in die Schlange.

»Gibt es Probleme?«, fragte er in gebrochenem Chinesisch. »Kann ich vielleicht helfen?«

Erleichterung machte sich im Gesicht des Mannes breit. Mit fuchtelnden Händen erklärte er Otto, dass er acht Fahrkarten dritter Klasse nach Wladiwostok kaufen wolle, ihn der Mann am Schalter aber offenbar nicht verstand.

Otto trat zu dem rundgesichtigen Mann, der die Szene mit auf die Nasenspitze gerutschter Brille verfolgte, und verlangte in perfektem Russisch acht Karten dritter Klasse nach Wladiwostok und eine Karte für sich.

Der Schalterbeamte schob die Brille nach oben und verschränkte die Arme. »Ich habe die Herren durchaus verstanden«, sagte er schließlich. »Aber Sie sehen ja, was auf dem Bahnsteig los ist. Die ganzen Leute passen unmöglich in den Zug. Ich habe die Order, keine Billets mehr auszugeben.«

»Dann stellen Sie wenigstens eines für mich aus. Ich muss dringend nach Hause.«

Der Mann lächelte, als habe er ihn nicht gehört.

Otto schob einige Scheine über den Tresen, weit mehr, als für eine Fahrkarte nötig waren. »Wenn Sie mir nicht augenblicklich eine Karte geben«, bellte er mit der ungeduldig-arroganten Art jener Russen, die sich aufgrund ihrer Position über jede Regel erhaben wähnten, »muss ich dem Generalgouverneur Meldung machen, der übrigens ein enger Freund von mir ist. Sollte ich Ihretwegen Wladiwostok nicht rechtzeitig erreichen, wird es Sie teuer zu stehen kommen!«

Der Mann zögerte, griff schließlich nach den Scheinen und schob ihm endlich das Billet über den Tresen, als die Glocke zur Abfahrt bereits über den Bahnsteig hallte.

Die Karte in der Hand durchmaß Otto das Bahnhofsgebäude,

stieß mit dem Koffer die Tür zu den Gleisen auf und fing an zu rennen, als er sah, dass sich der Zug langsam in Bewegung setzte.

In diesem Moment schrak der Soldat vor dem Eingang aus seinem Dämmerschlaf. »Halt, Personenkontrolle!«, brüllte er.

Doch Otto ignorierte ihn und erhöhte das Tempo, rempelte mit dem Koffer gegen eine Gruppe Reisender, die lautstark mit den jungen Soldaten debattierten, bis er die Haltestange des letzten Waggons zu fassen bekam. Mit einem Keuchen schwang er sich auf die Plattform und setzte den Koffer zu Boden. Geduckt hockte er da, in der Erwartung von Gewehrsalven, doch es blieb ruhig.

Der Zug gewann rasch an Fahrt. Endlich wandte Otto den Blick zurück zum Bahnhof, der bereits zu einem winzigen Punkt geschrumpft war und schließlich vom Dunkel verschluckt wurde.

Mit einem Stoßseufzer öffnete er die Tür des Waggons und trat ein. Der Wagen war vollkommen überfüllt. Otto drängte sich an Reisenden vorbei, die sich auf den Gängen niedergelassen hatten, und bahnte sich einen Weg durch den Lärm und den Dunst von Kohlsuppe, Tabakrauch und Schweiß bis zur ersten Klasse, wo er mithilfe einiger Kopeken den letzten Platz im Abteil des Aufwärters ergatterte und sich erschöpft in die Polster fallen ließ.

37

Otto hatte vielleicht zwei oder drei Stunden geschlafen, aufrecht, den Kopf gegen das Rückenpolster gelehnt. Als er von einem Geräusch geweckt die Augen öffnete, saß ihm ein schwarzhaariger Mann in einem weißen Sommeranzug gegenüber, der mit offenem Mund schnarchte.

Seine Lider begannen sich wieder zu senken, als der Zug mitten auf der Strecke stehen blieb. Erschrocken richtete sich Otto auf und lauschte mit angespannten Muskeln. Unweit des Abteils gab es einen lauten Tumult, in dessen Folge einige Schüsse fielen. Immer wieder waren schneidende Kommandos zu hören, hastige Schritte auf dem Gang, dann war es still. Ruckelnd fuhr der Zug irgendwann wieder an und schob sich wie eine eiserne Schlange durch die sternenlose Nacht.

Eine Zeit lang lag Otto wach und starrte auf das Kaleidoskop der Dunkelheit, in dem Lichter, Masten und Bäume und dann wieder Lichter, Masten und Bäume an ihm vorbeirauschten. Immer wieder spielte er die Jagdszenen auf den Straßen von Chabarowsk durch, die ihm vor Augen geführt hatten, was ihn möglicherweise auch in Wladiwostok erwartete. Er hoffte, dass es Carl Wübbens, der ebenfalls nur einen deutschen Pass besaß, gut ging. Ebenso den vielen anderen Freunden und Bekannten, mit denen er herrlich unbeschwerte Kegelabende verbracht hatte.

Ohne weitere Zwischenfälle erreichten sie am nächsten Morgen Wladiwostok. Es war ein windiger Augusttag. Otto schlug den Kragen seiner Jacke hoch und folgte dem Strom der Reisenden, die vor dem Bahnhofsgebäude stehen blieben, an dessen Wänden die Bekanntmachungen angeschlagen waren. Nun war der Belagerungszustand also offiziell ausgerufen, und die Stadt unterstand ab sofort dem Befehl des Festungskommandanten.

Mit raschen Schritten ließ Otto den Bahnhof hinter sich.

Die Stadt sah aus, als wäre sie von einer Woge Menschen überspült worden. Die Straßen waren verdreckt, Kinder balgten sich um ein im Matsch liegendes Bild des Zaren. Ein Grüppchen zog zum Hafen, es waren sechs oder sieben Männer, die russische Fahnen schwenkten und lachten, als gäbe es etwas zu feiern.

»Ein Hoch auf Serbien!«, brüllten sie. Und: »Es lebe die russische Armee!«

Als Otto die Hauptgeschäftsstraße der Stadt kreuzte, waren die Türen und Fenster der Lebensmittelgeschäfte, Apotheken und Cafés verschlossen. Das Kaufhaus Kunst & Albers hatte die Rollläden herabgelassen. Vor dem Eingang des zugehörigen Bankkontors drängten sich die Leute und forderten Einlass, verlangten die Auszahlung ihres Geldes.

Ohne innezuhalten, eilte Otto in Richtung der Aleutskaja, in der sein Büro und die Wohnung lagen.

»Gott sei Dank, Ihnen ist nichts geschehen«, rief Carl Wübbens vom Küchentisch aus, als Otto die Tür aufschloss. Der Mitbewohner eilte ihm entgegen, sein dünnes Haar stand zu allen Seiten ab, das sonst glatt rasierte Gesicht war übersät von Stoppeln.

»Wie ist der Stand der Dinge?«, fragte Otto, nachdem sie sich in einem Ausdruck der Erleichterung kurz umarmt hatten. »Sind wir hier sicher?«

»Das bezweifele ich.« Wübbens Stimme bebte. »Vorgestern haben sie verkündet, dass alle Deutschen innerhalb von vierundzwanzig Stunden die Stadt zu verlassen hätten. Ich war drauf und dran, dem Strom der Ausreisenden zu folgen. Die Menschen hier sind nicht wiederzuerkennen. Sie hätten mal die Demonstrationszüge sehen sollen, die sich am Montag von der Kirche aus durch die Stadt bewegt haben. Man hat die Leute in den Gottesdiensten auf den Krieg eingestimmt und eine Militärkapelle organisiert, die ordentlich Stimmung machte. Bestimmt zweitausend Personen sind ihr am Ende gefolgt. All die braven Russen haben gegen Deutschland und Österreich skandiert und den deutschen Adler am Konsulatsgebäude zerstört. Es war fürchterlich.«

»Was hat Sie davon abgehalten, sich in Sicherheit zu bringen?«

»Ich wollte die Firma nicht im Stich lassen. Außerdem: Wo soll ich denn hin? Meine Heimat ist hier.«

Otto klopfte seinem alten Freund auf die Schulter. »Wären Sie bloß gegangen«, flüsterte er in einer unheilvollen Ahnung und setzte laut nach: »Wo ist eigentlich Alfred Schweyer?«

»Der hat sich in den Räumen der International Harvester Company eingerichtet und will dortbleiben, bis sich der Furor gegen alles Deutsche gelegt hat. Dank seiner russischen Staatsbürgerschaft hat er von Seiten der Behörden zwar nichts zu befürchten, aber die Zeitungen überbieten sich gerade mit Schilderungen über den deutschen Einfluss, dessen Joch auf dem russischen Volk lastet. Daher sah er es als geboten, für eine Weile unterzutauchen.«

Otto nickte. Das war das Stichwort. »Ist ein Brief von der Regionalverwaltung aus Chabarowsk eingegangen?«

Wübbens schüttelte den Kopf. »Vielleicht hat Sterelny ihn in Empfang genommen. Sie können ihn gleich fragen, er ist im Kontor.«

Über die Durchgangstür gelangte Otto in den Firmenbereich, wo er seinen russischen Angestellten vorfand. Sterelny erhob sich sofort von seinem Schreibtisch.

»Willkommen zu Hause, Herr Lagerfeld«, sagte er mit ernster Miene. »Ich hatte schon befürchtet, Sie wären verhaftet worden.«

»Ist ein Brief von der Regionalverwaltung eingetroffen?«, wiederholte Otto seine Frage, nachdem er Sterelny begrüßt hatte.

»Nein, aber einer aus Hamburg.« Er sagte es mit einem mühsam zurückgehaltenen Schmunzeln, das der Situation nicht ganz angemessen war. »Er ist von einer Frau.«

Otto nahm den Brief entgegen und sah, dass er von Theresia war. Er öffnete das Kuvert und entfaltete das Papier, auf dem mit Leim ein vierblättriges Kleeblatt befestigt war. Rasch überflog er die Zeilen.

16. Juli 1914

Mein lieber Otto,

vermutlich wundern Sie sich, dass ich Ihnen schreibe, gut zwei Jahre nach unserem Ausflug in die Alsterauen. Ich habe in der Zeit oft an Sie gedacht und mich gefragt, ob Sie wohl in Wladiwostok Ihr Glück finden werden. Ich meine nicht das berufliche, denn dass Sie ein guter Geschäftsmann sind, steht außer Zweifel. Und darüber hinaus?

Eine Zeit lang habe ich mir sogar den Tagtraum erlaubt, zu glauben, dass Sie tatsächlich eines Tages nach Hamburg zurückkehren, so, wie Sie es mir versprochen haben. Und dass es vielleicht sogar eine Zukunft gibt für Sie und mich. Aber inzwischen musste ich mir eingestehen, dass es Kleinmädchenträume waren, die im Rückblick wie eine naive Schwärmerei erscheinen.

Dieser Brief ist ein Abschied. Ich habe mich dazu entschieden, nach Böhmen zu gehen, weil es dort jemanden gibt, der mir viel bedeutet und der mir ein guter Ehemann zu sein verspricht.

Wir werden uns also so bald nicht wiedersehen. Daher wünsche ich Ihnen für die Zukunft alles Gute. Leben Sie wohl und passen Sie gut auf sich auf.

Ihre Theresia

PS: Etwas braut sich zusammen in der Welt. Von meinem Fenster aus kann ich auf den Platz vor der Börse sehen. Nur wenige Händler haben sich vom Konflikt zwischen Serbien und Österreich davon abhalten lassen, in die Sommerfrische zu fahren, und die verbliebenen tun, als habe die kriegerische Zuspitzung keine Konsequenzen für die Wirtschaft. Aber ich kann sehen, dass im Pulk der Herren, die vor den Toren auf den Börsenbeginn warten, vereinzelte sehr nervös wirken. Kaum, dass die Kabeljungen ihre Botschaften verteilen, geht ein Ruck durch die Menschen und ihre Anspannung wird sichtbar, die sich nach dem Lesen der Nachrichten in erleichterter Ausgelassenheit entlädt.

Es kommt mir vor wie ein unheilvolles Gewitter, dessen Grummeln man bereits hört, obwohl man es noch in der Ferne wähnt. Wird es vorüberziehen oder näher kommen und seine Blitze über uns entladen?

PPS: Anbei das Kleeblatt, das ich an unserem letzten gemeinsamen Nachmittag gefunden habe. Ich schicke es Ihnen, weil ich glaube, Sie können einen Glücksbringer in diesen Zeiten gut gebrauchen.

Leben Sie wohl.

Und noch einmal: Passen Sie gut auf sich auf!

Otto betrachtete den Poststempel. Theresia hatte den Brief vor mehr als drei Wochen aufgegeben. War sie schon fort, gar in diesem Moment bereits verheiratet?

Er spürte, wie ihm die Nachricht einen heftigen Stich versetzte. In all den Monaten hatte er sich nicht bei ihr gemeldet, aus Kränkung und verletzter Eitelkeit, um nun zu erkennen, dass er jemanden zurückgelassen hatte, der ihm lieb und teuer war.

Er hätte um sie kämpfen und ihr schreiben sollen, wie viel sie ihm bedeutete. Hätte ihr sagen sollen, dass er beständig darauf hinarbeitete, mehr Zeit in Hamburg zu verbringen. Doch nun war es zu spät.

Sein Blick glitt über die Regale mit den Ordnern, über die Paletten mit Dosenmilch, die im hinteren Teil des Raumes gestapelt standen, weil das Warenlager bis an den Rand gefüllt war. Das hier war sein Leben gewesen, seine Zukunft. Doch nun ging es darum, die eigene Haut zu retten.

»Wir sollten die Stadt sofort verlassen«, sagte er. »Vielleicht gelingt es uns doch noch, einen Platz auf einem Dampfer zu bekommen, der uns außer Landes bringt.«

»Dafür ist es einige Stunden zu spät«, entgegnete Wübbens, der ihm ins Kontor gefolgt war. »Die *Hozan Maru* hat gestern mit den letzten Flüchtlingen in Richtung Japan abgelegt. Gut hundert Männer, Frauen und Kinder waren an Bord, samt Wiener Damenkapelle. Die Wege nach China, Japan und Korea sind für uns Deutsche seitdem versperrt.«

»Sie könnten versuchen, sich westwärts mit den Pferden durchzuschlagen«, schlug Sterelny vor. »Noch haben sie die Tiere nicht eingezogen.«

Otto sah aus dem Fenster, vor dem berittene Militärangehörige vorbeizogen. Der vom Meer herüberwehende Wind war inzwischen zum Sturm geworden und rüttelte an den Scheiben.

»Da kommen wir nicht weit. Wir sollten als Erstes beim Festungskommandanten eine Verweilerlaubnis einholen, bis wir die Lage besser einschätzen können. Er weiß um unsere Ehrbarkeit und wird sie uns sicher nicht verwehren.«

Weil aber Otto ein eigenartiges Gefühl bei der ganzen Sache hatte und obendrein auf dem schnellsten Weg nach Hamburg wollte, setzte er zusätzlich ein Schreiben auf. Darin erklärte er, dass er seit seinem zweiundzwanzigsten Lebensjahr in Venezuela und Kolumbien sowie in New York und San Francisco gelebt hatte, bevor er schließlich nach Russland gegangen war. In diesem Schreiben bat er darum, als Amerikaner ausreisen zu dürfen.

Zuversichtlich machten die beiden Männer sich auf den Weg. Der Kommandant von Wladiwostok war ein anständiger Kerl und ihnen immer wohlgesonnen. Über Jahre hatte Otto seine Truppen mit Dosenmilch versorgt, er würde sich gewiss dafür einsetzen, dass sie unbeschadet aus der Sache herauskamen.

38

PORTLAND

Der Zug von Portland nach New York nahm Fahrt auf, und Paul hob die Ausgabe des *Oregon Daily Journal* vom Vortag, die er am Bahnhof gekauft hatte. Nun ließ er den Finger über die vielen Namen gleiten, auf der Suche nach seinem eigenen. Da war er, in der letzten Spalte, wenngleich nur als Platzhalter für seine Frau.

Frau P. Lagerfeld und zwei Kinder, in Deutschland.

Zwei Tage zuvor hatte der Reporter an seiner Tür geklingelt. Vor ihm hatte ein kleiner, dunkel gekleideter Mann gestanden, dessen Namen er wieder vergessen hatte.

»Die Damen vom Deutschen Einwanderungsverein haben mir erzählt, dass Ihre Frau Gertrude mit den beiden Söhnen nach Deutschland gereist ist, um ihre Familie zu besuchen. Ist das korrekt?«

»Sie heißt Gertrud«, korrigierte Paul, ohne darauf einzugehen.

»Natürlich. Sie haben mein volles Mitgefühl, es muss schrecklich sein, die drei in solch großer Gefahr zu wissen.«

»Vielen Dank. Einen schönen Tag noch.« Paul schickte sich an, die Tür zu schließen.

Der Mann war nicht der Erste, der seit der Kriegserklärung Deutschlands an Pauls Tür geklopft hatte. Am Vortag hatten ihn

Joseph und Margaret samt den Kindern besucht, mit sorgenvollen Gesichtern und einem selbst gebackenen *apple pie*. Alle Streitigkeiten, alle Differenzen waren vergessen, der Krieg hatte alles davongespült. Die Damen vom Einwanderungsverein, die ihn immer hatten spüren lassen, was sie von seinen Ausflügen ins irische Viertel hielten, waren gleich zu fünft erschienen, und es hatte ihn einige Mühe gekostet, sie höflich, aber bestimmt abzuwimmeln.

Der Reporter jedoch bewegte sich keinen Zentimeter zurück. »Ich arbeite gerade an einem Artikel, in dem auch Ihr Name stehen soll. Darf ich?«

Schon trat der Mann einen Schritt vor, und weil Paul zu überrumpelt war, um Gegenwehr zu leisten, ließ er ihn eintreten.

»Bitte sehr.«

Der Reporter nahm den Hut ab, wobei er einen beinahe kahlen Schädel offenbarte. Er folgte Paul zum Esstisch und starrte auf die schmutzigen Teller und Tassen, die sich seit dem vergangenen Nachmittag, an dem Margaret den Abwasch erledigt hatte, neu auftürmten.

»Ich bringe das schnell in Ordnung«, sagte Paul.

Er räumte das Geschirr in die Spüle, warf eine leere Rumflasche in den Müll und klaubte die zerstreuten Zeitungen von den Stühlen, dann bot er dem Mann einen Platz an.

»Es sind gewiss fürchterlich dunkle Stunden«, fuhr der Reporter fort, der die Unordnung offenbar als Zeichen von Pauls Verzweiflung deutete. »Aber Sie sind nicht alleine. Mehrere Hundert Einwohner von Portland sitzen in Europa fest. Wir vom *Oregon Daily Journal* wollen all jene beim Namen nennen, die in diesen schweren Stunden in der Ferne ausharren, manche nunmehr ohne einen Cent Geld.«

Er nahm einen bereits voll beschriebenen Notizblock aus der Jackentasche und blätterte um, bis er eine leere Seite fand.

»Sind das alles Personen aus Portland?«, fragte Paul überrascht.

»Allerdings. Jede Seite ein eigenes Schicksal. Studenten, Hochzeitsreisende, Familien auf Verwandtschaftsbesuch. Es sind so viele, dass wir im Team arbeiten, um sämtliche Namen zu erfassen. Ich komme gerade von Mister und Misses Hirschberger, deren Tochter Clara sich auf dem Weg von Köln nach Paris befindet, ausgerechnet jetzt, da die Franzosen gegen Deutschland mobil machen, um Russland zur Seite zu stehen. Clara hat noch nichts von sich hören lassen, die Hirschbergers waren in Tränen aufgelöst, als sie darüber sprachen. Und Sie kennen doch sicher Miss Nettie Nelson Houx und Miss Edith Ray?«

Paul nickte wortlos. Gertrud hatte von den beiden Damen erzählt, die in der neuen Bibliothek an der SW 10th Avenue arbeiteten.

»Sie sind auf einer Studienreise durch Italien. Weiß der Himmel, wie sie je zurückkommen sollen. Von Mister und Misses Walter C. Smith kam immerhin die Nachricht, dass sie eine Passage auf der *Vaterland* gebucht haben, die am zwölften August von Hamburg aus übersetzen soll. Aber ich fürchte, daraus wird nichts. Man munkelt, dass das Schiff in New York festgehalten wird und die Fahrt nach Hamburg erst gar nicht antreten kann.«

»Alle Dampfschifffahrtsgesellschaften der am Krieg beteiligten Nationen werden ihren Dienst über kurz oder lang einstellen«, sagte Paul und verzog den Mund.

Der Krieg veränderte alles. Und das ausgerechnet jetzt, da alles danach ausgesehen hatte, als könne er dort neu anfangen, wo er vor zwei Jahren aufgehört hatte.

Am Tag nach Gertruds Abreise war Paul mit dem Zug nach San Francisco gefahren, um auf einem der großen Handelsschiffe anzuheuern. Er hatte gehofft, einen Posten zu ergattern, der anfangs vielleicht unterhalb seiner Qualifikation lag, ihn aber zurück aufs Meer brachte.

In all den Jahren war er unter den verschiedensten Flaggen gefahren, hatte auf britischen und australischen Schiffen gearbeitet und niemand hatte sich je daran gestört, dass er Deutscher war.

Auf dem Weg zu den Docks, wo die großen Schifffahrtsgesellschaften lagen, hatte er gespürt, wie all die Verkrustungen, die auf seiner Seele lagen, mit einem Schlag aufbrachen. Er sah sich wieder an Deck eines Schiffes stehen und mit den Gezeiten kämpfen, um ihn herum nichts als die Weite des Meeres. Er hörte das Geräusch der Motoren und spürte die Kraft, mit der das Dampfschiff durchs Wasser pflügte.

Bei dem Gedanken waren Freudentränen in ihm aufgestiegen, die nur wenige Tage später heiß und bitter in seinen Augen brannten.

Man hatte ihm versprochen, sich bald bei ihm zu melden, doch dann war der Krieg ausgebrochen, und alle beteiligten Handelsschiffe standen still. Mit einem Schlag zerschellte die Hoffnung auf einen Neuanfang auf dem harten Boden der Realität.

»Was werden Sie nun tun?«, fragte der Reporter in Pauls Gedanken hinein und setzte, ohne die Antwort abzuwarten, nach: »Haben Sie denn schon Nachricht erhalten, wie es Ihrer Frau Gertrude und den Söhnen geht?«

»Nein«, sagte Paul.

»Wissen Sie, wo sich die drei momentan befinden?«

»Sie sind wohl inzwischen in Hamburg angekommen.«

Der Reporter machte sich Notizen, dann fiel sein Blick auf das Bild eines Schiffes, das achtlos auf dem Sofa lag.

»Haben Sie das gemalt?«, fragte er.

Paul nickte.

»Es ist sehr gut«, sagte der Mann. »Ich wusste gar nicht, dass Sie eine künstlerische Ader haben.«

Was wusste der Mann überhaupt von ihm? Nichts, rein gar

nichts. Nicht einmal den Vornamen seiner Frau kannte er, den alle hier mit einem quiekenden e am Ende aussprachen und ohne jeden Zweifel an der Richtigkeit sogar auch so schrieben.

Der Reporter stand auf und nahm die Skizze in die Hand. »Ist es verkäuflich? Ich würde Ihnen fünf Cent dafür zahlen.«

»Den Preis einer Zeitung? Ich schenke es Ihnen. Ich habe Dutzende davon.« Paul erhob sich und ging zur Tür. »Ich will nicht unhöflich sein, aber wenn ich Sie jetzt bitten dürfte …«

»Selbstverständlich, Mister Lagerfeld«, sagte der Reporter und nahm das Bild an sich. »Die Liste der Gestrandeten wird in der morgigen Ausgabe erscheinen.« Er hob den Hut und platzierte ihn wieder auf dem fast kahlen Kopf. »Alles Gute für Sie.«

»Danke. Und denken Sie daran, Gertruds Name schreibt sich ohne e.«

Paul schloss die Tür und lehnte sich mit dem Rücken gegen das Holz.

Alles war verloren, alles.

Er ging zum Küchenschrank und nahm eine Flasche Rum heraus, entkorkte sie, goss die goldbraune Flüssigkeit in ein Glas, trank. In einem spontanen Wutanfall warf er das Glas mit einem Aufschrei gegen die Wand, dass es zerbarst und die Scherben wie ein Eisregen auf den Boden niedergingen.

Herrgott, er musste etwas tun. So konnte er jedenfalls nicht weitermachen.

Sein Blick fiel auf das gerahmte Bild, das Gertrud und die beiden Jungen zeigte. Sie hatte es ihm vor der Abreise hingestellt, damit er sie nicht vergaß, und nun nahm er es in die Hand. Lange betrachtete er ihr milchiges Gesicht und die weichen, vollen Lippen, die er einst so gerne geküsst hatte.

Vielleicht hatte sie ja recht und in Hamburg war ein Neuanfang für sie möglich, und sei es auch nur ein vorgeblicher, zum Wohle der Kinder. Schließlich brauchte man ihn jetzt in der Heimat, als zwar nicht mehr ganz so junger, aber doch wehrfähiger und an der Waffe ausgebildeter Mann.

Ein Ruck ging durch seinen Körper, und bevor sich die Schwermut wieder seines Geistes bemächtigen konnte, begann er zu packen.

Er würde seiner Pflicht Genüge tun, für seine Kinder, für Gott und das Vaterland!

Das Geld, das er für das Boot bekommen hatte, reichte gerade so für die Zugfahrt nach New York und für ein Billet der dritten Klasse nach Europa. Vielleicht gelang es ihm, auf einem Schiff einer der zahlreichen neutralen Nationen durchzukommen, auf einem amerikanischen, italienischen, französischen, holländischen oder britischen. Von Rotterdam, Boulogne, Plymouth oder Liverpool aus würde er sich schon irgendwie nach Deutschland durchschlagen.

Innerhalb von wenigen Stunden war Paul abfahrbereit. Den Seesack hatte er gegen einen Koffer getauscht, damit er als Zivilist durchging. Er hatte seinen Anzug rausgesucht und zwei saubere Hemden. Dann sagte er seinem Bruder und dessen Familie Lebewohl und machte sich auf den Weg zum Bahnhof, um Portland für immer den Rücken zu kehren.

39

NEW YORK

Als Paul in New York eintraf, waren auch Frankreich und England in den Krieg eingetreten, und die amerikanischen Schiffe hatten ihren Dienst nach Europa offiziell eingestellt.

Einzig die neutralen Länder Holland und Italien transportierten noch Fracht und Passagiere, und die einzelnen Linien gaben über die Zeitungen bekannt, dass sie fortan keine englischen Häfen mehr anliefen. Weil die Nachricht durchdrang, dass sich die Behörden in Rotterdam nun sogar weigerten, Zahnbürsten an Bord eines deutschen Schiffes liefern zu lassen, aus Sorge, damit die Wehrfähigkeit der Besatzung zu erhöhen, war nun keine Linie mehr dazu bereit, einen jungen, kampfestüchtigen Deutschen an Bord zu lassen.

»Wir haben leider keinen einzigen Platz frei«, sagte der Mann am Schalter der Holland-Amerika Line und rückte seine rote Fliege zurecht. »Nicht einmal für Passagiere neutraler Nationen.«

»Bitte, es ist dringend.« Unter dem Raunen der Wartenden hinter ihm in der Schlange öffnete Paul den Koffer, holte das Bild von Gertrud und den Kindern hervor und legte es auf den Tresen. »Meine Familie ist in Hamburg. Ich will doch nur zu ihnen.«

»Es gäbe noch vereinzelte Plätze für Diplomaten mit Ausnahmegenehmigung. Hätten Sie eine solche vorzuweisen?«

»Nein.«

»Dann kann ich leider nichts für Sie tun.« Der Mann lehnte sich zur Seite und winkte mit kurzen Fingern den Nächsten in der Reihe zu sich. »Nun kommen Sie schon, Sie sind dran.«

Paul schloss den Koffer und trat aus der Schlange. Er kämpfte sich durch die Menge der Gestrandeten, die in der Halle zu einem lärmenden Knäuel aus Hilflosigkeit und Verzweiflung verschmolzen. Familien standen und saßen neben Hochzeitsreisenden, Kaufleuten, Hausangestellten und Handwerkern. Zumeist Deutsche, die in verknitterter Sonntagsgarderobe auf abgestellten Koffern warteten, Zeitungen studierten oder mit einem weggeworfenen Anzeigenteil auf dem Gesicht auf einer der Bänke schliefen. Sie alle einte die Hoffnung, irgendwie doch noch in die Heimat zu gelangen.

Eine unbändige Wut krampfte Pauls Magen zusammen, er hätte schreien mögen wegen der Unberechenbarkeit des Schicksals. Wer hätte auch ahnen können, dass der Krieg so bald alles verändern würde. Nun saß er hier fest, in einem Land, in das er nie hatte kommen wollen.

Im Hinausgehen trat er so heftig gegen die Tür, dass sie krachend aufflog.

»Hey, hey, vorsichtig!«, rief ein etwa gleichaltriger Deutscher, der an der Außenmauer lehnte und eine Zigarette rauchte. Er trug einen eleganten Anzug, der viel zu warm für den New Yorker Sommer war. Sein gescheiteltes Haar war streng zurückgekämmt, quer über der Wange prangte ein Schmiss.

Paul murmelte eine Entschuldigung und wollte weitergehen, als sich ihm der Mann in den Weg stellte.

»Momentchen mal.« Er warf die Zigarette zu Boden. »Sind Sie Deutscher?«

Paul nickte.

»Reserveoffizier?«

»Offizier der Woermann-Linie bis neunzehnhundertzwölf«, antwortete Paul nicht ohne Stolz.

»Holla!« Der Mann trat näher, begutachtete ihn eingehend, als sei dies eine Musterung. »Sie sehen aus wie jemand, der eine Passage nach Deutschland gebrauchen kann.«

»Tue ich das?«

»Allerdings.« Er streckte ihm die Hand entgegen. »Joachim Kohlermann.«

»Paul Lagerfeld.«

»Freut mich, Paul. Jetzt, da der Krieg losgebrochen ist, ziehen sich sämtliche wehrtauglichen deutschen Männer aus allen Teilen der Welt zusammen, um dem Deutschen Reich beizustehen, für Kaiser und Vaterland! Die Flotte der Kriegsmarine braucht dringend Kerle wie Sie, und ich kenne einen Weg, der Sie zurück in die Heimat bringt.«

Paul sah sein Gegenüber an, und sein Herz begann heftig zu schlagen. Diesen Mann schickte der Himmel!

»Wie sieht der Weg aus?«

»Am fünfzehnten August wird der holländische Dampfer *Potsdam* zu einer Sonderfahrt in Richtung Rotterdam aufbrechen.«

Es war genau das Schiff, für das Paul soeben vergeblich eine Karte angefragt hatte. »Soll die *Potsdam* nicht erst am achtzehnten ablegen?«

»So ist es. Aber die Schiffsgesellschaft wird die Fahrt stornieren, da der Dampfer für die Rückkehr von zweihundert holländischen Reservisten benötigt wird. Zudem werden auf Betreiben der Hamburg-Amerika-Linie und der Norddeutschen Lloyd alle Angestellten, die nicht mehr in New York beschäftigt werden können, samt ihrer Familien nach Hause geschickt. Auch hier handelt es sich um mehrere Hundert Personen. Aber die *Potsdam* fasst deutlich mehr Passagiere, und die übrigen Plätze stehen einigen besonders dringenden Fällen zur Verfügung. Sie sollten sich rasch ein Billet besorgen, bevor die anderen Wartenden davon Wind bekommen.«

»Und wo bekomme ich die Karte?«

»Gehen Sie zu den Schaltern in der State Street.« Er lachte. »Sie müssten allerdings eine Versicherung unterzeichnen, dass Sie nicht felddienstfähig oder dienstpflichtig sind. Aber da dürfte Ihnen sicher eine hübsche Ausrede einfallen, nicht wahr?«

Sein Lachen wurde lauter, und Paul stimmte ein, obwohl ihm nicht ganz wohl bei der Sache war.

»Viel Glück, Paul. Wir sehen uns an Bord.«

Die Tage bis zur Abfahrt verbrachte Paul in einem schäbigen, verwanzten Hotel. Dann war es endlich so weit. Am Samstag, den 15. August 1914 stand er an Deck der Hoboken Ferry, die das Wasser durchpflügte und Kurs auf die andere Seite nahm, wo die langen Docks der Norddeutschen Lloyd lagen. Die riesigen Backsteinbauten ragten wie Landzungen ins Wasser. Es gab drei Terminals mit einer Länge von je neunhundert Fuß, auf deren Fronten man den Namen *North German Lloyd* in vollendetem Englisch angebracht hatte.

Eine gespenstische Ruhe lag über der Szenerie. Dort, wo sonst ein Meer von Menschen wimmelte, um den abfahrenden Schiffen nachzuwinken, blieben seit der Beschlagnahmung von Landungsbrücken, Speichern, Kaianlagen, Lösch- und Ladeeinrichtungen sowie der Geschäftsgebäude die Plattformen aus Beton leer.

Paul zählte sechs Passagierschiffe, die vor Anker lagen, groß und imposant mit ihren vielen Stockwerken, während die Postdampfer, Fährschiffe und Segelboote in sanften Auf- und Abwärtsbewegungen an ihnen vorbeiglitten. Auch zu seiner Linken, bei der Hamburg-Amerika-Linie, waren sämtliche Liegeplätze belegt. Er erkannte die *Vaterland*, die *President Lincoln*, die *Hamburg*, die *König Wilhelm II.* und viele mehr.

Ganz rechts, hinter dem Pier der Skandinavier, lag die *Potsdam* mit rauchenden Schornsteinen zur Abfahrt bereit.

Es war erstaunlich leicht gewesen, an die Karte zu kommen. Die Dame am Schalter des Büros in der State Street hatte freundlich, aber mit sichtlicher Skepsis gelächelt, als er das Bild von Gertrud und den Kindern hervorholte und ihr eine herzzerreißende Geschichte über ihre große Liebe erzählte. Erst als er ihr den Artikel aus dem *Oregon Daily Journal* zum Beweis vorlegte, den er sorgfältig zusammengefaltet und in den Bilderrahmen hinter dem Foto geschoben hatte, war sie weich geworden. Sie hatte die eidesstattliche Versicherung über seine angebliche Dienstuntauglichkeit ohne ein Wort des Zweifels entgegengenommen und ihm das Billet ausgehändigt, das er nun in der Hemdtasche trug, direkt an seinem Herzen.

Da er seiner Mutter damals im Krankenhaus versprochen hatte, sie nie wieder über seinen Aufenthaltsort im Unklaren zu lassen, hatte er den Eltern ein Telegramm geschickt. Es gehe ihm gut, ließ er sie wissen, er sei auf dem Weg in die Heimat. Und obwohl die vielen Auseinandersetzungen noch immer an seiner Seele nagten, hatte er auch ein Telegramm an Gertrud aufgegeben.

Paul sah hinüber zu den roten Gebäuden von Ellis Island mit den Quarantänebaracken und Haftzellen, ein ferner Punkt vor düster zusammengeballten Wolken.

Mehr als zwei Jahre war es her, dass man sie freundlich durchgewinkt hatte, weil sie über amerikanische Verwandtschaft und reichlich Bargeld verfügten. Er erinnerte sich daran, wie auch ihn damals die Euphorie erfasst hatte, die all jene ergriff, die über eine Schiffstreppe hinaus in das Land der unbegrenzten Möglichkeiten treten durften. Und er fragte sich, ob in diesem Moment deutsche Einwanderungswillige zum Zellentrakt auf der anderen Seite geleitet wurden, wo abgelehnte Ankömmlinge bis zur Rückführung ins alte Land auszuharren hatten.

War es nicht seltsam, dachte er, dass andere Menschen das, was er gerade hinter sich ließ, heiß ersehnten?

Plötzlich fragte er sich, ob er wirklich das Richtige tat.

Hoboken war dunkel von den vielen Menschen, die noch immer auf ein Schiff nach Europa hofften, mehr noch als beim letzten Mal. Auf dem Weg zum Pier der Holland-America Line drängten sich die deutschen Passagiere der *Potsdam* wie Auserwählte zwischen den Zuschauern und Wartenden, ausgelassen, als ginge es auf eine Ferienfahrt. Auf den Decks der festgehaltenen deutschen Schiffe standen die Besatzungen und schwenkten ihre Mützen, als verabschiedeten sie Gladiatoren in einen siegreichen Kampf. »Deutschland, Deutschland über alles«, riefen sie, und vom Pier dankte die Menge es ihnen mit Jubel und Klatschen. Mitten unter ihnen entdeckte Paul Joachim Kohlermann, der sich auf dem Weg zur *Potsdam* mit hoch gereckten Händen feiern ließ und schließlich einem der wartenden Journalisten ein Interview gab.

Als von irgendwoher ein Trompeter *Die Wacht am Rhein* anstimmte, ertönte das Lied aus Hunderten Kehlen, während über ihnen ein aufgebrachter Möwenschwarm kreischend dahinflog.

Solang ein Tropfen Blut noch glüht,
Noch eine Faust den Degen zieht,
Und noch ein Arm die Büchse spannt.
Betritt kein Feind hier deinen Strand.

Lieb' Vaterland, magst ruhig sein,
Fest steht und treu die Wacht, die Wacht am Rhein!

Um kurz vor sechs lehnte Paul zwischen Frauen in bunten Sommerkleidern und im Seewind flatternden Seidenschals und schneidigen Männern an der überdachten Reling des Zwischendecks und hielt das Gesicht in die abendlich milde Sonne. Ungeduldig wartete er darauf, dass die Schiffshupe die Abfahrt des Passagierdampfers ankündigte.

Die allgemeine Heiterkeit an Bord trieb auf ihren Höhepunkt zu. Die Passagiere standen fröhlich plaudernd in Grüppchen beieinander oder lehnten sich an die eiserne Brüstung, um einen letzten Blick auf New York zu erhaschen. Menschen der verschiedensten Gesellschaftsschichten standen Schulter an Schulter, Adelige neben Dienstboten, und alle waren froh um ihren Platz an Bord.

Drei kräftige junge Männer spazierten vollkommen ungeniert in soldatischer Haltung über Deck. Einer prahlte gar damit, dass er sich gleich nach der Mobilisierungsnachricht, die ihn im fernen Kanada erreicht hatte, auf den Weg nach Hause gemacht habe und es nun, nach endlos scheinender Warterei in New York, kaum erwarten könne, endlich zum Einsatz zu kommen.

Paul beobachtete einen jungen Mann, der eine Kamera um den Vatermörderkragen trug und aufmerksam zuhörte.

»Hier hat wohl niemand Sorge, dass die Engländer uns nicht durch den Kanal lassen«, wandte sich Paul an seinen Nebenmann, einen distinguierten älteren Herrn, der das Treiben ebenso still wie er beobachtete. »Es ist doch allzu offensichtlich, dass hier ein Schiff voll kriegstauglicher deutscher Männer in See sticht, die in der Heimat umgehend zu den Waffen greifen werden.«

»Und wenn schon«, antwortete der Schnauzbartträger. »Das ist ein neutrales Schiff. Wir befinden uns sozusagen auf holländischem Boden.«

»Aber selbst ein neutrales Schiff darf nichts schmuggeln, was für kriegerische Handlungen von Nutzen ist.«

»Wer redet denn von Schmuggel? Wie Sie sehen, findet diese Fahrt vor den Augen der Öffentlichkeit statt, außerdem gilt das Verbot nur für bewaffnete Transporte. Überzeugen Sie sich selbst.« Er zeigte auf ein kleines Mädchen mit niedlicher Haarschleife, das den am Land Stehenden mit ihrer Puppe zuwinkte. »Die meisten Passagiere sind Angestellte mit ihren Familien. Wer wird denn wegen ein paar törichten Halbstarken ein ganzes Schiff aufhalten wollen!«

Ein Rucken ging durch den Dampfer, und Jubel machte sich breit, als sich das Schiff langsam vom Pier löste.

Von den festgesetzten deutschen Schiffen erklangen die Hupen, Pfeifen und Sirenen zum triumphalen Abzugskonzert.

»Sehen Sie?«, rief der Herr lachend. »Es geht los! Keine Sorge. In weniger als sieben Tagen haben wir Rotterdam erreicht.«

40

Sibirien

Spätsommer 1914

Otto hatte sich geirrt. Der Kommandant von Wladiwostok war zwar ein anständiger Mann, der ihm und Carl Wübbens von Herzen gerne die vorläufige Erlaubnis ausstellte, sich weiterhin in der Stadt aufzuhalten, doch die Arme der zaristischen Geheimpolizei reichten weiter.

Diese fand es äußerst verdächtig, dass er versuchte, das Land in Richtung Amerika zu verlassen. Und da sich deren Beamte in ihrer geradezu paranoiden Angst vor Spionen schworen, jeden einzelnen aus dieser gottverdammten Hafenstadt zu entfernen, ließen sie ihn verhaften, kaum dass die Tinte auf dem Schreiben des Kommandanten getrocknet war.

Sie kamen in der Nacht. Begleitet von Stößen und Hieben brachten die Uniformierten Otto zur Hauptwache, wo sie ihn in eine enge Zelle stießen, in der weitere Deutsche auf viel zu schmalen Etagenpritschen saßen und ihn mit einem verhärmten Nicken empfingen. Wieder einer. Der nächste würde auf dem Boden schlafen müssen.

»Was habt ihr mit uns vor?«, fragte Otto einen der Polizisten, bevor die Tür ins Schloss fiel.

Statt einer Antwort gab es nur ein Knurren. Ein anderer führte die Handkante zum Hals und bewegte sie von links nach rechts, als schneide er ihn durch.

Otto kletterte auf den letzten freien Platz knapp unterhalb der Zellendecke, auf dem es von Wanzen nur so wimmelte, und zerquetschte einige Tiere. Weil es zu viele waren, kauerte er schließlich mit angezogenen Beinen und geducktem Kopf. Verwundert und enttäuscht. Nie hätte er gedacht, dass der Krieg auch ihn betreffen könnte. Er mochte Russland und die Menschen hier, die ihm stets mit Freundlichkeit begegneten. Sie besaßen eine nie gekannte Gastfreundschaft und würden ihr letztes Hemd teilen, doch nun zeigten sie ein anderes, ein unbarmherziges Gesicht.

In Gedanken ging er die verbliebenen Möglichkeiten durch. Sollte dem Antrag auf russische Staatsbürgerschaft stattgegeben werden, könnte er unbehelligt im Zug bis an die Grenze reisen, dachte Otto und kletterte von seinem Lager hinab. Energisch klopfte er an die Zellentür, bis ein Wärter die Sichtklappe öffnete.

»Es muss sich um ein Missverständnis handeln«, erklärte Otto, nachdem der Mann endlich seinen Vorgesetzten herbeigerufen hatte, der nun durch die Klappe lugte. »Ich habe beim Generalgouverneur der Provinz Amur persönlich einen Antrag auf die russische Staatsbürgerschaft gestellt. Sicher ist er längst gewährt.«

»Ich weiß nichts von einem Antrag.«

»Dann lassen Sie mich eben einen weiteren Antrag stellen. Ich lebe gerne in Russland, ich bin kein Feind!«

»Das ist Sache der Zivilbehörden«, sagte der Mann ungerührt und schlug die Klappe wieder zu.

Betrübt kehrte Otto zu seinem Platz auf der Pritsche zurück. Er legte den Kopf auf die Knie und mühte sich, gegen das Gefühl der Resignation anzukämpfen, das allmählich überhandnahm.

Hätte er doch auf Alfred Schweyer gehört, der Antrag wäre bereits vor Wochen bewilligt worden. Nun war er noch immer Deutscher und galt als Feind in einem Land, das ihm so sehr ans Herz gewachsen war.

Am vierten Tag wurden die Gefangenen auf die Festungsinsel

in der Bucht von Wladiwostok gebracht, wo Otto sich ein kleines Haus mit dem Kapitän und zwei Offizieren der *Spezia* von der Hamburg-Amerika-Linie teilte, die man noch vor Kriegsbeginn beschlagnahmt hatte. Umgeben von Felsen und Wasser konnten sie sich hier frei bewegen, was ihm die Gefangenschaft ein wenig erleichterte. Und nachdem ihm sein russischer Angestellter frische Hosen und Hemden gebracht hatte, fühlte er sich gleich sicherer beim Einfordern seiner Rechte.

Jeden Morgen fragte er nach einer Bestätigung seines Antrags auf russische Staatsbürgerschaft, und mit jedem Achselzucken schwand die Hoffnung, dass ihm sein Wunsch gewährt würde, ein Stückchen mehr.

»Geben Sie es auf«, sagte der Kapitän, mit dem Otto sich während eines Spazierganges über die missliche Lage unterhielt. »Wenn die Sie für einen Spion halten, nützt Ihnen auch die russische Staatsbürgerschaft nichts.«

»Aber ich bin kein Spion!«, echauffierte sich Otto.

»Täuschen Sie sich da mal nicht. Der bloße Verdacht reicht in diesem paranoiden Land aus. Hier gilt nahezu jeder Zivilist mit Verbindungen zum Ausland als Spion, selbst der Wladiwostoker Männergesangsverein. Man braucht nur einen Gegner, der einen denunziert, und schon werden sogar honorige Männer auf Verdacht verhaftet, ohne Prozess.«

»Wer sollte mich schon denunzieren?«, fragte Otto.

»Oh, da gibt es einige, die den deutschen Kaufleuten ihre Erfolge neiden.« Der Kapitän verzog den Mund. »Sie haben wohl noch nichts von dem Schmähartikel in der *Swjet* gehört, der gerade mit Flugblättern überall Verbreitung findet?«

»Nein.«

Und dann erfuhr Otto von dem Pamphlet, das ursprünglich in der Stadt Sankt Petersburg erschienen war, die sich seit Kriegsbeginn weniger deutsch klingend Petrograd nannte. Darin berichtet ein Autor namens Dalinski von der Übermacht deutscher Firmen, kleiner und großer, die Privilegien genossen, welchen den fleißigen russischen Kaufleuten verwehrt wurden. Von Deutschen, die nur Russisch lernten, um zu spionieren und ihre Erkenntnisse ins deutsche Ausland zu melden. Männer, die die russische Staatsbürgerschaft angeblich genau wie die Geschäftsführer von Kunst & Albers lediglich zu dem Zwecke annahmen, um sich in Wladiwostok Grundstücke anzueignen und sich so über das ganze Amurgebiet ausbreiteten. Ihnen müsse man dringend Einhalt gebieten, um das erlittene Unrecht an der russischen Bevölkerung zu sühnen.

Weil Otto glaubte, dass sich Kondatti, der Gouverneur der Amur-Provinzen, von solchen Schmierereien nicht beeindrucken ließ, war er erleichtert, als man ihnen nach zwei Wochen mitteilte, dass die Militärbehörde alle Zivilgefangenen in dessen Zuständigkeit übergab. Doch Kondatti ließ sie von der Insel abholen und direkt ins Wladiwostoker Gefängnis und Zuchthaus transportieren, wo er wieder auf Carl Wübbens traf. Mit ihm und einem kläglichen Rest Deutscher musste er sich erneut eine enge Zelle teilen, in der etwa zehn Mann zwischen Mördern und Dieben auf den Pritschen lagen wie die Heringe.

Immerhin bekam Otto hier die Gelegenheit, sein Gesuch mithilfe eines Formulars zu bekräftigen. Doch bevor Generalgouverneur Kondatti den Antrag offiziell ablehnte, hatten sie Otto und Wübbens bis auf etwas Handgepäck bereits alles abgenommen und sie einem Gefangenenkommando übergeben. Gut hundert Soldaten mit schwarzen Achselstücken begleiteten die zwanzig verbliebenen Deutschen durch die Straßen von Wladiwostok zum Bahnhof, als gelte es, eine kriegerische Übernahme zu verhindern.

Immer mehr Menschen folgten dem Gefangenenzug, winkend und lachend, als seien die von den Soldaten flankierten Männer politische Gefangene, die Beistand benötigten. Andere stimmten patriotische Lieder an und warfen den Deutschen bitterböse Blicke zu.

Auf dem Gleis wartete der Zug nach Irkutsk am Baikalsee, an dessen Ende man einen Gefangenenwagen gekoppelt hatte.

In dem Spalier aus Schaulustigen und Amerikanern, die sich mit Blumen von ihren deutschen Freunden verabschieden wollten, entdeckte Otto seinen japanischen Koch und das Dienstmädchen.

»Carl«, flüsterte er Wübbens zu und zeigte mit dem Kopf auf die Angestellten. »Sehen Sie nur, wer gekommen ist.«

Wübbens lächelte, das erste Mal seit Tagen. »Die trauen sich was. Nicht, dass sie noch in den Verdacht kommen, deutschenfreundlich zu sein.«

Kaum hatten die Soldaten sie mit zwei anderen Gefangenen in ein Abteil gestoßen und die aus eisernen Stäben bestehende Tür hinter ihnen verschlossen, drängten Otto und Wübbens an das vergitterte Waggonfenster, wo die von Wachhabenden beäugten Angestellten bereits auf sie warteten.

»Was macht ihr hier?«, fragte Otto und vermochte seine Rührung kaum zu verbergen, als sie ihm ein Bündel durch die Stäbe reichten.

»Wir haben Ihnen Brot, Fleisch, Kondensmilch und etwas Wasser mitgebracht. Wir lassen Sie doch nicht ohne Proviant fahren. Können wir sonst noch etwas für Sie tun?«

Otto nahm das Bündel entgegen, ein Schatz, wertvoller als alles Geld der Welt.

»Ja. Sagt Mischa Sterelny Bescheid«, instruierte Otto die beiden. »Er soll die beiden Koffer holen, die gepackt in meinem Zimmer stehen, und in den Zug steigen, an den der Gefangenenwagen angehängt ist. Sagt ihm auch, er soll noch etwas Insektenpulver hineintun. Und«, fügte er noch schnell hinzu, »den Brief von Theresia Feigl, den ich auf dem Küchentisch liegen gelassen habe.«

Der Wärter vor ihrem Abteil klopfte mit dem Gewehrlauf an die Stäbe und wies sie an, Russisch zu sprechen. Aber alles, was zu sagen war, war bereits gesagt.

Nach ewig langer Wartezeit schlossen die Soldaten endlich die Schiebetür des Waggons. Ein Ruck ging durch den Zug, dann fuhr er schnaufend an. Die Gefangenen drängten sich an den Wagenfenstern, um der geliebten Stadt mit einem letzten Blick Lebewohl zu sagen.

Plötzlich meinte Otto, inmitten der winkenden und Parolen skandierenden Menschenmenge, zwischen den Frauen in geblümten Baumwollröcken und hochgeschlossenen dunklen Kleidern Irina zu erkennen und kniff die Augen zusammen.

Er hätte ihr gerne zum Abschied gewunken.

Doch im nächsten Moment war die Gestalt verschwunden. Und der Zug rollte schneller, immer schneller davon.

41

HAMBURG

Gertrud war nach ihrer Ankunft in Hamburg mit ihren Söhnen zurück in das elterliche Haus in Groß Flottbek gezogen, wo die Dienstmädchen ihr Herbert und Kurt abnahmen und mit ihnen spielten, während sie viel Zeit darauf verwendete, ihre Garderobe zu sortieren und neue hinzuzukaufen. Das Haus an der Ecke zur Parkstraße wurde wieder zu der Trutzburg, die es vor ihrer Abreise nach Amerika gewesen war.

An den Sonntagen ging sie mit ihrer Familie in die Kirche. Der Pastor gefiel sich darin, den Worten Kaiser Wilhelms II. nachzueifern und von einem Gericht Gottes zu sprechen, bei dem am Ende das Gute siegte.

»Vorwärts mit Gott, der mit uns sein wird«, donnerte er von der Kanzel. »Auf zu den Waffen! Im Namen von Gott, Kaiser und Vaterland.«

Bald nach ihrer Ankunft bestand der Geheime Justizrat J. G. Max Schmidt darauf, Herbert und Kurt segnen zu lassen, um sie bis zur offiziellen Taufe möglichst rasch den schützenden Armen des Allmächtigen anzuvertrauen.

Den Erhalt des himmlischen Segens feierten sie bei schönstem Sonnenschein mit einem herrlichen Gartenfest, zu dem sie auch die Lagerfelds einluden. Die riesige Tafel drohte unter der Last der Servierplatten, üppig gefüllt mit gedämpfter Seezunge,

Schweinsbraten mit Sahnesauce und Schmelzkartoffeln sowie diverse Schalen mit Gemüse, beinahe zusammenzubrechen.

Der Korkhändler hatte sich wahrlich nicht lumpen lassen.

Die Gäste entfalteten ihre Leinenservietten, schoben Fisch und Fleisch vom Porzellanteller auf die silbernen Gabeln, und die Erwachsenen tranken dazu Schaumwein aus Kristallgläsern. Alle waren sich einig, seit Langem nicht mehr so köstlich gespeist zu haben.

Am Kopf der Tafel saß der Geheime Justizrat, der vor dem Nachtisch aufstand, um als Urgroßvater der Gesegneten eine Rede auf das Glück der Familie und den jungen Nachwuchs zu halten, der so prächtig gedieh. Letzteres träfe ganz besonders auf den Erstgeborenen Herbert zu, der für sein Alter erstaunlich groß geraten sei.

»Aus ihm wird gewiss ein starker Soldat erwachsen, der dem Vaterland gute Dienste leistet«, rief der Justizrat aus. »Er wird seinem Onkel Alexander nacheifern, der sich voller Freude zum Einsatz an der Heimatfront gemeldet hat.«

Dann wandte er sich Kurt zu, den Gertrud fest an die Brust gepresst hielt und der in seinem weißen Kleid ganz entzückend aussah. Mit schnittigen Worten malte er ihm eine prachtvolle Zukunft voller Ehren und Verdienste aus.

Als der Geheime Justizrat am Ende seiner Rede ein »Dreifaches Hoch auf die glücklich Heimgekehrten« anstimmte und die Gäste ihre Gläser folgsam aneinanderklirren ließen, stießen sich die stolzen Großeltern Mary und Cornelius Schmidt unter dem Tisch an. Froh, dass ihr kleiner Schwindel nicht aufgeflogen war und alles zu einem guten Ende gefunden hatte. Fast alles. Doch dass Paul das Geld für die Überfahrt verprasst hatte, sollte um Himmels willen niemand erfahren.

Auch Gertrud hatte sich daran gehalten und dem gestrengen Familienoberhaupt die Geschichte vom neun Monate nach der Hochzeit geborenen Herbert erzählt. Vom armen Kindsvater Paul, den wichtige Geschäfte davon abgehalten hatten, mit ihnen zu reisen und der nun infolge des Krieges in Amerika festsaß.

Sie hätte alles getan, um den Familienfrieden zu bewahren. Im Licht der Erinnerung schrumpfte der Streit mit Paul zu einer harmlosen Auseinandersetzung, und bald war nur noch die Liebe übrig, die sie nach wie vor für ihn empfand. Immer häufiger nahm sie das Foto in die Hand, das ihn als jungen Mann bei der Ausbildung in Sonderburg zeigte.

Wenige Tage nach der Segnung traf ein Telegramm aus New York ein. Es waren nur wenige Zeilen, doch Gertrud las sie wieder und wieder und drückte das Schreiben an ihr Herz. Paul war auf dem Weg nach Hamburg!

»Ich habe mich nicht in ihm getäuscht«, erklärte sie der Mutter, ihren Freundinnen und auch sonst jedem, der es hören wollte. »Paul kommt zurück, zu mir und den Kindern.«

Die Nachricht von seiner Heimkehr ließ sie innerlich ausatmen. Damit würde alles wieder gut.

Schon bald holte Gertrud alles nach, was sie in der Ferne vermisst hatte. Mit ihren Freundinnen unternahm sie ausgedehnte Spaziergänge am Elbufer und zu den Cafés mit Blick aufs Wasser, wo sie unter dem Blätterdach der Linden und Kastanien Sahnetorte aßen und sich über die neueste Mode unterhielten, bei der Elemente aus der Militärkleidung, wie aufgesetzte Taschen, Stehkragen und Tressenbesatz, zu neuer Geltung kamen. Und sie bummelte mit ihrer Mutter durch die Laubengänge der gerade erst eröffneten Gartenschau, sog den Duft der Rosengärten ein und lauschte am Festplatz vor dem Restaurant den munteren Melodien des Orchesters.

Das Kriegsgetöse vernahm sie bald nur noch als Rauschen im Hintergrund. Es sah doch auch alles gut aus für die Deutschen.

Ende August waren alle vier Armeen gegen Frankreich siegreich, und die englische Armee bei Maubeuge war von den Deutschen umzingelt.

Noch immer war Paul nicht in Hamburg angekommen, aber es dauerte gewiss seine Zeit, die englische Seeblockade zu überwinden und sich von Rotterdam aus durchzuschlagen.

Als die ersten Meldungen von den Verlusten bei der Schlacht an der Marne und an der Weichsel durchsickerten, glaubte Gertrud noch immer an die militärische Überlegenheit der deutschen Soldaten, die schließlich von Gott geleitet ins Feld gezogen waren.

»Gott hör's:«, schallte es durch die Straßen. »Es lebe der Kaiser! In Not und Tod, noch sind wir da! Kaiser, hurra!«

Erst als die Folgen des Krieges sich auch in der Schmidt'schen Speisekammer bemerkbar machten und die Menschen selbst in der feinen Villengegend mit einem Mal Lebensmittelmarken brauchten, um ein Brot zu bekommen, wurde auch ihr unbehaglich zumute.

In diesen Tagen dachte sie immer öfter voller Wehmut an Paul. Sie hoffte inständig, dass an den Gerüchten, dass die *Potsdam* auf Höhe der Scilly Islands angehalten und zur Weiterfahrt bis Falmouth gedrängt worden war, nichts dran sein möge. Alles Lüge, nichts als Propaganda des Feindes. Gleiches galt für die Verhaftung der rund vierhundert männlichen deutschen Passagiere und deren Internierung in Dorchester, bevor der Dampfer an Leck gelaufenen Kreuzern, Torpedos und Schiffswracks vorbei die Fahrt Richtung Rotterdam fortsetzte.

Nichts davon entsprach der Wahrheit, dessen war sich Gertrud sicher. Sie wollte doch nur eines: ihren Paul endlich wieder in die Arme schließen.

Kurz vor Weihnachten kam endlich ein Lebenszeichen von ihm. Erst wunderte sie sich, wer ihr wohl eine Ansichtskarte aus New York schickte, ein Vogelblick über den Madison Square, links im Bild das Flatiron Building. Erstaunt drehte sie die Karte um und erkannte sofort Pauls schwungvolle Schrift.

Liebste Gertrud,
nach einer langen Zeit im Krankenhaus komme ich erst jetzt dazu, Dir zu schreiben. Man hat mich in England aufgehalten, weil ich Deutscher bin, und zurück nach New York geschickt. Ich werde den Krieg wohl oder übel hier abwarten müssen.
Gib den Kindern einen Kuss von ihrem Daddy
Paul

42

SIBIRIEN

1916

Das erste Weihnachten in Gefangenschaft verbrachte Otto in einem Dorf an der Lena, das den Namen Werchojansk trug. Gemeinsam mit Carl Wübbens und etwa fünfzig weiteren Zivilgefangenen scharten sie sich bei minus vierundvierzig Grad in einem weiten Kreis um eine mit Papiergirlanden und Strohsternen behängte Tanne und sangen *Stille Nacht, Heilige Nacht.*

Es war ein kläglicher Männertrupp, der da sein Leben zwischen russischen Siedlern und Ackerbau betreibenden Kosaken fristete, fast alles Frauen. Bewacht wurden sie von grimmigen Aufpassern, die stets mit aufgepflanztem Bajonett umhergingen, um beieinanderstehende Gruppen von mehr als drei Männern sofort mit lautem Geschrei auseinanderzutreiben.

Dabei konnten die Gefangenen von Glück reden, dass sie in einem Dorf lebten, in dem sie sich innerhalb der gesetzten Grenzen frei bewegen durften, und nicht in einem der großen Lager für militärische Gefangene, von denen die Helfer des Roten Kreuzes erzählten. Dort hausten die Internierten dicht gedrängt in elendigen Baracken und liefen Gefahr, vom Flecktyphus dahingerafft zu werden, der sich in erschreckender Regelmäßigkeit in den Lagern ausbreitete.

Als sie Ende September 1914 das vollkommen überfüllte Sammellager in Irkutsk verlassen hatten und auf einem Fuhrwerk –

mitsamt der von Ottos Angestellten mitgebrachten Gepäckstücke – nach Werchojansk an der Lena aufbrachen, waren sie noch guter Dinge gewesen. Beim Weg durch die Stadt intonierten sie sogar das Lied *Muss i denn, muss i denn zum Stätdele hinaus*. Aber der Vorrat an guter Laune, die das Dunkel der Gedanken nicht zulassen wollte, war bald aufgebraucht.

Die Reise durch das unfassbar große Land hatte sich über Tage hingezogen, manchmal überholten sie Gefangene, die sich kein Fuhrwerk leisten konnten. Begleitet von berittenen Wärtern legten diese den Weg in einem mehrere Wochen dauernden Fußmarsch zurück, auf dem so mancher vor Erschöpfung zusammenbrach und leblos liegen blieb.

Als sie ihren Bestimmungsort erreichten, regnete es in Strömen. Der Palisadenbau war für politische Flüchtlinge und Zuchthäusler vorgesehen. Weil die Haager Konvention nur für militärische Gefangene galt und sich die russische Regierung nicht zum Unterhalt verpflichtet sah, mussten die Zivilgefangenen selbst eine Unterkunft suchen und bezahlen. Aber wer scherte sich an einem derart entlegenen Ort schon um die auferlegten Kosten, wenn er dafür gewisse Freiheiten genoss.

Wübbens und Otto kamen bei einer Bauernfamilie unter, in deren Haus die Hühner ein und aus spazierten. Die Bewohner waren kleine, stämmige Menschen mit dunkler Gesichtsfarbe und rabenschwarzem Haar, die sie mit schräg gestellten Augen misstrauisch und zugleich neugierig begafften. Sie wiesen ihnen Kammern zu, in denen es vor Ungeziefer nur so wimmelte. Aber immerhin hatten sie zu tun. Sie reinigten ihre Unterkünfte mit dem Insektenpulver und später, als es verbraucht war, mit Essig. Sie kochten, schlugen Holz für den Winter, halfen der Familie im Frühjahr auf dem Feld und im Sommer bei der Heuernte. So waren sie oft den ganzen Tag beschäftigt, was ihnen dabei half, nicht über die Ungerechtigkeiten des Schicksals nachzudenken, das sie hierhin verschlagen hatte. Noch Jahre später hatte Otto den schweren, süßlichen Geruch des Heus in der Nase, wenn er an die Sommer in Sibirien dachte.

Als sie zum ersten Mal Besuch von Gesandten des Roten Kreuzes bekamen, gab Otto ihnen ein paar Zeilen für seine Eltern mit, um sie wissen zu lassen, dass es ihm gutging. Er schrieb auch an Theresia, deren letzter Brief ihm in diesen Zeiten gleichsam Schwärze und Licht war.

Liebe Theresia,
es war ein Fehler, Sie ohne einen Ausblick gehen zu lassen, und nun ist es für tiefe Reue zu spät. Dennoch sehne ich mich nach dem Tag, an dem ich wieder in Hamburg sein werde. Und ich würde mich sehr freuen, Sie dort anzutreffen – unter welchen Vorzeichen auch immer.
In tiefer Zuneigung
Ihr Otto

Er war bewusst vage geblieben, um der Zensur keinen Grund zu geben, den Brief zu konfiszieren. Doch an Flucht war in dieser Abgeschiedenheit mit dem gewaltigen Fluss Lena auf der einen und den hohen Bergen auf der anderen Seite ohnehin nicht zu denken.

Also verbannte Otto diesen Gedanken in den hintersten Winkel seiner Seele und verwendete all seine Kraft darauf, dem Leben seiner Mitgefangenen Struktur und Halt zu geben.

Der amerikanische Konsul ernannte ihn bald als Beauftragten für die Zivilgefangenen der Umgebung, und er nahm diese Aufgabe sehr ernst. Otto verschaffte seinen Mitgefangenen Arbeit bei den Bauern und achtete darauf, dass als Entlohnung auch genügend Kartoffeln und Rüben für sie abfielen. Im Sommer gab es einen kleinen Sack Buchweizen für eine sättigende Grütze, im Winter zu Scheiben gefrorene Milch, die gleich nach dem Melken in tiefe Teller entstand. Die monatliche Unterstützung von fünfundzwanzig Rubel, die sie vom Roten Kreuz in Tientsin bekamen, verteilte er an die Gefangenen, die nicht genügend Geld hatten, um ihre Kosten für Unterkunft und Lebensmittel zu decken, und an Kranke, die einen Arzt bezahlen mussten.

Bald hatten sie sich in geregelten Tagesabläufen organisiert und, damit der Geist nicht erschlaffte, Kurse eingerichtet, in denen die verschiedensten Sprachen und sogar Mathematik unterrichtet wurden, was die Internierten mit Freuden aufnahmen.

Jene Deutschen, die sich aus Wladiwostok kannten – Tolle, Schultz, Ebert, Ollandt, Kogan, der Österreicher Jänich und Wübbens –, gründeten einen Männergesangsverein, dem sich bald weitere Mitgefangene anschlossen.

Mit dem dritten Winter jedoch verblasste die Begeisterung, und jede Anstrengung schien mühsam. Als das Tageslicht es kaum mehr über den Horizont schaffte und das Außenthermometer auf minus sechzig Grad sank, kehrte die Dunkelheit zurück in die Gemüter, und manchen traf die Sehnsucht nach der Heimat so schwer, dass er sich dieser Dunkelheit ergab.

»Wübbens, kommen Sie. Lassen Sie sich nicht so hängen«, sagte Otto an einem besonders trüben Tag im Februar 1916 und klopfte sich den Schnee von der Jacke, bevor er die Fäustlinge auszog und die vor Kälte schmerzenden Finger rieb. Unsanft stieß er den Freund an, bis Wübbens im durchs Fenster hereinfallenden Dämmerlicht seufzend die Decke zurückschlug und ein Auge öffnete.

»Was gibt es denn?«

»Der Französischunterricht beginnt in wenigen Minuten.«

Wübbens hob den Kopf und leckte sich mit der Zunge über die aufgesprungenen Lippen. »Was soll ich denn damit?«, flüsterte er. »Ich werde Frankreich doch nie im Leben sehen.« Damit sank er zurück auf das selbst gezimmerte Bettgestell.

Otto feuerte den Ofen an, und sofort begann das feuchte Holzscheit zu knistern und zu knacken, als wolle es die leckenden Flammen wieder vertreiben. Beißender Qualm stieg Otto in Nase und Augen. Blinzelnd schloss er die Ofentür und streckte ihr die Hände entgegen, bis sie in der Wärme kribbelten.

Er musste etwas tun, um seinen Freund in Bewegung zu halten. In den vergangenen drei Wochen hatte Wübbens das Bett kaum mehr verlassen. Wenn er sich erhob, um unten im Hof seine Bedürfnisse zu verrichten, ging er gebeugt wie ein Greis. Dürr und klapprig war er und zu geschwächt, um sich durch den Schnee zu kämpfen, der sich auf dem Weg zum Abort türmte. Der Gang dorthin konnte schon mal mehr als eine Stunde dauern, wenn ihn nicht einer der anderen in seiner Hilflosigkeit dastehen sah und zu ihm eilte, um ihn zu stützen.

»Sie müssen Bescheid sagen«, schimpfte Otto ein ums andere Mal. »Sonst holen Sie sich hier draußen noch den Tod!

»Wofür?«, sagte Wübbens immer wieder. »Wofür gegen die Lethargie kämpfen, wenn es in dieser gottverdammten Einsamkeit ohnehin keinen Weg in die Freiheit mehr gibt?«

»Es gibt immer einen Weg«, widersprach Otto. »Sie müssen durchhalten, damit Sie bei Kräften sind, wenn der Zeitpunkt gekommen ist.«

Doch Otto musste zugeben, dass auch er in der Nacht oft wach lag und darüber nachdachte, sich dem dunklen, zerrenden Nichts der Hoffnungslosigkeit zu ergeben, es einfach geschehen zu lassen, um wie in einem erlösenden Fieberwahn den Verstand zu verlieren. Jeden Morgen nahm er den Kampf gegen die nächtlichen Gespenster wieder auf, doch er konnte nicht sagen, wie lange es ihm noch gelang.

Zweieinhalb Jahre waren sie nun schon hier, an diesem fernen Ort, und niemals hätte er gedacht, dass es so lange dauern würde.

Otto entzündete die Petroleumlampe, die ihr flackerndes Licht durch den Raum warf, und schob die Finger wieder in die Handschuhe. Dann setzte er sich auf den Rand des Bettgestells und rüttelte Wübbens, der die Augen wieder geschlossen hatte, an der Schulter.

»Doch, ich sehe es vor mir«, entgegnete er auf den längst verhallten Satz, als spreche er zu sich selbst. »Paris, die Stadt der Liebe. Ich habe gehört, dass es dort elegante Parks gibt, deren Pflanzen von einem ganzen Trupp an Gärtnern regelmäßig in Form geschnitten werden. Und es gibt Restaurants, in denen sie gebratene Tauben servieren und die Saucen mit Unmengen guter Butter verfeinern. Ich schwöre Ihnen, mein Freund, wenn Sie jetzt nicht Französisch lernen, werden Sie es eines Tages bereuen. Was, wenn Sie auf der Champs-Élysées von einer jungen Dame angesprochen werden, die mit Ihnen einen Kaffee trinken will, und Sie kein Wort verstehen?«

Wübbens murrte nur, ohne die Lippen zu bewegen.

Vor dem Haus wurden Stimmen laut, dann ertönte ein Jubelschrei. Otto stand auf und ging ans Fenster, um mit den Fäustlingen das Eis vom Glas zu reiben. In der Ferne sah er einen von zwei Pferden gezogenen Schlitten, der sich auf den Ort zubewegte und den einige der Verbannten in Empfang nahmen, als käme der Erlöser.

»Das Rote Kreuz!«, rief er und eilte hinaus in die Kälte, voller Freude über die willkommene Abwechslung.

Er lief dem Gespann entgegen und begleitete es im Pulk der anderen bis zur Auskunftsstelle, an der die Briefe, Pakete und Geldsendungen für die Kriegsgefangenen abgegeben wurden.

Für Otto war eine Karte von seinen Eltern gekommen, die von einer unfassbaren Hungersnot berichteten und jeden Tag darum beteten, dass er gesund heimkehrte.

Aber kein Brief von Theresia.

Und je länger sich die Monate hinzogen – ein neuer Frühling, ein Winter, ein ganzes Jahr –, desto weniger glaubte er daran, ihr irgendwann wieder gegenüberzustehen.

Im April 1917, wenige Wochen nach der Abdankung des Zaren, verlegten die Russen die Internierten noch einmal in ein kleines Dorf auf der anderen Seite der Lena, dessen Name auf keiner Landkarte verzeichnet war. Wieder richteten sich die Männer häuslich ein und zimmerten Bettgestelle, Stühle und Tische. Letztere stellten sie in einer leeren Baracke auf, in der sie eine provisorische Küche mit einem aus Ziegeln selbst gebauten Ofen errichteten und gemeinsam kochten und ihre Mahlzeiten einnahmen. Wobei auch hier die Aufpasser darauf achteten, dass nie mehr als drei Personen auf einmal anwesend waren.

Seit dem Abbruch der diplomatischen Beziehungen zwischen Amerika und dem Deutschen Reich war die Obhut über die Zivil- und Kriegsgefangenen auf das noch immer neutrale Schweden übergegangen, dessen Gesandte die Helfer des Roten Kreuzes von nun an begleiteten.

Dann brach im Oktober 1917 die russische Revolution aus, an deren Ende die Bolschewisten die Macht übernahmen. Ihr Erfolg nährte sich aus der allgemeinen Missstimmung im Lande, und sie scharten die Massen schnell hinter sich.

Auf dem Platz vor der Poststelle wurde eine Fahne gehisst, auf der die Worte »Brot, Frieden und Freiheit« standen, und bei den Gefangenen machte sich mit einem Mal die Hoffnung breit, dass mit dem Sieg der Bolschewisten auch der Krieg enden würde. Im Dorf ging alles drunter und drüber, weil man nun politische Gefangene freiließ, die ihre Zeit gekommen sahen, um ins Geschehen einzugreifen.

Die kleine Gruppe an Zivilgefangenen hingegen, die eigentlich von der neuen Regierung zu freien Mitbürgern erkoren worden war, stand weiter unter Bewachung. Einzig die Wachmannschaften wechselten.

»Moskau ist nicht Sibirien«, sagte der neue Oberaufseher, als Otto versuchte, eine Freilassung aller zu erwirken. »Für uns Proletarier sind Sie genauso unsere Feinde wie die russische Intelligenzia.«

Obwohl die so nah geglaubte Freiheit damit wieder in unerreichbare Ferne rückte, skizzierte Otto im Geiste einen Plan, wie er das in Wladiwostok zurückgelassene Geschäft in Hamburg neu aufbauen könnte, sobald der Krieg beendet und die Transportwege wieder frei waren.

Während Otto beim Essen auf einem trockenen Stück Brot kaute, träumte er von evaporierter Kondensmilch, Salzfleisch und Lachskonserven. Der Gedanke daran hielt ihn aufrecht und trug ihn, wenn er wieder einmal daran zweifelte, ob er Hamburg und seine Familie jemals wiedersehen würde.

Und manchmal – viel zu oft – dachte er an Theresia.

Mittlerweile war es schwer geworden, an bezahlbare Lebensmittel zu kommen, und die Nachrichten, die das Dorf mit der immer seltener eintreffenden Post erreichten, zeugten von fürchterlichem Chaos. Die Kuriere erzählten vom allmählichen Zusammenbrechen der Transportwege und von einer Preissteigerung, die vielen Russen den letzten Stoß in die Armut versetzte. Auch die Propaganda änderte sich. Neuerdings kamen nur noch jene Gefangenen frei, die sich zum Bolschewismus bekannten, man stellte sie gar als Teil der russischen Roten Armee auf, versorgte sie mit Waffen, Bekleidung und zahlte ihnen sogar Sold. Gegen die Kriegsgefangenen, die sich weigerten, die Seiten zu wechseln, wurde in der Presse erneut gehetzt, weshalb es in anderen Städten bereits zu tödlichen Übergriffen gekommen war.

Die Lage wurde immer gefährlicher, und so reifte in Otto eines Abends der Entschluss, dreieinhalb Jahren Gefangenschaft ein Ende zu setzen und endlich die Flucht zu wagen.

43

Die Gelegenheit zur Flucht ergab sich, als im April 1918 eine Gruppe desertierter russischer Soldaten heimkam, weil sie das Gerücht gehört hatten, es gebe Land zu vergeben. Seit ihrer Abwesenheit hatten sich die Verhältnisse im Dorf verändert, und es kam zu Schlägereien und Verteilungskämpfen, bei denen auch Schüsse fielen. Für einen Moment waren die Wachmannschaften abgelenkt, weshalb niemand darauf achtete, als eine kleine Gruppe Zivilgefangener ein unbeaufsichtigtes Fuhrwerk wegschob und an einer uneinsichtigen Stelle im Wald verbarg. Hilfe kam unerwartet von einem heftig einsetzenden Schneesturm, sodass der ausgesandte Suchtrupp bald aufgab und ins Dorf zurückkehrte.

Es war ein kühler Frühlingsmorgen. Dichter Nebel hing über dem vom einsetzenden Tauwetter aufgeweichten Boden, als Otto sich in der Essensbaracke mit einer Schale dünner Krautsuppe neben Wübbens setzte, der dicht über seinen Teller gebeugt dasaß und den Löffel hineintauchte.

»Heute Abend geht es los«, wisperte Otto. »Sind Sie bereit? Ollandt, Jänich und Ebert sind auch dabei.«

Wübbens hielt so abrupt in der Bewegung inne, dass Suppe vom Löffel tropfte und sich in feinen Spritzern über den Tisch verteilte. Langsam drehte er Otto sein hohlwangiges Gesicht zu und starrte ihn aus tiefliegenden Augen an.

»Sie machen wohl Witze«, antwortete er gereizt. »Ich schaffe nicht einmal mehr den täglichen Spaziergang.«

»Es war mir noch nie ernster. Wir haben ein Fuhrwerk, und im Stall des Bauern am Ende des Dorfes steht ein Pferd.«

»Und wie wollen Sie nach Deutschland kommen?«, brummte Wübbens, den Löffel noch immer erhoben. »Wenn man den Gerüchten glauben kann, lassen sich die Chinesen dafür bezahlen, dass sie Flüchtlinge zurückbringen, und auf den Wegen nach Westen machen die Bolschewiken mit jedem Fremdling kurzen Prozess.«

»Wir versuchen es über die Taiga, abseits der Poststraßen bis nach Irkutsk. Dort gibt es eine schwedische Gesandtschaft, in der sind wir in Sicherheit.«

»Durch die Taiga? Wissen Sie, wie viele Kilometer das sind?«

»Gut zweitausend.«

»Das ist unmöglich zu schaffen, das dauert Wochen! Noch sind die Flüsse nicht abgetaut, und die Schneeverwehungen in den Bergen sind tief. Nein, wenn die Sache gelingen soll, müssen Sie ohne mich losziehen.« Wübbens verfiel in ein unkontrolliertes Husten.

Der Gedanke, seinen alten Weggefährten zurückzulassen, war schmerzhaft, doch Otto wusste, dass er recht hatte.

Der Winter hatte Wübbens stark zugesetzt. Im Februar hatte ihn eine Lungenentzündung ans Bett gefesselt, und Otto hatte schon befürchtet, ihn für immer zu verlieren. Doch mithilfe eines tüchtigen Arztes hatte er es überstanden. Mit dem Tauwetter hatte er allmählich wieder an Kraft gewonnen, aber er war noch weit davon entfernt, eine mehrtägige Reise zu überstehen.

»Na schön«, sagte Otto betrübt. »Wenn wir einen sicheren Weg gefunden haben, lassen wir Ihnen eine Nachricht zukommen, damit Sie uns folgen können, sobald es wärmer ist.«

Er leerte seine Schale. Dann hob er den Kopf und sah sich um. Da keiner der Wachen auf sie achtete, legte er den Arm um seinen Freund und drückte ihn fest an sich. »Alles Gute, Carl. Bis dann, in der Heimat.«

Wübbens nickte nur und führte den fast leeren Löffel endlich zum Mund, während eine Träne in die Suppe tropfte.

Noch einmal tippte Otto ihm auf den Arm, dann erhob er sich und verließ die Baracke.

Es war eine dunkle, mondlose Nacht. Sie hatten nur das Nötigste eingepackt, darunter alles an Proviant, was sie in den vergangenen Wochen hatten horten können. Den Rest ihres Besitzes, Strohmatten, Bücher und Kartenspiele, hatte sie unter den anderen verteilt.

Gegen zwei Uhr gab Otto vor, den Abort aufzusuchen, an dessen Dachbalken er nach und nach Bündel mit warmer Kleidung und eine Petroleumlampe angebracht hatte, dazu die mühsam zusammengesparten Lebensmittel. Dick eingepackt öffnete er die Tür, und da niemand dem Latrinengang Beachtung geschenkt hatte, nahm er die Bündel und schlich in geduckter Haltung über morastige Wiesen, bis er in den nahe liegenden Wald tauchte. Er stolperte zwischen den Bäumen hindurch und verfing sich in dornigen Hecken, weil er kaum die Hand vor Augen sah.

Erst, als er sich in ausreichender Entfernung vom Dorf wähnte, wagte er es, die Petroleumlampe zu entzünden. Nach einer kurzen Phase der Orientierungslosigkeit fand er zum Versteck, an dem Ollandt und Ebert schon mit dem eingespannten Pferd am Fuhrwerk warteten.

»Wo ist Jänich?«, fragte Otto.

»Der sollte längst hier sein.« Ollandt trat unruhig von einem Bein auf das andere und stieß schnaufend Atemwölkchen in die kühle Nacht.

Auf einmal waren Stimmen zu hören, die sich langsam näherten. Ein Rufen erklang, es stammte nicht von Jänich.

»Wir können nicht länger warten«, entschied Ebert und schwang sich auf den Boden des sitzlosen Fuhrwerks.

Ollandt folgte ihm, und auch Otto legte sein Gepäck hinein und lauschte in die Nacht. Er dachte an Jänich, der ihm gestern noch erzählt hatte, wie sehr er sich auf seine Schwestern und den heimatlichen Hof freute.

»Löschen Sie die Lampe, verdammt!«, zischte Ollandt, der in plötzlicher Hast die Zügel ergriff, und Otto tat wie geheißen. »Kommen Sie endlich, wir müssen los!«

Wie aus dem Nichts tauchten linker Hand kleine Lichter auf, die wie tanzende Sterne durch das Dickicht der Tannen blitzten.

Otto erklomm den Wagen, als mit dem Antreiben des Pferdes ein Ruck durch das Fuhrwerk ging und er auf die harte Ladefläche stürzte.

Hinter ihnen wurden die Stimmen lauter, nun schrien sie. Jemand feuerte Schüsse ab, die einige Meter neben ihnen einen Baumstamm zerfetzten. Im Licht des sich durch die Wolkendecke schiebenden Mondes sah Otto, wie Ebert sich bekreuzigte.

Ollandt trieb das Pferd an, das erst ein paar panische Sätze machte und schließlich in einen hastigen Trab verfiel, wobei der Wagen über den aufgeweichten Pfad schlingerte. Nackte Zweige peitschten ihnen entgegen, sie rissen die Arme schützend vor die Gesichter und kauerten sich auf den Wagenboden. Noch einmal hörte Otto das Zischen einer Kugel, dann wurde das Rufen hinter ihnen leiser, bis es schließlich verstummte.

Wübbens hatte recht gehabt. Der Weg durch die Taiga war extrem beschwerlich. Als sie die riesigen Nadelwälder durchquert hatten und die Berge erreichten, mussten sie Pferd und Wagen zurücklassen und zu Fuß weitergehen. Doch je weiter sie kamen, desto wärmer wurde es, und schließlich warfen sie ihre schweren Mäntel ab und es marschierte sich leichter.

Tagelang durchquerten sie das Land in Richtung Südwesten, wo irgendwo Irkutsk liegen musste. Wenn sie kaum noch die

Kraft fanden, einen Fuß vor den anderen zu setzen, stimmten sie ein leises Lied an oder erzählten sich, was sie alles machen würden, wenn sie das Ziel ihrer Reise erreicht hatten.

»Ich freue mich darauf, meine Luise endlich wieder in die Arme zu schließen«, sagte Ollandt, und auf seinem Gesicht erschien ein Leuchten.

»Sollte ich Hamburg tatsächlich erreichen«, sagte Otto, während er den aufblitzenden Gedanken an die gewiss längst verheiratete Theresia schnell wieder verdrängte, »werde ich eine Firma gründen, die nichts anderes macht, als Essen herbeizuschaffen, das sich lange lagern lässt. Außerdem werde ich dafür sorgen, dass meine Familie immer einen bis an die Decke mit Lebensmitteln gefüllten Keller hat.«

Sumpfgebiete wechselten sich mit von Birken durchmischten Nadelwäldern ab. Die drei Männer zehrten vom allmählich zur Neige gehenden Proviant und orientierten sich an den Sternen und dem Moos der Baumstämme. Und dann tat sich völlig unverhofft, als sie durch einen dicht bewachsenen Wald brachen, vor ihnen türkis und smaragdgrün glitzerndes, von Bergketten umrahmtes Wasser auf.

»Der Baikalsee«, flüsterte Otto, und nun schlug auch er ein Kreuz über der Brust.

Zwei Tage später erreichten sie Irkutsk. Sie verharrten vor den Toren der Stadt und warteten den Abend ab, damit sie im Schutz der Dunkelheit die schwedische Gesandtschaft erreichten, ohne aufgehalten zu werden.

Die letzten Meter rannten sie, woraufhin die aufgeschreckten Wachtposten sich in Stellung brachten. Doch als sie sich als Deutsche und ehemalige Zivilgefangene zu erkennen gaben, ließ man sie eintreten.

Zum ersten Mal seit Jahren nahm Otto ein heißes Bad, und er konnte nicht sagen, ob er das heiße Wasser mehr genoss oder den

Umstand, neuwertige Kleider zu bekommen, oder in einem Bett zu schlafen, das eine richtige Matratze besaß.

Erst hier erfuhr er, dass – während die restlichen Mächte noch immer in den Schützengräben lagen und sich auf dem Feld mit Granaten und Kanonendonner bekriegten – am 3. März 1918 in Brest-Litowsk ein separater Friedensvertrag zwischen Russland und dem Deutschen Reich unterzeichnet worden war. Und dass zeitgleich eine Kommission Verhandlungen über die Heimbeförderung der Kriegs- und Zivilgefangenen aufnahm, die im Sommer im europäischen Teil Russlands beginnen solle, also gut viertausend Kilometer entfernt.

Wann eine Heimbeförderung aus dem asiatischen Teil starten sollte, in dem auch Irkutsk lag, stand in den Sternen.

In den folgenden Tagen beratschlagten sie in der Gesandtschaft, wie sie weiter vorgehen sollten. Sie kamen darin überein, den Weg über das mehr als fünftausend Kilometer entfernte und eine Tagesreise vor der Grenze zum Deutschen Reich liegende Petrograd zu wagen, das in Deutschland noch immer Sankt Petersburg hieß. Also ließen sie sich falsche Papiere ausstellen, mit denen sie amtlich bestätigt im Auftrag der Kriegsgefangenenfürsorge reisten und damit offiziell zum Heer jener fleißigen Helfer gehörten, die sich in den Lagern um in Not geratene Soldaten kümmerten und in Eisenbahnwagen, Kutschen und Pferdeschlitten stapelweise Post, Geld und Geschenkpakete aus der Heimat herbeibrachten. Drei Wochen harrten sie im Konsulat aus, dann wagten sie den Versuch, drei Fahrkarten für einen Expresszug nach Sankt Petersburg zu kaufen.

44

HAMBURG

Montag, 13. Juli 1942

Der Abend legte sich über Bäume und Häuser, während sich Otto auf dem Weg vom Büro zu seiner Villa in der Innocentiastraße die dramatischen Tage seiner Flucht aus Russland in Erinnerung rief. Die Sorge, jeden Augenblick von den bewaffneten, sie misstrauisch beäugenden Militärangehörigen aufgehalten und ohne großes Federlesen erschossen zu werden, war ihm noch sehr präsent.

Eigentlich war das alles gar nicht statthaft, dachte Otto, als er den Schlüssel aus der Tasche zog und die Haustür öffnete. Aber dank der Hilfe eines Russen und einiger Rubel hatten sie hintenherum tatsächlich Fahrkarten ergattert. An den Wachen vorbei waren sie zum Bahnhof geschlichen und hatten sich im Zug eingerichtet, der bis Sankt Petersburg fahren sollte.

Es war der letzte oder vorletzte Zug gewesen, der dorthin gelangte. Auf den Bahnhöfen, an denen sie halten mussten, herrschte ein kolossales Gedränge, darunter viele zurückflutende Soldaten. Der Zug wurde oft gestürmt, aber der Schaffner schloss die Türen und winkte ab, weil er tatsächlich glaubte, sie seien eine schwedische Kommission. So gelangten sie nach zehntägiger Fahrt glücklich nach Sankt Petersburg.

Gerade noch rechtzeitig, dachte Otto, denn obwohl es den Evakuierungskommissionen bis zum Herbst 1918 gelang, die Zivil-

und Kriegsgefangenen aus dem europäischen Russland heimzuholen, erreichten sie die sibirischen Lager nicht mehr. Dort waren die zum Bolschewismus übergelaufenen ehemaligen Kriegsgefangenen, die Internationalisten, zu einer gefährlich großen Truppe angewachsen, die jeden Versuch, Sibirien zu verlassen, mit Waffengewalt unterbanden.

Zu allem Übel wurde ganz Sibirien dank der Hilfe revolutionärer Tschechen, die sich ehemaligen russischen Offizieren anschlossen, von Zentralrussland abgeschnitten. Als sich dann, unterstützt vom russischen Bürgertum, eine sogenannte »weiße« sibirische Regierung bildete, blieben die vierhunderttausend Gefangenen in ihren Lagern zurück.

Auch Carl Wübbens, der sich wie viele andere Zivilgefangene auf den Weg in die großen Städte gemacht hatte, um von dort in die Heimat zu gelangen, blieb der Erfolg zunächst verwehrt. Er sollte umgehend in ein abgelegenes Dorf im nördlichsten Bezirk geschickt werden, um unter denselben Bestimmungen weiterzuleben wie zur Zarenzeit. Doch schließlich gelang ihm die Flucht über die Mongolei bis ins chinesische Harbin. Was Otto, der nach seiner Ankunft immer wieder vergeblich beim Roten Kreuz nach Wübbens fragte, erst Jahre später erfuhr.

Erst an Neujahr 1920 wurden endlich sämtliche Lager aufgelöst, und all jene Zivilisten, die es an den Internationalisten vorbeischafften, kehrten in ihre Heimat zurück.

Otto begrüßte Frau Riek, die mit dem Abendessen auf ihn wartete, und stellte seine Aktentasche im Flur ab.

Er dankte dem Himmel, dass er im allerletzten Moment vor Beginn dieses Wahnsinns ein Schlupfloch gefunden hatte.

Ihm kam in den Sinn, dass er, der stets korrekte und anständige Hanseat, nur deshalb der Gefahr entronnen war, weil er etwas höchst Unanständiges getan hatte: Als angeblicher Delegierter der schwedischen Kriegsgefangenenhilfe war er nach Sankt Petersburg gefahren und hatte, um sein Leben zu retten, etwas zu sein vorgegeben, das er nicht war.

Und auch anschließend, als sie in der Schule unterkamen, die der schwedischen Gesandtschaft zum Gefangenenaustausch diente, hatte er sich kranker gemacht, als er war. Er hatte zu humpeln begonnen und ein steifes Bein als angebliche Folge einer Blinddarmoperation vorgetäuscht. Mithilfe eines russischen Schreibers, des Arztes und einiger Rubel war es ihm so gelungen, eine Bescheinigung zu bekommen, die ihm einen Platz im Invalidenzug nach Pleskau sicherte. Von dort aus hatte er schließlich, nach einer Quarantänezeit von vier Wochen, einen Zug nach Hamburg bestiegen.

Otto sah in den Garderobenspiegel und richtete seinen Hemdkragen. An seinem Spiegelbild vorbei blickte er zu den Erinnerungen jener Tage, als er seine Familie nach sechs Jahren Abwesenheit endlich in die Arme geschlossen hatte.

Im Licht dieser Erinnerung hatte er damals genau das Richtige getan. Vielleicht hätte er sonst nie seine Schwestern wiedergesehen und seine Mutter, die ihr Glück kaum fassen konnte, als er eines regnerischen Tages Ende Juni vor der Tür stand. Den Vater, der bis auf die Knochen abgemagert war und der sich über den aus Irkutsk mitgebrachten Speck und die hart gekochten Eier so sehr freute, dass er darüber beinahe in Tränen ausgebrochen wäre.

Vaters Gebrechlichkeit hatte ihn erschreckt. Das einst so klare Gesicht war zerfurcht, das Haar ergraut, die Haut an den Händen wie zerknittertes Papier. Es schmerzte ihn, das einstige Idealbild des starken, in sich ruhenden Vaters so klein und schmalschulterig vorzufinden. Und er war sich sicher, dass der alte Herr ohne seine tatkräftige Hilfe und seine Verbissenheit auf der Suche nach Nahrung den folgenden Winter niemals überlebt hätte.

Obwohl er die Lüge verabscheute, musste Otto zugeben, dass es Situationen gab, in denen sie durchaus ihre Berechtigung hatte, etwa, wenn es galt, eine Katastrophe zu verhindern.

So wie jetzt.

45

Dienstag, 14. Juli 1942

Am nächsten Tag stand Otto früh auf und trank im Stehen einen Mokka aus echten Bohnen, den ihm Frau Riek besorgt hatte – wusste der Himmel woher. Dann überprüfte er im Flurspiegel den Sitz seines Anzuges, an dessen Revers er den Anstecker mit dem Glücksklee angebracht hatte, und setzte den Hut auf.

Weil Benzin knapp war, fuhr er mit dem Bus bis zum Sievekingplatz. Mit durchgedrücktem Rücken stellte er sich vor das imposante Gebäude des Oberlandesgerichts und atmete tief ein, bevor er das von hohen Säulen umrahmte Portal durchmaß.

Seine Schritte hallten in dem lichtdurchfluteten Entrée, das sich wie der Innenhof einer prächtigen Burg ausnahm. Mit quietschenden Schritten folgte Otto dem Weg, den er vor wenigen Wochen bereits gegangen war, als man ihn als Verwalter der Glücksklee Milchgesellschaft bestätigt hatte. Auf der Holzbank im Gang vor Herrn Doktor Prieß' Zimmer nahm er Platz und warte, dass man ihn hereinbat.

Das Glück, das er beim letzten Besuch noch empfunden hatte, war Entschlossenheit gewichen, er würde nicht zulassen, dass man ihm die Firma nahm.

Hinter der Tür war eine volltönende Männerstimme zu hören, offenbar führte der Oberlandesgerichtsrat ein Telefonat oder diktierte einen Brief.

Nach einer halben Stunde wurde Otto unruhig, und gerade, als er sich fragte, ob die Dame am Empfang vergessen hatte, sein

Kommen anzukündigen, ging die Tür auf, und die Sekretärin trat auf den Gang. Im Arm balancierte sie einen Stapel Akten.

»Herr Doktor Prieß bittet um Entschuldigung, dass er Sie so lange hat warten lassen«, sagte sie. »Wenn Sie jetzt bitte eintreten wollen.« Sie deutete mit einem Nicken in den Vorraum, an dessen Ende die Tür zum Zimmer des Oberlandesgerichtsrats weit offen stand. Dann eilte sie über den langen Flur in Richtung des Treppenhauses davon.

»Mein lieber Herr Lagerfeld«, begrüßte ihn der Oberlandesgerichtsrat, nachdem sie an beiden Enden des ausladenden Schreibtisches Platz genommen hatten, »was ist Ihnen bloß für eine Laus über die Leber gelaufen? Man könnte fast meinen, der Herr Gauwirtschaftsberater habe in ein Wespennest gestochen. Anders kann ich mir Ihre reichlich verspätete Reaktion in einer derart wichtigen Angelegenheit kaum erklären.«

»Ich hatte zu tun«, sagte Otto fest. »Was meinen Sie, wie viel Arbeit in diesen Zeiten auf mich wartet. Die geht nun mal vor, das werden Sie sicher verstehen.«

»Nun denn.« Der Oberlandesgerichtsrat verschränkte die Hände auf dem Tisch und beugte sich vor. »Was haben Sie zu den Vorwürfen der Gauleitung zu sagen?«

»Ich muss gestehen, dass mich das Ganze sehr erstaunt hat. Ich kann es mir nur so erklären, dass der Herr Gauwirtschaftsberater über seinen Bezirk hinaus nicht besonders gut informiert ist, sonst wüsste er, dass ich bereits seit neunzehnhundertdreiunddreißig als Parteimitglied in Bad Bramstedt gemeldet bin und seit vierunddreißig als Mitglied der NSV.«

»In Bad Bramstedt? Auf sämtlichen Verwaltungsunterlagen ist ausschließlich die Innocentiastraße in Hamburg notiert.«

»Das ist meine geschäftliche Wohnadresse. Die Wochenenden verbringe ich auf meinem Landgut. Sehen Sie? Alles löst sich in Wohlgefallen auf. Es ist nichts weiter als ein Missverständnis.«

Otto lächelte gewinnend. Vielleicht ließ sich die Sache ja doch einfacher aus der Welt schaffen, als er gedacht hatte.

Der Oberlandesgerichtsrat nickte und machte sich eine Notiz. Dann griff er nach einem Zigarettenetui und hielt es ihm entgegen. »Rauchen Sie?«

Otto nickte. Er entnahm eine Zigarette und ließ sich Feuer geben. Nachdem auch die Zigarette des Oberlandesgerichtsrats glühte, setzte eine lange, unbehagliche Stille ein.

»Sie werden sicher verstehen«, sagte Doktor Prieß endlich und blies Otto eine Rauchwolke entgegen, »dass die Partei von dem kaufmännischen Leiter eines so bedeutenden Unternehmens wie der Glücksklee Milchwerke mehr erwartet.« Er beugte sich vor. »Verstehen Sie mich bitte nicht falsch. Ich bin sicher, dass Sie der richtige Mann auf der Position des Verwalters sind. Aber hier in Hamburg wird neben der selbstverständlichen Mitgliedschaft in der NSDAP auch ein aktives Engagement in der nationalsozialistischen Bewegung erwartet, nein, sogar verlangt. Selbst uns Richter erreichen beinahe täglich Beschwerden seitens der Gestapo, dass wir nicht rigoros genug durchgriffen und die Zügel manchmal ein wenig schleifen ließen.«

»Eine Firma zu leiten, hat …«, hob Otto an, doch der Oberlandesgerichtsrat unterbrach ihn energisch.

»Lassen Sie mich diesen Punkt zu Ende führen. Der Gauwirtschaftsberater hat Nachforschungen anstellen lassen, aus denen hervorgeht, dass Sie in all den Jahren namentlich nicht in Erscheinung getreten sind.« Er zog ein Schreiben heran, das recht knapp gehalten war, und tippte auf das Papier. »Nichts, rein gar nichts, weder politisch noch finanziell. Alle bedeutenden deutschen Wirtschaftsunternehmen beteiligen sich regelmäßig mit großzügigen Spenden am Aufbauwerk des Führers. Aber der Name der Glücksklee Milchwerke taucht nirgendwo auf, obwohl die Firmenzentrale hier in Hamburg liegt. Ist das richtig?«

Betont langsam streifte Otto die Asche seiner Zigarette am Aschenbecher ab, bevor er mit ruhiger Stimme antwortete.

»Es gab Spenden für das Winterhilfswerk.«

»Und warum«, rief Doktor Prieß, »liegt der Partei dann nichts darüber vor?«

»Weil es bereits einige Jahre her ist.« Otto schüttelte den Kopf. »Es liegt nicht in meiner Macht, solche Spenden anzuweisen. Wie Sie wissen, handelt es sich bei den Glücksklee Milchwerken um eine Firma unter amerikanischer Inhaberschaft. Was das angeht, müssten Sie sich an die General Milk Company wenden. Aber ich bitte Sie, das können Sie mir doch jetzt nicht anlasten.«

»Mein lieber Herr Lagerfeld, Sie wollen ja wohl nicht ernsthaft behaupten, es hätte keine Gelegenheit gegeben, Ihr Engagement im Sinne des Führers zu beweisen. Wenn ich dem Gauwirtschaftsberater nichts weiter vorlegen kann, was eine rege politische Aktivität Ihrerseits belegt, wird er seinen Einspruch nicht zurückziehen. Und ohne seine Zustimmung müssen wir den Fall leider wieder aufrollen und einen neuen Verwalter bestellen.«

Otto zog ein letztes Mal an seiner Zigarette und drückte sie im Aschenbecher aus. Sein Herz hämmerte hart gegen die Brust. Er sah ein, dass er dem Gauwirtschaftsberater einen Brocken hinwerfen musste, um ihn zufriedenzustellen. Zeit für die Scharade.

»Sie können dem Herrn Gauwirtschaftsberater Doktor Wolff gerne ausrichten, dass ich mir meiner politischen Verantwortung sehr wohl bewusst bin. Daher bin ich in Bad Bramstedt auch Mitglied des Stadtrates.«

»Tatsächlich?« Doktor Prieß hob die Brauen.

»Ja, tragen Sie es bitte genauso ein.«

»Ein Mitglied des Stadtrates also, hm. Als solches dürften Sie nicht allzu viel beizutragen haben, wenn Sie, wie Sie mir ja soeben versichert haben, nur an den Wochenenden in Bad Bramstedt sind. Die Gauleitung wird das sicher überprüfen. Man wird sich fragen, wie Sie neben Ihren vielfältigen Aufgaben auch noch die Zeit finden, über öffentliche Investitionen zu entscheiden oder Bebauungspläne zu verabschieden.«

»Ich habe keine Angst vor einer Überprüfung«, entgegnete Otto scharf. »Aber es wundert mich schon, dass man meine Aussage derart anzweifeln will.«

Doktor Prieß hob die Hände. »Ich rede nicht von mir, weiß Gott, ich würde nie eine Aussage von Ihnen anzweifeln. Aber der Herr Gauwirtschaftsberater Doktor Wolff ist ein … nun ja … ein sehr hartnäckiger Mensch, und wenn er sich in eine Sache verbissen hat, dann …« Mit einem bedauernden Lächeln zuckte er die Schultern und lehnte sich in seinem Stuhl zurück. »Wir wissen beide, dass es keinen besseren Verwalter für die Glücksklee Milchwerke gibt als Sie. Ich kann nur hoffen, dass Herr Doktor Wolff dies trotz allem Mangel an Engagement Ihrerseits genauso sieht.«

»Ist es denn nicht endlich genug?«, entfuhr es Otto, und seine Knie begannen zu zittern. Verlangte Prieß allen Ernstes, dass er seine Seele hergab?

»Mitnichten. Wenn ich mir die anderen Bewerber so ansehe … Kreisbauernführer Mannitz beispielsweise hat eine lupenreine NSDAP-Vergangenheit. Er ist bereits seit neunzehnhundertneunundzwanzig Parteimitglied und war Truppenführer der SA-Standarte 214. Die Gauleitung will von uns wissen, warum man ihn nur als Beirat und nicht als Verwalter installiert hat.«

Mannitz! Also hatte die Genossenschaftskasse auch die Finger im Spiel. Otto spürte, wie ihm der Puls in die Höhe schoss. Er würde zu verhindern wissen, dass sie diesen Kampf für sich entschieden.

»Dann schreiben Sie auf, dass auch ich dort Mitglied war.«

Der Oberlandesgerichtsrat hatte gerade an seiner Zigarette gezogen und verschluckte sich fast an dem inhalierten Rauch. »Bei der Sturmabteilung? Sie?«, fragte er endlich hustend und keuchend. »Das soll wohl ein Witz sein, Sie sind doch kein Schlägertyp.«

»Schreiben Sie es auf, es wird den Gauwirtschaftsberater freuen. Sie werden niemanden finden, der die Firma besser leitet als ich. Und weil wir gerade dabei sind ...« Otto atmete tief durch. Er fühlte, wie sich kalter Schweiß in seinem Nacken bildete, und zog ein Taschentuch hervor, um ihn abzutupfen. Ihm war speiübel. Er musste das Gespräch dringend wieder auf vertrautes Terrain lenken, wenn er diesen Raum aufrecht verlassen wollte. »Ich habe noch mit Ihnen über mein Gehalt zu reden. Die vom Reichskommissar vorgeschlagene Vergütung ist nur zusätzlich zu verstehen, denn bislang habe ich ein Gehalt von viertausendvierhundert Reichsmark monatlich bezogen, zuzüglich einer Tantieme von sechzehntausend Reichsmark im Jahr. Ich erwarte, dass dies angesichts meiner komplexen Aufgaben so bleibt.«

Ottos Taktik ging auf. Die nun folgende Diskussion drehte sich ausschließlich um die finanzielle Seite der Verwalterschaft. Über die angebliche Mitgliedschaft im Stadtrat von Bad Bramstedt oder der SA verloren sie kein weiteres Wort.

Als Otto später wieder im Bus saß, dachte er, es sei vielleicht ein Fehler gewesen, eine derartige Gesinnung anzugeben, weil es so offensichtlich war, dass in ihm als honorigem Geschäftsmann kein Straßenkämpfer steckte, der im Gleichschritt unter einer Fahne marschierte und sich mit den Linken prügelte wie ein räudiger Hund.

Bei seiner Behauptung im Hinblick auf den Stadtrat hatte er darauf spekuliert, dass der Gauwirtschaftsberater ein vielbeschäftigter Mann war, der lieber die Arisierung in Hamburg vorantrieb, als einen solchen Aktenvermerk zu verifizieren.

Eine Überprüfung seiner angeblichen Vergangenheit in der SA hingegen könnte ihm gefährlich werden. Ein Anruf bei der Partei in Bad Bramstedt barg das Risiko, dass die Herren sich seine

Parteizugehörigkeit genauer ansahen. Im schlimmsten Fall könnten sie herausfinden, dass diese nicht ganz sauber zustande gekommen war und er die NSDAP-Mitgliedschaft im Ortsverband nicht nur mehr als einen Monat nach der Aufnahmesperre beantragt hatte, sondern auch bevor er Gut Bissenmoor überhaupt gekauft hatte und im Ort gemeldet war.

Otto dachte an das Gespräch, das er vor wenigen Tagen mit seinem Rechtsanwalt Doktor Naumann geführt hatte.

»Sie sind also ein Opportunist«, hatte dieser mit gebleckten Zähnen gesagt.

»Nein, ein Pragmatiker«, flüsterte Otto nun.

Er tastete nach dem Anstecker an seinem Revers und fuhr über die Konturen des Klees, der sich kalt unter seinen Fingern anfühlte.

Vielleicht, dachte Otto, als er ausstieg und den Weg zur Firmenzentrale am Mittelweg einschlug, hatte er dieses Mal zu viel gewollt. Und er hoffte inständig, dass sich diese infame Lüge nicht eines Tages gegen ihn wenden würde.

46

HAMBURG

Sommer 1918

Gleich nach seiner Ankunft in Hamburg meldete sich Otto bei der Militärbehörde. Als Rückkehrer aus der Gefangenschaft erhielt er acht Wochen Urlaub und sollte sich am ersten September einsatzbereit halten.

Otto verdrängte den Gedanken an das, was ihn an der Front erwarten mochte, und trug hoffnungsvoll seine Erfahrungen im Lebensmittelhandel in den Erfassungsbogen ein.

»Ich kann bei der Nahrungsmittelbeschaffung helfen«, sagte er.

Der Mann von der Behörde sah ihn griesgrämig an. »Können Sie etwa zaubern?«

Der Krieg schien auch nach dem separaten Friedensschluss mit Russland kein Ende nehmen zu wollen. Während die Listen mit den Namen der Gefallenen immer länger wurden, berichteten die Zeitungen von gewaltigen Materialverlusten der Gegenmächte und von deren angeblicher Furcht vor einem neuen deutschen Vorstoß gegen Amiens, Calais oder gar Paris.

Anfang Juli machte sich Otto auf den Weg in die Große Bäckerstraße. In der Hand hielt er einen Wiesenblumenstrauß, den er eigens für Theresia gepflückt hatte, obwohl er nicht wusste, ob sein Brief aus der Gefangenschaft sie je erreicht hatte.

Sein Verstand sagte ihm, dass sie womöglich längst in Neuern zu Hause und Mutter von zwei oder drei entzückenden Kindern war. Vielleicht war sie die Ehefrau eines Mannes, der sich in diesem Moment durch die erschöpfenden Kriegsmonate schlug. So sehr Otto den Fremden um Theresia beneidete, nie würde er so weit gehen, ihm den Tod zu wünschen. Doch seine Hoffnung, sie wiederzutreffen, war seit seiner Rückkehr in die Heimat übermächtig geworden. Er musste wenigstens einmal nachsehen, ob sie etwa doch in Hamburg geblieben war.

Otto strich seine Jacke glatt und überprüfte in der Schaufensterscheibe eines Geschäfts den Sitz seines Hemdes, bevor er zum Klingelbrett am Hauseingang trat. Mit ausgestrecktem Finger drückte er den Knopf zur Wohnung der Familie Feigl.

Es war ein sonniger Tag. Ein Schwarm Möwen flog kreischend über die Dächer der Stadt, und von der Alster erklang wieder das Horn eines Ausflugdampfers, als sei das Leben in all den Jahren seiner Abwesenheit einfach weitergegangen. Wären da nicht die versperrten Börsentore am Adolphsplatz, die vielen Kriegsversehrten, die auf Krücken durch die Straßen gingen und mit ausgestreckter Hand um eine milde Gabe flehten, die blutleeren Kinder mit den hervorstechenden Wangenknochen und der geradezu auffällige Mangel an kräftigen jungen Männern im Straßenbild, man hätte meinen können, es sei ein ganz normaler Sommertag in einer der schönsten Städte der Welt.

Da nichts geschah, drückte Otto erneut den Knopf und trat dann einen Schritt zurück, um zu den Fenstern im zweiten Stock hinaufzusehen.

»Wollen Sie zum Bettdaunenlager? Da müssen Sie ausdauernder klingeln, sonst hören die das nicht.«

Vor dem Eingang eines Schreibmaschinengeschäftes stand ein Mann Mitte zwanzig mit Strohhut, die Hände lässig in den Hosentaschen.

Otto schüttelte den Kopf. »Ich möchte zu Theresia Feigl. Kennen Sie sie?«

»Ja, aber das Fräulein Feigl war lange nicht mehr hier. Sie soll nach Böhmen gegangen sein, um dort einen gewissen Tomáš zu heiraten.«

Eine bleierne Müdigkeit senkte sich über Ottos Herz. Spontan fiel ihm ein, dass ihm vielleicht Theresias ehemaliges Kindermädchen mehr darüber erzählen könne.

»Was ist eigentlich mit Fräulein Rolf? Arbeitet sie noch bei den Feigls?«

»Nein. Sie hat einen Seemann geheiratet und heißt jetzt Frau Riek.« Der junge Mann lächelte gewinnend. »Ich kann Ihnen bei Ihrer Suche leider nicht helfen, aber vielleicht haben Sie ja Interesse an einer Schreibmaschine? Eine amerikanische Underwood, ist ein Vorführmodell, aber fast wie neu. Ich mache Ihnen auch einen guten Preis.«

»Ich brauche keine Schreibmaschine«, sagte Otto, aber er war doch neugierig geworden. »Eine Underwood, sagen Sie? Wie sind Sie denn an die gekommen?«

»Mein seliger Onkel hatte die Vertretung für diese Marke, bevor der Krieg ausbrach. Und nun will niemand mehr diese Dinger haben. Na, wie sieht's aus?«

Otto schüttelte bedauernd den Kopf. Er hätte gerne eine solche Schreibmaschine gehabt, aber es war nicht die Zeit, um Geld zu investieren.

»Wissen Sie, wo ich Theresias Bruder Johann finde?«, fragte er stattdessen weiter. »Ich bin ein alter Freund von ihm.«

Der Mann betrachtete ihn eingehender. »Ein ehemaliger Kriegsgefangener, was?« Aus seinen Worten klang Mitgefühl, und als er die rechte Hand aus der Hosentasche nahm, um grüßend gegen den Hut zu tippen, sah Otto, dass sie nurmehr ein Stumpen war. »Der Herr Doktor wohnt mit seiner Frau Gemahlin in der Feldbrunnenstraße, die Nummer weiß ich nicht. Ist inzwischen ein hohes Tier im Barmbeker Krankenhaus, Leiter der chemischen Abteilung. Letztes Jahr hat er im Auftrag des Medizinalamtes viertausend Volksschulkinder auf die Folgen der Kriegsernährung untersucht. Meinen Kleinen hat er damals auch abgehorcht und sogar Stuhlproben genommen. Ist ein feiner Kerl, der Herr Doktor, aber gut tut ihm die viele Arbeit nicht. Ich habe ihn neulich getroffen, da sah er nicht gesund aus. Blass war er und hatte tiefe Falten um die Nase. Richten Sie ihm meine herzlichen Grüße aus, wenn Sie ihn besuchen.«

»Das mache ich. Sind Sie verheiratet?«

»Und ob«, sagte der Händler und hob überrascht die Brauen. »Wollen Sie damit sagen, dass meine Frau jetzt auch auf Ihrer Liste steht?«

»Es ist nur wegen der Blumen.« Otto reichte ihm den Strauß. »Wäre doch schade drum, nicht wahr?« Damit drehte er sich um und ging schweren Schrittes in Richtung Bahn.

Ja, die Welt hatte sich weitergedreht. Ohne ihn.

Die nächsten Tage verbrachte Otto im Garten. Während der Vater im viel zu weit gewordenen Sonntagsanzug, mit Hut und hohem Kragen noch immer jeden Morgen in die Weinhandlung ging, obwohl es kaum noch etwas zu verkaufen gab, kniete Otto zwischen den Beeten und jätete Unkraut. Bei der Arbeit begleitete ihn das Krächzen und Knurren der Zwergaras, deren Käfig die Mutter ins Freie gestellt hatte.

Manchmal saß er mehrere Stunden auf der Bank, rauchte eine Pfeife und betrachtete die gepflegten Reihen dunkler Erde, in denen nichts mehr wuchs, was man hätte essen können. Es gab keine einzige Kartoffel, keine Bohne und keine Rübe mehr. Nicht einmal mehr ein Kraut fand sich im Garten, mit dem man einer Suppe etwas Geschmack verleihen könnte.

In der leeren Vorratskammer reihten sich die Gläser mit dem Saatgut aneinander, das der Vater aus den Blütendolden von

Möhren, Brokkoli, Kürbis und Grünkohl gesammelt hatte. Im nächsten Frühjahr würde er es ausbringen, damit sie später wieder mehr zu essen hatten.

Das wenige, was sie zugeteilt bekamen, reichte kaum, um den Hunger zu stillen. Otto unternahm oft lange Spaziergänge in die Umgebung, um nach wilden Beeren zu suchen und kam hin und wieder mit ein paar Haselnüssen oder einer vergessenen Mohrrübe zurück, aus der Lisbeth dann Marmelade kochte. In dieser Zeit dachte er oft an seinen Plan, den Handel mit haltbaren Lebensmitteln wieder aufzunehmen, sobald der Krieg ein Ende fand. Und an das Landgut der Goldenstedts, das in der Nähe seiner Datscha auf der anderen Seite der Bucht von Wladiwostok lag. In seiner Erinnerung erschien es ihm mit den vielen Rindern und Hühnern, den Kartoffeln, Bohnen und Rüben, den Pfirsichen und Trauben und der angeschlossenen Molkerei, in der Milch, Butter und Sauerrahm produziert wurden, wie ein Paradies.

Er wünschte sich, er hätte auch einen eigenen Hof. Groß genug sollte er nur sein, damit seine Familie in Notzeiten wie diesen keinen Hunger leiden musste.

»Diese Vögel fressen uns noch die Haare vom Kopf«, schimpfte die Mutter eines Tages, als sie wieder ein paar Saatkerne aus dem Vorratsglas nahm, weil nirgends mehr Löwenzahn, ja, nicht einmal eine Blume zu finden war und die Tiere Blätter und Gras verweigerten.

»Die beiden sehen mager aus«, befand Otto stirnrunzelnd. »Lange stehen sie das nicht mehr durch.«

Am nächsten Morgen nahm er den Käfig mit den Zwergaras und fuhr mit der Bahn zum Zoologischen Garten, wo er die Vögel gut unterbrachte. Die Familie könne die Tiere jederzeit kostenfrei besuchen, versicherte ihm der Direktor zum Abschied, woraufhin Otto am folgenden Samstag mit Gertrud und den beiden Neffen Kurt und Herbert einen Ausflug dorthin machte.

»Kommst du mit auf den Eulenturm?«, fragte der bald fünfjährige Kurt und schob vertrauensvoll seine kleine Hand in Ottos große.

»Na los!«, rief Otto. »Wer zuerst oben ist.«

Kreischend vor Lachen sprintete Kurt los und hastete die Treppenstufen hinauf zur Aussichtplattform der künstlich errichteten Burgruine.

»Erster!«, rief er seinem Onkel stolz entgegen, und Otto gab sich mit einem Schmunzeln geschlagen.

Von oben blickten sie auf den großen Teich mit den Enten und Blässhühnern, auf die Grotte mit dem Wasserfall und auf das Stelzvogelhaus mit den Flamingos. Otto hob Kurt ein Stück in die Höhe, damit er besser sehen konnte.

»Gehst du auch wieder fort, so wie Vati?«, fragte der Junge, als sie die Treppe hinabstiegen.

Otto hockte sich vor seinen Neffen und hob zwei Finger zum Schwur. »Ich werde bald für eine Weile fortgehen, aber ich komme wieder, wie auch dein Vater.«

Pauls Söhne waren ihm rasch ans Herz gewachsen, vor allem Kurt, aus dessen dunklen Augen ihm sein Bruder entgegensah. Im Schuppen fand Otto seinen alten Lederball und tobte mit den beiden Jungen über die noch unbebauten Wiesen seiner Kindheit. Er lief mit ihnen an der Elbe entlang bis zum Falkensteiner Ufer, wo sie Dinge sammelten, die die Wellen angeschwemmt hatten. Verrostete Nägel waren darunter, außerdem Holz, ein alter Schuh. Die Schätze versteckten sie im Garten vor ihrer Mutter und den Großeltern, weil sie die Fundstücke für Tinnef hielten, den man besser dem Lumpensammler geben sollte.

Als die Sonne im August besonders heiß über Hamburg brannte und die halbe Stadt ans Elbufer fuhr, um mit Blick auf die imposanten Segelschiffe spazieren zu gehen, lief er mit Kurt und Herbert ins Dorf, um die Füße im Wasser des Schulteichs zu kühlen. Er suchte sich einen schattigen Platz am Stamm einer Weide und freute sich über die Unbeschwertheit der Kinder, die kreischend ins Wasser sprangen und ihre mageren Körper gegenseitig nass spritzten.

»Wie es Paul wohl gerade geht?«, fragte Otto eines Morgens, als er mit Gertrud im Garten der Schmidts saß und den Kindern beim Spielen zusah.

»Er hat sich seit Monaten nicht gemeldet«, antwortete sie mit einem Seufzen. »Wenn doch nur endlich der Krieg vorbei wäre. Herbert und Kurt haben ihren Vater seit mehr als vier Jahren nicht gesehen.«

»Der Krieg wird schneller vorbeigehen, als wir alle denken«, sagte Otto. »Du wirst sehen, Gertrud, es dauert nicht mehr lange, bis du deinen Paul wieder in die Arme schließen kannst.«

»Ach, ich weiß nicht«, entgegnete Gertrud ernüchtert. Von ihrer anfänglichen Kriegsbegeisterung war kaum etwas übrig. »An der Westfront kämpfen sie noch immer heftig. Weißt du denn schon, wo du eingesetzt wirst?«

»Nein.«

Ein Ball flog über den Rasen auf sie zu. Otto fing ihn auf und warf ihn zurück zu Kurt, der sich über das ganze Gesicht strahlend bedankte. Nur noch Haut und Knochen war er, das Schlüsselbein stach spitz hervor, und Otto winkte ihm zu, während ihm Tränen in die Augen traten. Wusste Paul, was für großartige Söhne er hatte?

Seine Gedanken flogen über den Atlantik zu seinem jüngeren Bruder, der in diesem Moment mehr als sechstausend Kilometer entfernt in New York hinter dem Tresen einer Bar in der Chamber Street Nummer 121 stand und Cocktails für die erschöpften Händler der Wall Street mixte, die – im Gegensatz zu den europäischen Kollegen – nach einer kurzen Depression zu Beginn des großen Krieges und einer viereinhalb Monate währenden Börsenschließung längst wieder gute Geschäfte machten. Dabei freute sich Paul auf den Feierabend und auf die entzückende Krankenschwester Josephine, die in ihrer Wohnung auf ihn wartete. Und die nicht nur ein warmes Herz hatte, sondern ihn auch so liebte, wie er war.

Es war wohl Schicksal, dachte Paul so manches Mal, nur eine einzige Minute, die über den Fortgang seines Lebens entschied. Damals, im August 1914, als die *Potsdam* die südliche Spitze von Manhattan auf Höhe des Battery Parks passierte, hatten die deutschen Passagiere inbrünstige Gesänge auf das Vaterland angestimmt und über die einfältigen Amerikaner gelacht, die sie einfach so losfahren ließen.

Wie aus dem Nichts heraus hatte Paul in jenem Moment erkannt, dass es keineswegs die lang ersehnte Freiheit war, der er mit zunehmendem Tempo entgegenfuhr. Und dass er dabei war, einen großen Fehler zu machen.

Der Entschluss kam so plötzlich, zusammen mit einem Gefühl der unabdingbaren Eile und Notwendigkeit, dass er wie getrieben die Treppe hinab bis zum untersten Deck rannte. Er nahm immer zwei Stufen auf einmal, um sich ohne Gepäck und Mantel über die Reling hinweg ins Wasser zu stürzen und mit kräftigen Kraulzügen zurück an Land zu schwimmen. Dabei übersah ihn allerdings ein vorbeigleitender Segler, der ihn schwer verletzte, weshalb er mehrere Wochen im Krankenhaus verbrachte. Dort lernte er Josephine kennen, in die er sich bald verliebte.

Nur selten dachte er an seine Familie in Hamburg zurück. Doch weil ihn alljährlich zu Weihnachten, wenn ihn eine sentimentale Stimmung überfiel, das schlechte Gewissen übermannte, schrieb er eine Karte in die Heimat, die ihm mit jedem Jahr fremder wurde.

47

UKRAINE

Zu Ottos großer Erleichterung erkannte die Militärbehörde, dass seine Erfahrungen im Handel und seine Kenntnisse der russischen Sprache der Regierung nützlich sein konnten. Also schickten sie ihn in die von deutschen Truppen gesicherte Ukraine, wo er Getreide beschaffen sollte, das dem Deutschen Reich seit dem sogenannten Brotfrieden zugesichert worden war und dessen Lieferung bisher nur schleppend erfolgte.

Anfang September 1918 verabschiedete er sich erneut von seiner Familie, von den Eltern und Geschwistern, von Gertrud, Kurt und Herbert. Dabei versprach er ihnen, Lebensmittel zu schicken, sobald er welche auftreiben konnte.

Während die deutschen Truppen an der Westfront in verlustreichen Schlachten zurückgedrängt wurden, fuhr Otto über Warschau nach Kiew und weiter nach Melitopol, um dort mehrere Waggons mit Weizen aufzukaufen und in die Heimat zu expedieren. Die Gegend war unsicher und unruhig. Fast jede Nacht wurde geschossen, und am Morgen, wenn Otto aus dem Hotel auf die Straße trat, sah er sich aufmerksam um, ob von irgendwoher eine Gefahr lauerte.

In dieser Zeit sandte Otto regelmäßig Pakete mit Mehl, getrockneten Früchten, Öl und Speck in die Heimat, damit die Familie versorgt war und der Vater wieder zu Kräften kam. Für

Kurt und Herbert legte er jedes Mal eine Extraportion Zucker bei. Um die fünfzig Pakete schickte er insgesamt ab, in der Hoffnung, einige würden tatsächlich ankommen.

Es waren keine einfachen Wochen für ihn. Der Krieg und die Kämpfe der verschiedensten Gruppierungen machten ihn müde, und er sehnte sich nach der Leichtigkeit zurück, die er in den Jahren in Wladiwostok empfunden hatte, als vor ihm noch eine strahlend helle Zukunft lag. Nach einer Zeit des Friedens und einem neuen Aufbruch in Hamburg.

Manchmal dachte er auch an Theresia und fragte sich, ob sie wirklich glücklich war in dem zwischen den Kulturen und Nationen zerrissenen Land, in dem sich die eigenen Leute – tschechische und böhmische Soldaten – auf dem Feld als Feinde gegenüberstanden.

Als die Kieler Matrosen sich weigerten, in eine letzte ausweglose Seeschlacht gegen die Royal Navy zu ziehen, entbrannte in der Heimat ein Feuer, das von aufgebrachten Soldaten und der arbeitenden Bevölkerung aufgenommen wurde und sich rasch über das ganze Land verbreitete. Mit der Abdankung Kaiser Wilhelms II. und der Unterzeichnung des Waffenstillstandes von Compiègne im November 1918 schien der Krieg schlagartig vorbei. Wie ein Monster, breit und gefräßig, das sich plötzlich in nichts auflöste.

Die vollkommen überrumpelten deutschen Truppen sahen sich dazu gezwungen, aus der Ukraine abzuziehen. Noch während der Abzug im Gange war, witterten die Bolschewisten Morgenluft und griffen Soldaten und Zivilisten gleichsam an. Unter den deutschen Beamten in Melitopol brach Panik aus, und ein jeder suchte nach Möglichkeiten, um das Land augenblicklich zu verlassen.

Otto fand Platz auf einem von Maschinengewehren gesicherten Militärzug, der während der Fahrt mehrfach beschossen wurde, und gelangte schließlich nach Kiew. Dort organisierte er für sich und fünfzig weitere Zivilbeamte einen Waggon, der nach etlichen Zwischenfällen glücklich in Brest-Litowsk ankam. In einem Wagen der dritten Klasse, den Otto an einen Zug gen Westen anhängen ließ, erreichten die erschöpften Männer endlich Königsberg.

Dort trennten sich ihre Wege, und Otto fuhr alleine in einem Abteil vierter Klasse nach Hamburg, wo inzwischen auch der jüngste Bruder Hans versehrt von der Front heimgekehrt war. Auf einem Auge blind und geschwächt infolge einer Nierenentzündung, die er sich auf dem Feld zugezogen hatte, müde und verbittert wegen der Sinnlosigkeit der ganzen Schlacht.

»Wo sind denn die Schmidts?«, fragte Otto seine Mutter, nachdem er auf der Suche nach Gertrud, Kurt und Herbert vor einer verwaisten Villa gestanden hatte.

»Sie sind nach Pinneberg ins Quellental gezogen«, gab sie zur Antwort. »Cornelius Schmidt hat den Korkhandel verkauft, und da inzwischen auch sein Jüngster ausgezogen ist, war ihm das Haus zu groß.«

Als Otto bei einem Besuch feststellte, dass seine Neffen inmitten von Bauernhöfen, Feldern und Obstplantagen lebten und gut versorgt waren, fuhr er erleichtert zurück nach Hause. Er fühlte sich matt vor Hunger und von der Last der Verantwortung, mit der er für das Wohlergehen der Familie sorgte. In jenen Tagen schlief er viel, oft zehn Stunden am Stück.

»Hätten wir bloß die Zwergaras behalten«, schimpfte der Vater an Weihnachten und betrachtete den karg gedeckten Tisch, »dann hätten wir jetzt einen feinen Braten.«

48

HAMBURG

1919

Das alte Jahr verging und mit dem neuen drang die Erkenntnis durch, dass sich das deutsche Volk, dem man auf schmerzvolle Weise den Herrschaftsgedanken ausgetrieben hatte, nicht so bald berappeln würde. Trotz der vereinbarten Waffenruhe galt noch immer der Kriegszustand, und während die Siegermächte sich zur Pariser Friedenskonferenz im Schloss von Versailles einfanden, war die Not in Hamburg schier unerträglich.

Immer mehr Menschen strömten in die Hansestadt, heimkehrende Soldaten und Flüchtlinge aus den abgetrennten Gebieten, sodass die Lebensmittelrationen immer weiter verknappt wurden. Und eines Tages stellte man fest, dass die Zahl der Alsterschwäne in den vergangenen Wochen rapide abgenommen hatte.

Einmal war Otto zu dem Platz vor der Hamburger Börse gegangen, um einen silbernen Löffel gegen ein winziges Stück Fleisch zu tauschen. Beinahe wäre er in eine Schlägerei geraten, in der es um eine zum Wucherpreis angebotene Dauerwurst ging, und er beschloss, der Stadt für eine Weile fernzubleiben.

In jenen Tagen rückte die Familie eng zusammen. Otto und Hans lebten mit Tilla und Lisbeth bei den Eltern und liefen oft kilometerweit auf der Suche nach Kartoffeln. Oder nach Brennholz für den einzigen Ofen im Haus, der die Glieder des Vaters nicht mehr zu wärmen vermochte. Inzwischen dreiundsiebzig und des Arbeitens müde legte er Hans die gesamte Verantwortung für die Zukunft des Weinhandels in die Hände, der seit dem Bau der Hochbahn und zwei Umzügen nun im Gertrudenkirchhof 10 lag. Dann setzte er sich in einem brokatbezogenen Sessel mit Blick auf den Garten buchstäblich zur Ruhe.

Auf diesem Platz las er täglich die Zeitung und versorgte die übrigen Familienmitglieder mit Nachrichten aus der Hansestadt.

»Erster Lebensmitteldampfer im Hafen angekommen«, zitierte er Ende März. »Weiterversand der Nahrung ins Hinterland.«

Und Anfang April: »Ausschreitungen auf dem Fischmarkt. Mehr als tausend Personen entledigten die Fischkörbe ihres Inhalts, um ihn unter sich zu verteilen.«

Schließlich Mitte April: »Arbeitslose Demonstranten verwüsten Ratsweinkeller. Auftakt zu zahlreichen Plünderungen, die sich bis in den Abend hineinzogen. Der Mob zog nach dem Alster-Pavillon, dem dasselbe Schicksal beschieden war. Torten, Spirituosen, Zigarren verschwanden im Nu in den Taschen der Plünderer, dann zog die Horde zum Esplanaden-Kaffee. Wie die Bestien fielen die Plünderer später auf dem freien Platz vor dem Krieger-Denkmal übereinander her, einer raubte dem anderen, was er eben selbst geraubt hatte.[5]«

»Ich wollte gerade meine letzten Flaschen Branntwein ausliefern, als die Demonstranten die Scheiben des Alsterpavillons einschlugen«, erzählte Hans düster. »Ich bin gerade noch davongekommen. Heute ist die Volkswehr aufmarschiert, um gegen die Anarchie vorzugehen, die ist nicht gerade zimperlich. Man kann dieser Tage froh sein, wenn man heil durch die Stadt kommt.«

Die Mutter wurde blass und legte mit sorgenvoller Miene ihr Strickzeug beiseite. »Wann nimmt dieser Schrecken endlich ein Ende?«

---

5 Gekürzter Auszug aus: Neue Hamburger Zeitung 16.04.1919

»Solange sich die Herren in Versailles nicht einigen, wird es wohl noch ein Weilchen dauern«, entgegnete der Vater müde. »Wenn wir Glück haben, sind wir bis dahin nicht ganz verhungert.« Damit schloss er die Augen und machte ein Nickerchen.

In dieser Zeit unternahm Otto zweimal den Versuch, Johann zu besuchen, doch er traf jedes Mal nur dessen Frau Caroline an, die ihm erzählte, dass er oft nicht nach Hause komme und im Krankenhaus auf einer Pritsche schlafe, weil die Arbeit sonst nicht zu bewältigen sei.

»Was der Hunger nicht hinwegrafft, schafft diese neue Grippe«, sagte sie bei Ottos zweitem Besuch. »Die Behörden wollen von der Tödlichkeit dieser Krankheit nichts wissen, und die Zeitungen schreiben lieber von einer Seuche in Galizien, obwohl sie längst die Stadt erreicht hat. Johann ist außer sich und kämpft unerbittlich dagegen an. Ich habe ihn schon seit Tagen nicht mehr gesehen.«

»Die alten Dämonen«, sagte Otto.

Johanns Frau, eine hochgewachsene Schönheit, nickte traurig. »Sie haben ihn fest im Griff. Aber er ist zäh.«

Der Frühling kam, ohne dass sich die Versorgungslage änderte.

Einzig die Natur schien der Stadt den Kriegsdunst endgültig austreiben zu wollen. Die Apfelbäume blühten in unschuldigem Weiß, die Vögel stimmten schon früh ihr Morgenlied an, und auch Otto erschien es, als erwache er endlich aus einem langen, tiefen Winterschlaf.

Es war ein Freitagmorgen, als Otto aus seinen Träumen schrak und sich im Bett aufsetzte. Vor dem Fenster hing dichter Frühnebel, den das erste Licht des Tages allmählich vertrieb.

Otto setzte die Füße auf den kalten Boden, zog den Morgenmantel über und ging zu Hans, der auf der anderen Seite des Zimmers leise vor sich hin schnarchte.

»Wach auf, du Schlafmütze«, sagte er und rüttelte den Bruder unsanft an der Schulter.

»Was ist denn los?«

»Es ist an der Zeit, eine Im- und Exportfirma zu eröffnen.«

Nun saß auch Hans senkrecht im Bett und rieb sich den Schlaf aus den Augen. »Bist du jetzt verrückt geworden? Wo willst du in dieser Lage denn Ware herbekommen, von Lebensmitteln ganz zu schweigen? Die Handelswege sind noch lange nicht frei.«

»Das ist nur eine Frage der Zeit. Ich will bereit sein, wenn es wieder losgeht. Und bis dahin besuche ich Fabriken und sehe, ob ich etwas herbeischaffen kann. Ich will meinen Beitrag leisten, um die Not im Land zu lindern. Und ich habe auch schon eine Idee, in welchen Räumen sich die Firma ansiedeln soll.«

»Na?«

»In der Weinhandlung.«

»Hast du denn Geld für die Miete?«

Otto musterte seinen jüngeren Bruder mit zusammengezogenen Brauen. »Ich kann sie abarbeiten.«

»Nein, ich habe eine bessere Idee. Du beteiligst mich an der Firma, und ich stelle dir die Räume zur Verfügung und helfe dir bei der Büroarbeit, während du herumreist.«

»Einverstanden.« Otto gab dem Bruder einen Klaps auf die Schulter. »Wir gründen unser eigenes Familienunternehmen. Ich sehe es schon vor mir. In wenigen Jahren werden wir so groß sein wie meine Niederlassung in Wladiwostok.«

Als Erstes ging Otto zur Schreibmaschinenhandlung und kaufte die Underwood zu einem guten Preis. Er nahm seine alte Tätigkeit wieder auf und begann dabei wieder ganz von vorn. Er entlieh etliche Wälzer mit Firmenverzeichnissen aus der Commerzbibliothek am Adolphsplatz, schrieb Briefe an Fabriken in ganz Europa und fragte nach Eisenwaren, Kleidung und Lebensmitteln. Zugleich bot er seine Hilfe beim Transport von Waren an.

Doch weil die Wirtschaft nach dem Diktat des Versailler Friedensvertrages nicht in Gang kam und Lagerfeld & Co. im Herbst zu wenig Umsatz machte, musste Otto sich auf eine Position bewerben. Die einzige Stelle, die er zu einem angemessenen Gehalt fand, war die als Einkäufer beim Landratsamt in Recklinghausen, wo er Lebensmittel zur Verteilung an die Bevölkerung auftreiben sollte. Das Beamtenwesen war zwar überhaupt nicht seine Sache, aber mit dem Lebensmitteleinkauf kannte er sich gut aus.

Es war ein herrlicher Oktobertag, der Wind löste erste Blätter von den Bäumen und wirbelte sie über den Adolphsplatz. Otto trat aus der Commerzbibliothek, wo er die Firmenverzeichnisse zurückgegeben hatte, und sah den Blättern nach. Die Hände in den Manteltaschen machte er sich auf den Rückweg, als er im Vorbeigehen ein Gesicht entdeckte, das ihm bekannt vorkam, umrahmt von dichten braunen Locken.

Er blieb stehen. »Theresia?«

Die junge Frau ging weiter, ohne ihn zu bemerken. Sie trug ein senffarbenes Kleid mit niedriger Taille und einen braunen Sommermantel, dessen Kragen ihr locker auf die mageren Schultern fiel.

Das Herz klopfte ihm bis zum Hals, als er hinter ihr hereilte. Auf Höhe des Jungfernstiegs hatte er sie eingeholt. »Theresia, bist du es?«

Endlich blieb sie stehen. Zwei rehbraune Augen funkelten ihn an. »Otto?«

»Theresia«, rief er aus und strich sich in einer hilflosen Geste durch das Haar. »Bei Gott, du bist es wirklich?«

Sie war reifer geworden, wirkte längst nicht mehr so scheu wie einst. Das Zarte, Zerbrechliche umwehte sie noch immer, aber ihr Lächeln besaß nun einen neckenden Zug.

»Mit Ihnen habe ich gar nicht mehr gerechnet«, sagte sie sichtlich erleichtert. »Ich habe Ihnen nach Wladiwostok geschrieben, kurz bevor der Krieg ausbrach. Ich dachte schon, Sie wären …«

»Ich war in Kriegsgefangenschaft«, sagte er. »Und ich habe Ihnen von dort geantwortet.«

Mit einem Kopfschütteln hob sie die Schultern.

»Das ist nun gleichgültig«, sagte Otto und lachte befreit. »Es ist so schön, Sie … dich endlich wiederzusehen. Wie geht es dir? Seit wann bist du in Hamburg?«

»Seit vergangener Woche.«

»Bleibst du oder bist du nur auf der Durchreise?«

»Ich bleibe«, sagte sie ernst. »Ich habe erkannt, dass Böhmen einen festen Platz in meinem Herzen hat, den man mir auch bei aller Deutschfeindlichkeit nicht nehmen kann. Aber meine Heimat ist hier.«

»Und dein Mann … ist er mitgekommen?«

Sie verzog den Mund zu einem traurigen Lächeln. »Wir haben nie geheiratet. Als ich damals in Neuern ankam, war Tomáš bereits eingezogen. Er ist gleich in den ersten Kriegswochen gefallen.«

»Das tut mir sehr leid.«

Sie schluckte und blickte zu Boden. Einen Moment standen sie schweigend da, dann ergriffen sie gleichzeitig das Wort.

»Möchtest du …«

»Es ist …« Theresia lachte leise. »Was wollten Sie gerade sagen?«

»Nein, erst du«, entgegnete Otto.

»Na schön.« Sie holte tief Luft und blickte ihn von unten an, als sie fortfuhr. »In all den Jahren habe ich immer wieder an Sie gedacht und mich gefragt, wie es Ihnen wohl geht. Und ob Sie wohl inzwischen …« Sie zögerte.

»Du, Theresia. Wir kennen uns nun schon seit unserer Kindheit, wollen wir da nicht endlich die dementsprechende Anrede verwenden?« Otto wartete, bis sie nickte. »Nein, ich habe nie geheiratet. Und dich hier zu treffen, bedeutet mir viel. Nur… ich reise wieder ab.«

Der Glanz, der zwischenzeitlich in ihre Augen getreten war, verblasste. »Wo musst du denn hin?«

»Nach Recklinghausen.« Er lächelte. »Aber das ist nicht die Welt, Theresia. Ich werde dich in Hamburg besuchen, wann immer ich kann.« Er bot ihr seinen Arm. »Komm, lass uns ein paar Schritte gehen. Und dabei erzählst du mir, wie es dir in all den Jahren ergangen ist.«

49

RUHRGEBIET

1920

Und so fuhr Otto eines diesigen Herbstmorgens nach Recklinghausen, nicht ohne Theresia das Versprechen abzunehmen, dass sie auf ihn wartete.

Nach einigen Wochen wurde er vom Rheinisch-Westfälischen Städteverband nach Essen versetzt, um dort nicht nur für Recklinghausen, sondern auch für Essen, Bochum, Wuppertal und einige weitere Städte Lebensmittel aufzukaufen und zu verteilen. Die Arbeit verschaffte ihm eine gewisse Befriedigung, weil er nach all den Monaten der Untätigkeit endlich etwas dazu beitragen konnte, um die Hungersnot zu lindern. Er traf sich auch mit dem holländischen Konsul und fuhr über die Grenze, um Lebensmittelzüge mit Brot, Mehl, Zucker und Kartoffeln zu organisieren, und sorgte dafür, dass sie nicht gestohlen oder geplündert wurden, bevor sie ihr Ziel erreichten.

In dieser Zeit schrieben sich Theresia und Otto regelmäßig Briefe, in denen sie von ihrem Alltag berichteten, während ihre gegenseitige Zuneigung immer deutlicher durch die Zeilen schimmerte.

Im März 1920, nur wenige Tage nach dem Kapp-Putsch, bei dem Otto um Haaresbreite einem Handgranatenanschlag auf ein Postgebäude entkam, nahm er sich frei und fuhr für ein verlängertes Wochenende nach Hamburg, wo er Theresia endlich wiedertraf.

Sie unternahmen lange Spaziergänge am Elbufer, schlenderten in der Kunsthalle durch die Sammlung alter Hamburgischer Meister und besuchten die öffentliche Bücherhalle an den Kohlhöfen, wo Otto Theresia anhand von Atlanten und Bildbänden von seiner Zeit in Wladiwostok und Sibirien erzählte. Und er lauschte ihren Erzählungen von Böhmen und versprach, eines Tages mit ihr dorthin zu reisen.

Als Otto im Mai wiederkam und die warmen Temperaturen auch in der Nacht anhielten, mieteten sie sich ein Ruderboot, mit dem sie vor dem Uhlenhorster Fährhaus ankerten, wo sie bei Wein und belegten Broten im Licht Hunderter Fackeln einem Konzert des Deutschen Philharmonischen Blasorchesters unter Leitung des Königlichen Musikdirektors lauschten.

An jenem Abend, an dem der Himmel weit und hoch war und die Sterne wie Tausende Brillanten funkelten, näherte Otto sich im Schutz eines Weidenbaums Theresias Gesicht und gab ihr den ersten Kuss, dem noch viele weitere folgen sollten.

Es war, als hätten keine sechs Jahre zwischen diesem und ihrem letzten Ausflug in die Alsterauen gelegen, sondern gerade mal sechs Tage. Und manchmal, wenn sie sich in die Augen sahen, erstaunt und ehrfürchtig darüber, dass die Zeit der vielen Trennungen nun endlich vorüber sein sollte, dann mussten sie lachen über das große Glück, endlich beisammen zu sein.

Otto genoss jede Minute mit Theresia. Mit ihr schien das Grau der vergangenen Monate zu verblassen. Die Hortensienblüten waren farbenfroher, das Gras war saftiger, und selbst die Sonne schien strahlender als je zuvor. Sie war die Frau, nach der er all die Jahre in der ganzen Welt gesucht und die er hier, in der Heimat, gefunden hatte.

Einmal trafen sie sich mit Johann und seiner Frau Caroline zu einem Spaziergang. Otto fiel auf, dass sein alter Freund manchmal die Augen zusammenkniff und hastig eine Hand auf den

Magen legte, doch er fragte nicht weiter nach. Vielmehr schob er es der vielen Arbeit zu und dem Kaffee, den Johann gerne trank, um sich während der langen Stunden im Krankenhaus wach zu halten.

»Du arbeitest zu viel«, sagte Otto zu ihm, als sich ihre Wege am Alsterufer wieder trennten.

»Und das aus deinem Mund?« Johann schmunzelte bemüht. »Wir sind beide aus demselben Holz geschnitzt. Wir brennen für die Dinge, die wir tun, und wir sind glücklich dabei. Die Arbeit verleiht unserem Leben einen Sinn. Wir können gar nicht anders, nicht wahr?«

Wie recht Johann hatte.

Als die Handelswege wieder frei waren, nahm Otto Kontakt zu der Firma Carnation auf, die sich für den Warenexport mit der Pet Milk Company zur American Milk Products Corporation mit Sitz in New York zusammengeschlossen hatte, und fragte eine größere Menge jener evaporierten Kondensmilch an, die er einst in Wladiwostok verkauft hatte. Da sich die Geschäftsführer noch gut an den jungen Mann erinnerten, der ihnen seinerzeit ein sattes Umsatzplus verschafft hatte, sagten sie ihm die Sendung einiger Tausend Kisten Dosenmilch zu. Die Ware orderte Otto über Lagerfeld & Co. und verteilte sie dann auf die Städte des Rheinisch-Westfälischen Verbandes.

Als Lagerfeld & Co. im Frühjahr 1921 für eine Lieferung von 50.000 Kisten Kondensmilch eine enorme Provision erhielt und man Otto die Generalvertretung für ganz Deutschland anbot, entschloss er sich dazu, nach Hamburg zurückzukehren und sich nun ganz dem Geschäft mit der Dosenmilch zu widmen. Bei den Behörden warb er Wilhelm Dylewski ab, der sein Assistent in Essen gewesen war und dessen Hilfe er gut gebrauchen konnte.

Auf der Bahnfahrt nach Hamburg dachte Otto darüber nach,

der Carnation-Dosenmilch einen deutschen Namen zu geben, so, wie er es einst in Russland mit Gwosdika getan hatte.

»Aber ›Nelke‹ klingt wirklich unspektakulär«, sagte er, nachdem er Dylewski von seinen Plänen erzählt hatte.

»Vielleicht … Milchglück?«, schlug sein Assistent vor.

»Nein, nein, das ist albern. Das Wort muss beim Käufer ein Bild heraufbeschwören, das Wohlbefinden erzeugt. Wissen Sie, ich denke die ganze Zeit an eine Farm bei Wladiwostok, die allen dort ein Begriff war, weil sie die ganze Stadt mit Lebensmitteln versorgt hat: die Goldenstedt-Farm. Der Name war für mich in den vergangenen Jahren wie ein Stern am Firmament. Ein Fixpunkt, der all das beinhaltet, was mir wichtig ist, nämlich gute, gesunde Versorgung und unerschöpfliche Fülle.«

»Gold«, nickte Dylewski, »ja, das hat etwas. Im Grunde ist die Kondensmilch ja weißes Gold. Und das mit dem Stern ist auch nicht schlecht. Goldstern vielleicht?«

»Goldstern … nicht übel.« Otto sah aus dem Zugfenster, vor dem die sonnenbeschienene Landschaft vorbeizog. Felder wechselten sich mit lichten Wäldern und sattgrünen Wiesen ab, auf denen Kühe grasten. »Eigentlich müsste eine Kuh auf das Etikett, aber das gibt es schon bei anderen amerikanischen Kondensmilchmarken. Der Produktname sollte das Bild einer sattgrünen Wiese hervorrufen, auf der Kühe stehen, die gute und gesunde Milch geben.«

»Ein Symbol für Frische, meinen Sie? So etwas wie Gras?«

»Oder Klee.« Otto sah Dylewski an. Unvermittelt war ihm der vierblättrige Glücksbringer in den Sinn gekommen, den Theresia einst auf einen ihrer Briefe geklebt hatte. »Das ist es. Glücksklee!«

50

HAMBURG

1921

Jedes Mal, wenn Otto die Firma am Gertrudenkirchhof verließ, um sich mit Theresia zu treffen, fieberte er dem Moment entgegen, an dem er in die Große Bäckerstraße bog, wo er Theresia zu einem Spaziergang abholte oder in eines der Restaurants oder Cafés der Stadt ausführte.

Seit er sie wiedergetroffen hatte, hatte das Wort Glück für ihn eine neue Bedeutung gewonnen. Wann immer sie Zeit miteinander verbachten, verspürte Otto ein warmes, geborgenes Pulsieren in der Magengrube. Manchmal wunderte er sich, weil er bislang gedacht hatte, dass man Gefühle und Komplizenschaft getrennt voneinander empfand und dass bei einer Frau, mit der man den Rest seines Lebens verbringen wollte, Leidenschaftlichkeit keinen Platz hatte.

Eines Samstagnachmittags im Mai lud er Theresia zu einer Fahrt in die Elbvororte ein, wo er auf der Terrasse des Louis C. Jacob einen Tisch reserviert hatte. Sie saßen unter Linden, durch deren Laub kleine Sonnenflecken tanzten, und sprachen bei Kaffee und Kuchen über seine Neffen, deren Pate Otto werden sollte. Beobachteten die Schiffe, die auf der Elbe an ihnen vorbeizogen, und genossen schließlich schweigend ihr Beisammensein.

»Wenn du dir deine Zukunft frei ausmalen dürftest«, sagte Otto in die Stille hinein, »wie sollte sie aussehen?«

Theresia sah ihn überrascht an. »Ganz frei heraus? Alles, was ich mir wünsche?«

»Ja.«

Sie sah einer Möwe nach, die am Himmel ihre Kreise zog und sich dann von einer Windböe tragen ließ. »Eine Familie, mit einer ganzen Schar Kinder. Und ein Heim, das Geborgenheit gibt, dazu einen Garten mit Apfelbäumen und Kirschen.«

»Möchtest du meine Frau werden?« Otto streckte die Hand vor und reichte ihr einen Ring, den er in der Jackentasche verborgen gehalten hatte.

»Ich wünsche mir nichts mehr als das«, sagte sie heftig errötend und senkte den Blick, als er ihr den Ring ansteckte.

Am 10. Juni 1921 fand die Verlobungsfeier im kleinen Kreis im Garten der Lagerfelds statt, und als Otto sich nach der Rede auf seine zukünftige Braut wieder setzte und in die zufriedenen Gesichter der Anwesenden blickte, schüttelte er ungläubig den Kopf vor so viel Glück.

Konnte man mehr vom Leben verlangen, als mit einer Frau verheiratet zu sein, die denselben Familiensinn besaß wie er? Die sich nicht nur mit seinen Eltern und den Geschwistern aufs Beste verstand, sondern auch mit Pauls Frau Gertrud und seinen beiden Neffen Kurt und Herbert?

Die Zukunft erschien ihm wie eine endlose Reihe schöner Tage, die niemals enden sollten.

An den Wochenenden fuhren sie auf Rädern durch die nähere Umgebung auf der Suche nach einem geeigneten Zuhause. Sie fanden es nördlich des Blankeneser Bahnhofes in einer ländlich gelegenen, von Buchen und Eichen gesäumten Straße nach Sülldorf, direkt beim Goßlers Park. Es war ein hübsches Zweifamilienhaus mit separaten Eingängen und einem Garten, in dem sogar eine Handvoll knorriger Apfelbäume standen.

Als Otto es kaufte, musste er an seinen Vater denken, der etwa im gleichen Alter das Haus in der Voßstraße erworben hatte, das heute ein Vielfaches wert war. Und als er das neue Heim seinen Eltern zeigte, dachte er beim Anblick ihrer hellen Freude und der rührenden Gebrechlichkeit, dass es gut war, bei ihnen in Hamburg zu sein.

Die Kondensmilch fand im ausgehungerten Deutschland reißenden Absatz, und Otto sicherte sich die Markenrechte für »Goldstern« und »Glücksklee«. Doch weil bald auch weitere Dosenmilchfirmen aus Amerika auf den deutschen Markt drängten und die Preise wegen des Dollarkurses stark schwankten, waren die Umsätze zu instabil, um eine Neuetikettierung zu wagen. Otto erkannte die Notwendigkeit, seine Geschäfte auch auf andere Produkte und Märkte auszudehnen, wobei ihm der Zufall zur Hilfe kam.

Eines Tages stand Carl Wübbens bei ihm im Kontor, so, als sei er ein Geist, der sich soeben materialisiert hatte. Als Otto ihn mit ausgestreckten Armen empfing und ihm ergriffen auf den Rücken klopfte, strahlte Wübbens über das ganze Gesicht. Doch kaum, dass er wieder ernst wurde, brach die Bitterkeit durch, die sich fest in seine Züge gegraben hatte. Der Schmerz der überlangen Kriegsgefangenschaft.

Bei einem gemeinsamen Essen erfuhr Otto, dass Wübbens die letzten Jahre in Harbin verbracht hatte, wo er unter anderem auf Alfred Schweyer getroffen war. Der hatte gegen Kriegsende das Weite gesucht und lebte nun als Russe in China. Als Wübbens erzählte, dass er seit seiner Rückkehr in die Heimat auf Arbeitssuche sei, stellte Otto ihn augenblicklich ein. Und weil sein alter Freund auch keine Bleibe hatte, bot er ihm kurzerhand an, in den Räumen der Firma zu wohnen.

Mit Carl Wübbens erweiterten sich die Import- und Exportgeschäfte auf Wladiwostok, Harbin und den Kaukasus, was das schwankende Dosenmilchgeschäft absicherte und die Umsätze besser ausbalancierte.

Kurz vor Weihnachten 1921 erschütterte die Nachricht von Johanns Tod wie ein Donnerschlag Ottos und Theresias Alltag. Der Durchbruch eines bösartigen Magengeschwürs hatte ihn mitten aus dem Leben gerissen. Ausgerechnet Johann, der sich zeitlebens im Kampf gegen Krankheit und Not aufrieb, hatte ihn am Ende selbst verloren.

Die Wolken hingen tief und waren schwer von Schnee, als die Trauergemeinde den Sarg über die Wege des Ohlsdorfer Friedhofes zum Grab begleitete, das weiß überzuckert inmitten eines unendlichen Areals aus Bäumen, Rhododendren und Teichen lag.

»Hier möchte ich später auch einmal begraben liegen«, flüsterte Theresia mit tränenverschleiertem Blick, als sie nach einem ergreifenden Abschied dem Ausgang zustrebten. »Es ist so friedlich hier und so still.«

»Gott bewahre«, sagte Otto kopfschüttelnd und legte einen Arm um ihre Schultern. »Bis dahin ist es ja wohl noch eine Ewigkeit hin.«

An einem frischen, klaren Frühlingstag im April gaben sie sich das Jawort. Bald darauf war Theresia schwanger, und die Zukunft schien wie eine große, breite Straße, an deren Horizont stets die Sonne strahlte.

Später dachte Otto oft, er hätte vom Herrgott gerne ein Zeichen erhalten, irgendeine Stimme, die ihn mahnte, das Glück noch einmal fest zu umarmen, bevor es verschwand. Er hätte versucht, die Zeit anzuhalten und alles zu tun, um das Leid zu verhindern, das vermeidbar war.

So aber wähnte er sich selbst in jener Nacht Ende November, als bei Theresia zwei Monate zu früh heftige Wehen einsetzten, noch am Beginn einer wundervollen Zeit zu dritt. Auch im Taxi, das sie durch die dunklen Straßen auf dem schnellsten Weg in die Klinik brachte, schien alles seinen rechten Gang zu nehmen. Erst als er im Licht der vorbeihuschenden Straßenlaternen ihr vom Schmerz verzerrtes Gesicht sah, die aufeinandergepressten kalkweißen Lippen, beschlich ihn die Ahnung, dass etwas nicht in Ordnung sei.

»Kann ich irgendwas tun, damit es dir besser geht?«, fragte er.

Sie seufzte tief. »Es ist zu früh, Otto. Ich habe furchtbare Angst um unser Kind.«

Er zog sie fester an sich und strich in einer hilflosen Geste über ihre Hand. »Alles wird gut, du wirst sehen.«

Doch nichts wurde gut.

Als die Hebammen Theresia im Morgengrauen von einem Mädchen entbanden, dessen Leben an einem seidenen Faden hing, spürte Otto, dass etwas an ihrem Glück riss. Die Hebammen versuchten vergeblich, ihn nach Hause zu schicken, es sei nicht üblich, dass Väter vor der Entbindungsstation warteten. Aus Sorge um Theresias Wohlbefinden nahm er auf den kalten Steinstufen im Treppenhaus Platz und harrte der Dinge.

»Wir bringen den Säugling sofort ins Altonaer Kinder-Hospital«, rief die Hebamme Otto zu, als sie mit einem beklemmend stillen Bündel im Arm an ihm vorbeihastete. »Dort verstehen sie sich bestens darauf, Frühgeborene aufzupäppeln.«

Otto erhob sich von seinem Platz. »Wie geht es meiner Frau? Kann ich sie sehen?«

Energisch schüttelte die Schwester den Kopf und rief ihm über die Schulter zu, es sei Männern nicht erlaubt, die Station zu betreten, es sei denn den Ärzten. Das müsse er doch wissen.

»Gehen Sie nach Hause, und kommen Sie morgen wieder.«

Den Vormittag verbrachte Otto in der Firma, fuhr jedoch gegen eins nach Hause, weil er sich nicht konzentrieren konnte. Er hatte

Blumen gekauft und arrangierte sie in einer Vase. Dann strich er das Bett glatt und schüttelte das Kopfkissen auf, damit Theresia es schön hatte, wenn sie heimkehrte.

Um halb drei stellte er fest, dass er den ganzen Tag noch nichts gegessen hatte. Er brühte sich einen Kaffee auf und aß ein Stück Kuchen vom Vortag, ohne etwas zu schmecken.

Um vier überfiel ihn eine schreckliche Vorahnung, und er fuhr mit dem Taxi in die Klinik, um seinen Platz auf den Treppenstufen wieder einzunehmen.

Die Minuten vergingen, ohne dass ihm jemand Näheres über Theresias Zustand sagen wollte. Sie sei sehr geschwächt, ja, aber das sei normal.

Inzwischen herrschte im Treppenhaus ein stetes Kommen und Gehen. Vor Glück strahlende Mütter strebten mit ihrem Säugling auf dem Arm dem Ausgang zu, wo nervöse, kettenrauchende Väter sie erwarteten. Dazwischen hasteten Hebammen vorbei, die treppauf, treppab liefen, um Mullbinden, Tupfer und heißes Wasser zu holen.

Während der Tag sich dem Ende zuneigte und sich eine trübe Novemberdämmerung über das Treppenhaus legte, dachte Otto an den Moment, als Theresia ihm die Schwangerschaft offenbart hatte. Sie hatte ihn, als er von der Arbeit heimkam, in den Garten hinter dem Haus gelockt, mit strahlenden Augen und jenem besonderen Lächeln, das werdenden Müttern zu eigen ist. An der Stelle, wo die Abendsonne zwischen den Schatten der alten Apfelbäume einen Lichtpunkt auf das Gras warf, blieb sie stehen.

»Sieh nur«, sagte sie, »hier ist ein guter Ort, um für unser Kind ein Bäumchen zu pflanzen.«

»Wir bekommen ein Kind?«

Er hatte gelacht und sie in die Arme geschlossen, hatte den Duft ihres sonnenbeschienenen Haares eingeatmet und dann flüsternd die wundervolle Nachricht wiederholt. »Wir bekommen ein Kind.«

Otto rieb sich über Gesicht und Haar, um die Erinnerungen zu vertreiben. Theresia, ach, Theresia.

Irgendwann, es war inzwischen sieben Uhr geworden, wurden die Schritte der Hebammen schneller und die Bewegungen, mit denen sie Binden und Wasser holten, hektischer.

»Rasch!«, hörte er jemanden rufen. »Das Fieber steigt.«

Otto sprang auf und ging im Gang auf und ab, bis die Tür zur Entbindungsstation aufschwang und die energische Hebamme vom Morgen heraustrat.

Entschlossen stellte er sich ihr in den Weg. »Ich will wissen, wie es meiner Frau geht.«

»Wir tun, was wir können. Herr Lagerfeld, so nehmen Sie sich doch zusammen! Oder ich lasse Sie aus dem Spital entfernen.«

Er stieß sie beiseite und riss die Tür zu einem Raum auf, wo ihm erschrockene Frauen entgegensahen und ihn mit spitzen Schreien vertrieben.

Dann war er wieder alleine auf der Treppenstufe. Die Hände auf dem Gesicht saß er da und flüsterte ein Gebet.

Gegen acht schwang die Tür zur Entbindungsstation auf. Sie schickten eine junge Schwesternschülerin, um die schlimme Nachricht zu überbringen, und er konnte an ihrem Gesicht, den scharf umrissen roten Wangen ablesen, was geschehen war. Noch bevor sie die Worte »Blutvergiftung« und »Kindbettfieber« stammelte, hatte Otto sich bereits von seinem Platz erhoben, den Hut mit beiden Händen knetend.

»Ist sie …?«

Die Schwesternschülerin nickte. »Sie ist vor einer halben Stunde verstorben.«

Der Satz traf ihn wie ein Blitzschlag.

Viel zu früh, dachte er, während das Innerste seines Körpers bebte, das ist viel zu früh. Seine große Liebe, jung wie ein Schmetterling, der gerade dabei war, die Flügel zu entfalten, um sich in die Lüfte zu schwingen, lebte nicht mehr.

Otto wusste nicht, wie lange er durch die windige Nacht gelaufen war, doch irgendwann fand er sich auf einem Weg wieder, der zum Elbstrand führte. Er stolperte die Böschung hinab, strauchelte und hörte schließlich seine eigenen Schritte auf dem steinigen Boden knirschen. Eilte dem Geräusch der ans Ufer schlagenden Wellen entgegen, bis er gegen einen Baumstumpf stieß. Erschöpft ließ er sich darauf nieder und starrte auf das schwarze Wasser. Über ihm hingen tief die Wolken, aus denen sich plötzlich heftiger Regen entlud, den der Wind schräg gegen Bäume und Mauern peitschte und der genauso plötzlich wieder aufhörte. In der Ferne schimmerten die Kräne der Werften, nass und dunkel, wie stählerne Gerippe einer anderen Welt.

Otto saß ganz still da. Der Regen hatte Mantel und Anzug durchnässt, und von seinem Hut tropfte es auf Lippen und Kinn. Das Wasser vermengte sich mit den Tränen, denen er nun keinen Einhalt mehr bieten konnte.

Viel zu kurz war unsere gemeinsame Zeit, dachte er, nach all den Jahren des Sehnens. Vorbei.

De Herr hett geven, he nimmt nu wedder.

51

HAMBURG

24. Juli 1942

Am späten Nachmittag teilte Oberlandesgerichtsrat Doktor Prieß Otto in einem vertraulichen Telefonat mit, dass die Angelegenheit erledigt sei und der Verwalterschaft nichts mehr im Wege stand. Kaum, dass das Telefonat beendet war, rief Otto seinen Fabrikleiter Alfons van Acken in Neustadt an und wartete, bis auch sein Neffe Kurt ans Telefon getreten war. Nachdem er den beiden die frohe Neuigkeit verkündet hatte, herrschte große Erleichterung und sie waren sich einig, dass sie den positiven Ausgang dieser Angelegenheit baldmöglichst bei einem gemeinsamen Essen feiern sollten.

»Warum kommst du nicht heute noch nach Neustadt«, schlug Kurt vor. »Es ist Freitag, da gibt es immer etwas ganz Besonders zu essen. Gisela hat das große Talent, aus lauter seltsamen Zutaten einen herrlichen Braten zu zaubern, von dem man nicht ahnt, dass es gar kein Braten ist.«

»Nicht heute«, sagte Otto. An diesem besonderen Tag wollte er alleine sein und seinen Erfolg in aller Ruhe genießen.

Als er wenig später das Haus in der Innocentiastraße betrat, wählte er noch im Mantel die Nummer des Landguts Bissenmoor und ließ seine Frau ans Telefon rufen.

»*Bonsoir*«, drang es in gestelztem Französisch durch den Hörer.

»Ebbe? Ich habe gute Neuigkeiten. Der Gauwirtschaftsberater hat seine Bedenken zurückgezogen.«

»Heißt das, ich kann endlich die Samthandschuhe wieder abstreifen? Wann kommst du nach Hause?«

»Morgen. Zum Abendessen bin ich auf Bissenmoor.«

»Ich stelle schon mal den Schaumwein kalt.« Ebbe schmunzelte, er konnte es an ihrer Stimme hören. »Bis morgen, du Knurrhahn.«

Otto legte den Hörer auf die Gabel und hängte den Mantel an die Garderobe. Dann trat er an den Tisch im Arbeitszimmer und zog das Blatt, das er in der letzten Nacht getippt hatte, aus der Schreibmaschine. Er überflog das Geschriebene und durchlitt noch einmal die schlimmen Wochen nach Theresias Tod, ehe er das Blatt mit einem Seufzen zu den anderen auf den Stapel legte.

Es hatte lange gedauert, bis er seine Tochter, starr vor Hilflosigkeit, Wut und Trauer, zum ersten Mal im Altonaer Kinderhospital besuchen konnte. Doch als er das zarte, verschrumpelte Wesen in seiner Hilflosigkeit in einem der weißen Kästen der Säuglingsstation liegen sah, da konnte er nicht anders, als es lieb zu haben.

Theresia. Thea. Theachen.

Damals hatte er beschlossen, dass Theresia in ihrer gemeinsamen Tochter weiterleben sollte, und das Mädchen nach ihr benannt.

»Brauchen Sie mich noch?«

Frau Rieks Stimme riss ihn aus seinen Gedanken, und er drehte sich zu ihr um. Groß und hager stand sie in der Tür, den dunklen Mantel über dem linken Arm. Er erinnerte sich, dass sie bei Theresias Beerdigung einen ähnlichen Mantel getragen hatte. Damals, als sie ihm ihre Hand auf den Arm gelegt und ihre Hilfe angeboten hatte, war sie ihm wie ein rettender Engel erschienen.

»Nein, Sie können gehen«, sagte er und rief ihr, als sie bereits die Haustür geöffnet hatte, noch schnell nach: »Habe ich mich eigentlich jemals bei Ihnen bedankt?«

»Wofür?«

»Dafür, dass Sie damals für mich und die kleine Thea da waren. Ohne Ihre Hilfe hätte ich das alles nicht geschafft.«

»Aber das war doch selbstverständlich. Wie hätte ich Sie je damit alleine lassen können.« Auf ihren strengen Zügen erschien ein Lächeln. »Ein schönes Wochenende, Herr Generaldirektor.«

»Das wünsche ich Ihnen auch.«

Mit dem Geräusch der zufallenden Tür im Rücken ging Otto auf der Suche nach einem guten Tropfen Rotwein in den Keller.

Dank Frau Riek hatte er damals den Kopf frei gehabt, um sich in die Arbeit zu stürzen, die zwar nicht den Schmerz über den Verlust zu lindern vermochte, aber eine gute Ablenkung war. Oft hatte er bis tief in die Nacht gearbeitet, und wenn er nach Hause kam, schlief die kleine Thea bereits fest in ihrem Gitterbettchen. Dann strich er sachte über den Flaum ihres Haares und dachte, wie sehr sich Theresia über das entzückende Wesen gefreut hätte.

Im Jahr 1923 zog die Firma mitsamt dem Weinhandel, der nurmehr als Depot der Pères Chartreux in Tarragona fungierte, in größere Räume um. An der Alster 52, lautete die Adresse, von wo aus man einen herrlichen Blick auf das Wasser hatte. Während Carl Wübbens als dritter Geschäftsführer zur Lachskonservenfabrik nach Vancouver reiste und von dort aus weiter nach Harbin, setzte sich in Hamburg Otto mit seinem Bruder Hans, dem Assistenten Wilhelm Dylewski und dem im vergangenen Jahr neu eingestellten Prokuristen Ludwig van Essen zusammen. Ihnen gegenüber beugte sich ein junger Grafiker von bunten Stiften umgeben über ein Blatt, um einige Entwürfe zu den Marken Goldstern und Glücksklee aufs Papier zu bringen.

»Der Klee alleine ist zu wenig«, warf Hans ein. »Es muss irgendetwas sein, das mit Kühen in Verbindung steht.«

Dylewski schüttelte den Kopf. »Aber eine Kuh gibt es schon auf dem Etikett der Kondensmilch von Libby's.«

Otto erhob sich von seinem Stuhl und setzte sich auf die Tischkante neben den Grafiker, schob die verstreut liegenden Entwürfe von einer Seite zur anderen. »Den Goldstern hier«, sagte er und tippte auf ein Blatt, »den nehmen wir für die gezuckerte Kondensmilch. Und für die ungezuckerte …« Er zog eine andere Grafik hervor, die einen schlicht gehaltenen vierblättrigen Klee in sattem Grün zeigte. »Können Sie den Kuhkopf von dieser Zeichnung hier in die Mitte des Kleeblattes malen?«

Das war es schließlich gewesen. Das neue Markenzeichen der Glücksklee Kondensmilch.

Otto musste schmunzeln, als er daran zurückdachte. Es war der Anfang einer großartigen Firmengeschichte gewesen. Aus der Lagerfeld & Co. waren im November 1925 unter der Inhaberschaft der Amerikaner die Glücksklee Milchwerke entstanden, denen er seither als Geschäftsführer vorstand. Und nun, gut siebzehn Jahre später, hatte er die Übernahme durch die Genossenschaften mit einem lupenreinen Nationalsozialisten an der Spitze verhindert.

Sein Vater wäre stolz auf ihn gewesen.

Otto schaltete das Kellerlicht ein und fand einen letzten *Château Mouton Rothschild* von 1918, den er vor Ausbruch des Krieges für den Preis von 10,50 Reichsmark gekauft hatte. Zurück im Salon entkorkte er die Flasche und sog das vollmundige Aroma ein.

Weil er dem offenen Wein ein wenig Zeit geben wollte, um zu atmen, ging Otto zum Plattenschrank und suchte nach der passenden Musik. Er entschied sich für eine Schellack mit ausgewählten Stücken aus *Fidelio* von Ludwig van Beethoven. Doch dann fiel sein Blick auf eine weitere Platte mit Schlagern von Heinz Rühmann und Hans Albers. Er nahm sie vorsichtig aus der Hülle, und mit einer schwungvollen Geste legte er die Grammofonnadel auf die äußere Rille.

»Jawohl, meine Herren, so haben wir es gern«, tönte es aus dem

Verstärker, und Otto ließ der Freude Raum, bis sie sich ganz in ihm ausbreitete. Er sang laut und ein wenig schief mit, zum ersten Mal seit vielen Monaten. Vielleicht sogar seit Jahren.

Die Zeit des Kämpfens war vorbei. Er hatte alle Register gezogen, um am Ende siegreich vom Feld zu gehen. Gegen Ignoranz, Korruption, Intrigen und politische Ränkespiele hatte er, Otto Lagerfeld, sich mit aller Macht gestemmt und am Ende gewonnen.

Bevor er den ersten Schluck trank, stieß er im Geiste mit seinem Vater an. Dem alten Herrn hatte er es zu verdanken, dass er heute dort stand, wo er war. Weil er ihn gelehrt hatte, immer wieder aufzustehen, wenn er hingefallen war, und stets ehrbar zu bleiben und charakterfest.

Der zweite Schluck sollte Theresia gelten.

Mit dem Glas in der Hand ging er ins Arbeitszimmer. Sein Blick glitt über die Familienfotos. Er betrachtete das Bild mit seinen Geschwistern, die Gesichter seiner Tochter Thea, seiner zweiten Frau Ebbe mit Christel und Karl-Otto und schließlich die Aufnahme von Pauls und Gertruds Sohn Kurt mit Frau und Kindern.

Dann hob er das Glas und prostete Theresia zu, die ihm vom Foto aus entgegenlächelte.

»Zum Wohlsein, meine Liebe!«

Es ist gerade noch einmal gut gegangen, dachte er.

Nachwort der Autorin

Das Leben schreibt die besten Geschichten, heißt es immer, und in diesem Fall ist tatsächlich etwas dran. *Das Glück unserer Zeit* basiert nicht nur auf wahren Begebenheiten, sondern gewährt auch einen neuen Einblick in das Leben der Familie Lagerfeld und enthüllt bislang unbekannte Zusammenhänge.

Möglich war mir dieser Einblick dank der Familie Günter Lagerfeld, mit der mein Mann und ich seit den Neunzigerjahren eng befreundet sind. Durch sie erhielt ich exklusiven Zugang zu einem Familienarchiv, das bislang unveröffentlichte Dokumente enthält. Darunter auch Ottos Lebenserinnerungen, die diesem ersten Band zugrunde liegen.

Als die Familie Ende 2019 mit der Frage auf mich zukam, ob ich Lust und Zeit hätte, über Otto Lagerfeld zu schreiben, ahnte ich nicht, was für einen Schatz sie mir in die Hände legen würden. Damals steckte ich noch mitten in der Arbeit an einem Buchprojekt unter meinem Pseudonym Sophie Bonnet, und so kam ich erst Anfang 2020 dazu, mich mit ihnen zu treffen.

Ich weiß noch wie heute, wie sehr mich der Anblick der Aufzeichnungen berührte – die alten Fotos, die handschriftlichen Notizen und offiziellen Dokumente, dazu zwei Bücher voll getippter Erinnerungen und Gedanken über Privates und Geschäftliches. Eine gelebte Vergangenheit auf Papier gebannt, noch ungenutzt und vor den Augen der Öffentlichkeit verborgen.

Die Dokumente sind eine Sensation! Sie sind ein unverfälschtes Zeugnis jener Zeit und enthüllen bisher unbekannte Details zu Ottos Jugend- und Erwachsenenjahren, den Anfängen des Exportunternehmens Lagerfeld & Co. und den später entstandenen Glücksklee Milchwerken. Dazu finden sich Erinnerungen und Informationen zu weiteren Familienangehörigen.

Und so konnte ich es kaum erwarten, mit der Arbeit zu beginnen. Mein Ziel war eine möglichst detailgetreue Annäherung an die Vergangenheit, und da es trotz Archiv noch immer Lücken in der Erzählung gab, suchte ich im Gespräch mit den Angehörigen nach Antworten. Mithilfe von Kurts Sohn Günter Lagerfeld, Theas Tochter Thoma Schulenburg, Pauls Enkel Steve Lagerfeld und Gertruds Neffen Dr. Henning Schmidt fügte sich nach und nach das Bild der Familie um Otto Lagerfeld zusammen.

Fakten und Fiktion

Dies ist ein Roman und damit eine Fiktion, die jedoch versucht, der Realität möglichst nahe zu kommen.

Um eine hohe Authentizität zu gewähren, habe ich alle Fakten aus Ottos Lebenserinnerungen überprüft, jedenfalls soweit es mir möglich war. Das gilt selbst für die Namen von Mitreisenden und die Abfahrtszeiten der von ihm benutzten Schiffe, wobei mir zahlreiche Online-Zeitungsarchive wie newspapers.com, europeana.eu, trove.nla.gov.au sowie die Passagierlisten von ancestry.com von großem Nutzen waren. Es ist davon auszugehen, dass sich Otto während seiner Reisen Notizen gemacht hat, denn bis auf ein um einen Tag verschobenes Abfahrtsdatum ist in seinen Lebenserinnerungen alles korrekt wiedergegeben. Nur bei manchen Orts- und Personennamen haben sich Fehler eingeschlichen, da er sie offenbar häufig dem Hören nach niederschrieb. Teils fehlen auch Zusätze und manchmal gibt es Buchstabendreher. Ein Heirats- und ein Todesdatum fand ich ebenfalls um ein Jahr verschoben, doch sie waren nahezu alle recherchierbar und finden im vorliegenden Buch ihre korrekte Form.

Den Erzählungen von Ottos Sohn Karl bin ich ebenfalls nachgegangen und habe sie mit den Dokumenten und Erinnerungen von Zeitzeugen abgeglichen oder in Archiven gegengeprüft. Viele seiner fantasievoll ausgeschmückten oder verzerrt wiedergegebenen Geschichten basieren auf authentischen Erlebnissen. Ihr realer Ursprung wird vor allem im zweiten Band in die Handlung einfließen.

Ein großes Problem beim Schreiben dieses Romans war die Tatsache, dass sämtliche Todesbescheinigungen der Jahre 1876 bis 1953 vernichtet sind. Die Leitung des Hamburger Staatsarchivs hat dies 2018 ohne vorherige Digitalisierung angeordnet, um Platz im Archiv zu schaffen. Daher sind bis auf Emmerichs Diphtherie und Theresias Blutvergiftung sämtliche zum Tode führenden Erkrankungen erfunden oder orientieren sich an den in Ottos Lebenserinnerungen beschriebenen Leiden.

Die wichtigsten Anpassungen sind folgende:

Schriftliches

Otto hat seine Lebenserinnerungen nicht innerhalb von wenigen Tagen geschrieben. Die Aufzeichnungen beginnen Ende 1941, als abzusehen war, dass Amerika dem Krieg beitreten würde und die Zentralgenossenschaftskasse beim Reichskommissar für die Behandlung feindlichen Vermögens erste Ansprüche anmeldete, und enden mit letzten Ergänzungen im Juli/August 1942. Im selben Zeitraum ist auch eine Chronik der Glücksklee Milchwerke entstanden. Der Grabbrief und die Korrespondenz mit den bezeichneten Behörden hingegen sind zeitlich korrekt datiert.

Die im Roman enthaltenen Briefe und Telegramme sind nur eine Erzählform zur Wiedergabe der Geschehnisse und damit fiktiv. Ausgenommen davon sind sämtliche mit Quellenangaben versehenen Texte.

Personen

Johann: Ottos Freundschaft zu Johann ist nicht belegt, obwohl die beiden Männer sich gewiss nahestanden. Da Theresia zum Zeitpunkt ihres ersten Treffens mit Otto noch ein Kleinkind war, habe ich Johann für die Romanhandlung als Bindeglied verwendet, bis Theresia endgültig in Ottos Leben tritt. Die privaten und beruflichen Hintergründe zu dieser Figur hingegen sind real.

Johann Feigl hat als Kind die Cholera aus direkter Nähe miterlebt. Sein beruflicher Werdegang ist von dem Wunsch geprägt, die hygienische Situation zu verbessern und den menschlichen Stoffwechsel gegen diverse Krankheiten zu stärken. Die Geschichte des verlorenen Freundes hingegen ist erdacht.

Theresia: Über Ottos erste Frau ist nur wenig bekannt. Zur Darstellung ihrer Person habe ich den realen Familienhintergrund samt ihrer böhmischen Wurzeln verwendet. Darüber hinaus ist überliefert, dass sie Ottos Vorstellungen von einer idealen Ehefrau und damit dem damaligen Rollenverständnis entsprach. Das historische Foto, das sie auf dem Cover abbildet, hat mich dazu inspiriert, sie als scheu und gleichzeitig neugierig zu charakterisieren.

Theresia war Ottos große Liebe. In der Familie wird erzählt, dass seine zweite Frau Ebbe sehr eifersüchtig auf die Verstorbene war. Wie sehr Otto an seiner ersten Frau hing, wird in seinen letzten Wünschen deutlich, die er im Jahr 1960 verfasste. Darin bestimmt er, dass er – sollte es nicht möglich sein, auf dem bestellten Grabplatz in Nienstedten beerdigt zu werden – neben Theresia auf dem Ohlsdorfer Friedhof liegen möchte.

Otto nannte Theresia eigentlich Thea. Weil er aber seiner Tochter denselben Kosenamen gab, habe ich mich für ihren vollen Namen entschieden, um die beiden Personen in diesem und auch im zweiten Band unterscheidbarer zu machen.

Zum Datum ihrer Hochzeit gibt es unterschiedliche Angaben. Otto selbst schreibt vom Monat März, aber laut einer Zeitungsannonce in den *Hamburger Nachrichten* war es der 22. April 1922.

Paul: Da Gertrud und ihre Familie nur wenige hundert Meter von den Lagerfelds entfernt wohnten, werden sich die beiden in Groß Flottbek kennengelernt haben. Die Umstände dieses Kennenlernens sind ebenso fiktiv wie die Figur der Luise, der Paul in St. Pauli begegnet.

In Pauls Werdegang gibt es eine zeitliche Lücke, in der er offenbar seine Seemannsausbildung unterbrochen hat. Da als Adresse auf seinen Schiffspapieren stets die Voßstraße (heute: Alexander-Zinn-Straße) in Hamburg angegeben ist, habe ich es so interpretiert, dass er nach Ottos Abreise nach Südamerika die entstandene Lücke im Kontor füllen sollte.

In der Familie kursiert die Annahme, dass Paul nach Ausbruch des Ersten Weltkrieges nach Deutschland zurückkehren wollte, in England jedoch aufgehalten und zurück nach Amerika geschickt wurde. Tatsache ist, dass man sämtliche männlichen Deutschen, die in England ankamen, interniert hat. Nach einer Überprüfung der damaligen Schiffsrouten und Reisemöglichkeiten anhand von Zeitungsmeldungen, Augenzeugenberichten und Dokumentationen habe ich mich entschlossen, Pauls Geschichte um seine Rückreise zu interpretieren und ihn diese mit der *Potsdam* antreten zu lassen. Dazu inspiriert hat mich der Artikel »Entronnen!« aus der Frankfurter Zeitung vom 24. November 1914, der allerdings in der Angabe des Abfahrtstages irrt.

Die in dieser Szene auftretende Figur Joachim Kohlermann ist fiktiv.

Gertrud: Die Familie Schmidt hat nach den ersten Jahren in Groß Flottbek mehrfach den Wohnort gewechselt. Im Jahr 1914 wohnten die Schmidts bereits in der Schillerstraße in Altona. Der Einfachheit halber habe ich den ursprünglichen Wohnort belassen. Auch der Tod von Gertruds jüngerer Schwester Irmgard im Jahr 1912 bleibt unerwähnt.

Dass Kurt und Herbert 1918 gesegnet wurden, ist nicht belegt. Zu dieser Szene hat mich ein Foto von Gertrud inspiriert, die einen Jungen in Taufkleid im Arm hält. Kurts Taufe selbst fand jedoch im Mai 1921 statt und Otto Lagerfeld war sein Pate.

Joseph: Er und Margaret statteten der Familie bereits 1903 einen Besuch in Hamburg ab. Aus dramaturgischen Gründen habe ich diesen Besuch auf das Jahr 1904 verlegt.

Auch historische Quellen können fehlerhaft sein. Beispielsweise ist in Carls Todesanzeige in den *Hamburger Nachrichten* vom 16.12.1906 der Name Joseph fälschlicherweise mit »F« geschrieben und statt Mexiko heißt es dort »New Mexico«. Letzteres liegt wohl daran, dass selbst Otto beides in seinen Erinnerungen an einer Stelle verwechselte. Ein Hinweis auf El Triunfo in Baja California sowie die Geburtsurkunde von Josephs Sohn Carlos räumen dieses Missverständnis jedoch aus.

In diesem Roman unerwähnt bleibt die Tatsache, dass Josephs Frau Margaret im Jahr 1909 erneut schwanger war. Das Kind mit dem Namen Frank starb bald nach der Geburt. In Ottos Lebenserinnerungen werden nur zwei Kinder erwähnt, Josefa und Carlos.

Fräulein Bosse: In Ottos Lebenserinnerungen nimmt die Reise mit der *Hungaria* einen großen Raum ein. Auch Fräulein Bosse wird erwähnt, allerdings war sie in Wahrheit etwas älter, als im Roman dargestellt. Mehr als eine Reisebegleiterin war sie für ihn wohl nicht und auch ihre Lebensumstände sind mir unbekannt. In diesem Roman habe ich sie als Sinnbild für den damals gerade erst aufkommenden unabhängigen Frauentyp verwendet, um Ottos Frauenbild darzustellen. Um eine vertrauliche Atmosphäre zu erschaffen, habe ich das Schiff am frühen Morgen in Venezuela einlaufen lassen, tatsächlich ist die *Hungaria* erst abends gegen sechs Uhr eingetroffen.

Irina: Auch diese Figur stammt aus Ottos Aufzeichnungen, in denen er die Begegnung mit ihr im Krankenhaus schildert. Irinas Name und das darüberhinausgehende Verhältnis sind allerdings fiktiv. Dazu inspiriert hat mich die Frage, warum er diese Frau überhaupt erwähnt und was er darüber hinaus in einem Buch, das er seinen Kindern widmen wollte, verschweigt.

Carl Wübbens: Der Vorname schreibt sich zwischenzeitlich mit »K«, doch aus Gründen der Übersichtlichkeit habe ich mich durchgängig für die Variante mit »C« entschieden.

Wie es Wübbens in der Kriegsgefangenschaft wirklich erging, ist nicht bekannt. Da er erst Jahre später in Harbin (China) wieder auftaucht, bin ich davon ausgegangen, dass er nicht mit Otto geflohen ist.

Berufliches und Reisen

Dass Otto in die väterliche Firma einsteigen sollte, ist meine persönliche Schlussfolgerung aus den Umständen. Hauptindiz hierfür war, dass sowohl Carl als auch Joseph (bis zu seinem Fortgang nach Manila) im Weinhandel arbeiteten und Otto vertiefend zu den schulischen Grundkenntnissen Französischstunden nehmen sollte. Für die persönlich geprägte Handelsbeziehung mit den Mönchen der Grande Chartreuse in Grenoble waren Französischkenntnisse unerlässlich. Vielleicht erhielt Otto deshalb während seiner Lehrzeit zweimal die Woche nach Feierabend Unterricht, obwohl die Firma Gebrüder Michahelles Handel mit dem spanisch geprägten Südamerika trieb.

Van Dissel & Co., Hamburg: Die Namen Ringel, Voigt und Winter sind erdacht. In seinen Lebenserinnerungen schreibt Otto aber von einem Lehrling und von zwei Herren des Hamburger Kontors, die nacheinander nach Südamerika beordert wurden und das Gelbfieber nicht überlebten.

San José de Cúcuta: Ottos Mitbewohner hießen eigentlich Loebel und Karstadt. Um nicht zu viele neue Personen einzuführen, habe ich statt ihrer Max Achilles eingesetzt, der gleichzeitig mit Otto kündigte, sowie Don Antonio Paez, den er in seinen Lebenserinnerungen als besonders gebildet und nett hervorhebt und der gemeinsam mit den beiden abreiste. Andrés Cabrera hingegen ist ein fiktiver Name, den ich stellvertretend für die eingeborenen Personen eingesetzt habe, die Otto laut seiner Lebenserinnerungen zu seinen guten Bekannten zählte.

New York 1905: Herr Azevedo wird in Ottos Lebenserinnerungen ohne Vornamen erwähnt, den ich daher fiktiv ergänzt habe. Gleiches gilt für seine Frau Clara sowie deren Freundin Dorothy, die ich erdacht habe, um Ottos Sinn für Sparsamkeit zu unterstreichen.

Wladiwostok–Hamburg 1912: Warum Ottos Mutter wirklich ins Krankenhaus musste, ist nicht bekannt. Tatsache ist aber, dass Otto von Sankt Petersburg aus nach Hamburg fuhr, um sie zu sehen. Dass er dort auch die Problematik mit Paul und Gertrud regelte, ist anzunehmen. Nicht im Roman erwähnt ist, dass Otto seinen kurzen Aufenthalt dazu nutzte, geschäftlich einen Abstecher nach London zu machen. Auf dem Rückweg fuhr er über Brüssel, wo er der Familie Dimitrieff-Mamonoff (in manchen Quellen auch Dmitriev-Mamonov geschrieben) half, den inzwischen dort gestrandeten Sprössling Alexandre wieder nach Moskau in den Schoß der Familie zu lotsen.

Amur-Reise 1914: Dass Otto den Antrag zur Erlangung der russischen Staatsbürgerschaft beim Generalgouverneur persönlich gestellt hat, ist fiktiv. Beim Datum der Ablehnung des Antrages hingegen bin ich den Recherchen des Historikers Andrei Sidorov gefolgt. Entgegen dessen Annahme war Otto allerdings nicht im Lager von Wercholensk interniert. Die Zivilgefangenen mussten sich selbst um Unterkunft und Verpflegung kümmern und durften sich unter der Aufsicht des Militärs im Dorf frei bewegen.

Flucht aus Sibirien: Obwohl Otto seinen Aufenthalt in Sibirien in mehreren Absätzen beschreibt, bleiben die Namen seiner Mitgefangenen bis auf Carl Wübbens unerwähnt. Die im Roman genannten Personen Tolle, Schultz, Ebert, Ollandt, Kogan und Jänich stammen aus der Briefsammlung *Letters from Vladivostok* (siehe Literaturliste), in denen die Augenzeugin Eleanor L. Pray von den Zivilgefangenen erzählt, die sich neben Otto Lagerfeld im Zug nach Irkutsk befanden.

Lagerfeld & Co.: Aus plottechnischen Gründen habe ich die Gründung in den Frühling verlegt. Tatsächlich wurde Lagerfeld & Co. bereits am 1. März 1919 ins Handelsregister eingetragen.

War Otto Lagerfeld ein Nazi?

Wenige Wochen nach Beginn meiner Recherchen erfuhr die Familie Lagerfeld, dass Otto und seine Frau Elisabeth Mitglieder in der NSDAP gewesen waren. Für die Familie war diese Nachricht ein Schock, denn während sie Elisabeth das durchaus zutrauten, kannten sie Otto als einen Weltenbummler und international arbeitenden Menschen, der anderen Kulturen aufgeschlossen und voller Neugier begegnete und sein jeweiliges Gegenüber nach dessen Charakter und Arbeitsfleiß beurteilte, nicht nach der Herkunft.

Eine Parteimitgliedschaft in jenen Zeiten war oft eine Notwendigkeit, um das berufliche Überleben zu sichern. Das galt vor allem für Geschäftsführer von Firmen mit ausländischer Inhaberschaft wie die in amerikanischem Besitz befindliche Glücksklee Milchgesellschaft.

Dennoch ließ mir diese Nachricht keine Ruhe. Über einen waschechten Nazi mochte ich keinen Familienroman schreiben, denn um nichts in der Welt würde ich eines der dunkelsten Kapitel unseres Landes verharmlosen wollen. Also beschloss ich, der Sache auf den Grund zu gehen.

Im Juni 2020 fuhr ich ins Landesarchiv Schleswig-Holstein und sah mir die Entnazifizierungsakten genauer an. Ottos Parteieintritt wird auf Mai 1933 datiert und er macht dazu folgende Angaben:

Da ich amerikanische Interessen vertrat, waren meine Beziehungen zur Partei und ihren verschiedenen Organisationen sehr gespannt. Das zeigte sich schon 1933 mit dem Milchkommissar, später dann mit der Hauptvereinigung, dem Verband in Hamburg, der Arbeitsfront, dem Gauwirtschaftsberater, Kiel, der mich und die Firma für jüdisch erklärte, später beim Erwerb der Boschgesellschaft in Waren und Allenburg 1937 für die Amerikaner; die Versuche des Gewerbeamtes Königsberg, die Anlage in Allenburg zu verkaufen und später in Schleswig-Holstein und Hamburg der Druck, die Glücksklee Milchwerke ohne Einverständnis der Amerikaner in eine Genossenschaft umzuwandeln.[6]

Ottos Angaben vor der Untersuchungskommission offenbaren die schweren Differenzen mit der Partei und deren Organisationen. Aber entsprachen seine Aussagen auch der Wahrheit oder wollte er nur den Kopf aus der Schlinge ziehen? Um das herauszufinden, habe ich die Akten der Bundesarchive in Berlin und Koblenz sowie des Staatsarchives Hamburg durchforstet und in einem ausufernden Schriftwechsel, bestehend aus mehreren Tausend (!) Dokumenten, die Bestätigung entdeckt, dass seine Aussage der Realität entsprach. Die archivierten Briefe zeigen eindringlich, unter welchem Druck Otto Lagerfeld im September 1938 versuchte, die Firma gegen Übergriffe aus der Nationalsozialistischen Partei zu verteidigen. Die Quellen belegen, dass der Gauwirtschaftsberater in Kiel versucht hatte, die Firma – nicht ihn als Person – für jüdisch erklären zu lassen (mehr dazu im zweiten Buch). Daraufhin kam es zu einer Kettenreaktion, die die Glücksklee Milchwerke gegenüber der Konkurrenz stark benachteiligte. Zudem war es Otto Lagerfeld nur mit Mühe und Not gelungen, nach dem Kriegseintritt der Amerikaner im Dezember 1941 eine Übernahme der Firma durch die Genossenschaften zu verhindern. Selbst die Hamburger Gauleitung meldete Bedenken gegen seine Einsetzung an.

Darüber hinaus fiel Otto Lagerfeld durch fehlendes partei-

6 Bestand des Entnazifizierungshauptausschusses des Kreises Segeberg: LASH Abt. 460.13 Nr. 230 Lagerfeld, Otto

liches Engagement auf. In einer Gesprächsnotiz vom 15. Juli 1942[7] erwähnt der Oberlandesgerichtsrat Prieß, es erscheine ihm angezeigt, dass Otto sich mehr politisch einschalten müsse. Was dieser in den folgenden Jahren trotz eindringlicher Ermahnung jedoch nie tat. Stattdessen hielt er weiterhin Kontakt zu den amerikanischen Inhabern der Firma.

Die archivierten Briefe zeigen, dass Otto Lagerfeld kein Blatt vor den Mund nahm, wenn es darum ging, den Angriffen auf die von ihm geführte Firma zu begegnen. Gleichzeitig beherrschte er die Kunst, seine zahlreichen Brief- und Gesprächspartner durch freundliche Hartnäckigkeit und sachliche Argumentation zu überzeugen – ohne sich dabei angreifbar zu machen. Eine Kritik am System selbst hätte in seiner Lage fatale Folgen nach sich gezogen.

So ist es denn auch zu erklären, dass unter den Firmenaufnahmen im Stadtarchiv von Neustadt i. H. Fotos von Festivitäten zum 1. Mai 1936 existieren, auf denen Männer hinter der Fahne der Arbeiterfront hergehen, dem seit Zerschlagung der Gewerkschaften gegründeten Einheitsverband der Arbeitnehmer und Arbeitgeber, außerdem Aufnahmen von einem mit Hakenkreuzfahnen geschmückten Speiseraum. Auf den Bildern von Ottos Hamburger Büro hingegen fehlen derartige Symbole.

Als einzigen Beleg für Ottos Engagement habe ich einen Hinweis darauf gefunden, dass er das von der Partei ins Leben gerufene Winterhilfswerks unterstützte, das die Folgen der Arbeitslosigkeit und Armut lindern sollte. Im Namen der Firma spendete er bis zum Jahr 1938 einige Tausend Reichsmark zur Linderung der Hungersnot. Damit stellte er sich ganz in die Tradition der Familie, denn bereits sein Vater unterstützte diverse Hilfsorgani-

---

7 Enthalten in: Staatsarchiv Hamburg, 5 VU 223/42 Glücksklee Milchgesellschaft mbH..-Glücksklee Import und Export GmbH., Hamburg, 1942–1945

sationen. Zudem nahm Otto Lagerfeld im Februar 1939 gemeinsam mit seiner Frau Elisabeth am Führerempfang des Winterhilfswerkes teil.

Von Elisabeth ist bekannt, dass sie die Machtergreifung der Nationalsozialisten zunächst begrüßte. In Berlin hatte sie die prekären Zustände und die erschütternde Armut miterlebt und erhoffte sich von den neuen Machthabern eine Beruhigung sowie Ordnung der aufgeheizten gesellschaftlichen Lage. Vor den Verfehlungen und Grausamkeiten der Nationalsozialisten verschloss sie lange die Augen.[8] Während sie 1938 vor dem Landhaus in Bissenmoor zur Erinnerung an den Anschluss Österreichs noch stolz die Hakenkreuzflagge hissen ließ, ärgerte sich Otto schon früh über die neue Marschroute der Partei.

Bald nach der Machtübernahme 1933 verkündete der Milchkommissar Freiherr von Kanne, dass Milch ab sofort Volksnahrungsmittel sei und nicht länger Handelsobjekt. Er rief einen Zwangszusammenschluss der Dauermilchwerke ins Leben, um gegen »Spekulation und wirtschaftlichen Irrsinn« vorzugehen.

Mit der Umgestaltung der deutschen Milchwirtschaft und deren Zwangsorganisierung wurde den Geschäftsführern jegliche Entscheidungsfreiheit entzogen. Die Dosenmilchproduktion und -lieferung folgte nun den Bestimmungen des Reichsernährungsministeriums, das zudem die Preise vorgab. Wer nicht auf Linie war, erhielt keine Kontingente, das bekam Otto Lagerfeld bald am eigenen Leib zu spüren.

Er entschloss sich erst spät, der NSDAP beizutreten, und der Akt erinnert an seinen Antrag auf russische Staatsbürgerschaft im Jahr 1914, den er nur stellte, um der Deportation nach Sibirien zu entgehen. Offenbar zögerte er auch im Jahr 1933 zu lange,

---

8 Briefwechsel Elisabeth Lagerfeld, Archiv Tork, zitiert in: Kaiser, Alfons: Als Lagerfeld noch kurze Hosen trug, FAZ vom 14. September 2020

denn der Antrag auf Parteieintritt erfolgte um mehrere Wochen zu spät. Seit dem 19. April herrschte wegen des großen Andrangs eine Aufnahmesperre, man wollte verhindern, dass sich unter die neuen Mitglieder Opportunisten und politische Gegenkräfte mischten. Doch Otto Lagerfeld behalf sich mit einem Trick, der im zweiten Band dieses Romans Thema sein wird.

Die Parteimitgliedschaft war für Otto reiner Pragmatismus. Das Handeln der NSDAP widersprach seinem liberalen Wertesystem, was auch in der im Roman zitierten Passage aus seinen Lebenserinnerungen anklingt. Das Leid der jüdischen Mitbürger brachte letztlich sogar Elisabeth dazu, sich ernüchtert und enttäuscht von der Partei abzuwenden.

Als die Lagerfelds im Jahr 1939 vorübergehend von Bissenmoor nach Hamburg in die Innocentiastraße zogen – eine Gegend, in der sehr viele jüdische Familien lebten –, wurde Elisabeth hart mit der Realität konfrontiert. Im Oktober 1941 begannen die Deportationen. Die Juden wurden unter den Augen der Öffentlichkeit auf Sammelplätzen zusammengetrieben. Ebbe berichtet in einem Brief an ihre Schwester von diesen Vorgängen, die ihr die Augen öffneten, und sie wendete sich schmerzerfüllt von der NS-Ideologie ab.[9]

Otto war ein Mensch, der sich jeder Lage anpasste, um das Überleben seiner Familie und der von ihm gegründeten Firma zu sichern, aber er war – Stand heute – gewiss kein Nazi.

---

9 Briefwechsel Elisabeth Lagerfeld, Archiv Tork, zitiert in: Kaiser, Alfons: Als Lagerfeld noch kurze Hosen trug, FAZ vom 14. September 2020

Literaturverzeichnis (Auszug)

Um die Geschichte der Lagerfelds in ein historisch-authentisches Umfeld zu betten, waren mir neben etlichen Archiven und Rechercheportalen in diesem Band vor allem die folgenden Werke von großer Hilfe.

- Brandström, Elsa: Unter Kriegsgefangenen in Russland und Sibirien 1914–1920. Leipzig, Koehler & Amelang, 1927
- Deeg, Lothar: Kunst & Albers Wladiwostok. Ein deutsches Handelshaus jenseits von Sibirien 1864–1924. Hamburg, BoD – Books on Demand, Neuauflage 2020
- Goering, Anton: Vom tropischen Tieflande zum ewigen Schnee. Eine malerische Schilderung des schönsten Tropenlandes Venezuela. Leipzig, Adalbert Fischer's Verlag, 1893
- Norddeutsche Lloyd Bremen: Jahrbuch 1914/1915. Der Krieg und die Seeschiffahrt unter besonderer Berücksichtigung des Norddeutschen Lloyd. Bremen, Welt-Reise-Verlag G.m.b.H., 1915
- Pray, Eleanor L. (Herausgeberin: Ingemanson, Birgitta): Letters from Vladivostok 1894–1930. Seattle and London, University of Washington Press, 2013
- Rode, Heinrich: Lebenserinnerungen. Verlag o. A., Hamburg, 1919
- Sievers, Wilhelm: Venezuela. Hamburg, L. Friedrichsen & Co., 1888
- Thöns, Bodo: Die Transsibirische Eisenbahn. Die frühen Jahre 1900–1916. Erfurt, Sutton Verlag, 2004
- von Marchtaler, Hildegard: Chronik der Firma van Dissel, Rode & Co. Nachf., Hamburg. Bremen-Nord, Buchdruckerei Friedrich Pörtner, 1952

- Wendt, Martin: 700 Jahre Flottbek 1305–2005. Eine Chronik. Hamburg, BoD – Books on Demand, Auflage 2009

Dank

Mein besonderer Dank geht an die Familie Ute und Günter Lagerfeld für ihre Freundschaft und Warmherzigkeit und für ihr Vertrauen. Ohne sie wäre dieser Roman erst gar nicht entstanden.

Danke auch an Thoma Schulenburg, die mit freundlicher Geduld und sehr herzlichem Humor meine Fragen beantwortete und so etliche Wissenslücken schloss. An Steve Lagerfeld, der mir eine Seite von Paul eröffnete, die ich so nicht erwartet hatte. An Dr. Henning Schmidt, ohne den das Geheimnis um Gertrud wohl nicht ans Licht gekommen wäre.

Danke an die helfenden Hände in den Archiven, etwa dem Stadtarchiv in Neustadt in Holstein (Wilhelm Lange), dem Stadtarchiv Bad Bramstedt (Manfred Jacobsen), dem Staatsarchiv Hamburg, den Bundesarchiven in Berlin-Lichterfelde und in Koblenz, dem Landesarchiv Schleswig-Holstein, der Staats- und Universitätsbibliothek Hamburg und dem Schulmuseum Hamburg.

Ein herzliches Dankeschön geht an meinen Agenten Lars Schultze-Kossack und an den Goldmann-Verlag mit Grusche Juncker und Lisa Krämer, die mir in der Entwicklung der Geschichte vertrauten. An meine Lektorin Angela Troni, die mich seit dem ersten Sophie-Bonnet-Band begleitet und meine Bücher mit ihrem guten Blick für Plot und Sprache zum Funkeln bringt. Und an Christian Brinkmann, der aus den historischen Familienfotos wundervolle Collagen für das Cover zauberte.

Eine große Umarmung geht an meine wunderbare Familie. Ohne meinen Mann Mirko und unsere beiden Kinder Mika und Marina wäre all dies nicht möglich gewesen. Es war wohl das arbeitsintensivste und herausforderndste Projekt meines Schriftstellerlebens, danke für eure Geduld und liebevolle Unterstützung – ihr seid der allergrößte Schatz!

Autorin

Heike Koschyk wurde 1967 in New York geboren und arbeitete in der Modebranche, bevor sie mit dem Schreiben von Thrillern und historischen Krimis begann. Ihre große Leidenschaft ist die Recherche. Dazu fährt sie an Originalschauplätze und stöbert in Archiven und alten Bibliotheken. Unter dem Pseudonym Sophie Bonnet veröffentlicht sie Provence-Krimis, die regelmäßig die Bestsellerlisten erobern. Die Autorin lebt mit ihrer Familie in Hamburg.

GOLDMANN
Lesen erleben